LA MUERTE DEL COMENDADOR
Libro 2

Obras de Haruki Murakami en Maxi

HARUKI MURAKAMI
LA MUERTE DEL COMENDADOR
Libro 2: Metáfora cambiante

Traducción del japonés
de Fernando Cordobés y de Yoko Ogihara

MAXI
TUSQUETS
EDITORES

Obra editada en colaboración con Editorial Planeta – España

Título original: 騎士団長殺し *(Kishidancho Goroshi)*

© 2017 by Haruki Murakami

© de la traducción: Fernando Cordobés y Yoko Ogihara, 2019
Diseño de la colección: Guillemot-Navares
Fotocomposición: Moelmo

© 2019, Tusquets Editores, S.A. – Barcelona, España

Derechos reservados

© 2024, Editorial Planeta Mexicana, S.A. de C.V.
Bajo el sello editorial TUSQUETS M.R.
Avenida Presidente Masarik núm. 111,
Piso 2, Polanco V Sección, Miguel Hidalgo
C.P. 11560, Ciudad de México
www.planetadelibros.com.mx

Primera edición impresa en España: enero de 2019
ISBN: 978-84-9066-564-0

Primera edición impresa en México: enero de 2024
ISBN Obra Completa: 978-607-39-1090-3
ISBN Volumen 2: 978-607-39-1099-6

Impreso en los talleres de Litográfica Ingramex, S.A. de C.V.
Centeno núm. 162-1, colonia Granjas Esmeralda, Ciudad de México
Impreso en México – *Printed in Mexico*

Índice

La muerte del comendador
Libro 2: Metáfora cambiante

La muerte del comendador
Libro 2: Metáfora cambiante

Me gustan tanto las cosas que se ven como las que no se ven

El domingo también hizo un día espléndido, apenas soplaba el viento y bajo el resplandeciente sol otoñal brillaban las hojas multicolores de los árboles. Unos pajarillos de pecho blanco volaban de rama en rama y picoteaban certeros los frutos rojos del bosque. Me senté en la terraza y me deleité en la contemplación del paisaje. El esplendor de la naturaleza se ofrecía por igual a ricos y pobres, sin hacer distinciones. Como el tiempo... No, tal vez el tiempo no. Quizá la gente rica tiene la opción de comprar tiempo con su dinero.

A las diez en punto apareció por la cuesta el Toyota Prius azul claro. Shoko Akikawa llevaba un fino jersey beige de cuello vuelto y unos pantalones estrechos de algodón de color verde claro. Lucía una modesta cadena de oro. Su peinado era casi perfecto, como la semana anterior, y cuando movía la cabeza, dejaba al descubierto su elegante cuello. Llevaba un bolso de ante colgado en bandolera y unos zapatos marrones tipo náutico. Vestía de manera sencilla, pero se notaba que cuidaba todos los detalles. Sin duda, tenía el pecho bonito y, según la información de carácter íntimo aportada por su sobrina, no se ponía relleno en el sujetador. Sus pechos me atraían, aunque solo fuera desde una perspectiva puramente estética.

Marie Akikawa, por su parte, vestía ropa informal distinta a la del día anterior: unos vaqueros rectos gastados y zapatillas Converse blancas. Los pantalones tenían unos cuantos agujeros (hechos a propósito, obviamente). Llevaba un cortavientos ligero de color gris sobre los hombros y una gruesa camisa de cuadros como de leñador. Al igual que la semana anterior, en su pecho no se notaba ninguna redondez y tenía la misma cara de mal humor, como la de un gato al que le han retirado el plato antes de que terminara de comer.

Preparé té y lo serví en el salón. Les mostré los tres bocetos que había hecho el domingo anterior. A Shoko parecieron gustarle.

—Producen una impresión muy viva —dijo—. Reflejan a Marie mejor que una foto.

—¿Me los vas a dar? —preguntó Marie.

—Por supuesto —contesté—, pero cuando termine el cuadro. Quizá los necesite hasta entonces.

—¡Marie! —exclamó su tía con un gesto de preocupación—. ¿Qué dices? ¿De verdad no le importa?

—No, no me importa. Una vez terminado el retrato ya no me harán falta.

—¿Los usas como referencia? —me preguntó Marie.

Negué con la cabeza.

—No. Digamos que los he pintado para entenderte de una forma tridimensional. Sobre el lienzo pintaré algo distinto, creo.

—¿Ya tienes en la cabeza la imagen que vas a pintar?

—No, todavía no. A partir de ahora vamos a pensar en ella juntos.

—¿Necesitas entenderme de forma tridimensional?

—Sí —respondí—. Un lienzo es una superficie plana, pero un retrato debe estar pintado en tres dimensiones. ¿Lo entiendes?

Marie puso cara de extrañeza. Supuse que, al oír la palabra tridimensional, había pensado en la redondez de su pecho. De hecho, lanzó una mirada furtiva al de su tía, que describía una hermosa curva bajo su fino jersey. Después me miró a la cara.

—¿Qué hay que hacer para dibujar así de bien?

—¿Te refieres al boceto?

Marie asintió.

—Sí, al boceto, a los croquis.

—Practicar. Cuanto más se practica, mejor salen las cosas.

—Pues a mí me parece que mucha gente no mejora nada por mucho que practique.

No le faltaba razón. Había estudiado en la Facultad de Bellas Artes y muchos de mis compañeros no mejoraban en absoluto por mucho que practicasen. Aunque uno se empeñe, lo que de verdad cuenta son nuestras habilidades naturales. Pero si empezaba a hablar de eso, la conversación terminaría por írseme de las manos y no acabaría nunca.

—Eso no significa que no haga falta practicar. Hay talentos y cualidades que solo emergen cuando uno practica.

Shoko asintió con cierto entusiasmo al escuchar mis palabras. Marie, por su parte, se limitó a torcer un poco la boca, como si dudase de lo que le decía.

—Quieres mejorar tus dibujos, ¿verdad? —le pregunté.

Marie asintió de nuevo inclinando la cabeza.

—Me gustan tanto las cosas que se ven como las que no se ven.

La miré a los ojos, brillaban de una forma especial. No entendí a qué se refería, pero, más que sus palabras, me llamó la atención el brillo de sus ojos.

—Qué cosas más extrañas dices —intervino Shoko—. Parece un acertijo.

Marie no contestó. Se limitó a contemplar sus manos en silencio, y cuando levantó la cara, ya había desaparecido ese brillo especial de sus ojos. Apenas había durado un instante.

Marie y yo nos metimos en el estudio. Shoko sacó de su bolso el mismo libro grueso en edición de bolsillo de la semana anterior (pensé que era el mismo por el aspecto) y enseguida se acomodó en el sofá para empezar a leer. Parecía entusiasmada y me intrigaba saber qué libro era, pero me contuve y no se lo pregunté.

Marie y yo nos sentamos uno de cara al otro a unos dos metros de distancia, como habíamos hecho una semana antes. En esta ocasión, sin embargo, tenía delante de mí un caballete con un lienzo, si bien aún no había cogido ningún pincel ni ningún tubo de pintura. Por el momento, me limitaba a mirar alternativamente a Marie y al lienzo vacío, pensaba cómo trasladar allí tridimensionalmente su imagen. Necesitaba una «historia». No bastaba con plasmar la imagen en el cuadro. Solo con eso no se hacía un retrato. Para mí, en ese momento, lo más importante era encontrar una historia y empezar a dibujarla.

Sentado en la banqueta, observé la cara de Marie durante mucho tiempo y ella no apartó la mirada en ningún momento. Me miraba directamente a los ojos, casi sin pestañear. No era una mirada desafiante, pero sí transmitía la decisión de no echarse atrás. La gente se llevaba una impresión equivocada de ella debido a sus rasgos nobles y proporcionados de muñeca, pero en realidad era una niña con un carácter fuerte. Tenía su propia forma de hacer las cosas, sin titubear. Una vez que había trazado una línea recta frente a ella, ya no se desviaba con facilidad.

Al observarla con detenimiento me di cuenta de que había algo en sus ojos que me recordaba a los de Menshiki. Ya me había dado esa impresión, pero ese rasgo suyo en común volvió a sorprenderme. Era un brillo extraño. Podría decir que semejante a una «llama congelada en un instante». Producía calor y, al mismo tiempo, transmitía calma. Parecía una joya muy especial con una fuente de luz oculta en su interior. Donde dos fuerzas luchaban fervorosamente, una por salir y expandirse y otra que se recluía y tendía a mirar hacia dentro.

Pero si pensaba eso, era porque Menshiki me había hablado con anterioridad de la posibilidad de que Marie fuera su hija biológica. Quizá por eso buscaba a propósito un rasgo común entre ellos.

Fuera como fuese, tenía que plasmar en el lienzo ese brillo especial de sus ojos, que era la característica central de su expresión, lo que hacía que se tambaleara su fisonomía casi perfecta. Sin embargo, aún no era capaz de encontrar el contexto que me permitiera hacerlo. Si no lo lograba, esa cálida luz solo parecería una joya gélida. Tenía que descubrir de dónde procedía el calor que había en el fondo de su mirada y hacia dónde iba realmente.

Después de mirar alternativamente su cara y el lienzo me resigné. Aparté el caballete a un lado y tomé aire varias veces despacio.

—Hablemos de algo —propuse al fin.

—Vale —dijo ella—. ¿De qué?

—Me gustaría saber algo más de ti, si no te importa.

—¿Por ejemplo?

—Pues... ¿Cómo es tu padre?

Marie torció ligeramente la boca.

—No le entiendo.

—¿Por qué? ¿No habláis?

—Casi no le veo.

—¿Trabaja mucho?

—No sé gran cosa de su trabajo, pero creo que no le intereso demasiado.

—¿No le interesas?

—Lo deja todo en manos de mi tía.

No hice ningún comentario.

—¿Te acuerdas de tu madre? —continué—. Me contaste que cuando murió tenías seis años.

—Solo me acuerdo de ella a trocitos.

—¿A trocitos?

—Desapareció de mi vida en un instante, y yo no entendía entonces lo que significa la muerte de una persona. Pensaba que solo había desaparecido, como el humo que se escapa por una rendija.

Se produjo un silencio y, al cabo de un rato, continuó.

—No recuerdo el antes y el después, porque desapareció de repente y no entendí bien la razón de su muerte.

—¿Estabas confusa?

—Un muro muy alto separa el tiempo en que estaba mi madre y el tiempo a partir del cual desapareció. Son dos tiempos que no se conectan.

Volvió a quedarse callada un rato mientras se mordisqueaba los labios.

—¿Entiendes esa sensación? —me preguntó al fin.

—Creo que sí. Mi hermana pequeña murió con doce años. Ya te lo he contado, ¿verdad?

Asintió.

—Tenía una malformación congénita en una de las válvulas del corazón. Se sometió a varias operaciones muy complicadas y en un principio todo fue bien, pero por alguna razón no llegaron a solucionar el problema. Digamos que vivió siempre con una bomba de relojería dentro de su cuerpo. En la familia siempre nos pusimos en el peor de los casos y no nos pilló por sorpresa como te pudo suceder a ti con tu madre.

—No os pilló por sorpresa...

—Me refiero a que no fue algo inesperado, como cuando de repente en un día soleado suena un trueno a lo lejos y a nadie se le había ocurrido que pudiera suceder.

—Pillar por sorpresa —volvió a repetir, como si de ese modo archivase la expresión en algún compartimento de su cabeza.

—Hasta cierto punto era previsible —continué—, y, a pesar de todo, cuando sufrió el ataque repentino y murió en el mismo día, el hecho de estar preparados ante la posibilidad de perderla no nos sirvió de nada. Yo me quedé literalmente petrificado. No solo yo, en realidad. Nos pasó a todos lo mismo.

—¿Te cambió mucho aquello?

—Sí, cambió muchas cosas. Lo cambió todo, de hecho, tanto dentro como fuera de mí. El tiempo empezó a transcurrir de otra manera y, como tú dices, ya no fui capaz de conectar lo que había pasado antes de su muerte y lo que había pasado después.

Marie me miró fijamente durante unos diez segundos y después dijo:

—Tu hermana era muy importante para ti, ¿verdad?

Asentí.

—Sí, era muy importante para mí.

Marie agachó la cabeza como sumida en sus recuerdos, y solo volvió a levantarla al cabo de un rato.

—Tengo la memoria dividida y ya no me acuerdo bien de mi madre. No recuerdo cómo era, su cara, las cosas que me decía. Mi padre tampoco cuenta muchas cosas de ella.

Lo único que yo sabía de la madre de Marie era lo que Menshiki me había contado con todo lujo de detalles sobre su último encuentro sexual, sobre su apasionado intercambio en el sofá de su oficina que, tal vez, significó la concepción de Marie. Pero, lógicamente, no podía hablarle de eso.

—De todos modos, algún recuerdo conservarás. Viviste con ella hasta que tuviste seis años.

—Solo el olor —dijo Marie.

—¿Su olor?

—No, el olor de la lluvia.

—¿El olor de la lluvia?

—Llovía. Llovía tan fuerte que se oía cómo las gotas golpeaban el suelo. Sin embargo, mi madre caminaba sin paraguas. Íbamos de la mano bajo la lluvia. Creo recordar que era verano.

—¿Una de esas tormentas de verano?

—Puede ser. Notaba el olor que desprende el asfalto quemado por el sol cuando se moja de repente. Recuerdo ese olor. Estábamos en una especie de mirador en lo alto de la montaña y mi madre cantaba una canción.

—¿Qué canción?

—No recuerdo la melodía, pero sí la letra. Decía algo así como que al otro lado del río se extendía bajo el sol una gran pradera verde, pero a este lado no dejaba de llover... ¿La has oído alguna vez?

No me sonaba de nada.

—Creo que no.

Marie se encogió ligeramente de hombros.

—Se lo he preguntado a mucha gente, pero nadie la conoce. ¿Por qué será? ¿Me la habré inventado?

—Tal vez la inventó para ti en ese momento.

Me miró a los ojos y sonrió.

—Nunca lo había pensado. De ser así sería maravilloso, ¿no crees?

Creo que esa fue la primera vez que la vi sonreír. Como si una densa nube se hubiese partido en dos para dejar pasar un rayo de sol que iluminase la tierra prometida.

—¿Sabrías identificar ese lugar que aparece en tu recuerdo? —le pregunté.

—Es posible —dijo—. No estoy segura del todo, pero creo que sí.

—Conservar en la memoria una imagen así, un paisaje como ese, es algo precioso.

Marie se limitó a asentir.

Durante un rato estuvimos escuchando los cantos de los pájaros, al otro lado de la ventana lucía un espléndido sol de otoño. No había rastro de nubes y cada uno estaba abstraído en sus propios pensamientos.

—¿Y ese cuadro que está de cara a la pared? —me preguntó Marie al cabo de un rato.

Se refería al retrato del hombre del Subaru Forester blanco (aún inconcluso). Estaba apoyado de cara a la pared para no tener que mirarlo.

—Es un cuadro a medio hacer. El retrato de un hombre. No lo he terminado.

—¿Puedo verlo?

—Sí, pero ten en cuenta que aún no es más que un boceto.

Cogí el lienzo y lo coloqué en el caballete.

Marie se levantó de la silla, se acercó y lo contempló con los brazos cruzados. Al enfrentarse al cuadro, sus ojos recuperaron el mismo e intenso brillo de antes. Apretó los labios.

Había pintado el cuadro utilizando tan solo el rojo, el verde y el negro; el retratado aún no tenía un contorno bien definido. Su figura dibujada a carboncillo había quedado oculta bajo el color, como si rechazase adquirir una consistencia real, más presencia de la que ya tenía, como si de algún modo no admitiese más color. Sin embargo, yo sabía que estaba allí. Había atrapado el fundamento de su existencia, como los peces caídos en la red invisible de un pescador aún sumergida en el fondo del mar. Yo intentaba descubrir el modo de sacarle de allí, pero él me lo impedía, y en ese tira y afloja el retrato había quedado interrumpido.

—¿Lo vas a dejar así? —me preguntó Marie.

—De momento sí. A partir de aquí, no sé cómo avanzar.

—Parece que ya está terminado —dijo ella en un tono tranquilo.

Me levanté y me acerqué para contemplar el cuadro desde su perspectiva. ¿Acaso veía la figura del hombre latente en la oscuridad?

—¿Quieres decir que ya no hace falta añadir nada? —le pregunté.

—Sí. A mí me parece que está bien así.

Contuve la respiración. Sus palabras eran casi idénticas a las del hombre del Subaru Forester blanco: «Déjalo así. No lo toques más».

—¿Y qué te hace pensar eso? —insistí.

Marie no dijo nada durante un rato. Se concentró de nuevo en el cuadro, extendió los brazos y después se llevó las manos a las mejillas como si quisiera refrescarse.

—Ya tiene suficiente fuerza —dijo al fin.

—¿Suficiente fuerza?

—Eso creo.

—¿Una fuerza positiva?

No contestó a mi pregunta. Aún tenía las manos en las mejillas.

—¿Conoces bien a este hombre?

Negué con la cabeza.

—No. En realidad, no le conozco de nada. Es una persona con la que me crucé por casualidad en una ciudad lejana durante un largo viaje. No hablé con él e ignoro su nombre.

—No sé si la fuerza es buena o es mala. Tal vez depende del momento. Como esas cosas que se ven distintas en función del ángulo desde el que las mires.

—Y te parece que es mejor dejarlo así, ¿verdad?

Me miró a los ojos.

—Si pintas algo más y no funciona, ¿qué vas a hacer? ¿Qué vas a hacer si de repente alarga su mano para agarrarte?

Tenía razón, pensé. Si de allí resultaba algo malo, malvado incluso, y alargaba su mano hacia mí, ¿qué podría hacer yo?

Bajé el cuadro del caballete y lo dejé en el mismo sitio de cara a la pared. Solo con quitarlo de en medio me dio la impresión de que la tensión en el estudio disminuía.

Tal vez debería haberlo envuelto bien y haberlo guardado en el desván como había hecho Tomohiko Amada con *La muerte del comendador*.

—Entonces, ¿ese cuadro de ahí qué te parece? —le pregunté señalando el lienzo de Tomohiko Amada colgado en la pared.

—Me gusta —dijo sin titubear—. ¿Quién lo ha pintado?

—Tomohiko Amada, el dueño de esta casa.

—Ese cuadro quiere decir algo. Es como un pájaro que quiere escapar de la estrecha jaula donde lo han encerrado.

De nuevo me miró a los ojos.

—¿Pájaro? ¿Qué clase de pájaro?

—No llego a ver al pájaro ni la jaula. Es solo una sensación. Tal vez se trata de algo demasiado complicado para mí.

—No solo para ti. A mí también me resulta muy

difícil, pero tienes razón. En el cuadro hay un grito, una súplica que el autor quiere desesperadamente que oiga la gente. Yo también lo noto, pero soy incapaz de comprender qué quiere transmitir en realidad.

—Alguien mata a alguien. Con un sentimiento muy fuerte.

—Eso es. El hombre joven le clava la espada al otro, que parece muy sorprendido por el hecho de estar a punto de morir asesinado. La gente de alrededor contiene el aliento al ver cómo se desarrollan las cosas.

—¿Hay asesinatos que se puedan considerar buenos?

Reflexioné sobre su pregunta.

—No lo sé. Juzgar si algo es correcto o no depende solo de criterios morales. Hay mucha gente, por ejemplo, que considera la pena de muerte una especie de asesinato socialmente correcto.

Ese mismo razonamiento, pensé, se podía aplicar a ciertos homicidios.

—Pero a pesar de que se asesine a una persona y salga mucha sangre —dijo Marie después de un silencio—, no transmite opresión. Es como si el cuadro intentara transportarme a un lugar distinto, un lugar donde no existe un criterio sobre lo que es correcto y lo que no lo es.

Aquel día no usé el pincel ni una sola vez. Estuve hablando con Marie en el estudio inundado de luz. Mientras hablábamos memoricé cada uno de sus gestos, sus cambios de expresión. Tenerlos almacenados en la memoria me serviría para transformarlos después en la sangre y en la carne del retrato que le iba a pintar.

—Hoy no has pintado nada —dijo Marie.

—Hay días así —traté de explicarme—. Algunas cosas te roban el tiempo y otras te lo dan. Es importante que el tiempo se convierta en tu aliado.

No dijo nada más. Tan solo me miraba a los ojos como si observara el interior de una casa con la cara pegada a la ventana. A buen seguro, pensaba en el sentido del tiempo.

Cuando sonaron las señales horarias de las doce del mediodía salimos del estudio y fuimos al salón. Shoko, sentada en el sofá con sus gafas de pasta negras, estaba concentrada en la lectura del libro. Tan concentrada, de hecho, que apenas parecía respirar.

—¿Qué libro está leyendo? —le pregunté, incapaz de resistir por más tiempo.

—Si le digo la verdad, tengo una superstición —dijo con una sonrisa mientras colocaba el marcapáginas—. Si le revelo el título del libro que estoy leyendo, por alguna razón seré incapaz de leerlo hasta el final. Siempre que lo hago sucede algo inesperado y ya no puedo continuar. A lo mejor le suena extraño, pero le aseguro que es así. Por eso nunca le digo a nadie el título del libro que estoy leyendo, pero en cuanto lo termine lo haré encantada.

—Como quiera, por supuesto. La he visto tan entusiasmada que he sentido curiosidad.

—Es un libro muy interesante. Cuando empiezo no puedo parar, y por eso he decidido leerlo solo cuando vengo aquí. Así se me pasan las dos horas volando.

—Mi tía lee mucho —dijo Marie.

—No tengo otra cosa que hacer y la lectura ha terminado por convertirse en el centro de mi vida.

—¿No trabaja usted?

Se quitó las gafas y se acarició entre las cejas para hacer desaparecer una arruga.

—Una vez por semana como voluntaria en la biblioteca. Antes trabajaba en un hospital universitario privado en Tokio. Era la secretaria del director, pero lo dejé cuando me mudé aquí.

—Se vino cuando murió la madre de Marie, ¿verdad?

—Solo tenía intención de pasar una temporada con ellos, pero después de vivir con Marie ya no me resultó fácil marcharme, y aquí sigo. Si mi hermano volviera a casarse, regresaría a Tokio enseguida.

—Pues yo me iría contigo —dijo Marie.

Shoko sonrió ligeramente, pero no dijo nada.

—Si no les va mal, las invito a comer. Puedo preparar algo rápido, pasta y una ensalada.

Shoko mostró ciertos reparos, pero Marie parecía entusiasmada.

—¿Y por qué no? Aunque volvamos a casa, papá no está.

—No se preocupe. Haré algo sencillo. Ya tengo preparada la salsa y me da igual cocinar para mí solo o para tres.

—¿De verdad no le importa? —preguntó Shoko, cautelosa.

—Por supuesto que no, no se preocupe. Como, desayuno y ceno solo todos los días, y de vez en cuando me gusta disfrutar de un poco de compañía.

Marie miró a su tía directamente a los ojos.

—En ese caso —dijo Shoko—, aceptamos su invitación con mucho gusto. ¿De verdad no es molestia?

—En absoluto. Siéntase como en casa.

Fuimos al comedor. Marie y Shoko se sentaron a la mesa y yo me dirigí a la cocina para hervir agua y calentar la salsa de espárragos y beicon. Preparé también una ensalada de lechuga, tomate, cebolla y pimiento. Cuando el agua hirvió, eché la pasta, y mientras se cocía piqué un poco de perejil. Saqué té frío de la nevera y lo serví en vasos. Marie y Shoko miraban extrañadas cómo me manejaba en la cocina. Shoko me preguntó si me podía ayudar en algo. Le dije que no, que se quedase tranquilamente sentada. No había tanto que hacer, después de todo.

—Se le ve a usted muy acostumbrado —dijo admirada.

—Lo hago todos los días.

Cocinar no representaba para mí ninguna molestia. Siempre me habían gustado los trabajos manuales, ya fuera cocinar, la carpintería, arreglar una bici o cuidar del jardín. Lo que no se me daba bien en absoluto era el pensamiento abstracto o matemático. Para una mente simple como la mía, los juegos mentales como el shogi, el ajedrez o incluso los puzles eran agotadores.

Cuando lo tuve todo listo, me senté con ellas y empezamos a comer. Se trataba solo de una comida informal un domingo despejado de otoño. Shoko me parecía la compañía ideal para compartir mesa en un día así. Tenía una conversación animada, sentido del humor, era inteligente y sociable. En la mesa mostraba unos modales exquisitos, pero sin darse aires. Se notaba que se había criado en una familia educada y había estudiado en colegios buenos. Marie, por su parte, apenas habló. Delegó la conversación en manos de su tía y se concentró en la comida. Shoko me pidió la receta de la salsa.

Cuando estábamos a punto de terminar, sonó el timbre de la puerta. No me resultó muy difícil imaginar quién era. De hecho, me parecía haber oído un poco antes el potente rugido del Jaguar. El ruido había alcanzado esa capa intermedia entre la conciencia y la inconsciencia. El ruido de ese motor estaba en las antípodas del silencioso Toyota Prius. Quizá por eso el sonido del timbre no me sorprendió.

—Disculpen —dije.

Dejé la servilleta encima de la mesa y fui hasta la entrada. Era incapaz de imaginar qué ocurriría a partir de ese momento.

34
Últimamente no he medido
la presión del aire

Nada más abrir la puerta me encontré a Menshiki allí plantado.

Llevaba una camisa blanca de cuello americano, un elegante chaleco de cuadros de lana, una americana de tweed gris azulado a conjunto con un pantalón mostaza tipo chino y unos zapatos de ante marrón. Como era habitual en él, su forma de vestir provocaba una impresión inmejorable. Su abundante pelo blanco resplandecía bajo la luz otoñal y a su espalda vi el Jaguar plateado aparcado junto al Toyota Prius. Los dos coches juntos producían el mismo efecto que una persona con los dientes torcidos riéndose con la boca abierta.

Le invité a pasar sin decir nada. La situación parecía tensar su gesto y, por alguna razón, me recordaba a una pared recién enyesada aún por secar. Nunca había visto esa expresión en su rostro. Era un hombre con un gran autocontrol, que no perdía la calma en ninguna situación, ni mostraba nunca sus sentimientos. Incluso después de permanecer encerrado una hora en el fondo del agujero del bosque completamente a oscuras, ni siquiera el color de su cara había experimentado cambio alguno. Sin embargo, en ese momento estaba pálido.

—¿Puedo pasar? —me preguntó.

—Por supuesto —le dije—. Estábamos a punto de terminar de comer.

—No quiero molestar —dijo mirando la hora en su reloj en un acto reflejo y sin apartar la vista de él durante un tiempo que me pareció excesivo, como si tuviera algo que objetar al movimiento de las agujas.

—Terminamos enseguida. He preparado algo sencillo para comer y si le parece bien podemos tomar café juntos y le presento a mis invitadas. Puede esperarnos en el salón.

Menshiki sacudió la cabeza.

—No, quizá no sea el momento oportuno. Pensé que ya estaba usted solo, pero al llegar he visto un coche desconocido y no sabía bien qué hacer...

—Es buen momento —le interrumpí—. No se preocupe. Déjelo en mis manos. Lo haremos con naturalidad.

Asintió y se quitó los zapatos para entrar en la casa, pero parecía costarle mucho. Esperé a que terminase y le acompañé al salón. Ya había estado allí en varias ocasiones y, sin embargo, miró a su alrededor como si fuera la primera vez en su vida que lo veía.

—Espere aquí —le dije tocando ligeramente su hombro—. Póngase cómodo, por favor. No tardaré ni diez minutos.

Le dejé allí solo y volví al comedor con cierta inquietud. En mi ausencia, Shoko y Marie habían acabado de comer. Los tenedores ya estaban encima del plato.

—¿Tiene usted visita? —preguntó Shoko con gesto preocupado.

—Sí, pero no se preocupe. Es un amigo que vive

cerca y tenemos confianza. Está esperando en el salón. Voy a terminar de comer.

Mientras ellas recogían la mesa preparé café.

—¿Por qué no vamos al salón y tomamos café juntos? —propuse a Shoko.

—¿No le molestamos?

Sacudí la cabeza.

—En absoluto. Quizá sea el destino, quién sabe. Se lo presentaré. Le he dicho que vive cerca, pero en realidad su casa está al otro lado del valle. Quizás aún no le conozca.

—¿Cómo se apellida?

—Menshiki. Se escribe con los ideogramas de «eximirse» y de «color», en otras palabras: «eximirse de color».

—Qué apellido tan peculiar —dijo ella—. No lo había oído nunca. Es verdad, la otra ladera del valle no queda lejos, pero casi nunca vamos por allí.

Serví cuatro tazas de café y las puse en una bandeja junto con una jarrita de leche y azúcar, y nos fuimos juntos al salón.

Menshiki no se encontraba allí y me quedé muy sorprendido. El salón estaba vacío. Tampoco estaba en la terraza y no parecía haber ido al lavabo.

—¿Adónde ha ido? —pregunté sin dirigirme a nadie en especial.

—¿Estaba aquí? —preguntó Shoko.

—Sí, hasta hace un momento.

Fui a la entrada. Sus zapatos de ante también habían desaparecido. Me puse unas sandalias y salí. El Jaguar plateado seguía aparcado en el mismo sitio, lo cual quería decir que no se había marchado. El parabrisas brillaba bajo la luz del sol y no veía si había alguien dentro del coche o no. Me acerqué. Menshiki estaba sentado en el asiento del conductor y se afanaba en buscar algo. Di un golpe con los nudillos en la ventanilla, la bajó y me miró con un gesto de perplejidad.

—¿Le ocurre algo? —le pregunté.

—Quería medir la presión de los neumáticos, pero no encuentro el manómetro. Creo recordar que siempre llevo uno en la guantera.

—¿Y tan urgente es que tiene que hacerlo en este momento?

—No, pero mientras estaba sentado en el salón, de pronto me he preocupado por la presión de los neumáticos. Últimamente no he medido la presión del aire.

—Eso quiere decir que no les pasa nada a las ruedas, ¿verdad?

—No, no. Están perfectamente.

—En ese caso, ¿por qué no lo deja y volvemos adentro? He preparado café. Le están esperando.

—¿Me están esperando? —dijo en un tono más bien seco—. ¿Me están esperando a mí?

—Sí. Les he dicho que le presentaría.

—¡Qué situación!

—¿Qué situación por qué?

—Aún no estoy preparado. Quiero decir, mi corazón no está preparado.

En sus ojos se notaban el miedo y la perplejidad, como cuando una persona tiene que tirarse del décimo sexto piso de un edificio en llamas y acertar en una lona sujeta por los bomberos que desde allí arriba se ve como un posavasos.

—Vamos, venga conmigo —insistí en un tono firme—. Ya verá como todo irá bien.

Menshiki asintió sin decir nada, salió del coche y cerró la puerta. Iba a cerrar con llave, pero debió de caer en la cuenta de que no hacía falta (al fin y al cabo, allí en lo alto de la montaña nunca aparecía nadie). Se guardó la llave en el bolsillo del pantalón.

Cuando entramos en el salón, Shoko y Marie estaban sentadas en el sofá. Nada más vernos se levantaron cortésmente. Hice las presentaciones de rigor con la mayor sencillez posible, como si en el encuentro no hubiera nada de extraordinario.

—También he pintado un retrato del señor Menshiki —dije—. Vive cerca de aquí y tenemos buena relación.

—Vive usted al otro lado del valle, ¿verdad? —preguntó Shoko.

Al mencionar la casa, Menshiki se quedó lívido sin poder disimularlo.

—Sí, vivo ahí desde hace algunos años. Veamos... Pues... ¿Tres o cuatro años?

Me miró como si me lo preguntase a mí, pero no le dije nada.

—¿Se ve su casa desde aquí? —le preguntó Shoko.

—Sí —contestó, para añadir enseguida—: pero no es nada del otro mundo. Está en un lugar muy incómodo.

—Incómoda, eso es lo mismo que se puede decir de nuestra casa —dijo Shoko en un tono de voz agradable—. Solo ir a la compra ya es casi un trabajo. No llegan bien ni la señal del teléfono ni las ondas de radio, y hay tanta pendiente que cuando nieva me da miedo sacar el coche. Por suerte, solo me pasó una vez hace cinco años.

—Es verdad, por aquí no nieva tanto. Se debe al viento cálido que llega desde el mar. El mar tiene un poder enorme. Así que...

—Sea por la razón que sea —le interrumpí—, es de agradecer que no nieve mucho durante el invierno.

Notaba una actitud tan apremiante en Menshiki que si le dejaba podía ponerse a explicar las razones de la existencia de la corriente cálida del Pacífico que baña las costas japonesas.

Marie observaba a Menshiki y a su tía alternativamente. No me pareció que él le hubiera causado una impresión especial. Menshiki no la había mirado directamente en ningún momento, como si quisiera concentrarse solo en su tía y se sintiera atraído por ella.

—Estoy pintando el retrato de Marie —le expliqué—. Le he pedido que pose para mí.

—Por eso venimos los domingos por la mañana —añadió Shoko—. No vivimos lejos, pero por culpa de la montaña hay que dar muchas vueltas para llegar hasta aquí.

Menshiki miró por fin a Marie de frente. Sus ojos, sin embargo, se movían intranquilos, como si siguieran a una mosca revoloteando alrededor de la cara de la niña sin encontrar dónde posarse.

Para echarle una mano, alcancé el cuaderno de bocetos y se lo mostré.

—Son los bocetos que he hecho hasta ahora. Aún estamos en la fase preliminar y no he empezado con el trabajo sobre el lienzo.

Contempló los tres bocetos durante mucho tiempo, como si fueran mucho más importantes para él que la propia Marie. No era así, obviamente, pero se veía incapaz de mirarla de frente. Los bocetos solo eran una tabla de salvación. Por primera vez estaba tan cerca de ella y quizá por eso aún no podía poner en orden sus sentimientos. Marie, por su parte, le observaba como si tuviese delante un animal extraño.

—Es un trabajo magnífico —dijo al fin. Enseguida miró a Shoko y añadió—: Hay mucha vida en ellos, una atmósfera muy bien captada.

—Sí, a mí también me lo parece —dijo ella con una sonrisa.

—Pero Marie es una modelo muy difícil —le expliqué—. No resulta fácil pintarla. Cambia de expresión todo el rato y comprender su esencia me está llevando más tiempo del que esperaba. Quizá por eso aún no he podido empezar con el lienzo.

—¿Difícil? —se extrañó él.

Entornó los ojos y miró de nuevo a Marie como si tuviese delante un objeto resplandeciente.

—Si se fija, cada uno de los bocetos capta un gesto muy distinto. Un pequeño cambio y el conjunto varía por completo. Para el retrato necesito capturar su esencia interior, no solo los cambios superficiales. De lo contrario, tan solo seré capaz de plasmar una parte del conjunto.

—Entiendo —dijo Menshiki aparentemente impresionado.

Miró los bocetos de nuevo y los cotejó con la cara de Marie.

Su cara lívida había empezado a recuperar el color. Al principio, solo fue un pequeño punto, pero pronto aumentó de tamaño hasta alcanzar el de una pelota de ping pong, después el de una de béisbol hasta extenderse al fin a la totalidad de la cara. Marie observaba el cambio de coloración de su cara con sumo interés. Shoko evitaba mirarle directamente para no ser descortés. Yo me serví otro café.

—A partir de la próxima semana tengo intención de ponerme a trabajar en serio con el retrato. O sea, empezaré a pintar en el lienzo.

Hablaba para llenar el silencio que se había instalado entre nosotros. No me dirigía a nadie en concreto.

—¿Ya tiene una idea? —me preguntó Shoko.

Negué con la cabeza.

—Nada concreto todavía. Reconozco que si no estoy delante del lienzo con el pincel en la mano no se me ocurre nada.

—Ha pintado usted el retrato del señor Menshiki, ¿verdad? —me preguntó Shoko.

—Sí, el mes pasado.

—¡Un trabajo espléndido! —intervino Menshiki impetuoso—. La pintura aún tiene que secarse y no lo he enmarcado, pero ya lo he colgado en mi estudio. Quizá llamarlo retrato no sea la forma más correcta de referirse a él. En cierta manera me ha pintado a mí, pero al mismo tiempo no soy yo. No sé cómo explicarlo, pero es una obra muy profunda. No me canso de mirarla.

—¿Es usted, pero no es usted? —preguntó Shoko extrañada.

—No se trata de un retrato al uso, más bien de un cuadro que entra en terrenos más profundos.

—Me gustaría verlo —dijo Marie.

Era la primera vez que hablaba desde que nos habíamos sentado en el salón.

—Pero Marie, eso no puede ser. No puedes presentarte en casa de otra persona...

—No me importa en absoluto —saltó Menshiki como si cortase las palabras de Shoko con un hacha.

Su inesperada reacción nos dejó a todos (incluido al propio Menshiki) sin respiración. Cuando nos recuperamos tras un lapso de tiempo, continuó:

—Ya que vivimos tan cerca, vengan cuando quieran a ver el cuadro. Vivo solo, de manera que no hay nada de que preocuparse. Estaré encantado de recibirles.

Al terminar, Menshiki volvió a sonrojarse aún más. Tal vez pensó que se había expresado con demasiado apremio.

—Marie, ¿a ti también te gusta la pintura?

Menshiki se dirigió a la niña mirándola a los ojos. Su voz había recuperado el tono de siempre.

Marie asintió en silencio con una ligera inclinación de la cabeza.

—Si no tienen inconveniente, podría venir a buscarlas el próximo domingo a esta misma hora.

—No queremos causarle tantas molestias —dijo Shoko.

—Pero yo quiero verlo —dijo Marie contundente.

Finalmente acordaron la cita para el siguiente domingo a partir de las doce. Menshiki me invitó a mí también, pero me excusé con el argumento de que tenía algo que hacer. En realidad, no quería inmiscuirme aún más en el asunto. Lo que ocurriese a partir de ese momento lo dejaba en manos de los interesados. Yo quería mantenerme lo más alejado posible. Ya me había visto en la obligación de hacer de intermediario a pesar de no haber tenido nunca ningún interés.

Menshiki y yo salimos para despedirnos de aquellas dos cautivadoras mujeres. Shoko observó el Jaguar plateado de Menshiki con mucho interés, como un amante de los perros cuando se detiene en medio de la calle entusiasmado ante un magnífico ejemplar que pasea otra persona.

—Es el último modelo, ¿verdad? —le preguntó a Menshiki.

—Sí, de momento es el último *coupé* que ha sacado Jaguar. ¿Le gustan los coches?

—No, en realidad no mucho, pero mi difunto padre tenía un modelo sedán de Jaguar. Me llevaba a todas partes en él y de vez en cuando me dejaba conducirlo. Por eso, cuando veo el símbolo de Jaguar en un coche siento nostalgia. Creo recordar que era un XJ6 con cuatro faros delanteros redondos y un motor V6 de 4,2 litros.

—De la serie III. Sí, lo recuerdo bien. Era un modelo muy bonito.

—A mi padre le encantaba ese coche. Lo tuvo mucho tiempo, aunque se quejaba de que consumía mucho y de que a menudo se le rompían pequeñas piezas.

—Es verdad. Ese modelo en concreto consumía mucho y el sistema electrónico daba muchos problemas. Jaguar nunca ha sido una buena marca para los sistemas electrónicos, pero si no tiene demasiadas averías y a uno no le importa lo mucho que consume, es un coche estupendo. Es cómodo y se conduce bien. Tiene algo que los demás no tienen, aunque a casi todo el mundo le preocupan las averías y el consumo, por supuesto. Por eso se vende tanto el Toyota Prius.

—Este me lo compró mi hermano. No lo elegí yo —dijo ella como si se excusara—. Según él, es fácil de conducir, seguro y respetuoso con el medio ambiente.

—El Prius es un coche magnífico. Yo también valoré la posibilidad de comprármelo.

Me pregunté si eso era cierto. No me imaginaba a Menshiki conduciendo un Toyota Prius, como no me imaginaba a un leopardo pidiendo una ensalada *niçoise* en un restaurante. Shoko se acercó para echar un vistazo al interior del coche.

—No quisiera ser indiscreta —dijo—, pero ¿podría subir un momento, quiero decir, sentarme al volante?

—Por supuesto —dijo Menshiki carraspeando para aclararse la voz—. Tómese su tiempo y si quiere puede conducirlo. No me importa en absoluto.

El hecho de mostrar tanto interés por el Jaguar de Menshiki fue una auténtica sorpresa. Por su aspecto apacible, sencillo y de buen gusto, no me había parecido en absoluto el tipo de mujer que se interesase por los coches. Sin embargo, se sentó en el asiento de cuero de color crema del conductor con un brillo en los ojos, se acomodó, observó atenta el panel de control y colocó las dos manos en el volante. Después, puso la izquierda en la palanca de cambios. Menshiki sacó la llave del bolsillo y se la dio.

—Arranque el motor —le dijo.

Shoko aceptó la llave sin decir nada, la introdujo en la ranura y la giró en el sentido de las agujas del reloj. La enorme bestia felina a sus pies se despertó en un segundo. Se quedó embelesada un buen rato con el rugido cavernoso del motor.

—Este ruido me resulta muy familiar —dijo.

—Es un motor V8 de 4,2 litros. El XJ6 de su padre tenía un motor V6, menos válvulas y un sistema de inyección distinto, pero puede que el sonido sea parecido. Al fin y al cabo, queman combustible fósil alegremente sin la más mínima preocupación. Tanto antes como ahora, casi se las podría considerar máquinas criminales.

Shoko accionó el intermitente derecho y escuchó atenta el alegre tictac.

—Este ruido me trae muchos recuerdos —dijo.

Menshiki sonrió.

—Es un ruido peculiar de los Jaguar, distinto a cualquier otro coche.

—Cuando me saqué el carnet, a veces conducía a escondidas su XJ6. El freno de mano también es especial y la primera vez no sabía cómo quitarlo.

—Sé a lo que se refiere —dijo Menshiki sin perder la sonrisa de su gesto—. Los ingleses se preocupan mucho por cosas extrañas.

—Pero huele distinto al de mi padre.

—Tiene razón. Por toda una serie de circunstancias los materiales del interior ya no son los de antes. Desde que la empresa Connolly Leather cerró y dejó de suministrarles el cuero en 2002, ese olor característico ha cambiado.

—¡Qué lástima! Me gustaba mucho ese olor. Para mí estaba asociado al recuerdo de mi padre.

—A decir verdad —dijo Menshiki con cierto titubeo—, además de este tengo otro modelo más antiguo. Tal vez huela como el de su padre.

—¿Un XJ6?

—No, un clase E.

—¿Se refiere al descapotable?

—Sí. Un serie 1 Roadstar fabricado a mediados de los sesenta. Aún funciona bien. Tiene un motor V6 de 4,2 litros. Es un modelo original de dos asientos, pero tuve que cambiarle la capota y ya no es el auténtico en sentido estricto.

Nunca me han interesado los coches y apenas entendía de lo que hablaban, pero Shoko parecía muy impresionada con todo aquello. En cualquier caso, descubrir que compartían la afición por los Jaguar (sin duda, un campo muy reducido) me hizo sentir alivio. Ya no debía esforzarme por encontrar un tema de conversación en el que coincidieran dos perfectos desconocidos. En cuanto a Marie, mostraba aún menos interés que yo por los coches y se limitaba a escuchar aburrida.

Shoko se bajó del Jaguar, cerró la puerta y le devolvió la llave a Menshiki, que se la guardó enseguida en el bolsillo del pantalón. Marie y ella se subieron al Toyota Prius azul y Menshiki tuvo la cortesía de cerrar la puerta a la niña. También me llamó la atención la diferencia del ruido de la puerta al cerrarse entre el Jaguar y el Prius. Si nos paramos a pensar, en realidad los sonidos pueden ser muy diferentes. Solo hay que prestar un poco de atención para darse cuenta. El sonido de la cuerda de un contrabajo tocado por Charles Mingus o por Ray Brown, por ejemplo, es completamente distinto.

—Nos vemos entonces el próximo domingo —se despidió Menshiki.

Shoko le sonrió. Arrancó el coche y se marcharon.

Cuando desapareció de nuestra vista la silueta rechoncha del Toyota Prius, entramos en casa. Tomamos lo que quedaba del café ya frío en el salón y durante un rato no hablamos de nada. Parecía como si a Menshiki le hubieran abandonado las fuerzas, como un corredor de fondo en la línea de meta tras una carrera extenuante.

—Es muy guapa —dije al cabo de un rato—. Me refiero a Marie.

—Sí. De mayor será una belleza —confirmó Menshiki.

A pesar de su comentario, parecía pensar en otra cosa.

—¿Qué ha sentido al verla de cerca?

Sonrió incómodo.

—Si le soy sincero, ni siquiera he podido mirarla como me hubiera gustado. Estaba muy nervioso.

—Pero sí lo suficiente, ¿no?

Asintió.

—Por supuesto.

Volvió a guardar silencio durante un rato y de pronto levantó la cara y me miró con gesto serio.

—Y a usted, ¿qué le ha parecido? —me preguntó.

—¿A qué se refiere?

Su cara volvió a sonrojarse una vez más.

—Me refiero a si hay algún rasgo común entre nosotros. Usted es pintor y ha pintado muchos retratos, imagino que apreciará ese tipo de cosas con facilidad.

Sacudí la cabeza.

—He estudiado para comprender los rasgos de una cara con cierta rapidez, es verdad, pero no se me da bien sacar parecidos entre padres e hijos. De hecho, hay muchos casos en que no se parecen en absoluto y otros que sí.

Menshiki suspiró profundamente. Era un suspiro que parecía brotar de todos los pliegues de su cuerpo. Se frotó las manos.

—No le pido un peritaje o algo por el estilo —dijo—, solo una impresión personal. Me conformo con un detalle, no sé, algo que le haya llamado la atención. Me gustaría mucho oírlo.

Me quedé pensando un rato.

—Si hablo de los rasgos de la cara en concreto —dije al fin—, quizá no tengan muchas cosas en común, pero en los ojos, en la forma de moverlos, sí que he apreciado cierto parecido. Al menos me ha dado esa impresión por momentos.

Menshiki apretó sus finos labios y me miró a los ojos.

—¿Quiere decir que nuestros ojos se parecen?

—Tal vez se deba a que los ojos reflejan los sentimientos. Son cosas sutiles que se notan tanto en su mirada como en la de ella, no sé, la curiosidad, el entusiasmo, la sorpresa, las dudas o cierta resistencia. Quizá las caras no reflejen muchos sentimientos, pero los ojos son realmente una ventana del corazón. Es lo contrario de lo que le sucede al común de los mortales. La mayoría de las personas tienen una cara expresiva, pero no tienen unos ojos tan vivos como los suyos.

Menshiki pareció sorprendido.

—¿Mis ojos son así? —preguntó, incrédulo.

Asentí.

—Nunca se me había pasado por la cabeza —admitió.

—Aunque quiera controlarlo, tal vez no pueda. O tal vez por el hecho de controlar sus gestos, la consecuencia lógica es que sus sentimientos hayan terminado por concentrarse en sus ojos. Sea como sea, uno solo se da cuenta después de observar atentamente. Imagino que a una persona normal le pasará inadvertido.

—¿Y usted puede verlo?

—Digamos que mi profesión se basa en comprender el gesto de las personas.

Menshiki se quedó pensando durante un rato antes de volver a hablar.

—De acuerdo, nuestros ojos se parecen, pero en términos de padre e hija, ¿encuentra usted algún otro parecido?

—Cuando veo a la gente, tengo ciertas impresiones, digamos, pictóricas. A eso sí le presto mucha atención, pero de eso a un hecho concreto y objetivo hay mucha distancia. Son cosas muy distintas. Una impresión no demuestra nada, después de todo. Es como una mariposa arrastrada por el viento. No tiene una utilidad real y concreta. ¿Y a usted qué le ha parecido? ¿No ha sentido nada especial al tenerla enfrente?

Sacudió la cabeza repetidas veces.

—No. No puedo por el simple hecho de verla una sola vez durante poco tiempo. Me hace falta más. Debo acostumbrarme a su presencia...

Volvió a mover despacio la cabeza. Metió las manos en los bolsillos de su chaqueta y las sacó enseguida, como si se hubiera olvidado de lo que buscaba.

—No. Tal vez no se trate del número de veces que la vea. Si tengo muchas oportunidades de hacerlo, quizá la confusión no haga más que aumentar y ya no sea capaz de llegar a una conclusión. Puede que sea mi hija biológica y puede que no, pero en ambos casos da igual. El simple hecho de estar frente a ella y pensar en esas dos posibilidades, solo acariciar esa hipótesis, ya hace que una sangre fresca y renovada fluya hasta por el último rincón de mi cuerpo. Es posible que no hubiera entendido hasta ahora el verdadero sentido de la existencia.

Me quedé en silencio. No podía comentar nada de los sentimientos que albergaba en su corazón, de lo que significaba para él vivir. Miró su reloj, que tenía aspecto de ser muy caro, y se levantó del sofá un tanto rígido, como si forcejease consigo mismo.

—Debo agradecerle lo que ha hecho por mí. Si no me hubiera animado usted, no creo que hubiera sido capaz de hacer nada por mí mismo.

Se dirigió hacia la entrada con pasos vacilantes, se puso los zapatos, se tomó mucho tiempo para atarse los cordones y salió. Observé desde allí cómo se subía al coche y se marchaba. Cuando el Jaguar desapareció de mi vista, el silencio característico de las tardes de domingo me envolvió de nuevo.

El reloj marcaba las dos pasadas. Estaba muy cansado. Saqué una manta vieja del armario, me tumbé en el sofá, me tapé y me dispuse a dormir un rato. Cuando me desperté, ya eran las tres pasadas. La luz del sol que iluminaba el salón se había desplazado. Era un día extraño. Me sentía incapaz de determinar si caminaba hacia delante, hacia atrás o si daba vueltas alrededor del mismo punto. Estaba desorientado. Shoko Akikawa, Marie y Menshiki, cada uno de ellos desprendía algo así como una fuerza magnética y yo estaba en medio de ellos sin ningún poder de atracción por mi parte.

Aún me sentía exhausto y el domingo no había terminado. Las agujas del reloj marcaban las tres, ni siquiera había anochecido. Todavía faltaba mucho para que ese día se convirtiera en pasado y diese paso a uno nuevo, pero no tenía ganas de hacer nada. La siesta no había logrado despejar la parte de mi cerebro que aún seguía abstraída, era como cuando una bola de lana en el fondo de un cajón impide cerrarlo. En días así, también debería dedicarme a medir la presión de los neumáticos. Si uno no tiene ganas de hacer nada, al menos le queda el recurso de realizar ese tipo de cosas.

En ese momento caí en la cuenta de que nunca había comprobado la presión de los neumáticos. De vez en cuando me decían algo en la gasolinera y los que trabajaban allí se hacían cargo. No tenía manómetro, obviamente. Ni siquiera sabía qué aspecto tenía ese aparato, pero si cabía en una guantera, no debía de ser tan grande ni tan caro para tener que comprarlo a plazos. Me dije que algún día me compraría uno para probar.

Cuando oscureció, fui a la cocina, abrí una cerveza y preparé bonito asado con sake. Corté también unas verduras encurtidas, hice una ensalada de algas y pepino en vinagre y una sopa de miso con nabo y tofu frito. Después me senté a la mesa y me lo comí todo yo solo en silencio. No tenía a nadie con quien conversar y, de haberlo tenido, tampoco habría sabido qué decir. Cuando estaba a punto de terminar mi solitaria cena, sonó el timbre de la puerta. Al parecer, todo el mundo se había puesto de acuerdo en llamar al timbre de mi puerta ese día cuando todavía no había acabado de comer.

«El día aún no ha terminado», pensé. Tenía la impresión de que iba a ser un domingo muy largo. Me levanté y me dirigí despacio hasta la puerta.

Hubiera sido mejor dejar
ese lugar como estaba

Caminé despacio hasta la puerta. No tenía ni idea de quién podía ser a esas horas. De haber venido en coche, habría oído el ruido del motor. El comedor estaba en la otra parte de la casa, pero era una noche silenciosa y no se me habría pasado el murmullo de un motor o el de unas ruedas sobre la grava del camino aunque se tratase de un silencioso Toyota Prius. Pero no había oído nada.

No imaginaba a nadie tan curioso como para subir toda la cuesta a pie hasta la casa después de anochecer. Apenas había luz y el camino era muy solitario. La casa se hallaba muy apartada en lo alto de la montaña y en los alrededores no había vecinos.

Quizá fuera el comendador, pensé. Pero no. No podía ser él. Él, precisamente, podía presentarse cuando quisiera sin tomarse la molestia de tocar el timbre.

Giré la llave sin mirar por la mirilla y abrí. Era Marie Akikawa. Llevaba la misma ropa que a mediodía, pero se abrigaba con un fino plumífero de color azul marino. Casi era noche cerrada y hacía frío. Llevaba una gorra de béisbol de los Cleveland Indians (¿por qué precisamente de los Cleveland Indians?) y en su mano derecha sujetaba una linterna grande.

—¿Puedo entrar? —me preguntó.

No dijo «Buenas noches» ni se excusó por presentarse así de improviso.

—Por supuesto —le dije.

No sabía qué otra cosa decir porque aún no había conseguido cerrar el cajón de mi cabeza. Lo impedía la bola de lana que seguía estando al fondo. La invité a pasar al comedor.

—Estaba acabando de cenar. ¿Te importa?

Asintió en silencio. La idea de respetar ciertas formas, por molestas que pudieran llegar a ser, no parecía contarse entre sus preocupaciones.

—¿Quieres tomar un té?

Una vez más, asintió en silencio. Se quitó el plumífero, la gorra y se arregló el pelo. Puse agua a calentar y un poco de té verde en la tetera. A mí también me apetecía tomar un té.

Marie me observaba con los codos apoyados en la mesa mientras terminaba de cenar como si tuviera delante un ser extraño, como si paseara por la jungla y se hubiera encontrado de repente con una serpiente a punto de devorar la cría de un tejón.

—El pescado lo he preparado yo —dije para romper un silencio que cada vez se hacía más profundo—. Si se cocina con sake dura más tiempo.

No hubo reacción por su parte a mi explicación. Ni siquiera estaba seguro de que me hubiera escuchado.

—Immanuel Kant era un hombre con una rutina diaria y unos hábitos muy marcados y definidos —dije para probar otro camino—. La gente del pueblo donde vivía ajustaba los relojes cuando lo veían pasear.

Era un comentario intrascendente. Si lo hice, fue para comprobar su reacción a algo como caído del cielo, para determinar si me escuchaba o no. Igual que antes, no reaccionó de ningún modo. Y el silencio a nuestro alrededor se hizo más profundo aún. Immanuel Kant vivió una vida ordenada y silenciosa y siempre le gustó pasear por las calles de Königsberg. Sus últimas palabras antes de morir fueron: «*Es ist gut*» («Así está bien»). Hay gente que puede vivir así.

Terminé de cenar y llevé los platos a la cocina. Eché el agua caliente en la tetera y volví a la mesa con dos tazas. Marie observaba cada uno de mis movimientos sin moverse de la mesa, con sus ojos muy atentos, como un historiador concentrado en las notas a pie de página de un libro.

—No te han traído en coche, ¿verdad?

—He venido andando —dijo al fin.

—¿Andando hasta aquí tú sola desde tu casa?

—Sí.

Guardé silencio a la espera de que añadiera algo, pero no dijo nada más. Sentados a la mesa el uno frente al otro, el silencio se prolongó mucho rato. Sin embargo, no se me daba mal soportar los silencios. Al fin y al cabo, vivía solo en lo alto de aquella montaña desde hacía ya un tiempo considerable.

—Hay un camino secreto —dijo por fin—. En coche hay que dar muchas vueltas para venir aquí, pero por el camino secreto se llega enseguida.

—He paseado mucho por los alrededores, pero nunca he visto ese camino.

—Porque no has buscado bien —concluyó sin más—. No lo encuentras si caminas normalmente, si miras a tu alrededor como harías todos los días. Está muy bien escondido.

—¿Lo has escondido tú?

Asintió.

—Nos mudamos aquí nada más nacer yo y me he criado en este lugar. Desde pequeña he jugado en la montaña. La conozco como la palma de mi mano.

—Y es un camino que está muy bien escondido... Una vez más volvió a asentir.

—Y tú has venido hasta aquí por ese camino.

—Sí.

Suspiré.

—¿Has cenado ya?

—Hace un rato.

—¿Qué has cenado?

—A mi tía no se le da bien la cocina.

No era la respuesta a mi pregunta, pero no quise insistir. Supuse que prefería no darle más vueltas a lo que acababa de comer.

—¿Y tu tía sabe que has venido aquí sola?

No contestó. En lugar de eso apretó los labios y yo me decidí a aventurar la respuesta.

—Por supuesto que no. Un adulto en sus cabales no dejaría que una niña de trece años se metiera en la montaña en plena noche. ¿No te parece?

Una vez más, el silencio se apoderó de la situación.

—Ella tampoco sabe de la existencia de ese camino secreto, ¿verdad?

Marie sacudió la cabeza varias veces. Su tía no sabía nada.

—No lo conoce nadie, ¿me equivoco?

Asintió.

—De todos modos —dije—, por la dirección en la que está tu casa, imagino que has venido por el bosque donde está el antiguo templete, ¿verdad?

—Conozco bien ese templete. Ya sé que hace poco habéis movido el montículo de piedras con unas máquinas.

—¿Estabas allí?

—No —dijo negando con la cabeza—. Estaba en el colegio, pero vi las huellas de las máquinas en el suelo. ¿Por qué hicisteis eso?

—Por muchas razones.

—¿Qué razones?

—Si tengo que explicártelo desde el principio me va a llevar mucho tiempo —le dije.

Preferí no hacerlo. No quería mencionar que también había intervenido Menshiki.

—No deberíais haberlo hecho —dijo de repente.

—¿Por qué dices eso?

Se encogió de hombros.

—Hubiera sido mejor dejar ese lugar como estaba. Todo el mundo lo había respetado hasta ahora.

—¿Todo el mundo?

—Durante mucho tiempo nadie ha tocado ese lugar.

Tal vez tenía razón, pensé. Si estaba así, es porque todo el mundo lo había respetado. Pero ya era tarde para eso. Habíamos movido un montón de piedras, descubierto el agujero y liberado al comendador.

—¿Fuiste tú quien movió la tapa? —le pregunté—. Miraste dentro y volviste a colocarla, ¿no?

Me miró directamente a los ojos, como si me preguntase cómo podía saberlo.

—Las piedras que había encima no estaban colocadas de la misma manera. Siempre he tenido buena memoria fotográfica y me doy cuenta enseguida de ese tipo de cosas.

—Mmm... —se limitó a decir.

—Dentro del agujero no hay nada. Solo encontraste un sitio oscuro y húmedo. ¿Me equivoco?

—Había una escalera.

—¿Bajaste?

Marie sacudió la cabeza enérgica, como si jamás se le hubiera pasado por la imaginación semejante posibilidad.

—Entonces, ¿has venido aquí a estas horas por alguna razón en concreto o es una visita de cortesía?

—¿Visita de cortesía?

—Quiero decir, pasabas por aquí y has entrado a saludarme.

Pensó un rato en lo que acababa de decirle y al final sacudió la cabeza.

—No. No es una visita de cortesía.

—En ese caso, ¿qué tipo de visita es? Me alegra que estés aquí, por supuesto, pero si tu tía o tu padre llegan a enterarse, quizá lo malinterpreten.

—¿Malinterpretar?

—En este mundo existen los malentendidos. Muchos de ellos superan nuestra imaginación. Si llegan a saberlo, quizá ya no te den permiso para venir y yo no podré terminar el retrato, y eso sería un problema para mí y creo que también para ti. ¿No estás de acuerdo?

—Mi tía no lo sabe —dijo—. Después de cenar, me encierro en mi cuarto y ella no viene nunca a molestarme. Es un pacto entre nosotras. A veces me escapo por la ventana, pero nunca me han descubierto.

—¿Te gusta caminar por la montaña de noche?

Marie asintió.

—¿No te da miedo?

—Hay cosas que dan mucho más miedo.

—¿Por ejemplo?

Se encogió ligeramente de hombros y no contestó.

—De acuerdo con lo de tu tía, pero ¿y tu padre?

—Aún no ha vuelto a casa.

—¿A pesar de ser domingo?

No contestó a mi pregunta. Siempre parecía evitar el tema de su padre.

—De todos modos —dijo al fin—, no te preocupes. Nadie sabe que me he escapado, y aunque se enterasen, nunca hablaría de ti.

—Está bien. Dejaré de preocuparme, pero ¿por qué te has tomado la molestia de venir hasta aquí?

—Porque quería hablar contigo.

—¿Hablar de qué?

Alcanzó la taza de té, bebió en silencio y examinó la habitación con una mirada penetrante, como si quisiera asegurarse de que nadie más escuchaba aparte de mí. No había nadie en la casa, obviamente, sin contar con que el comendador pudiera estar en alguna parte aguzando el oído. Yo también miré a mi alrededor y no lo vi por ninguna parte, aunque si no se materializaba en una forma, era imposible verlo.

—Ese amigo que ha venido hoy a mediodía —dijo Marie—, ese hombre con el pelo completamente blanco. ¿Cómo se llamaba? Tenía un apellido muy raro.

—Menshiki.

—Eso es, Menshiki.

—No somos amigos. En realidad, nos conocemos desde hace poco.

—Me da igual.

—¿Qué pasa con él?

Me miró con los ojos entornados y bajó la voz.

—Me parece que esconde algo en su corazón.

—¿Algo como qué?

—No lo sé, pero creo que no ha venido aquí por casualidad. Me da la sensación de que tenía una razón.

—¿Como qué?

Su mirada denotaba una gran audacia y debía elegir las palabras con cautela.

Marie volvió a mirarme a los ojos.

—Eso no lo sé. ¿Lo sabes tú?

—No tengo ni idea —mentí rogando para que mis ojos no me delatasen.

Nunca se me había dado bien mentir, y cuando lo hacía se me notaba. Fuera como fuese, en ese momento no podía decir la verdad.

—¿En serio?

—En serio. No sabía que iba a venir hoy.

Tuve la impresión de que me creía, al menos por el momento. Y en cierto sentido era verdad. Menshiki no había avisado de su visita y también a mí me había pillado por sorpresa. Al menos no le mentía en todo.

—Tiene una mirada extraña —dijo Marie.

—¿Extraña?

—Es como si sus ojos siempre buscaran algo, como el lobo de Caperucita Roja. Aunque se disfrace de abuelita y se acueste en la cama, en sus ojos se nota que es un lobo.

¿El lobo de Caperucita Roja?

—¿Quieres decir que has notado algo malo en él?

—¿Malo?

—No sé, que pueda hacer daño o algo así.

—Malo —repitió Marie como si archivase la palabra en su memoria, como si fuera un acontecimiento inesperado—. No se trata de eso. No creo que tenga malas intenciones, pero ese señor Menshiki con su pelo blanco parece que esconde algo.

—¿Eso piensas?

Asintió.

—Por eso he venido. Quería preguntarte a ti, porque pensaba que sabías algo de él.

—¿Y tu tía? ¿Ha tenido ella la misma impresión?

En realidad se lo preguntaba para evitar responder a su pregunta.

—No creo. Casi nunca tiene sentimientos negativos hacia otras personas y, además, me parece que el señor Menshiki le interesa. Es mayor que ella, pero es guapo, viste bien, es muy rico y encima vive solo...

—Digamos que le ha despertado cierta simpatía.

—Creo que sí. Parecía divertirse, la veía alegre y notaba en su voz que estaba un poco nerviosa. No era mi tía de siempre y creo que hasta el señor Menshiki lo notó.

No dije nada y serví un poco más de té.

Marie se quedó pensativa.

—¿Cómo sabía que veníamos hoy aquí? ¿Se lo habías dicho tú?

Para mentir lo menos posible, elegí con mucho cuidado las palabras que iba a decir.

—No creo que fuera su intención encontrarse hoy en mi casa con vosotras, porque cuando le dije que estabais aquí quiso irse y fui yo quien se lo impidió. Ha sido la casualidad. La casualidad ha querido que tu tía y él se conozcan, y entonces se ha despertado el interés entre ellos. Tu tía es una mujer muy atractiva.

Marie no pareció satisfecha con la explicación, pero tampoco quiso profundizar más. Permaneció un rato con los codos apoyados en la mesa, con la cara entre las manos y una expresión difícil de definir.

—Sea como sea, vais a ir a su casa el próximo domingo.

—Sí, para ver el retrato que le hiciste. Mi tía tiene muchas ganas de ir.

—Seguramente le hace falta divertirse. Vive en un lugar solitario en plena montaña y, a diferencia de una ciudad, no creo que tenga aquí muchas oportunidades de conocer a gente.

Marie apretó de nuevo los labios, y solo al cabo de un rato dijo, como si se tratase de una confesión:

—Mi tía tuvo un novio durante mucho tiempo. Iban en serio. Me refiero a cuando vivía en Tokio y trabajaba como secretaria, antes de venir aquí. Pero pasaron cosas y la relación se torció. Ella sufrió mucho. Cuando murió mi madre, se vino a vivir con nosotros. Nunca me ha contado nada, no te creas.

—Ahora no tiene novio, ¿verdad?

—Creo que no.

—Te preocupa entonces que albergue una ligera esperanza con Menshiki y por eso has venido. ¿Me equivoco?

—¿Tú crees que lo está intentando?

—¿Intentando?

—Quiero decir, que no va en serio.

—No lo sé. No lo conozco tanto como para saber ese tipo de cosas. Además, tu tía y él acaban de conocerse y no ha pasado nada. Es una cuestión de sentimientos entre dos personas, y en función de cómo avance la cosa, irá cambiando poco a poco. A veces un pequeño movimiento del corazón provoca un gran cambio y otras veces sucede justo lo contrario.

—Pero tengo algo parecido a un presentimiento —dijo ella con toda claridad.

Aunque no existiera un fundamento concreto para ello, su presentimiento no andaba muy desencaminado. Al fin y al cabo, también yo presentía algo parecido.

—Entonces, te preocupa que tu tía vuelva a pasarlo mal otra vez.

—Mi tía no toma precauciones. No está acostumbrada a sufrir.

—Se diría que tratas de protegerla.

—Sí —admitió con un gesto serio—, de alguna manera sí.

—Y tú, ¿estás acostumbrada a sufrir?

—No lo sé. Como mínimo no me enamoro.

—Algún día te pasará.

—Pero no ahora. Al menos hasta que el pecho me crezca un poco más.

—Eso no tardará mucho tiempo en suceder.

Marie frunció ligeramente el ceño, como si no me creyera.

En ese mismo instante me asaltó una pequeña duda. ¿No estaría Menshiki intentando acercarse a Shoko Akikawa con el objetivo de asegurarse una conexión con Marie?

Menshiki me había dicho que solo con verla un rato no le bastaba. Le hacía falta más. Para él, Shoko Akikawa podía convertirse en una especie de intermediaria a través de la cual acceder a Marie de forma duradera. Ella actuaba como su tutora y, para lograr su objetivo, debía tenerla bajo su dominio de alguna manera. Para un hombre como Menshiki, lograrlo no debía de suponer una gran dificultad, aunque tampoco sería un juego de niños. No obstante, me resistía a pensar que escondía semejantes intenciones. Según el comendador, era un hombre que siempre actuaba con un propósito, pero a mí no me parecía tan calculador.

—La casa de Menshiki merece la pena —le dije a Marie—. Es muy interesante... Creo que no deberías perder la oportunidad de verla.

—Y tú, profesor, ¿has estado?

—Solo una vez. Me invitó a cenar.

—¿Está al otro lado del valle?

—Sí, más o menos enfrente de mi casa.

—¿Se ve desde aquí?

Me tomé un tiempo antes de responder.

—Sí, pero está lejos.

—Quiero verla.

Salimos a la terraza. Señalé en dirección a la mansión de Menshiki al otro lado del valle. Las luces del jardín creaban la ilusión de un elegante crucero blanco navegando por un mar nocturno. En alguna de las ventanas aún se veían luces, todas tenues, modestas.

—¿Es esa casa blanca y grande de allí? —preguntó Marie, sorprendida—. Esa casa también se ve desde la mía, aunque desde otro ángulo. Siempre me he preguntado quién viviría en una casa como esa.

—Es una casa muy llamativa, desde luego.

Marie la contempló durante un buen rato apoyada en la barandilla. Por encima del tejado brillaban las estrellas en el cielo. El viento estaba en calma. Las nubes eran pequeñas y compactas, apenas se movían, como un decorado de madera en un teatro sujeto con clavos. De vez en cuando movía la cabeza y su pelo negro brillaba a la luz de la luna.

—¿De verdad vive ahí solo? —me preguntó.

—Sí. Él solo en esa casa tan grande.

—¿No está casado?

—Nunca se ha casado. Al menos, eso me ha dicho.

—¿A qué se dedica?

—No lo sé exactamente. En un sentido amplio, a algo relacionado con la información, pero me dijo que no tenía un trabajo concreto. Parece ser que vive del dinero que ganó con la venta de su empresa y del rendimiento que le produce. No conozco más detalles.

—¿No tiene trabajo? —preguntó de nuevo con el ceño fruncido.

—Eso me ha dicho. Casi nunca sale de casa.

Tal vez nos estaba observando en ese momento con sus potentes prismáticos, al tiempo que nosotros le mirábamos a él. ¿Qué pensaría al vernos juntos en la terraza ya de noche?

—Deberías volver a casa. Es tarde.

—Aparte del retrato del señor Menshiki —dijo bajando la voz como si hiciese una confesión—, me alegro de que pintes el mío. Quería darte las gracias. Estoy impaciente por verlo.

—Espero hacer un buen trabajo —dije.

Sus palabras me conmovieron. Cuando hablaba de pintura, Marie abría de una forma sorprendente su corazón.

La acompañé hasta la entrada. Se puso su plumífero y se caló bien la gorra de los Cleveland Indians. Vestida así parecía un niño pequeño.

—¿Quieres que vaya contigo?

—No te preocupes. Conozco bien el camino.

—Entonces, nos vemos el próximo domingo.

No se marchó enseguida. Se quedó allí de pie con una mano apoyada en la puerta.

—Hay una cosa que me ha llamado la atención —dijo—. La campanilla.

—¿La campanilla?

—Antes de venir me ha parecido oír una campanilla. Creo que era la misma de tu estudio.

Me quedé sin palabras. Marie me miraba fijamente a los ojos.

—¿Dónde la has oído?

—En el bosque, cerca del templete.

Agucé el oído hacia la oscuridad, pero no oí ni la campanilla ni nada parecido. Tan solo silencio.

—¿No has tenido miedo?

Marie sacudió la cabeza.

—Si no le hago caso, no.

—Espera un momento —le pedí.

Me apresuré hasta el estudio. La campanilla no estaba en la estantería. Había desaparecido.

36

No hablar en absoluto
sobre las reglas del juego

Cuando Marie se marchó, volví al estudio, encendí todas las luces y rebusqué hasta en el último rincón de la habitación, pero la vieja campanilla no aparecía por ninguna parte. Sencillamente, había desaparecido.

Hice memoria para tratar de acordarme cuándo la había visto por última vez. Fue el domingo anterior, cuando Marie vino a casa por primera vez, la cogió de la estantería y la hizo sonar. Después la dejó en el mismo sitio. Me acordaba bien. ¿Había vuelto a verla desde entonces? De eso ya no estaba seguro. Durante toda esa semana apenas había entrado en el estudio. No había tocado los pinceles una sola vez. El retrato del hombre del Subaru Forester blanco estaba a medio terminar, pero me había bloqueado y ni siquiera había sido capaz de empezar el de Marie. Me sentía paralizado entre una pintura y otra.

Ignoraba en qué momento había desaparecido la campanilla.

Cuando Marie cruzó el bosque hasta la casa, la había oído por la parte de atrás del templete del bosque. ¿Acaso la había devuelto alguien al interior de aquel agujero? ¿Debía ir hasta allí para confirmar que realmente se oía?

No tenía ganas de adentrarme en el bosque yo solo en plena noche. Habían sucedido tantas cosas imprevistas que estaba exhausto. En cualquier caso, ya había soportado la cuota de imprevistos por un día.

Fui a la cocina. Saqué un poco de hielo del congelador y me serví un whisky. Solo eran las ocho y media. ¿Habría llegado Marie sana y salva a casa? Supuse que sí. No debía preocuparme. Al fin y al cabo, me había dicho que había jugado en el bosque desde pequeña, y era una niña de espíritu fuerte, mucho más de lo que aparentaba.

Me bebí dos vasos de whisky acompañados de unas galletitas saladas. Después me cepillé los dientes y me acosté. Tal vez iba a verme obligado a levantarme en plena noche por culpa de la campanilla, como ya había sucedido en otras ocasiones. De ocurrir realmente, debería hacer algo. No me quedaba más remedio. Sin embargo, no pasó nada. Dormí profundamente hasta las seis y media de la mañana del día siguiente sin despertarme una sola vez.

Cuando abrí los ojos estaba lloviendo. Era una lluvia fría, preludio del invierno aún por llegar, silenciosa, persistente, parecida a la del mes de marzo, cuando mi mujer me dijo adiós. Me acordaba bien de que mientras ella hablaba, yo contemplaba cómo caían las gotas al otro lado de la ventana.

Después de desayunar, me puse un chubasquero y un gorro (lo había comprado todo en Hakodate durante mi viaje) y me interné en el bosque. No llevaba paraguas. Me acerqué hasta la parte trasera del templete y retiré los tablones de madera que cubrían el agujero. Iluminé el interior con la linterna. Estaba completamente vacío. No vi la campanilla por ninguna parte y tampoco al comendador. Para cerciorarme, decidí bajar por la escalera que seguía allí dentro apoyada contra la pared. Era la primera vez que bajaba. Los peldaños crujían bajo mi peso y el sonido me inquietaba. No encontré nada. Allí dentro no había nada más que un agujero vacío, perfectamente circular, que a primera vista parecía un simple pozo, a pesar de tener un diámetro excesivo para tratarse de eso. Si quien lo construyó quería sacar agua de allí, no tenía por qué haberse tomado la molestia de excavar un agujero tan grande. Además, las paredes estaban rematadas con demasiado esmero, tal como había dicho nada más verlas el responsable de la empresa que se hizo cargo de retirar las piedras para descubrirlo.

Permanecí allí de pie durante mucho tiempo sin dejar de darles vueltas a las cosas. No sentía claustrofobia porque veía el cielo por encima de mi cabeza cortado en forma de media luna. Apagué la linterna. Apoyé la espalda en la pared, cerré los ojos y en la húmeda penumbra me concentré en el sonido de la lluvia. No sabría decir en qué estaba pensando, pues mi cabeza saltaba de un tema a otro. Me resulta difícil explicarlo, pero tenía una sensación extraña, como si el acto en sí mismo de pensar me hubiera absorbido por completo.

Me sentía vivo, me daba la impresión de que, igual que yo, el agujero también pensaba, era como si respirase, y, al hacerlo, creciese y se encogiese. Tenía la vívida sensación de que mis pensamientos y los del agujero entremezclaban sus raíces en la oscuridad como dos árboles que crecen juntos, y de que entre ambos fluía la misma savia, como si una persona distinta hubiera empezado a mezclarse conmigo en una especie de retrato diluido donde los límites se desdibujaban.

Poco después, empecé a sentir como si las paredes a mi alrededor se fueran estrechando. El corazón me latía con fuerza dentro del pecho haciendo un ruido sordo. Me parecía que incluso podía oír el ruido de las válvulas al abrirse y cerrarse. Apreciaba indicios de acercarme cada vez más a la dimensión de la muerte y la sangre se me congelaba. No era una sensación mala, en realidad, simplemente aún no era el momento de ir allí.

De repente volví en mí y detuve esos pensamientos que habían empezado a caminar por sí solos. Encendí la linterna e iluminé a mi alrededor. La escalera seguía apoyada en el mismo sitio. Sobre mi cabeza se extendía el mismo cielo de antes. Al contemplarlo, respiré aliviado. Había llegado a asumir que no me extrañaría que desapareciesen tanto el cielo como la escalera con la que salir de allí. En aquel lugar podía ocurrir cualquier cosa.

Subí cauteloso, agarrándome fuertemente a cada uno de los peldaños. Una vez arriba, en cuanto pisé la tierra mojada, respiré al fin con normalidad. Mi corazón se calmó poco a poco. Me asomé de nuevo e iluminé con la linterna hasta el último rincón. Era el mismo agujero de siempre. No estaba vivo, no pensaba por sí mismo, sus paredes no se estrechaban. Tan solo la lluvia fría de mediados de noviembre mojaba el fondo en silencio.

Volví a colocar los tablones de madera y puse encima las piedras tal y como estaban antes. De ese modo me daría cuenta enseguida si alguien las movía. Me encasqueté el gorro y regresé por el mismo camino.

¿Dónde diablos se había metido el comendador? No dejaba de pensar en ello mientras caminaba por el sendero del bosque. Llevaba sin verle al menos dos semanas y, por extraño que parezca, le echaba de menos. A partir de cierto momento había empezado a albergar un sentimiento cercano a la familiaridad hacia ese pequeño ser con su espada también pequeña, y eso a pesar de que su existencia me resultaba incomprensible, a pesar de que hablaba de un modo muy extraño y a pesar, también, de que curioseaba sin permiso en mi vida sexual. Deseaba con todas mis fuerzas que no le hubiera ocurrido nada malo.

De vuelta en casa entré en el estudio y me senté en la vieja banqueta de siempre (la misma, quizá, donde se había sentado Tomohiko Amada para trabajar) y observé durante mucho tiempo aquel cuadro titulado *La muerte del comendador*, colgado en la pared. Cuando no sabía qué hacer, lo miraba durante un buen rato casi sin darme cuenta. No me cansaba de contemplarlo. Era una obra que debería contarse entre las más importantes propiedades de algún museo y, en lugar de eso, estaba colgada en un sencillo estudio donde solo yo podía disfrutar de ella. Peor aún. Antes había estado escondida en el desván oculta a los ojos del mundo.

Marie me había dicho que ese cuadro quería transmitir algo, que era como un pájaro tratando de escapar de su estrecha jaula para salir al mundo.

Cuanto más lo miraba, más acertadas me parecían sus palabras. Sin duda, algo forcejeaba a la desesperada para salir del lugar donde estaba encerrado. Era algo que reclamaba libertad, un espacio mucho más amplio. Tal vez lo que imprimía esa energía al cuadro era la fuerte voluntad que existía en él, por mucho que no llegase a identificar qué correspondía al pájaro y qué a la jaula.

Quería pintar. Poco a poco se despertaba en mí la necesidad de hacerlo, como la marea cuando empieza a subir despacio por la tarde. Sin embargo, no tenía ganas de empezar con el retrato de Marie. Aún era demasiado pronto. Mejor esperar al domingo siguiente, pensé. Tampoco tenía ganas de continuar con el del hombre del Subaru Forester blanco. En ese cuadro se ocultaba una fuerza peligrosa. Marie se había dado cuenta.

En el caballete tenía preparado un lienzo de grano medio. Me senté en la banqueta frente a él y observé el vacío fijamente durante mucho tiempo. No se me ocurría qué pintar. No lograba ver ninguna imagen. El vacío seguía igual. ¿Cómo llenarlo? Después de pensar durante mucho rato, al fin lo entendí.

Dejé de lado el lienzo y saqué un cuaderno grande de bocetos. Me senté en el suelo con las piernas cruzadas, apoyé la espalda en la pared y empecé a dibujar a lápiz el agujero del bosque. Normalmente usaba lápices 2B, pero en esa ocasión me decidí por uno HB. El motivo del cuadro sería ese extraño agujero que había aparecido en el bosque bajo un montón de piedras. Me esforcé por reconstruir la escena que acababa de ver, por dibujarla con el máximo detalle posible. Fui especialmente meticuloso con las paredes rematadas en piedra, con el suelo alrededor del agujero cubierto de hojas caídas como si fueran estampas, con las hierbas altas que lo ocultaban y yacían ahora aplastadas en el suelo bajo el peso de las orugas de la excavadora.

Mientras dibujaba, tuve la sensación de formar de

nuevo parte del agujero, como si de algún modo quisiera que lo pintase con todo lujo de detalles. Me parecía mover las manos de forma inconsciente, alentado por una voluntad ajena a mí, y sentía algo parecido a una alegría pura no enturbiada por nada. Perdí la noción del tiempo, y cuando quise darme cuenta, había llenado prácticamente todo el papel de trazos.

Me levanté para ir a la cocina. Tomé varios vasos seguidos de agua fría, calenté un poco de café y me lo serví en una taza para llevármela al estudio. Coloqué el cuaderno en el caballete, me senté en la banqueta y lo contemplé desde lejos. Ahí estaba el agujero del bosque pintado fielmente. Parecía tener vida propia. De hecho, daba la impresión de tener más vida que el agujero real. Me acerqué y lo examiné desde distintos ángulos. Al hacerlo, comprendí que me recordaba a los órganos sexuales de una mujer. Las hierbas pisoteadas parecían vello púbico.

Sacudí la cabeza y me reí amargamente. No me quedó más remedio que admitir que estaba atrapado en una especie de interpretación freudiana, como si un sesudo crítico dijese: «Este agujero en el suelo sugiere el órgano sexual femenino y funciona como representación del deseo y de la memoria inconsciente de su autor». Bobadas, al fin y al cabo.

A pesar de todo, la posibilidad de que tuviera algún tipo de relación con el órgano sexual femenino no se me iba de la cabeza. Quizá por eso, cuando al cabo de un rato sonó el teléfono, supuse que era mi amante.

En efecto, era ella.

—Inesperadamente tengo tiempo libre. ¿Puedo ir a verte ahora?

Miré el reloj.

—Está bien. Podemos comer juntos.

—Llevaré algo sencillo.

—Buena idea. Estoy trabajando desde por la mañana y no tengo nada preparado.

Colgó.

Fui al dormitorio, hice la cama, recogí la ropa tirada por el suelo, la doblé y la guardé en el cajón de la cómoda. Fregué los platos del desayuno que había dejado en el fregadero.

Cuando terminé, fui al salón y puse *El caballero de la rosa* de Richard Strauss (en la interpretación dirigida por Georg Solti) y me senté en el sofá a leer mientras la esperaba. ¿Qué libro estaba leyendo Shoko Akikawa?, me pregunté. ¿Qué libro era ese en el que tanto se concentraba y tanto parecía disfrutar?

Mi amante llegó a las doce y cuarto. Su mini rojo se detuvo delante de la casa y bajó con una bolsa de papel de un supermercado. Seguía cayendo una lluvia silenciosa, pero no llevaba paraguas, tan solo un chubasquero amarillo con capucha. Se apresuró hasta la puerta. Abrí, la ayudé con la bolsa y la llevé a la cocina. Se quitó el chubasquero. Llevaba un jersey de cuello vuelto de color verde vivo que se ceñía a su pecho formando una sugerente silueta. Quizá no tenía un pecho tan grande como el de Shoko Akikawa, pero no estaba nada mal.

—¿Has trabajado toda la mañana? —me preguntó.

—Sí, pero no se trata de ningún encargo. Tenía ganas de pintar y he empezado con algo sin mayor importancia.

—¿Para pasar el rato?

—Más o menos.

—¿Tienes hambre?

—No mucha.

—Está bien. ¿Comemos después?

—De acuerdo.

—¿Por qué estás hoy tan entusiasmado? —me preguntó en la cama un poco más tarde.

—No lo sé.

Quizá porque había dedicado toda la mañana a pintar ese extraño agujero de dos metros de diámetro en el bosque, y por la extraña relación que tenía con un órgano sexual femenino. Tal vez eso había despertado mi apetito sexual, pero me resultaba imposible explicármelo.

—Hacía tiempo que no nos veíamos —dije—. Te deseaba, tenía ganas de estar contigo.

Al final elegí una explicación más neutra y adecuada.

—Me alegra oír eso —repuso ella mientras me acariciaba el pecho con las yemas de los dedos—. ¿No será que en realidad preferirías estar con una chica más joven?

—Para nada.

—¿Lo dices en serio?

—Ni se me ha pasado por la cabeza.

No le mentía. Disfrutaba plenamente de mi relación sexual con ella y ni se me pasaba por la cabeza estar con otra mujer, a pesar, claro está, de que ese mismo acto con Yuzu era completamente distinto.

En cualquier caso, preferí no mencionar que también estaba ocupado con el retrato de Marie Akikawa. De hacerlo, pensé, quizá despertaría sus celos. No dejaba de ser una niña guapa, aunque solo tuviera trece años. La edad siempre es un asunto delicado con las mujeres. Ya sean cuarenta y un años o trece, se trata de una cuestión compleja. Era una de las lecciones que había aprendido gracias a mi modesta experiencia con ellas.

—¿No te parece que las relaciones entre hombres y mujeres son algo extraño? —me preguntó.

—Extraño... ¿En qué sentido?

—Quiero decir, tú y yo tenemos ahora una relación. Nos conocemos desde hace poco y estamos aquí, ahora, abrazados completamente desnudos, desprotegidos el uno frente al otro, sin vergüenza. ¿No te parece extraño?

—Sí, puede ser.

—Considera nuestra relación como un juego. No en el sentido estricto, pero sí en que hay algo de juego en ello. Si no, no lo entenderás.

—Lo intentaré.

—Para cualquier juego hacen falta reglas, ¿verdad?

—Sí.

—Da igual si es béisbol, fútbol o lo que sea, las reglas pueden llenar un libro entero y están claras tanto para los jugadores como para los árbitros. Todo el que quiere jugar tiene que aprendérselas. En caso contrario, ni siquiera hay partido, ¿no es así?

—Exacto.

Guardó silencio un rato con la esperanza de que lo que acababa de decir se me grabara en la mente.

—Tú y yo, ¿hemos hablado, aunque solo sea una vez, de las reglas de nuestro juego?

—Creo que no —dije después de pensarlo.

—En realidad, jugamos a este juego siguiendo una especie de reglas imaginarias, ¿no?

—Si lo planteas así, tal vez tengas razón.

—A mí me parece que sí... Yo juego en función de unas reglas que conozco y tú haces lo mismo a tu manera. Respetamos esas reglas por puro instinto. De no hacerlo, terminaríamos por chocar, y solo si no hay equívocos el juego puede avanzar sin dificultad. ¿No estás de acuerdo?

Pensé en ello.

—Tal vez tengas razón. Creo que sí, en esencia, respetamos las reglas del otro.

—Al mismo tiempo —siguió ella—, además del respeto y de la confianza, me parece que también la cortesía juega un papel importante.

—¿La cortesía?

La elección de esa palabra me sorprendió mucho, por eso la repetí.

—La cortesía es importante.

—Puede que sí —admití.

—Cuando no funciona la confianza, el respeto o la cortesía, las reglas de uno y otro entran en conflicto y el partido no avanza como debería. No queda más remedio que interrumpirlo y establecer unas nuevas reglas o, sencillamente, marcharse del estadio. Ni que decir tiene, la elección que tome cada uno es sumamente importante.

Eso era, precisamente, lo que había ocurrido en mi vida matrimonial. Me vi obligado a interrumpir el partido y a marcharme del estadio sin decir nada en una fría tarde de domingo de un mes de marzo.

—Y tú —dije—, ¿quieres que hablemos ahora sobre las nuevas reglas del juego?

Ella sacudió la cabeza.

—No, no lo entiendes. Lo que quiero es no hablar en absoluto sobre las reglas del juego. Por eso puedo desnudarme delante de ti. ¿Te parece bien así?

—Me parece muy bien.

—Un poco de confianza, de respeto y, cómo no, de cortesía.

—Especialmente cortesía —repetí.

Extendió el brazo y con la mano agarró una parte determinada de mi cuerpo.

—Vuelve a estar dura —dijo como si me susurrase al oído.

—Puede ser. Hoy es lunes.

—¿Tienen algo que ver los días de la semana con la dureza?

—Quizás. A lo mejor es porque llueve desde por la mañana o porque se acerca el invierno. A lo mejor, porque empiezan a verse aves migratorias, porque la cosecha de setas es excelente, porque en el vaso aún queda la décimo sexta parte de agua, o a lo mejor es porque la forma de tus pechos debajo de tu jersey verde me ha excitado muchísimo.

Al oírme, soltó una risilla sofocada. Mi respuesta debía de haberle gustado.

Menshiki me llamó por la tarde. Me agradeció lo del domingo.

Le dije que no había nada que agradecer. De hecho, solo les había presentado. A partir de ese momento, yo ya no participaría en el desarrollo de los acontecimientos, me convertía en una persona ajena. Más bien, prefería estar al margen de aquello con independencia de lo que pasara (aunque tenía el presentimiento de que no iba a ser exactamente así).

—Verá, también le llamaba para hablarle del asunto de Tomohiko Amada —dijo Menshiki cuando terminó con las formalidades—. Desde la última vez que hablamos he obtenido algo más de información.

Aún seguía con la investigación. Fuera quien fuese el objeto de las pesquisas, un trabajo tan minucioso y detallado tenía que costar mucho dinero. Menshiki se podía permitir el lujo de gastar en lo que quisiera sin reparar en gastos, pero no tenía ni idea de por qué era importante para él la estancia de Tomohiko Amada en Viena.

—Tal vez esto no tenga relación directa con la época que pasó en Viena —dijo—, pero las fechas coinciden y creo que para él debió de significar mucho. Por eso me ha parecido oportuno comentárselo.

—¿Cuáles son las fechas que coinciden?

—Como ya le conté la última vez, Tomohiko Amada dejó Viena a principios de 1939 y regresó a Japón. Oficialmente se trató de una deportación forzosa, pero en realidad fue un rescate orquestado por la Gestapo. El Ministerio de Asuntos Exteriores japonés y el de la Alemania nazi negociaron en secreto y llegaron al compromiso de no acusarle de delito alguno, sino de expulsarle del país. El complot del intento de asesinato se descubrió en 1938, pero todo se desató a raíz de dos importantes acontecimientos que tuvieron lugar ese mismo año: el *Anschluss* y la *Kristallnacht*. El *Anschluss* ocurrió en marzo y la *Kristallnacht* en noviembre. Tras esos dos incidentes, las violentas y ocultas intenciones de Adolf

Hitler se hicieron evidentes. Austria quedó incorporada a ese mecanismo de violencia de una manera total y absoluta. Ya no pudo escapar. Fue entonces cuando nació un movimiento clandestino de oposición. Estaba formado por estudiantes y tenía la intención de luchar contra esa corriente. A Tomohiko Amada le detuvieron por su participación en él ese mismo año. ¿Entiende las circunstancias?

—Más o menos —dije.

—¿Le gusta la historia?

—No soy un experto, pero sí, me gusta leer libros de historia.

—Durante esa misma época, en Japón también tuvieron lugar importantes acontecimientos, hechos fatales y catástrofes que impidieron dar marcha atrás. ¿Le suena?

Repasé mis conocimientos de la historia japonesa enterrados desde hacía tiempo en algún rincón de la memoria. En 1938, es decir, en el año trece de la era Showa según el calendario japonés, ¿qué había ocurrido? En Europa, la Guerra Civil española estaba en su apogeo. Debió de ser por entonces cuando la Legión Cóndor alemana bombardeó salvajemente Guernica. ¿Y en Japón...?

—¿Fue ese año cuando ocurrió el incidente del puente de Marco Polo? —le pregunté a Menshiki.

—Eso fue el año anterior, el siete de julio de 1937 y la causa directa de que la guerra entre Japón y China se agravase. Ese mismo año, en el mes de diciembre, tuvo lugar otro importante incidente consecuencia del primero.

¿Qué había ocurrido en diciembre de aquel año?

—La Violación de Nankín.

—Exacto. También se conoce como la masacre de Nankín. Tras una serie de intensos combates, el ejército japonés tomó la ciudad y perpetró una auténtica matanza. Durante los combates ya había muerto mucha gente y después también. El ejército japonés no tenía forma de controlar a los prisioneros, así que ejecutó a la mayor parte de ellos, tanto militares como civiles, a todo el que se rendía. No se conoce el número exacto de víctimas e incluso los historiadores disienten. De todos modos, la muerte de incontables civiles a manos del ejército es un hecho irrefutable. Algunas fuentes hablan de cuatrocientos mil ciudadanos chinos muertos. Otras de cien mil, pero ¿qué diferencia hay?

No sabía qué contestar y, en lugar de hacerlo, formulé otra pregunta:

—De acuerdo. La ciudad de Nankín cayó en el mes de diciembre y murió muchísima gente. ¿Qué tiene eso que ver con el asunto de Tomohiko Amada en Viena?

—Ahora se lo explico —dijo Menshiki—. El pacto *Antikommintern* se firmó en noviembre de 1936. Como resultado de ello, Japón y Alemania establecieron una alianza. Lo cierto es que entre los sucesos de Viena y de Nankín mediaba una enorme distancia geográfica y no creo que a Alemania llegase información detallada sobre la guerra entre China y Japón. En la toma de Nankín participó el hermano pequeño de Tomohiko Amada, Tsuguhiko. Era soldado raso. Le habían reclutado a la fuerza y en aquel momento tenía veinte años. Estudiaba en la Escuela de Música de Tokio, la que pertenece hoy en día a la Universidad de Tokio. Estudiaba piano.

—Es extraño. Pensaba que los estudiantes de entonces estaban exentos del servicio.

—En efecto. Los estudiantes universitarios podían solicitar una prórroga y no alistarse hasta haberse graduado, pero, por alguna razón, a Tsuguhiko Amada sí le reclutaron y le enviaron a China. Fue en junio de 1937, y hasta el mismo mes de junio del año siguiente estuvo adscrito a la Sexta División de Kumamoto como soldado de segunda del ejército de tierra. Él vivía en Tokio, pero su familia era oriunda de Kumamoto y por eso le destinaron allí. Ese documento aún existe. Tras el periodo de formación básico le enviaron a China y participó en la toma de Nankín en el mes de diciembre. Cuando le licenciaron, doce meses más tarde, volvió a la escuela.

Esperé callado a lo que fuera a decir a continuación.

—Tras licenciarse del servicio militar y retomar sus estudios, Tsuguhiko Amada se suicidó. Lo encontraron muerto en el desván de su casa. Se había cortado las venas con una cuchilla. Ocurrió a finales de verano.

¿Se cortó las venas en el desván de su casa?

—Si eso sucedió a finales del verano de 1938... —dije—, eso quiere decir que Tomohiko Amada aún seguía en Viena, ¿verdad?

—Exacto. No pudo volver a Japón para el funeral. No existían los aviones como hoy en día y habría tenido que regresar en tren o en barco. No habría llegado a tiempo de ninguna de las maneras.

—¿Cree que existe alguna relación entre el suicidio de su hermano y el hecho de que, casi al mismo tiempo, Tomohiko Amada se viera implicado en un intento de asesinato en Viena?

—Tal vez sí y tal vez no —dijo Menshiki—. Eso

ya entra en el terreno de las conjeturas. Yo solo le transmito hechos de los que he tenido conocimiento gracias a una investigación.

—¿Tenía más hermanos?

—Un hermano mayor. Tomohiko Amada era el segundo y Tsuguhiko el tercero. La familia ocultó el suicidio al considerarlo deshonroso. La Sexta División de Kumamoto tenía fama de intrépida, de implacable. A su familia le avergonzó mucho que uno de sus hijos volviera de la guerra licenciado con honores y se suicidase al poco tiempo, pero ya sabe, los rumores se extienden como un reguero de pólvora.

Le agradecí toda la información que me había ofrecido, aunque de momento no llegaba a entender qué significado concreto tenía todo aquello.

—Voy a investigar un poco más —dijo Menshiki—. En cuanto sepa algo nuevo le informaré.

—Por favor.

—Entonces, el próximo domingo iré a su casa después del mediodía. Recogeré a Shoko y a Marie para llevarlas a mi casa y enseñarles el retrato. No le importa, ¿verdad?

—Por supuesto que no. El retrato ya es suyo. Usted decide si enseñarlo o no.

Menshiki se quedó un rato callado como si buscase las palabras adecuadas. Después dijo en un tono de resignación:

—A decir verdad, le envidio.

¿Envidia?

No entendía bien a qué se refería. Me resultaba inimaginable que Menshiki, precisamente, sintiera envidia de mí. Él tenía todo y yo no tenía nada.

—¿De qué tiene envidia?

—Imagino que usted nunca siente envidia de nadie, ¿verdad?

Pensé en ello antes de contestar.

—Es cierto. Puede que nunca haya envidiado a nadie.

—A eso me refiero.

Pero yo ya ni siquiera tenía a Yuzu entre mis brazos. Ahora la abrazaba otro hombre en algún lugar. De vez en cuando me sentía como si me hubieran abandonado solo en el fin del mundo, y, a pesar de todo, nunca sentía envidia de nadie. ¿Debía extrañarme por ello?

Después de colgar el teléfono, me senté en el sofá y pensé en el hermano pequeño de Tomohiko Amada que se había cortado las venas en el desván de su casa. Obviamente no era el desván de la casa donde yo vivía, porque Tomohiko Amada la había comprado en la posguerra. Su hermano pequeño debió de suicidarse en el desván de la casa de sus padres en Aso, en la provincia de Kumamoto. Sin embargo, ese lugar secreto y oscuro que era para mí el desván de la casa donde vivía, relacionaba de algún modo la muerte de Tsuguhiko Amada con *La muerte del comendador*. Tal vez solo fuera una casualidad. Tal vez Tomohiko Amada había escondido el cuadro allí sin pensar en ello. Sin embargo, ¿por qué se suicidó Tsuguhiko Amada nada más licenciarse del ejército? ¿Por qué lo hizo a pesar de haber sobrevivido a un terrible episodio como el de Nankín y a pesar de haber tenido la suerte de regresar sano y salvo a casa?

Levanté el auricular del teléfono y llamé a Masahiko Amada.

—¿Por qué no nos vemos en Tokio? —le pregunté—. Tengo que comprar material para pintar y de paso me gustaría hablar contigo un rato.

—Claro que sí, por supuesto.

Consultó su agenda y quedamos el jueves al mediodía para comer.

—¿Vas a ir a la tienda de siempre, la de Yotsuya? —me preguntó.

—Sí. Necesito lienzos y me estoy quedando sin aceite. Son cosas que pesan, así que iré en coche.

—Cerca de mi oficina hay un restaurante donde podemos hablar con calma.

—Por cierto —le dije—, Yuzu me ha enviado hace poco los papeles del divorcio y se los he devuelto firmados y sellados. Imagino que en breve estaremos oficialmente divorciados.

—Ya veo —se limitó a decir con una voz apagada.

—Bueno, ya no puedo hacer nada. Era solo una cuestión de tiempo.

—Pero oírlo me pone triste. Siempre me había parecido que os llevabais muy bien.

—Nos llevamos bien mientras duró.

Sucedía como con los modelos antiguos de Jaguar, funcionaban bien hasta que tenían algún problema mecánico.

—¿Y qué piensas hacer ahora?

—Nada especial. Por el momento, seguiré igual. Tampoco se me ocurre qué otra cosa hacer.

—¿Estás pintando?

—He empezado con un par de cosas, pero no sé cómo resultarán. En cualquier caso, estoy pintando.

—Me alegro —dijo en un tono vacilante antes de añadir—: Me alegro de que me hayas llamado. A decir verdad, también hay algo de lo que quería hablar contigo.

—¿Algo bueno?

—No sé si es bueno o malo, pero creo que es una gran verdad.

—¿Algo sobre Yuzu?

—No puedo contártelo por teléfono.

—En ese caso, nos vemos el jueves.

Colgué y salí a la terraza. Había dejado de llover. La atmósfera de la noche estaba limpia y fría. Vi unas cuantas estrellas asomarse entre las nubes dispersas. Parecían trozos de hielo perdidos por aquí y por allá, un hielo tenaz que no iba a fundirse al menos durante cien millones de años. Eran estrellas congeladas hasta el tuétano. Al otro lado del valle, la casa de Menshiki parecía flotar suspendida por encima de las luces del jardín, como de costumbre.

Mientras la contemplaba, pensé en la confianza, en el respeto y en la cortesía. Especialmente en la cortesía. Le di muchas vueltas, pero no llegué a ninguna conclusión.

37

Todo tiene su parte positiva

Desde lo alto de las montañas de Odawara hasta Tokio el camino era largo. Me equivoqué varias veces y tardé mucho. Mi viejo coche de segunda mano no tenía sistema de navegación, y tampoco de pago automático en las autopistas (supongo que debía estar agradecido por el hecho de que tuviera, al menos, un soporte para vasos). Me costó mucho encontrar la entrada de la autopista en Atsugi, y cuando llegué a la circunvalación de Tokio desde Tomei, había un atasco monumental y decidí salir en Shibuya y tomar por la avenida Aoyama hasta Yotsuya. De todas maneras, estaba todo atascado y elegir el carril más adecuado ya era de lo más difícil. Tampoco resultaba fácil encontrar aparcamiento. Me dio la impresión de que el mundo se hacía cada vez más complicado a medida que pasaban los años.

Compré todo lo que me hacía falta en una tienda de materiales para bellas artes en Yotsuya, lo guardé en el maletero y, cuando quise aparcar cerca de la oficina de Amada, en el distrito de Aoyama, estaba agotado. Me sentía como un ratón de campo de visita familiar en la gran ciudad. El reloj marcaba la una pasada. Llegaba con media hora de retraso.

Entré en la oficina y en la recepción pedí que le avisaran. Apareció enseguida y me disculpé por el retraso.

—No te preocupes —dijo Masahiko como si nada—. El trabajo y el restaurante se pueden adaptar a un poco de retraso.

Fuimos a un restaurante italiano cerca de allí. Estaba en la planta baja de un pequeño edificio. Debía de ir a menudo, porque en cuanto el camarero le vio nos hizo pasar a un reservado al fondo sin preguntar siquiera. Era un rincón silencioso adonde no llegaban ni la música ni las voces de la gente. En la pared colgaba un paisaje nada desdeñable: un cabo frente al mar rodeado de verde bajo un cielo azul y un faro blanco. El tema era de lo más corriente, pero despertaba en quien lo miraba las ganas de visitar ese lugar.

Masahiko pidió un vaso de vino blanco. Yo una botella de Perrier.

—Tengo que conducir de vuelta hasta Odawara —le dije—. Es un viaje largo.

—Es verdad, pero mucho mejor que a Hayama o Zushi. Viví un tiempo en Hayama y recuerdo que ir y venir de Tokio en verano era un infierno. Había atascos a todas horas por culpa de la gente que iba a la playa. Solo en ir y volver me estaba medio día. La autopista a Odawara, al menos, no se colapsa tanto.

Nos trajeron la carta y pedimos el menú del día: *prosciutto* para empezar, ensalada de espárragos y pasta con langostinos.

—Así que por fin tienes ganas de pintar —me dijo Masahiko.

—Será porque estoy solo. Ya no necesito hacerlo para ganarme la vida y quizá por eso me han entrado ganas de pintar para mí.

—Todo tiene su parte positiva. Detrás de un nubarrón enorme y oscuro, siempre brilla el sol con destellos plateados.

—Cuesta mucho trabajo verlos si uno tiene que tomarse la molestia de ir detrás de las nubes.

—Bueno, no es más que una forma de hablar.

—También influye el hecho de vivir en la montaña. Es un ambiente ideal para concentrarse.

—Eso es verdad. Es muy tranquilo y no hay riesgo de que te interrumpa nadie. A lo mejor para una persona normal resulta demasiado triste, pero siempre he pensado que tú no tendrías el menor problema.

La puerta del reservado se abrió y nos sirvieron los entrantes. Mientras colocaban los platos nos quedamos en silencio.

—El hecho de que la casa tenga el estudio me influye mucho —dije en cuanto se fue el camarero—. Es como si hubiera algo allí que me motivara para pintar. A veces tengo la impresión de que ese cuarto es la médula misma de la casa.

—¿No deberías decir el corazón?

—O la conciencia.

—*Heart and mind* —dijo Masahiko en inglés—. Si te digo la verdad, a mí nunca me ha gustado ese estudio. Está impregnado de su olor. Es como si su espíritu aún flotase allí. Cuando mi padre vivía en esa casa, se pasaba el día encerrado en el estudio y pintaba sin parar, siempre en silencio. De niño, ese lugar era casi sagrado, no podía acercarme. A lo mejor es por eso, pero cuando voy intento mantenerme alejado del estudio. Deberías tener cuidado.

—¿Cuidado con qué?

—Con que no te posea el espíritu de mi padre. Siempre ha sido un hombre con un espíritu muy fuerte.

—¿Espíritu?

—Llámalo espíritu, energía, presencia. Siempre ha desprendido una gran energía a su alrededor y tal vez ese lugar en concreto haya llegado a impregnarse de él con el transcurso del tiempo, como sucede con las partículas del olor.

—¿Y crees que me va a poseer a mí?

—Poseer tal vez no sea la forma adecuada de decirlo, pero imagino que puede influirte de alguna manera. No sé, la fuerza del lugar, algo así.

—No lo sé. Yo solo me encargo de mantener la casa en orden y ni siquiera conozco a tu padre. Tal vez por eso no noto su presencia.

—Tienes razón —dijo él antes de dar un sorbo a su copa de vino blanco—. Tal vez estoy demasiado sensible por ser hijo suyo. Además, si esa energía te da ganas de pintar, estupendo. En ese sentido, no hay nada que decir.

—Por cierto, ¿cómo está tu padre?

—No tiene nada grave, pero ha cumplido noventa años y tampoco se puede decir que sea un dechado de salud. Ha ido perdiendo la cabeza poco a poco. Camina con la ayuda de un bastón, tiene apetito y la vista y la dentadura están bien. No tiene una sola caries. En eso, al menos, está mucho más sano que yo.

—¿Ha perdido la memoria?

—Sí, apenas recuerda nada. Ni siquiera se acuerda de mí, que soy su hijo. Ya no sabe lo que es una familia, un padre, un hijo. Incluso puede que no entienda la diferencia entre él mismo y los demás. Tal vez así todo le resulte más fácil y despreocupado.

Asentí y di un trago a la Perrier que me habían servido en una copa fina. Tomohiko Amada ni siquiera recordaba la cara de su único hijo. Con toda probabilidad, lo sucedido en su época de estudiante en Viena se habría perdido también en algún lugar lejano.

—A pesar de todo —dijo Masahiko visiblemente emocionado—, aún parece que fluya en su interior esa energía de la que te he hablado antes. Es extraño, ¿no crees? Su memoria se ha borrado casi por completo, pero la fuerza de voluntad, o lo que sea, aún sigue ahí. Se le nota claramente. Siempre ha sido un hombre con un espíritu muy fuerte. Lamento no haber heredado esa cualidad suya, pero no hay nada que hacer. Cada uno de nosotros tiene sus capacidades innatas. Los lazos sanguíneos no garantizan nada.

Levanté la mirada y me topé con sus ojos. No era habitual que expresase así sus sentimientos.

—Imagino que no resultará fácil tener un padre con talento —dije—. Mi padre regentaba una empresa pequeña y no destacaba especialmente por nada.

—Cuando un padre es famoso, hay cosas ventajosas y otras no tanto. Puestas en una balanza, puede que haya más desventajas que ventajas. Has tenido suerte de no verte obligado a entenderlo. Al menos así puedes vivir con naturalidad, libre.

—A mí me parece que tú vives bastante libre.

—En cierto sentido —dijo sin dejar de dar vueltas a la copa de vino—. Pero en otro sentido, no.

Masahiko tenía un gusto muy refinado para el arte. Después de graduarse empezó a trabajar enseguida en una agencia de publicidad no demasiado grande y ganaba mucho dinero. Daba la impresión de disfrutar de su vida de soltero en la ciudad, de no tener preocupaciones, aunque, obviamente, desconocía los detalles.

—Me gustaría preguntarte unas cuantas cosas sobre tu padre —dije.

—¿De qué se trata? No te creas que sé tanto acerca de él.

—He oído que tenía un hermano pequeño, Tsuguhiko.

—Sí, mi tío, pero murió hace mucho tiempo, antes de que estallara la guerra con Estados Unidos.

—Tengo entendido que se suicidó.

El gesto de Masahiko se nubló ligeramente.

—Sí. Siempre ha sido un tema tabú en la familia, pero ha pasado el tiempo y la gente habrá terminado por enterarse. Supongo que a estas alturas no pasa nada si te cuento algo. Mi tío se cortó las venas con una cuchilla. Tenía veinte años más o menos.

—¿Por qué lo hizo?

—¿Por qué quieres saberlo?

—Siento interés por tu padre, y me enteré de ello mientras buscaba en algunos documentos.

—¿Te interesa mi padre?

—Al conocer su obra y leer sobre él comenzó a interesarme. Empecé a sentir curiosidad por detalles como qué tipo de persona era y ese tipo de cosas.

Masahiko me miró a los ojos durante un rato desde el otro lado de la mesa.

—De acuerdo —dijo al fin—. Te interesa la vida de mi padre y es posible que eso tenga cierto sentido. Debe de estar relacionado con el hecho de que vivas en su casa. —Dio un sorbo a su copa de vino antes de proseguir—: Mi tío Tsuguhiko estudiaba piano en la Escuela de Música de Tokio. Por lo visto tenía mucho talento. Era un joven prometedor con una predilección especial por Chopin y Debussy. Puede sonar raro si lo digo yo, pero en mi familia parece que gozamos de cierto talento artístico, con grados, eso sí, por supuesto. Le llamaron a filas cuando aún tenía veinte años y estudiaba en el conservatorio. Lo hicieron porque le faltaban unos documentos que le habrían permitido aplazar el reclutamiento. De haberlos presentado, se habría librado del ejército durante toda la guerra. Mi abuelo era un terrateniente y tenía buenos contactos políticos. Fue un error burocrático lo que provocó todo aquello. Para mi tío fue toda una sorpresa, pero una vez que empezaba a moverse el engranaje, era casi imposible pararlo. No admitieron ninguna de sus alegaciones y tuvo que incorporarse a filas después de un periodo de entrenamiento básico como soldado raso de infantería. Le embarcaron en un buque de transporte militar y desembarcó en la bahía de Hangzhou, en China. En esa misma época, mi padre estudiaba en Viena con un pintor famoso.

Escuché sin interrumpirle.

—Mi tío no era fuerte —continuó—, tenía los nervios delicados. Desde el principio estaba claro que no soportaría los rigores de la vida militar ni una batalla sangrienta. Por si fuera poco, la Sexta División, adonde iban destinados los soldados del sur de Kyushu, era conocida por su violencia. Cuando se enteró de que habían reclutado a su hermano y le mandaban a la guerra, mi padre sufrió mucho. Él era el segundo hijo. Tenía un carácter fuerte y no le gustaba perder, pero su hermano pequeño era todo lo contrario. Siempre se ocuparon mucho de él, tenía un carácter tranquilo e incluso retraído. Además, al ser pianista debía cuidar mucho sus manos. Desde pequeño, mi padre se había hecho siempre cargo de él. Era tres años menor y le mantenía a salvo de las malas influencias. De algún modo, siempre se había considerado su protector y justo en ese momento estaba muy lejos, en Viena, y toda su preocupación no servía de nada. Solo tenía noticias de él por las cartas que recibía de vez en cuando.

»La correspondencia estaba sometida a censura durante la guerra, pero como siempre habían estado muy unidos, mi padre era capaz de leer entre líneas e interpretar los sentimientos de su hermano a pesar de que este no podía transmitirlos libremente. Comprendía la realidad que vivía a partir de lo que su hermano camuflaba con gran habilidad. Se enteró así de que su división combatió ferozmente desde Shanghái hasta Nankín, cometiendo todo tipo de tropelías, asesinatos, robos y demás. También de que los delicados nervios de su hermano pequeño sufrieron infinitamente al verse obligado a pasar por esas sangrientas experiencias.

»Le contaba, por ejemplo, que en una iglesia cristiana que su unidad había tomado en la ciudad de Nankín, había un órgano maravilloso intacto. Sin embargo, la larga descripción del órgano estaba tachada por completo por el censor. (¿Por qué motivo la detallada descripción de un órgano en una iglesia cristiana se consideraba objeto de censura? El criterio del censor de aquella división en concreto era muy peculiar. Pasaba por alto cuestiones sensibles y, por el contrario, eliminaba pasajes enteros que no tenían mayor trascendencia.) A mi padre le fue imposible saber si su hermano había tenido la oportunidad de tocar aquel órgano.

»Mi tío finalizó con el servicio militar obligatorio de un año en junio de 1938. Enseguida hizo la solicitud para retomar sus estudios, pero se suicidó en el desván de la casa de sus padres sin regresar nunca al conservatorio. Afiló bien una cuchilla de afeitar y se cortó las venas. Era pianista y supongo que debió de hacerle falta mucho valor para hacer aquello. En caso de haber fracasado, no podría haber tocado el piano nunca más. Sin embargo, cuando le encontraron, estaba tirado en un mar de sangre. Ocultaron su suicidio. Oficialmente dijeron que había muerto a causa de una enfermedad cardiaca, pero era evidente que la guerra le había marcado y herido en lo más hondo. Le había destrozado los nervios y esa fue la causa directa de su suicidio. Era un joven de apenas veinte años que solo quería tocar el piano y al que habían enviado sin más al infierno de Nankín repleto de cadáveres. Hoy en día le habrían tratado por síndrome de estrés postraumático, pero la sociedad japonesa de entonces había adoptado un carácter militarista y ni siquiera existía una palabra o un concepto parecido. Todo se despachaba diciendo que era débil de carácter, que no tenía voluntad, carecía del necesario fervor patriótico. En el Japón de entonces, nadie entendía esa supuesta debilidad, no se aceptaba. Casos como aquel se enterraban como vergonzosos asuntos de familia.

—¿No dejó una carta, un testamento o algo parecido?

—Sí, un testamento —dijo Masahiko—. Un largo testamento que había guardado en el cajón de su mesa. En realidad, se trataba de algo así como unas memorias. Hablaba de su experiencia en la guerra, hasta de los más mínimos detalles. Sus padres, es decir, mis abuelos, lo leyeron. También su hermano mayor y mi padre. Cuatro personas en total. Nadie más. Mi padre fue el último en hacerlo a su regreso de Viena. Después lo quemaron.

Se produjo un silencio, pero no dije nada. Preferí esperar a que continuase.

—Mi padre jamás dijo una sola palabra sobre ese diario —continuó—. El asunto se ocultó como un oscuro secreto familiar. Dicho metafóricamente, lo hundieron con un pesado lastre en las profundidades del océano. Solo en una ocasión me habló mi padre de su contenido a grandes rasgos. Fue un día que había bebido más de la cuenta. Por aquel entonces, cuando oí por primera vez que tenía un tío que se había suicidado, yo apenas era un estudiante de primaria. Hoy sigo sin saber si me lo contó porque estaba borracho, porque se fue de la lengua o porque había decidido contármelo en algún momento.

El camarero retiró los platos de ensalada y nos sirvieron la pasta con langostinos.

Masahiko miró su plato durante un rato con el tenedor en la mano y el gesto serio, como si no supiera qué hacer con cada cosa.

—Si te digo la verdad —dijo al fin—, es un asunto del que preferiría no hablar mientras comemos.

—De acuerdo, hablemos de otra cosa.

—¿De qué?

—De lo más alejado que se nos ocurra de ese diario.

Mientras comíamos la pasta nos pusimos a hablar de golf, a pesar de que yo jamás había jugado y tampoco conocía a nadie que lo hiciese. Por no saber, apenas sabía las reglas, pero Masahiko había empezado hacía poco por compromisos sociales. Gracias a eso tenía la oportunidad de hacer algo de ejercicio. Se había gastado un montón de dinero en el equipo y los fines de semana solía ir a algún campo.

—Quizá no lo sepas, pero el golf es un deporte extraño. De hecho, no creo que exista otro más extraño. No se parece a ningún otro, e incluso dudo de que se lo pueda considerar un deporte. Pero una vez que te acostumbras a esa extrañeza, ya no puedes dejarlo.

Me habló largo y tendido de sus peculiaridades y de algunos episodios excéntricos. Masahiko tenía un don para hablar y disfruté de su charla y de la comida. Nos reímos como hacía tiempo que no hacíamos.

Retiraron los platos de pasta y, cuando sirvieron el café (Masahiko prefirió otra copa de vino blanco), volvimos a nuestra conversación anterior.

—Te hablaba antes de esa especie de testamento de mi tío —dijo de pronto con un tono de voz serio—. Según mi padre, mi tío Tsuguhiko dejó escrito con todo lujo de detalles cómo le habían obligado a cortar la cabeza a un prisionero. Un soldado raso no tenía espada, obviamente, y hasta ese mismo día ni siquiera había sostenido una entre sus manos. Él era pianista. Podía leer partituras difíciles, pero no sabía nada sobre el manejo de espadas ni sobre matar a gente. Aun así, su superior le entregó una espada y le ordenó que cortase la cabeza a un prisionero. Al parecer, aquel desdichado ni siquiera vestía uniforme militar. No llevaba armas y aparentaba ser un hombre muy mayor. No dejaba de repetir que él no era un soldado. Por lo visto, los de su batallón se dedicaban a capturar a hombres que andaban por ahí, los maniataban y los ajusticiaban. Solo los soltaban si comprobaban que tenían las manos callosas. Si eran campesinos, los dejaban libres, pero si tenían las manos lisas y suaves, los consideraban de inmediato desertores que trataban de ocultarse entre los civiles. A todos ellos los mataban sumariamente. Los pasaban a cuchillo con las bayonetas o les cortaban la cabeza. Si por casualidad había cerca un regimiento de infantería, los juntaban a todos para fusilarlos. Sin embargo, usar balas era la última opción, pues no disponían de munición suficiente. Por eso solían recurrir a las armas blancas. Arrojaban los cuerpos al Yangtsé, donde los siluros se comían los cadáveres descompuestos. No sé si es cierto o no, pero en aquel entonces parece que había siluros del tamaño de un potro. El caso es que el oficial le entregó la espada a mi tío y le obligó a cortar la cabeza al prisionero. Era un joven teniente segundo recién graduado de la academia militar. Mi tío se negó a hacerlo, por supuesto, pero desobedecer las órdenes de un superior era algo muy grave. Más valía no recibir una sanción. En el ejército imperial la orden de un superior se consideraba una orden del mismísimo emperador. A duras penas, mi tío blandió la espada con manos temblorosas, sin fuerza suficiente para sujetar un arma barata que se fabricaba en serie. Con armas como esa era imposible cortar la cabeza de una persona de un corte limpio. No lo logró con el primer golpe. Todo a su alrededor estaba salpicado de sangre. El hombre se retorcía de dolor. Debió de ser una escena insoportable y espantosa.

Masahiko sacudió la cabeza. Yo di un sorbo al café sin decir nada.

—Después de aquello, mi tío vomitó. No tenía nada en el estómago, solo expulsó jugos gástricos, y cuando ni siquiera le quedaba eso, vomitó aire. Se convirtió en el objeto de burla de los demás soldados. Su superior le acusó de ser una vergüenza para el ejército y lo pateó con todas sus fuerzas. Nadie mostró la más mínima compasión por él. Se vio obligado a dar tres golpes más hasta que logró separar la cabeza del prisionero de su cuerpo. Le obligaron a hacerlo para practicar, para que se acostumbrase. Era una especie de ritual de iniciación por el que pasaban los soldados. Después de una experiencia sangrienta como esa, le dijeron, se convertiría en un soldado hecho y derecho. Pero mi tío nunca llegaría a convertirse en algo así. No estaba en su naturaleza. Era un hombre que había nacido para interpretar maravillosamente a Chopin y Debussy, no para cortar la cabeza de nadie.

—¿Acaso hay alguien que haya nacido para cortar cabezas?

Masahiko negó con la cabeza.

—No lo sé. Al menos sí hay personas capaces de acostumbrarse. La gente se acostumbra a muchas cosas. Si, además, uno está al límite, puede hacerlo con una facilidad pasmosa.

—O si encuentra un significado o una justificación para ese acto.

—Exactamente —dijo Masahiko—. A la mayor parte de los actos se les puede dar un sentido o encontrar una justificación. Si te digo la verdad, yo mismo no tengo plena confianza en mí. Una vez dentro de un sistema como el del ejército y en una situación de violencia total, si un superior me diera una orden, tal vez no tendría la fuerza suficiente para oponerme, por mucho que fuera algo injusto o incluso inhumano.

Al escucharle pensé en mí mismo. ¿Cómo actuaría yo en caso de verme en una situación así? En ese momento me acordé de aquella extraña chica con la que pasé una noche en una ciudad costera de la prefectura de Miyagi, de cuando me dio el cinturón de un albornoz en mitad del acto sexual y me pidió que la asfixiase. Jamás en la vida olvidaría el tacto de ese cinturón entre mis manos.

—Mi tío no tuvo forma de oponerse a la orden de un superior —continuó Masahiko—. No tenía el valor suficiente para hacerlo, y tampoco la fuerza de voluntad necesaria. Sin embargo, sí encontró esa fuerza para afilar una cuchilla y quitarse la vida con ella. Visto de ese modo, no creo que fuera tan débil. Quitarse la vida fue la única forma que encontró de recuperar su humanidad.

—Su muerte debió de ser un golpe espantoso para tu padre en Viena...

—Sin duda alguna.

—Tengo entendido que se vio implicado en un asunto político durante su estancia allí y que le enviaron de vuelta a Japón. ¿Tiene eso algo que ver con el suicidio de su hermano?

Masahiko cruzó los brazos y adoptó un gesto serio.

—Lo ignoro. Mi padre jamás ha mencionado nada sobre un incidente en Viena.

—Al parecer, su novia de entonces pertenecía a una organización clandestina y él terminó implicado en un complot de asesinato.

—Sí, por lo que yo sé, su novia era una estudiante de la Universidad de Viena e incluso se habían prometido. Cuando descubrieron el complot, la detuvieron, y después, según creo, la enviaron al campo de concentración de Mauthausen. Imagino que murió allí. A mi padre también le detuvo la Gestapo, y a principios de 1939 le repatriaron a Japón al considerarle un «extranjero hostil». Todo esto lo sé, pero no porque lo haya escuchado de boca de mi padre. Me lo contó un familiar, aunque siempre he creído que era verdad.

—¿El hecho de no contar nada significa que le obligaron a mantener silencio?

—En parte. Cuando le expulsaron, tanto las autoridades alemanas como las japonesas le advirtieron seriamente de que no contase nada. Puede que mantener la boca cerrada fuera una de las condiciones para conservar su vida. En cualquier caso, tampoco él quiso contar nada sobre aquello. Terminada la guerra ya nadie le obligaba a guardar silencio, pero él siempre mantuvo la boca cerrada.

Masahiko se tomó un respiro antes de continuar.

—El hecho de que mi padre se implicase en un movimiento de resistencia contra los nazis estuvo motivado, sin duda, por el suicidio de su hermano. Los Acuerdos de Múnich evitaron la guerra por un tiempo, pero las relaciones del eje Berlín-Tokio se fortalecieron y la política tomó una dirección cada vez más peligrosa. Mi padre debió de sentirse obligado a hacer algo para luchar contra esa corriente. Valoraba la libertad por encima de cualquier otra cosa y eso era incompatible con el fascismo, con el militarismo. Estoy convencido de que la muerte de su hermano pequeño fue algo terrible para él.

—¿No sabes nada más?

—Mi padre nunca ha contado nada sobre su vida. No aceptaba entrevistas ni tampoco escribió nada personal. Siempre se ha cuidado mucho de borrar sus huellas.

—Volvió a Japón y guardó un profundo silencio hasta que terminó la guerra, ¿no es así?

—Sí. Digamos que guardó silencio durante casi ocho años, desde 1939 hasta 1947. Durante todo ese tiempo se mantuvo alejado de los círculos artísticos. Nunca le han gustado esos ambientes y menos aún que la mayoría de sus colegas se dedicasen por entonces a pintar cuadros de contenido político y exaltación nacional. Por suerte para él, su familia era rica y no tuvo que preocuparse por cómo ganarse la vida. Tampoco le obligaron a alistarse para ir al frente. Pero cuando volvió a hacer acto de presencia en los círculos artísticos tras la confusión de la posguerra, Tomohiko Amada se había convertido en otra persona, en un pintor de estilo tradicional japonés. Había abandonado definitivamente su estilo anterior y adquirido una nueva técnica.

—Y a partir de ese momento se transformó en una especie de leyenda.

—Eso es. A partir de ahí comienza el terreno de la leyenda.

Masahiko hizo un gesto con la mano como si sacudiese algo en el aire, como si la leyenda de su padre flotase aún en el ambiente y eso le impidiese respirar con normalidad.

—Dicho así, es como si lo ocurrido en Viena proyectase una larga sombra en su vida entera.

Masahiko asintió.

—Sí, eso creo. Lo ocurrido en Viena supuso un cambio de rumbo definitivo en su vida. Imagino que el fracasado intento de asesinato le traía a la memoria hechos terribles y deprimentes de los que ni siquiera podía hablar.

—Pero nadie conoce los detalles concretos.

—No. Nunca se han sabido y ahora mucho menos. Me parece que en este momento ni siquiera él lo sabe ya.

¿Sería eso cierto?, me preguntaba. Las personas se olvidan a veces de cosas grabadas a fuego en su memoria y recuerdan otras olvidadas, especialmente cuando se enfrentan a la muerte.

Masahiko apuró la segunda copa de vino, echó un vistazo al reloj y frunció ligeramente el ceño.

—Debería volver al trabajo.

—No había algo de lo que querías hablarme —me acordé de repente.

Dio unos golpecitos en la mesa como si acabase de caer en ello.

—¡Ah, sí! Hay asuntos de los que me gustaría hablarte, pero mejor terminamos hoy con este asunto de mi padre. Lo otro no corre prisa.

Antes de levantarme de la mesa, le miré una vez más a los ojos.

—¿Por qué me has contado todas esas cosas? —le pregunté—. ¿Por qué me has contado hasta ese secreto de familia?

Masahiko puso una mano encima de la mesa y se quedó pensativo sin dejar de acariciarse con la otra el lóbulo de la oreja.

—Quizá porque estoy cansado de llevar yo solo todo el peso de un secreto de familia. Tal vez necesitaba hablarlo con alguien desde hace tiempo, con alguien discreto sin un interés determinado. En ese sentido, eres el interlocutor ideal, y si te digo la verdad, también tengo una pequeña deuda personal contigo. Quería compensarte de algún modo.

—¿Una deuda personal? —pregunté sorprendido—. ¿Qué clase de deuda?

Masahiko entornó los ojos.

—En realidad, hoy quería hablarte de eso, pero ya no me queda tiempo. Tengo una cita. Busquemos la oportunidad de vernos tranquilamente.

Masahiko pagó la cuenta.

—No te preocupes. Tengo suficiente dinero para pagar la cuenta.

Le agradecí la invitación.

Me subí a mi viejo Toyota Corolla y conduje de vuelta hasta Odawara. Cuando aparqué el coche polvoriento delante de casa, el sol ya se ponía por el oeste cerca de las montañas. Los cuervos regresaban a sus nidos al otro lado del valle sin dejar de graznar.

38

Así jamás podría ser un delfín

Antes de que llegara el domingo había pensado mucho sobre cómo plasmar en el lienzo el retrato de Marie Akikawa. No me imaginaba el resultado concreto, pero sí cómo empezar. En primer lugar, concreté qué colores utilizaría sobre el lienzo en blanco, los pinceles que usaría, incluso cómo los movería. Todas esas ideas iban a encontrar pronto un lugar donde materializarse. Era un proceso previo al retrato que a mí me gustaba mucho.

Aquella mañana hacía mucho frío, era la típica mañana que anuncia la proximidad del invierno. Hice café y después de desayunar algo sencillo entré en el estudio, preparé los materiales y me situé frente al lienzo que reposaba en el caballete. Justo al lado estaba el cuaderno de bocetos donde había dibujado el agujero del bosque. Lo había pintado unos días antes sin ninguna intención ni objetivo concretos. Tan solo me había dejado llevar y lo había olvidado por completo, pero al verlo de nuevo, mi corazón se sintió atraído por el dibujo: una enigmática cámara de piedra excavada en el suelo en mitad del bosque sin que nadie lo supiera. El suelo estaba mojado a su alrededor, tapizado de hojas amontonadas de muchos colores. Un rayo de sol se colaba entre las ramas de los árboles. En mi mente apareció el paisaje en toda su gama cromática, se despertó mi imaginación y los detalles empezaron a tomar cuerpo: inhalé el aire de aquel lugar, olí la hierba húmeda, escuché el canto de los pájaros.

Ese agujero dibujado en el cuaderno de bocetos parecía invitarme a hacer algo, a ir a algún lugar, parecía desear que lo pintase. Así lo sentía y no era habitual en mí la necesidad de pintar un paisaje. Durante casi diez años solo había pintado retratos. Tal vez no estaría mal pintar un paisaje, pensé. Por qué no ese agujero en el bosque. El boceto a lápiz podía ser un buen punto de partida.

Cerré el cuaderno y me quedé frente al caballete con el lienzo en blanco donde me disponía a pintar el retrato de Marie.

Como de costumbre, un poco antes de las diez el Toyota Prius azul subió la cuesta en silencio. Las puertas se abrieron y bajaron Marie y su tía Shoko. Shoko llevaba una chaqueta larga de espiga gris oscuro, una falda de lana gris claro y medias con dibujo. En el cuello lucía un fular de colores de Missoni. Era un conjunto otoñal muy urbano y elegante. Marie, por su parte, llevaba una chaqueta de béisbol grande, el mismo cortavientos de la última vez, unos vaqueros con agujeros y unas zapatillas Converse azul marino. En resumen, llevaba prácticamente la misma ropa que el domingo anterior, excepto la gorra. El aire era fresco y el cielo estaba ligeramente cubierto.

Después de intercambiar los saludos de rigor, Shoko se acomodó en el sofá, sacó su grueso libro del bolso y se sumergió en la lectura. Marie y yo la dejamos allí sola y nos dirigimos al estudio. Como de costumbre, me senté en la banqueta de madera y Marie en la silla del comedor que le había preparado. Entre nosotros mediaba una distancia de unos dos metros. Se quitó la chaqueta, la dobló y la dejó a sus pies. También se quitó el cortavientos. Llevaba dos camisetas, una de manga corta azul marino encima de una de manga larga de color gris. Aún no se notaba ninguna redondez en su pecho. Se peinó su pelo negro y liso con los dedos.

—¿Tienes frío? —le pregunté.

En el estudio había una vieja estufa de queroseno, pero no estaba encendida.

Marie negó con un movimiento suave de la cabeza.

—A partir de hoy —le anuncié— empezaré a pintar en el lienzo, pero no hace falta que hagas nada especial. Solo quiero que te quedes ahí sentada. De lo demás me encargo yo.

—No puedo quedarme aquí sentada sin hacer nada —dijo mirándome a los ojos.

Apoyé las manos en el regazo y le devolví la mirada.

—¿Qué quieres decir?

—Que estoy viva, respiro y pienso muchas cosas.

—Por supuesto. Respira todo lo que quieras y piensa lo que te apetezca. Me refiero a que no hace falta que hagas nada especial. Me vale con que seas tú.

Marie no apartó sus ojos de los míos, como si mi explicación no la convenciera en absoluto.

—Quiero hacer algo —dijo Marie.

—¿Por ejemplo?

—Ayudarte a dibujar.

—Te lo agradezco, pero cómo vas a hacerlo.

—Mentalmente.

—Ya entiendo —dije, a pesar de no tener ni idea de cómo podía ayudarme mentalmente.

—Si fuera posible, me gustaría colarme dentro de ti. Verme a través de tus ojos. Tal vez así me entendería mejor, y a lo mejor tú también.

—Si pudiera, lo haría encantado.

—¿De verdad?

—Claro que sí.

—Pero en algunos casos podría dar mucho miedo.

—¿A qué te refieres? ¿A entenderte mejor?

Asintió.

—Sí, al hecho de que para entenderse mejor es necesario traer algo desde algún lugar.

—¿Quieres decir que para entenderse uno hace falta añadir un tercer elemento?

—¿Un tercer elemento?

Traté de explicarme.

—Me refiero a que para conocer con exactitud el sentido de la relación entre A y B, necesitamos un tercer punto de vista: C. Es trigonometría.

Marie pensó en ello y se encogió ligeramente de hombros.

—Puede ser.

—Ese algo que añadimos puede llegar a dar miedo en algunos casos. ¿Es eso lo que quieres decir?

Asintió de nuevo.

—¿Has sentido ese miedo alguna vez?

No contestó.

—Si soy capaz de dibujarte bien —continué—, tal vez puedas verte como te veo yo, con mis ojos. En el caso de que lo haga bien, claro.

—Para eso nos hace falta el retrato.

—Sí, para eso necesitamos el retrato, frases, música o algo por el estilo.

«Si soy capaz de dibujarte bien», pensé para mí.

—Empecemos —le dije en voz alta.

Mientras estudiaba su cara, preparé un color marrón como base y elegí el primero de los pinceles.

El trabajo avanzaba despacio, pero sin sobresaltos. Empecé por bosquejar la parte superior de su cuerpo. Era una niña guapa, pero el objetivo del retrato no era detenerme en la belleza. Necesitaba algo que se hallaba escondido bajo la superficie. Dicho de otro modo, debía ir en busca de aquello como si fuera una recompensa. Debía descubrir esa cosa y llevarla hasta el lienzo, no hacía falta que fuera algo bello. En determinados casos, incluso podía tratarse de algo feo, pero, de todos modos, para encontrarlo debía comprender bien a Marie y no equivocarme. Entenderla de una manera plástica, más allá de las palabras y la lógica, como un entramado de luces y sombras.

Me concentré y empecé a trazar líneas y a poner color sobre el lienzo. A veces trabajaba rápido; otras, me tomaba mi tiempo, ponía un cuidado especial. Mientras tanto, Marie no cambió de expresión. Estuvo todo el tiempo sentada en la silla con un aspecto sereno. Sin embargo, me daba cuenta de que lo hacía gracias a su fuerza de voluntad y que se esforzaba por no perder la postura. Notaba esa fuerza suya. Acababa de decirme que no podía permanecer allí quieta sin hacer nada, y en realidad lo estaba haciendo, tal vez para ayudarme. Entre aquella niña de trece años y yo se estaba produciendo, sin duda, una especie de intercambio.

Me acordé de pronto de la mano de mi hermana pequeña cuando entramos juntos en una de las cuevas del monte Fuji, y de cómo la agarraba fuertemente en la fría oscuridad. Me acordé de sus dedos pequeños, cálidos pero tremendamente fuertes. Entre nosotros había un evidente intercambio de vida. Al tiempo que ofrecíamos algo recibíamos algo. Era un tipo de intercambio que solo podía producirse en un tiempo y en un lugar limitados. Antes o después disminuiría y desaparecería, pero perduraría en la memoria. Los recuerdos podían reavivar el pasado, y el arte, de ser verdadero, podía sublimar esos recuerdos y ayudar a conservarlos para siempre, como había hecho Van Gogh al insuflar vida a un cartero anónimo de un lugar remoto.

Durante casi dos horas nos concentramos cada uno en lo nuestro. Apenas abrimos la boca.

Empecé a dar forma a su figura sobre el lienzo con un único color ligeramente diluido en aceite. Esa sería la base. Marie, sentada en la silla, se esforzaba en ser ella misma. A mediodía oí las señales horarias de siempre que llegaban desde algún lugar lejano. Hora de terminar. Dejé la paleta y el pincel y me estiré sin levantarme de la banqueta. Me di cuenta entonces de que estaba muy cansado. Respiré, me relajé y también Marie aflojó la tensión que atenazaba su cuerpo.

En el lienzo frente a mí se veía el busto de Marie de un solo color. Era la base, la estructura de lo que iba a ser su retrato. Aún no eran más que unos rasgos genéricos, pero la esencia, por así decirlo, se intuía ya como una fuente de calor que emanaba de ella, que la hacía ser quien era. Aún estaba escondida en las profundidades, pero al tenerla localizada podía sacarla sin gran dificultad. No tenía más que añadir textura, darle consistencia.

Marie no me preguntó por el retrato ni tampoco me pidió verlo. Por mi parte, no hice ningún comentario. Estaba demasiado cansado para hablar. Salimos del estudio en silencio y fuimos al salón. Shoko aún leía su libro entusiasmada. No se había movido del sofá. Colocó el marcapáginas, se quitó las gafas y levantó la cara para mirarnos. Parecía sorprendida. A buen seguro nos notaba cansados.

—¿Ha ido bien? —me preguntó con gesto preocupado.

—De momento sí, pero aún estamos a la mitad —dije para tranquilizarla.

—Me alegro. Si no le importa, puedo preparar té. Si le soy sincera, ya he puesto agua a calentar y sé dónde está el té.

La miré sorprendido. En su rostro se dibujaba una elegante sonrisa.

—Si no es pedir demasiado, se lo agradecería.

A decir verdad, tenía ganas de tomar un buen té caliente, pero me daba pereza prepararlo. Estaba agotado. Hacía tiempo que pintar no me cansaba tanto, aunque, obviamente, era un cansancio muy agradable.

En apenas diez minutos, Shoko volvió al salón con tres tazas y una tetera en una bandeja. Tomamos el té en silencio. Marie no había abierto la boca desde que entró en el salón. Tan solo movía la mano de vez en cuando para colocarse el flequillo. Se había puesto la cazadora como si quisiera protegerse de algo.

Mientras tomábamos el té sin hablar, pero con mucha educación (nadie hizo un solo ruido), nos abandonamos al lento transcurrir del tiempo de un domingo al mediodía. A pesar de no hablar, el silencio que se había instalado entre nosotros resultaba natural, lógico. Poco después llegó a mis oídos un ruido familiar. En un principio me pareció el rumor de las olas rompiendo sin entusiasmo en alguna playa lejana, perezosas, como si se vieran obligadas a hacerlo. Sin embargo, poco a poco aumentó el volumen y el ruido terminó por convertirse en el inconfundible runrún de un motor de 4,2 litros y ocho cilindros, que consumía combustible fósil de alto octanaje a raudales. Me levanté, me acerqué a la ventana y entreabrí las cortinas para contemplar el coche plateado.

Menshiki llevaba una chaqueta de punto de color verde lima sobre una camisa de color crema y unos pantalones grises de lana. A pesar de que no estrenaba la ropa, en conjunto daba una impresión pulcra, sin una sola arruga, como si acabase de salir de la tintorería. Y precisamente por eso parecía aún más limpio. Como de costumbre, su abundante pelo blanco resplandecía. Siempre brillaba, pensé. Daba igual si era invierno o verano, si hacía sol o estaba nublado. La estación del año o el tiempo no le afectaban. Como mucho, solo la intensidad del brillo podía variar un poco.

Menshiki bajó del coche, cerró la puerta, alzó la vista para contemplar el cielo nublado y, después de valorar el tiempo durante unos segundos (o eso me pareció al menos), se acercó sin prisa a la entrada. Llamó despacio y de forma deliberada, como un poeta eligiendo la palabra adecuada para un verso importante, aunque solo se trataba de un viejo timbre.

Abrí la puerta y le invité a pasar al salón. Saludó a las dos mujeres con una amplia sonrisa. Shoko se levantó y Marie continuó sentada acariciándose el pelo con los dedos. Casi ni le miró. Le invité a sentarse y le pregunté si quería un té. Me dijo que no me preocupase con un ligero gesto de la cabeza y de la mano.

—¿Qué tal va el trabajo? —quiso saber.

Le expliqué que avanzaba más o menos.

—Es agotador hacer de modelo, ¿verdad? —le preguntó a Marie.

Que yo recordara, era la primera vez que la miraba a los ojos para dirigirse directamente a ella. En el tono de su voz se notaba cierta tensión, pero al menos no se sonrojó ni palideció. Su gesto era casi el de siempre. Parecía capaz de controlar sus sentimientos, como si se hubiera entrenado para lograrlo.

Marie no contestó. Tan solo murmuró algo incomprensible en voz baja. Tenía las manos fuertemente entrelazadas sobre el regazo.

—Siempre está impaciente, esperando a que llegue el domingo —intervino Shoko para llenar un silencio incómodo.

—Hacer de modelo es un trabajo duro —dije yo para echar una mano a Shoko—. Marie se esfuerza mucho.

—También hice de modelo cierto tiempo y me resultó extraño. A veces me daba la impresión de que me robaban el espíritu —dijo Menshiki con una risa.

—Eso no es así —dijo Marie al fin con un hilo de voz.

Los tres la miramos casi al mismo tiempo.

Shoko puso una cara como si se hubiera metido en la boca algo que no debía y ya hubiera apretado con los dientes. En la expresión de Menshiki se notaba curiosidad, y yo era un simple espectador neutro.

—¿Qué quieres decir? —preguntó Menshiki.

Marie habló sin entonación:

—No está robando nada. Yo le ofrezco algo y él, a cambio, recibe algo.

—Tienes razón —reconoció Menshiki con voz serena y cierto aire de admiración—. Lo he expresado de un modo demasiado simple. Tiene que haber un intercambio, por supuesto. El acto de creación no es unidireccional.

Marie guardó silencio. Contempló la tetera que había encima de la mesa como si fuera un solitario martinete que permanece inmóvil durante horas en la orilla contemplando el agua absorto. Era una tetera normal y corriente de porcelana blanca lisa. Parecía antigua (pertenecía a Tomohiko Amada), pero era de un diseño práctico, sin nada especial que mereciera tanta atención. Si acaso, los bordes estaban un poco desportillados, pero en ese momento para Marie era el objeto perfecto donde concentrar su mirada.

El silencio volvió a apoderarse del salón. Era un silencio parecido al vacío de un cartel publicitario en blanco.

Acto de creación, repetí para mí mismo. Esas palabras parecían tener una resonancia que convocaba silencio a su alrededor, como si el aire llenase de pronto un gran vacío. No, en realidad, en ese caso era mejor decir que era el vacío el que llenaba la atmósfera.

—Si van a venir a mi casa... —se dirigió Menshiki al fin tímidamente a Shoko—, ¿les parece bien que vayamos en mi coche? Puedo traerlas de vuelta más tarde. El asiento de atrás no es muy amplio, pero el camino es estrecho y sinuoso y quizá sea más fácil ir juntos.

—Sí, por supuesto —dijo Shoko sin vacilar—. Me parece bien. Iremos en su coche.

Marie aún contemplaba la tetera absorta en sus pensamientos. Era imposible saber qué pensaba, comprender qué sentiría su corazón. No me imaginaba qué iban a comer, pero Menshiki era un hombre de recursos y algo habría previsto.

Shoko se sentó en el asiento del copiloto del Jaguar de Menshiki y Marie en el de atrás. Los dos adultos delante y la niña detrás. Asumieron esa disposición con naturalidad, sin necesidad de pensar en ello. Esperé junto a la puerta de entrada a que el coche desapareciese de mi vista y después entré de nuevo en casa y llevé las tazas y la tetera a la cocina para fregarlo todo.

Puse *El caballero de la rosa* de Richard Strauss y me tumbé en el sofá para escucharla. Escuchar esa ópera había terminado por convertirse en un hábito cuando no tenía nada especial que hacer, en una costumbre que me había inculcado Menshiki. Era cierto que la música creaba una especie de adicción, una emoción ininterrumpida, una resonancia multicolor producida por los instrumentos. Richard Strauss se jactaba de que podía describir musicalmente cualquier cosa, incluso una simple escoba. Tal vez aquello no fuera una escoba, pero tenía elementos pictóricos muy densos, aunque muy distintos a los que yo aspiraba.

Cuando abrí los ojos al cabo de un rato, allí estaba el comendador. Iba vestido como de costumbre, con su ropa del periodo Asuka, llevaba la espada a la cintura y se había sentado cómodamente frente a mí en el butacón de cuero, con su estatura de apenas sesenta centímetros.

—¡Cuánto tiempo! —exclamé con una voz que emergía forzada de alguna parte—. ¿Cómo está?

—Ya os lo he dicho en otras ocasiones, una idea no tiene noción del tiempo —contestó con voz penetrante—. Sin noción del tiempo, tampoco hay noción de lo que es mucho o poco.

—Lo siento, es una frase hecha, una especie de costumbre. No se preocupe.

—Tampoco llego a entender eso de las costumbres.

Tal vez tenía razón. En un espacio sin tiempo no podían existir las costumbres. Me levanté y me acerqué al tocadiscos. Levante la aguja y guardé el disco en su funda.

—Tenéis razón —dijo el comendador como si leyese mi corazón—. En un espacio donde el tiempo fluye libremente en todas direcciones a la vez, las costumbres no pueden nacer.

Aproveché para preguntarle una cuestión por la que sentía curiosidad desde hacía tiempo.

—¿A una idea no le hace falta algo parecido a la energía?

—Planteáis una pregunta de difícil respuesta —dijo con un gesto grave—. Se trate de lo que se trate, ya sea nacer o seguir existiendo, siempre se necesita energía. Es el principio fundamental del universo.

—Según ese principio fundamental, a las ideas, por tanto, también les hace falta una fuente de energía. ¿Me equivoco?

—Eso es. El principio fundamental del universo no admite excepciones. La ventaja de las ideas es que no tenemos forma concreta. Una idea se forma como tal por primera vez tras el reconocimiento de otra persona. Después, y solo algunas veces, puede llegar a tomar forma. Esa forma no es más que un préstamo provisional.

—¿Quiere decir que una idea no puede existir sin el reconocimiento de otra persona?

El comendador levantó el dedo índice de la mano derecha y guiñó un ojo.

—Y a partir de ahí, ¿cómo estableceríais vos una analogía?

Pensé en una. Me llevó tiempo, pero el comendador no se impacientó.

—Creo que una idea existe usando el reconocimiento de otra persona como fuente primaria de energía.

—Eso es —dijo el comendador asintiendo varias veces con la cabeza—. Lo habéis entendido a la perfección. Una idea no puede existir sin el reconocimiento de otra persona, y, al mismo tiempo, existe al usar ese reconocimiento como fuente de energía.

—En ese caso, si pienso que el comendador no existe, dejará de existir.

—Teóricamente —dijo el comendador—. Pero solo es la teoría. La realidad va por su lado, pues es casi imposible que una persona se proponga dejar de pensar en algo y dejar de hacerlo en realidad. Decidir no pensar más en algo es, en sí mismo, un pensamiento, y empeñarse en lograrlo implica pensar en eso mismo que se pretende olvidar. Para dejar de pensar en algo, no hay más que pensar que ya no se quiere pensar en eso.

—En otras palabras, no podemos escapar de una idea a menos que perdamos la memoria o el interés y que eso suceda de una forma natural.

—Un delfín puede hacerlo —afirmó el comendador.

—¿Un delfín?

—El delfín es capaz de hacer dormir independientemente el hemisferio derecho e izquierdo de su cerebro. ¿No lo sabíais?

—No.

—No les interesan las ideas y quizá por eso su evolución se detuvo a la mitad. Los humanos habéis hecho un considerable esfuerzo, pero por desgracia no habéis sabido establecer una relación provechosa con los delfines. Era una especie prometedora. Hasta la aparición de los humanos tenía el cerebro más grande de los mamíferos en relación con su peso.

—¿Y las ideas sí han podido establecer una relación provechosa con los humanos?

—A diferencia de los delfines, los humanos tenéis un cerebro homogéneo. Una vez que nace una idea en él, ya no sois capaces de eliminarla. De ese modo, nosotras, las ideas, recibimos la energía de los humanos y así conservamos nuestra existencia.

—Como parásitos.

—No digáis cosas deshonrosas.

El comendador agitó el dedo de izquierda a derecha, como un profesor regañando a uno de sus alumnos.

—Aunque afirmo que recibimos la energía de los humanos —continuó—, en realidad no es tanta. Se trata solo de una pequeña parte, y una persona normal ni siquiera nota su carencia. No perjudica la salud ni supone un impedimento para la vida diaria.

—Pero usted dijo que las ideas no implicaban nada relativo a la moral, que eran neutras por naturaleza, y transformarlas en buenas o malas era competencia exclusiva de los humanos. De ser así, pueden resultar positivas y, al mismo tiempo, todo lo contrario. ¿Me equivoco?

—$E = mc^2$. En su origen, esa ecuación que daba expresión a una idea era neutra, pero al final de su recorrido supuso el nacimiento de la bomba atómica que acabaría arrojada sobre Hiroshima y Nagasaki. ¿Os referís a eso?

Asentí.

—En ese sentido —continuó—, también a mí me duele el corazón. No tengo que deciros que hablo en sentido figurado, porque las ideas no tenemos corazón, ni siquiera pecho. Pero en este universo todo es *caveat emptor*.

—¿Cómo?

—*Caveat emptor*. Es una alocución latina que significa que la responsabilidad recae en el comprador. El uso de las cosas, una vez adquiridas por otras personas, no corresponde al vendedor. Por ejemplo, la ropa expuesta en una tienda. ¿Acaso es ella la que elige a quién la vestirá?

—Me parece un razonamiento un tanto forzado.

—$E = mc^2$ terminó por convertirse en una bomba atómica, pero también fue el origen de muchas cosas buenas.

—¿Como qué?

El comendador se paró a pensar un buen rato, pero

no dio con los ejemplos adecuados. Se quedó con la boca cerrada mientras se acariciaba la cara con las manos. Tal vez ya no encontraba sentido a ese argumento.

—Por cierto —dije para cambiar de tema—, ¿sabe dónde está la campanilla que tenía en el estudio?

—¿La campanilla? —preguntó levantando la cara—. ¿Qué campanilla?

—Esa campanilla antigua que hacía usted sonar en el agujero del bosque. La había dejado en la estantería del estudio, pero el otro día me di cuenta de que ya no estaba allí.

El comendador sacudió la cabeza rotundamente.

—¡Ah, eso! No sé. Hace tiempo que no la toco.

—En ese caso, ¿quién se la ha podido llevar?

—No tengo forma de saberlo.

—Parece que alguien se la ha llevado y que se dedica a hacerla sonar en alguna parte.

—Mmm... No es asunto mío. Ya no necesito la campanilla. Ni siquiera era mía, más bien era un bien común de ese lugar. De todos modos, si ha desaparecido, es posible que tuviera una buena razón para hacerlo. Quizá vuelva a aparecer en alguna parte. Solo hay que esperar.

—¿Un bien común de ese lugar? —repetí—. ¿Se refiere al agujero?

El comendador no contestó a mi pregunta.

—Por cierto, creo que esperáis el regreso de Shoko Akikawa y Marie, pero aún tardarán. No regresarán antes del anochecer.

—¿Tiene Menshiki algún propósito? —le pregunté.

—Sí, Menshiki siempre tiene un propósito. Siempre se prepara para el futuro. No sabe moverse sin preparativos. Es una especie de vicio, como una enfermedad congénita. Vive sin dejar de usar a pleno rendimiento tanto el hemisferio izquierdo como el derecho de su cerebro. Así jamás podría ser un delfín.

El comendador empezó a perder poco a poco sus contornos, a difuminarse como la bruma de una mañana de invierno sin viento. Poco después desapareció. Frente a mí solo quedó una vieja butaca de cuero vacía. Su ausencia era tal, que ni siquiera podía estar seguro de que hubiera estado allí sentado, delante de mis ojos, hacía apenas un momento. Quizá solo me había enfrentado al vacío y había hablado conmigo mismo.

Como había predicho el comendador, el Jaguar de Menshiki tardaba en volver. Al parecer, las dos bellas mujeres de la familia Akikawa iban a pasar toda la tarde del domingo en su casa. Salí a la terraza y miré en dirección a la mansión blanca al otro lado del valle. No se veía a nadie. Para matar el tiempo fui a la cocina con la intención de preparar algo para los próximos días. Hice sopa, herví verduras y congelé todo lo que podía congelar. Sin embargo, a pesar de hacer todo lo que se me ocurría, aún me sobró tiempo. Volví al salón. Retomé *El caballero de la rosa* donde lo había dejado y me tumbé en el sofá para leer un libro.

No cabía duda de que a Shoko Akikawa le interesaba Menshiki y sentía simpatía por él. Tal vez era cierto. Cuando lo miraba, el brillo de sus ojos era completamente distinto al que tenía cuando me miraba a mí. Con toda justicia, Menshiki era un hombre atractivo de mediana edad. Era apuesto, rico y soltero. Vestía bien, tenía buenos modales, vivía en una mansión en plena montaña y tenía cuatro coches ingleses de lujo. Estaba convencido de que la mayor parte de las mujeres del mundo habrían mostrado interés por él (casi igual de seguro de que la mayor parte de esas mismas mujeres no mostrarían ningún interés por mí). Sin embargo, a Marie la inquietaba. Era una niña muy intuitiva. Quizá notaba que actuaba con un propósito oculto y por eso mantenía las distancias. O al menos eso me parecía.

¿Qué sucedería a partir de ese momento? En mi interior se debatían la curiosidad natural de observarlos y una preocupación un tanto indefinida por que no fuera a surgir nada bueno de aquello, como la marea alta y la corriente de un río enfrentándose en la desembocadura.

Cuando volvió a aparecer el Jaguar por la cuesta, eran las cinco y media de la tarde pasadas. Tal como había dicho el comendador, había oscurecido por completo.

39

Un contenedor camuflado hecho con un objetivo concreto

El Jaguar se detuvo lentamente delante de casa. Se abrió una puerta y el primero en bajar fue Menshiki. Rodeó el coche para abrirle la puerta a Shoko y, cuando esta salió, abatió el asiento para que pudiera bajar Marie. Las dos mujeres se montaron enseguida en el Prius azul. Shoko bajó la ventanilla y le dio las gracias a Menshiki (Marie, como era de esperar, miraba a otro lado con gesto indiferente). Ni siquiera hicieron ademán de entrar en casa. Se marcharon directamente. Menshiki no se movió del sitio hasta que el Prius desapareció de su vista, y después esperó como si necesitase cambiar algún tipo de interruptor en su conciencia. Quién sabe. El caso es que pasado un rato cambió de gesto y se acercó a la puerta de casa.

—Es un poco tarde, pero ¿podría pasar un momento?

En su tono se apreciaba cierta reserva.

—Por supuesto. No tengo nada especial que hacer.

Fuimos al salón. Se sentó en el sofá y yo en la butaca que hasta hacía poco había ocupado el comendador. Tenía la impresión de que aún resonaba vagamente a su alrededor su voz atiplada.

—Muchas gracias por lo de hoy —me dijo—. Ha sido usted de gran ayuda.

No tenía ningún motivo para agradecerme nada y así se lo dije. En realidad, no había hecho nada.

—Sin su retrato —continuó—, o más bien sin usted, que es su autor, tal vez no se habría presentado una circunstancia como la de hoy. Quizá no habría tenido nunca la oportunidad de estar cerca de Marie, ni siquiera de verla personalmente. Usted juega un papel fundamental en todo este asunto, como ese clavito que mantiene unidas las varillas de un abanico, aunque entiendo que a usted pueda no gustarle.

—No se trata de eso. Si le he servido de ayuda, me alegro por ello, pero no llego a tener claro dónde está la casualidad y dónde la intención. Si le soy sincero, no me siento cómodo con todo esto.

Menshiki pensó en lo que acababa de decirle y asintió.

—Tal vez no me crea, pero no he organizado todo esto con una intención concreta. Tampoco digo que sea fruto de la casualidad, pero en general las cosas han sucedido con naturalidad, según las circunstancias de cada momento.

—¿Quiere decir que mi papel como catalizador ha venido dado por las circunstancias?

—Catalizador... Sí, tal vez se pueda llamar así.

—Si le digo la verdad, más que como un catalizador me siento como un caballo de Troya.

Menshiki me miró directamente a los ojos como si tuviera enfrente un objeto resplandeciente que le cegase.

—¿A qué se refiere?

—Me refiero a aquel caballo de madera, lleno de soldados escondidos en su interior, que los griegos lograron introducir en la ciudad de Troya, después de hacer creer a sus enemigos que se trataba de un regalo en su retirada. O sea, un contenedor camuflado hecho con un objetivo concreto.

Menshiki se tomó su tiempo, como si eligiera bien las palabras.

—¿Quiere decir que ha sido usted mi caballo de Troya para acercarme a Marie?

—Quizá le siente mal si se lo planteo así, pero sí, tengo la sensación de que así es.

Menshiki entornó los ojos y esbozó una sonrisa.

—Entiendo sus sentimientos, pero como ya le he dicho antes, las cosas han sucedido por una serie de casualidades. Siento mucha simpatía por usted. Se lo digo con toda honestidad. Es algo natural, íntimo, y le confieso que no es un sentimiento frecuente en mí, así que cuando ocurre, procuro cuidarlo. No es algo que utilice por conveniencia. Admito que puedo ser egoísta en cierto sentido, pero no pierdo de vista la imprescindible cortesía. De ningún modo le he convertido a usted en mi caballo de Troya. Créame, por favor.

No me pareció que hubiera falsedad en sus palabras.

—¿Les ha enseñado el cuadro? —le pregunté—. Me refiero al retrato que ha colgado en su despacho.

—Sí, por supuesto. Para eso se han tomado la molestia de venir a mi casa. Les ha impresionado mucho, pero Marie no ha hecho ningún comentario. Es una niña muy callada, aunque estoy seguro de que le ha gustado mucho. Su gesto lo decía todo. Se quedó mucho tiempo de pie frente al cuadro en silencio, sin moverse un ápice.

A pesar de haberlo terminado solo unas semanas antes, lo cierto era que ya no lo recordaba bien. Siempre me ocurría lo mismo. Terminaba algo y se me olvidaba. Tan solo conservaba una imagen general, difusa, una especie de regusto agradable. Más que la obra en sí, lo verdaderamente importante para mí era esa sensación.

—Han estado mucho tiempo en su casa —le comenté.

Menshiki asintió ligeramente avergonzado.

—Después de mostrarles el retrato les ofrecí algo ligero de comer y aproveché para enseñarles la casa. Una visita guiada. A Shoko le ha gustado la casa, y cuando hemos querido darnos cuenta, el tiempo había volado.

—Se habrán quedado impresionadas, imagino.

—Shoko con toda seguridad, especialmente con el Jaguar clase E, pero Marie no ha dicho una palabra, como de costumbre. No parecía nada impresionada, aunque puede que las casas no le interesen.

Me daba la impresión de que no le interesaban lo más mínimo.

—¿Ha tenido la oportunidad de hablar con ella?

Menshiki negó con un ligero movimiento de la cabeza.

—No. Apenas hemos intercambiado dos o tres palabras intrascendentes, y si le decía algo, normalmente no me contestaba.

Tampoco yo dije nada en ese momento. Me podía imaginar la escena, y no se me ocurría qué comentar al respecto. Él le decía algo y no recibía respuesta. Como mucho, algún murmullo de vez en cuando, algo ininteligible. Cuando Marie no quería hablar, la conversación con ella resultaba imposible, estéril, como si se quisiera regar el desierto con un cazo de agua.

Menshiki alcanzó una especie de caracol de porcelana que había encima de la mesa y lo estudió desde todos los ángulos. Era uno de los escasos objetos decorativos que había en la casa y tenía el tamaño de un huevo pequeño. Puede que fuese una antigua pieza de Meissen que Tomohiko Amada había comprado muchos años antes en alguna parte. Menshiki volvió a colocarlo con cuidado encima de la mesa y me miró.

—Tal vez necesite tiempo para acostumbrarse —dijo como si quisiera convencerse a sí mismo—. Acabamos de conocernos, parece una niña callada y, por si fuera poco, a los trece años comienza la adolescencia y suele ser una edad muy difícil. A pesar de todo, solo el hecho de estar en la misma habitación que ella y respirar el mismo aire ha sido algo precioso e insustituible.

—¿Y sus sentimientos? ¿Siguen siendo los mismos?

Una vez más volvió a entornar los ojos.

—¿A qué sentimientos se refiere?

—Saber si Marie es de verdad su hija o no.

—No, en ese sentido mis sentimientos no han cambiado —dijo sin vacilar antes de quedarse callado mordiéndose ligeramente los labios—. No sabría explicarlo —continuó—, pero al estar con ella, al ver su cara, su figura, al tenerla frente a mí, he notado algo muy raro. He tenido la impresión de que quizá todo el tiempo que he vivido hasta ahora ha sido en vano, y de pronto me ha parecido que no entendía mi propia existencia, la razón por la que sigo vivo, como si todas mis certezas se hubieran esfumado de repente.

—¿Y eso le resulta extraño? —le pregunté para conocer su opinión, puesto que no me podía imaginar que para él aquello fuera realmente excepcional.

—Sí, nunca había sentido nada igual.

—¿Y eso ha sido a raíz de pasar unas horas con Marie?

—Creo que sí. Quizá le parezca una tontería.

Negué con la cabeza.

—No, en absoluto. De hecho, la primera vez que me enamoré, cuando era un adolescente, sentí algo parecido.

Menshiki sonrió y en la comisura de los labios se marcaron unas arrugas. Era una sonrisa con un punto de amargura.

—De pronto tuve claro que por mucho que haya logrado en este mundo, por mucho dinero que haya ganado o por mucho éxito que haya tenido en los negocios, solo soy una existencia transitoria cuya misión era recibir en herencia un determinado paquete genético para volver a pasárselo a alguien. Aparte de eso, siento que no soy más que un terrón de tierra.

—Un terrón... —repetí en voz alta.

Era una palabra con una extraña resonancia.

—Es una idea que arraigó en mí cuando estuve encerrado en ese agujero. Me refiero al agujero del bosque que abrimos juntos. ¿Se acuerda?

—Me acuerdo bien.

—Durante la hora entera que permanecí allí encerrado tomé conciencia de mi fragilidad. Si usted hubiera querido, podría haberme dejado allí abandonado. Sin agua y sin comida me habría podrido hasta convertirme en tierra. En ese momento me di cuenta de que mi existencia no era nada más que eso.

No sabía qué decir y preferí guardar silencio.

—Por ahora me basta con la posibilidad de que Marie sea mi hija biológica. No necesito la verdad. Estoy volviendo a examinarme a mí mismo a la luz de esa posibilidad.

—Le entiendo. Quizá no los detalles concretos, pero sí el planteamiento. Pero ¿qué quiere de ella en concreto?

—Ya he pensado en ello, por supuesto —dijo mientras contemplaba los dedos largos y finos de sus manos—. Las personas les damos vueltas en la cabeza a muchas cosas. No podemos evitarlo, pero el camino que tomarán finalmente resulta imposible de predecir a menos que pase el tiempo. Lo que sucede siempre lo sabemos a posteriori.

Me quedé callado. No tenía la más mínima idea de qué clase de pensamientos podía albergar, y tampoco quería saberlo. De ser así, me encontraría en una posición aún más incómoda.

Menshiki no dijo nada durante un rato, y luego comentó:

—Parece que cuando Marie está a solas con usted no tiene tantos problemas en hablar. Al menos eso me ha dicho Shoko.

—Tal vez —dije precavido—. Cuando estamos en el estudio, hablamos con naturalidad.

No le conté, obviamente, que se había presentado una noche en mi casa después de atravesar un sendero secreto a través de la montaña. Eso era un asunto entre Marie y yo.

—¿Será porque se ha acostumbrado a estar con usted o porque le tiene simpatía?

—Digamos que le interesa la pintura o cualquier representación pictórica. No sucede siempre, pero cuando se trata de pintura, la conversación resulta más fácil.

Lo cierto es que es una niña extraña. En clase de pintura apenas habla con sus compañeros.

—¿Quiere decir que no se lleva bien con los chicos de su edad?

—Es posible. Según su tía, tampoco tiene muchos amigos en el colegio.

Menshiki se quedó pensativo.

—Sin embargo, parece que a Shoko sí le abre su corazón, ¿no?

—Eso parece, sí. Tengo la impresión de que se siente más próxima a su tía que a su padre.

Menshiki asintió sin decir nada. Me dio la impresión de que en ese silencio suyo había gato encerrado.

—¿Cómo es su padre? —le pregunté—. Imagino que algo sabrá.

Menshiki miró hacia un lado con los ojos entornados.

—Es quince años mayor que ella —dijo al cabo de un tiempo—. Me refiero a su difunta esposa.

La difunta esposa que había sido su propia novia durante un tiempo, por supuesto.

—Ignoro cómo se conocieron, cómo terminaron por casarse. Mejor dicho, nunca me ha interesado conocer los detalles. Lo cierto es que se ocupaba mucho de ella y perderla supuso un duro golpe para él. Desde entonces ha cambiado mucho.

Según me contó Menshiki, los Akikawa eran una familia de antiguos terratenientes, propietarios de toda aquella zona (como lo fue en su tiempo la familia de Tomohiko Amada en Aso). Con la reforma agraria tras la segunda guerra mundial, sus propiedades se vieron reducidas casi a la mitad, aunque pudieron conservar mucho y eso les permitió vivir de las rentas. Yoshinobu

Akikawa (el padre de Marie) era el primogénito de la familia y, tras la muerte prematura de su padre, heredó y se convirtió en el cabeza de familia. Se construyó una casa en lo alto de una montaña de su propiedad, y acondicionó una oficina para él en un edificio que también les pertenecía en Odawara. Su trabajo consistía en administrar locales comerciales, pisos de alquiler, casas y tierras tanto en la ciudad como en los alrededores. De vez en cuando, también hacía operaciones de compraventa inmobiliaria, pero sin demasiado entusiasmo. Prefería dedicarse a los negocios de familiares.

Yoshinobu Akikawa se casó mayor, pasado ya el ecuador de los cuarenta, y al año siguiente nació Marie. Seis años más tarde murió su mujer a causa del ataque de unas avispas gigantes. Ocurrió a principios de primavera, cuando paseaba sola por un huerto de ciruelos de su propiedad. La muerte de su mujer le trastornó. Hizo cuanto pudo para borrar cualquier rastro que pudiera recordarle el desgraciado accidente. Tras el funeral de su mujer, ordenó que arrancasen de raíz hasta el último ciruelo del huerto y dejó la tierra yerma. A mucha gente le dolió aquello, porque era un lugar hermoso y los vecinos de los alrededores tenían permiso para coger la fruta, con la que preparaban ciruelas con sal o licor. Por culpa de su venganza contra los árboles, la gente se vio privada de su pequeña diversión anual. Sin embargo, la tierra y los árboles eran de su propiedad y la gente entendió su enfado y nadie protestó.

Tras la muerte de su mujer, Yoshinobu Akikawa se transformó en un hombre lúgubre. Nunca había sido ni sociable ni alegre, pero a partir de ese momento se volvió aún más introvertido. Se acrecentó en él el interés por el mundo espiritual y, poco a poco, empezó a relacionarse con una secta (cuyo nombre yo nunca había oído). Al parecer, pasó incluso un tiempo en la India y después pagó de su propio bolsillo la construcción de una nueva sede para la secta a las afueras de la ciudad, a la que acudía cada vez con más asiduidad. Nadie sabía exactamente a qué se dedicaban en ese lugar, pero Yoshinobu se entregó a una estricta disciplina religiosa diaria y al estudio de la reencarnación, pues debió de encontrar en ello un sentido a su vida tras la desaparición de su mujer. Desatendió el trabajo de su empresa, aunque en realidad nunca había tenido que ocuparse mucho de él. A pesar de que apenas aparecía por allí, sus tres empleados de toda la vida se las arreglaban para sacar las cosas adelante. A partir de cierto momento dejó de ir a casa, aunque tampoco servía de mucho, pues cuando aparecía solo se dedicaba a dormir. Nadie sabía la razón, pero tras la muerte de su mujer perdió enseguida el interés por su única hija. Quizá le recordaba a su difunta esposa o, tal vez, nunca se interesó mucho por ella. Lógicamente, la relación de Marie con su padre se resintió. Fue Shoko, la hermana pequeña de Yoshinobu, quien se hizo cargo de ella.

Pidió una excedencia en su trabajo como secretaria en la Facultad de Medicina de Tokio y se fue a vivir temporalmente a casa de su hermano en Odawara. Sin embargo, al final tuvo que renunciar al trabajo y se quedó a vivir allí de forma permanente. Tal vez se encariñó con Marie como si fuera su propia hija, o tal vez le dieron lástima las circunstancias en que vivía su sobrina.

Cuando terminó de contarme todo aquello, Menshi-ki se acarició los labios con el dedo.

—Por casualidad no tendrá whisky, ¿verdad? —me preguntó.

—Me queda la mitad de una botella de *single malt* —le dije.

—No quisiera abusar de su confianza, pero ¿podría ofrecerme uno con hielo?

—Por supuesto, aunque le recuerdo que ha venido en coche...

—Llamaré a un taxi —dijo—. No quiero perder mi carnet de conducir por culpa de un whisky.

Fui a la cocina a buscar la botella y regresé con un bol de porcelana lleno de hielo y con dos vasos. Mientras tanto, Menshiki había puesto el disco de *El caballero de la rosa* que había estado escuchando hasta hacía poco. Nos tomamos el whisky mientras escuchábamos la obra cumbre de Richard Strauss.

—¿Le gusta el whisky puro de malta? —me preguntó Menshiki.

—En realidad me lo ha regalado un amigo, pero me parece que es bastante bueno.

—Tengo una botella de una marca de la isla escocesa de Islay. Me la envió un conocido que vive allí. Cuando el príncipe de Gales visitó la destilería, le concedieron el honor de espitar una de las barricas, y ese whisky es de esa barrica. Si quiere, lo traigo otro día.

No hacía falta tomarse tantas molestias, le dije.

—Cerca de la isla de Islay hay otra isla llamada Jura. ¿La conoce?

No la conocía.

—Es una isla con muy pocos habitantes y apenas hay

nada. De hecho, hay más ciervos que personas y también muchos conejos, faisanes y focas, pero tienen una vieja destilería. Cerca brota un manantial con un agua muy pura, ideal para la elaboración del whisky. Al estar elaborado con agua recién tomada de un manantial, tiene un sabor excepcional, un sabor que solo se puede disfrutar allí.

Debía de estar muy bueno, comenté.

—La isla es famosa porque fue allí donde George Orwell escribió *1984*. Aislado literalmente del resto del mundo, escribió encerrado en una pequeña casa que había alquilado y su enfermedad se agravó durante el invierno. Era un lugar con muy pocas comodidades. Supongo que ese ambiente espartano es bueno para escribir. Yo estuve allí una semana y por las noches me tomaba un buen whisky sentado junto a la chimenea.

—¿Y por qué pasó una semana en un lugar tan remoto?

—Por negocios —dijo con una sonrisa sin dar más explicaciones.

Como es obvio, no tenía la más mínima intención de detallar qué clase de negocios le habían llevado hasta allí y tampoco a mí me interesaba especialmente.

—Hoy necesitaba tomarme un whisky —comentó—. No sabría explicarlo, pero es como si no pudiera calmarme y por eso se lo he pedido. Perdone si le parezco egoísta. Mañana vendré a por el coche, ¿le parece bien?

—Por supuesto. No hay problema.

Permanecimos un rato callados.

—¿Puedo hacerle una pregunta personal? —dijo Menshiki al fin—. Espero no molestarle.

—Le contestaré si puedo, pero no se preocupe, no me molesta.

—Usted estuvo casado, ¿verdad?

Asentí.

—Sí, pero si le digo la verdad, acabo de firmar los papeles del divorcio. En este momento no sé exactamente cuál es mi estado civil, pero sí, he estado casado durante casi seis años.

Menshiki se quedó pensativo sin apartar la vista de los cubitos de hielo del vaso.

—No pretendo entrometerme —continuó—, pero ¿se arrepiente de algo, de algo cuya consecuencia fuera el divorcio?

Di un sorbo al whisky.

—¿Cómo era esa expresión latina según la cual la responsabilidad reside en el comprador?

—*Caveat emptor* —dijo sin vacilar.

—No consigo memorizarla, pero entiendo bien lo que quiere decir.

Menshiki se rio.

—En cuanto a su pregunta, no, en el fondo no me arrepiento de nada —dije—, aun cuando pudiese volver atrás y corregir los errores, creo que las consecuencias serían parecidas.

—¿Se refiere a que tiene usted cierta inclinación que no puede cambiar y que ha terminado por convertirse en un obstáculo insalvable en su matrimonio?

—O a que como no tengo ninguna inclinación, eso es lo que ha terminado por convertirse en el obstáculo de mi matrimonio.

—Por lo menos tiene usted el impulso de pintar, y para mí eso está conectado con muchas ganas de vivir.

—Tal vez no he superado aún cosas que debería haber superado antes. Así es como me siento.

—En la vida las pruebas siempre acaban llegando y son una buena oportunidad para volver a empezar. Cuanto más duras, más útiles serán en el futuro.

—Siempre y cuando el corazón no desfallezca antes por culpa de las pérdidas.

Menshiki sonrió y con ello dimos por acabado el tema de los hijos y del divorcio.

Fui a la cocina a buscar unas aceitunas para picar. Bebimos y comimos aceitunas durante un rato sin decir nada. Cuando el disco llegó al final, Menshiki se levantó para darle la vuelta. Georg Solti se dispuso entonces a seguir dirigiendo la Filarmónica de Viena.

«Menshiki siempre tiene alguna intención. Siempre actúa pensando en el futuro, si no, no sabe qué hacer.»

A pesar de las palabras del comendador, no podía imaginarme qué estaría preparando de cara al futuro en ese momento. Quizá no podía hacerlo. Me había advertido que tenía intención de utilizarme y no creo que mintiese. Sin embargo, la intención solo era eso: una intención. Era un hombre de éxito en los negocios y había demostrado su destreza. Si ocultaba alguna clase de intención (aunque latente), me sería imposible no verme arrastrado por él.

—Tiene usted treinta y seis años, ¿verdad? —preguntó de repente.

—Sí.

—En mi opinión, es el mejor momento de la vida.

No estaba en absoluto de acuerdo, pero preferí guardarme lo que pensaba.

—Yo he cumplido cincuenta y cuatro años. Para el

mundo laboral en que me he desenvuelto, ya soy demasiado mayor para continuar activo, pero demasiado joven para que me consideren una leyenda. Por eso estoy ocioso, sin hacer nada especial.

—Hay mucha gente que se convierte en leyenda siendo muy joven.

—Por supuesto, pero no tanta, no crea. Convertirse en una leyenda de joven apenas tiene ventajas. Pienso que es más bien una pesadilla, porque una vez que sucede, ya no queda más remedio que vivir a la altura de la leyenda durante el resto de la vida y no hay nada más aburrido que eso.

—¿Usted no se aburre?

Menshiki sonrió.

—Por lo que puedo recordar, nunca me he aburrido. Mejor dicho, casi no he tenido tiempo de aburrirme.

Sus palabras me impresionaron y me limité a asentir con la cabeza.

—Y usted, ¿se aburre alguna vez? —me preguntó.

—Por supuesto que sí. Me aburro a menudo, pero el aburrimiento ha terminado por convertirse en una parte de mi vida a la que ya no puedo renunciar.

—¿Y eso no le angustia?

—Me he acostumbrado. No, no me angustia.

—Seguro que es gracias al impulso que tiene de pintar. Probablemente se ha convertido en el eje de su vida y creo que el aburrimiento cumple el papel de espolear esa necesidad suya de crear algo. Si no existiera ese eje, el aburrimiento diario terminaría por convertirse en algo insoportable.

—Usted no trabaja ahora, ¿verdad?

—No. Se puede decir que estoy retirado. Como ya

le he explicado en otra ocasión, me dedico a la inversión financiera, pero no por necesidad. Es como un juego para mantener activa la cabeza.

—Y vive solo en esa casa enorme.

—Eso es.

—¿Y a pesar de todo no se aburre?

Menshiki sacudió la cabeza.

—Hay muchas cosas en las que pensar, muchos libros que leer y mucha música que escuchar. Tengo el hábito de hacer trabajar la cabeza a diario recogiendo datos, clasificándolos y analizándolos. Hago ejercicio físico, toco el piano para distraerme y, además, debo encargarme de las tareas domésticas. No tengo tiempo de aburrirme.

—¿No le da miedo hacerse mayor y estar solo?

—Envejezco irremediablemente. Mi cuerpo terminará por debilitarse e imagino que sí, me sentiré solo, pero aún no ha llegado el momento. Imagino cómo será, pero se trata de una realidad que no he visto con mis propios ojos. Soy de ese tipo de personas que solo confían en lo que ven con sus propios ojos, de manera que no estoy a la espera de lo que me depara el futuro. No me da miedo. Mis expectativas no son altas, pero sí siento curiosidad.

Agitó despacio el vaso de whisky y me miró a los ojos.

—Y a usted, ¿le da miedo envejecer? —me preguntó.

—Después de seis años, mi matrimonio no acabó bien. Durante todo ese tiempo fui incapaz de pintar un solo cuadro por y para mí. En cierto sentido, ha sido como envejecer para nada, pues no me ha quedado más remedio que dedicarme a pintar retratos sin más, de hacerlo solo con el fin de ganarme la vida. Sin embargo, puede que haya tenido una consecuencia positiva. Al menos eso pienso últimamente.

—Creo entender lo que quiere decir. Abandonar una parte del ego es importante en un momento determinado de la vida. ¿Se refiere a eso?

Quizá tenía razón, pero en mi caso se trataba más bien de un largo proceso para encontrar algo que había en mí. ¿Había implicado a Yuzu en ese rodeo inútil que me había visto obligado a dar? ¿Acaso me daba miedo envejecer?

—Si le soy sincero, no creo haberlo logrado todavía. Puede sonar absurdo en boca de alguien en mitad de la treintena, pero me siento como si mi vida acabara de empezar.

Menshiki sonrió.

—No es absurdo en absoluto. Es muy posible que suceda tal como lo siente y que su vida realmente acabe de empezar.

—Usted ha hablado hace poco de genes, señor Menshiki; ha dicho que no es más que el recipiente de un montón de genes antes de ser transmitidos a la siguiente generación; que al margen de cumplir con esa función, en realidad solo se siente como un terrón de tierra, ¿no?

—Sí.

—¿Y no le da miedo sentirse así?

—No, puede que sea un pedazo de tierra —dijo entre risas—. Pero bueno, soy uno que no está tan mal. Puede sonar pretencioso, pero diría que tengo mis destellos a pesar de todo. Al menos me siento privilegiado, dotado de alguna capacidad. Una capacidad limitada, sin duda, pero capacidad al fin y al cabo. Por eso, mientras esté vivo viviré con todas mis fuerzas. Me gustaría ver hasta dónde soy capaz de llegar. Por eso no me queda margen para el aburrimiento. La forma más eficaz de no sentir miedo o vacío es no dejarme vencer por el aburrimiento.

Nos quedamos bebiendo en el salón hasta casi las ocho de la tarde. Cuando la botella se vació, Menshiki se levantó.

—Debo pedirle disculpas. He abusado de su confianza.

Pedí un taxi por teléfono. Cuando expliqué que era para la casa de Tomohiko Amada enseguida comprendieron. Era un hombre muy conocido en la zona. Me dijeron que llegaría en quince minutos. Les di las gracias y colgué.

Mientras esperábamos el taxi, Menshiki dijo en tono de confesión:

—Le he contado que el padre de Marie se hizo adepto de una secta, ¿se acuerda?

Asentí.

—Es una secta un tanto oscura. He investigado por mi cuenta y he descubierto que han tenido algunos problemas. Se han visto envueltos en litigios y, aunque hablan de una doctrina, lo que defienden en realidad es algo muy ambiguo. Lo hacen todo tan mal, que ni siquiera creo que se les pueda considerar una secta. En fin... Ni que decir tiene que el señor Akikawa está en su derecho de creer o dejar de creer en lo que le parezca. Durante estos últimos años ha entregado a la secta una considerable cantidad de dinero, tanto suyo como de la empresa. Podría parecer un hombre rico, pero en realidad vive de las rentas de sus propiedades. Aparte de eso no tiene otras fuentes de ingreso y últimamente ha vendido muchas tierras y casas. Se mire por donde se mire, es una mala señal. Como si un pulpo se viese obligado a sobrevivir comiéndose sus propias patas.

—¿Quiere decir que le han convertido en una especie de prisionero?

—Tal vez. Es una presa fácil para ese tipo de gente. Cuando eligen una víctima, le chupan hasta la última gota de sangre, y como el señor Akikawa ha llevado siempre una vida desahogada tiene, por así decirlo, un punto de incauto.

—Y a usted eso le preocupa.

Menshiki suspiró.

—La situación del señor Akikawa es responsabilidad suya. Es un hombre adulto y consciente de sus actos, pero implicar a su familia es algo muy distinto. De todos modos, si yo me preocupo o dejo de hacerlo no va a cambiar nada.

—El estudio sobre la reencarnación... —dije.

—Como hipótesis resulta interesante, pero... —admitió antes de quedarse en silencio y sacudir la cabeza.

El taxi llegó enseguida. Antes de marcharse, Menshiki me dio de nuevo las gracias. Por mucho alcohol que hubiera bebido, no se apreciaba ningún cambio en sus gestos y en sus modales.

40
Con semejante cara no había posibilidad de equivocarse

En cuanto se marchó Menshiki fui al baño a cepillarme los dientes, y acto seguido me metí en la cama. Siempre había tenido facilidad para dormir y más aún cuando bebía.

A medianoche, sin embargo, me despertó un ruido violento. Me pareció un ruido muy real, pero tampoco podía asegurar que no hubiera sido un sueño. A lo mejor se trataba de una especie de resonancia nacida en mi conciencia. Fuera lo que fuese, había oído un golpe tremendo que me había sobresaltado y me había hecho sentir como si cayera al vacío. Ese sobresalto sí había sido algo real, no un sueño ni producto de la imaginación. Estaba profundamente dormido y, un instante después, me había despertado a punto de caerme de la cama.

Miré el despertador. Eran las dos pasadas de la madrugada. La misma hora en que sonaba la campanilla, aunque en ese momento no la oía. El invierno estaba a las puertas y ya había dejado de sentirse el canto de los insectos. En el interior de la casa reinaba un profundo silencio. El cielo estaba cubierto de nubes oscuras y densas. Agucé el oído y me llegó el sonido de la brisa.

Encendí a tientas la luz de la mesilla de noche y me puse un jersey encima del pijama. Lo mejor sería echar un vistazo, pensé. Quizás había ocurrido algo, tal vez un jabalí se había colado por una de las ventanas, o a lo mejor había caído un pequeño meteorito en el tejado. Nada de eso me parecía posible, pero, en cualquier caso, sería mejor echar un vistazo para estar seguro de que no había nada fuera de lo normal. Al fin y al cabo, yo estaba al cargo de la casa y, por mucho que me empeñase en volver a dormir, no me iba a resultar nada fácil. Aún no me había recuperado del susto y mi corazón palpitaba desbocado.

Encendí las luces una a una e inspeccioné todos los rincones. No encontré nada raro, tan solo el mismo panorama de siempre. No era una casa grande y cualquier cosa fuera de lugar me habría llamado la atención. Dejé el estudio para el final. Abrí la puerta e introduje la mano para encender la luz, pero en ese mismo instante algo me frenó. «Mejor no la enciendas», escuché en un susurro al oído. Era una voz apenas audible, pero muy clara. «Mejor déjalo a oscuras.» Retiré la mano del interruptor, entré y cerré la puerta sin hacer ruido. Agucé la vista en la oscuridad y contuve la respiración para no hacer ningún ruido.

Mis ojos se acostumbraron a la oscuridad poco a poco, y entonces me di cuenta de que había alguien allí dentro. Los indicios eran evidentes. Ese alguien estaba sentado en la banqueta de madera que usaba para pintar. Al principio pensé que se trataba del comendador, que había vuelto a tomar forma humana, pero para ser él era demasiado grande. Una silueta oscura emergía tenuemente en la oscuridad. Se trataba de un hombre delgado, alto. El comendador apenas medía sesenta centímetros y ese hombre debía de rondar el metro ochenta.

Tenía la espalda ligeramente encorvada característica de las personas altas. No se movía un ápice.

Yo también procuré moverme lo menos posible. Apoyé la espalda en el marco de la puerta y observé al hombre con el brazo izquierdo extendido hacia la pared, dispuesto a encender la luz rápidamente si pasaba algo. Los dos permanecimos inmóviles en la oscuridad de la noche. No sé por qué, pero no tenía miedo. Respiraba de forma entrecortada, ligera. Mi corazón hacía un ruido seco al latir, duro, y, a pesar de todo, el miedo no lo embargaba. En la casa había entrado un desconocido en plena noche. Quizás era un ladrón, quizás un fantasma. Lo normal habría sido tener miedo, pero, por alguna razón, no tenía sensación de peligro.

Desde la aparición del comendador habían sucedido muchas cosas extrañas, y de algún modo me había acostumbrado a lo inexplicable. Pero no se trataba solo de eso. Sentía verdadero interés por descubrir qué hacía ese hombre enigmático en el estudio en plena noche. La curiosidad vencía al miedo. Sentado en la banqueta, el hombre parecía sumido en pensamientos profundos, en la contemplación de algo. Me daba la impresión de que su concentración era absoluta. No parecía haber notado mi presencia, o quizá le resultaba tan insignificante que no le preocupaba.

Intenté respirar sin hacer ruido, me esforcé en aplacar los latidos de mi corazón. Esperé a que mis ojos se acostumbrasen aún más a la oscuridad y, al hacerlo, entendí en qué se concentraba tanto ese hombre. Solo podía ser el cuadro de Tomohiko Amada que colgaba de la pared. Sentado en la banqueta de madera, con el cuerpo ligeramente inclinado hacia delante y sin moverse, miraba fijamente el cuadro. Tenía las manos apoyadas en el regazo.

De pronto se abrieron unas grietas entre las oscuras nubes que ocultaban la luna, y su luz se coló por allí para iluminar por un instante el interior de la habitación, como el agua clara de un manantial corriendo por las viejas piedras de un monumento y revelando lo que hay inscrito en ellas. Poco después, la oscuridad se hizo de nuevo, pero no duró mucho. Las nubes volvieron a abrirse como si alguien las separase y todo a mi alrededor se tiñó de un azul tenue durante unos diez segundos. En ese intervalo pude ver de quién se trataba.

Tenía el pelo blanco, largo hasta los hombros. Parecía no peinarse desde hacía mucho tiempo. Por cómo estaba sentado, daba la impresión de ser muy mayor y estaba delgado como un árbol seco. Debía de haber sido un hombre fuerte, musculoso, pero quizá los años o alguna enfermedad le habían dejado en los huesos.

Por culpa de su aspecto tardé un rato en identificarle, pero a la luz de la luna pude saber, al fin, de quién se trataba. Solo le había visto en algunas fotografías, pero con semejante cara no había posibilidad de equivocarse. Su característica nariz aguileña y, sobre todo, la fuerte aura que envolvía todo su cuerpo daban fe de algo evidente. Era una noche fría, pero mis axilas estaban empapadas en sudor. Los pálpitos de mi corazón se aceleraron. Me costaba trabajo creerlo, pero no había duda.

Era Tomohiko Amada, el autor de *La muerte del comendador*. Había regresado a su estudio.

41
Solo estaban allí
cuando no me daba la vuelta

Era imposible que se tratase de Tomohiko Amada en carne y hueso. El auténtico estaba ingresado en una residencia de ancianos en la altiplanicie de Izu. Padecía una demencia senil en estado avanzado y apenas se levantaba de la cama. Era imposible que hubiera ido hasta allí por su propio pie. Por lo tanto, solo podía tratarse de un fantasma, pero no tenía noticia de su muerte. ¿Qué era entonces, un fantasma viviente? Quizás acababa de morir y su espíritu regresaba a casa. También cabía esa posibilidad.

En cualquier caso, no era una ilusión. Para ser una ilusión resultaba demasiado real, demasiado material. Los indicios de que allí había una persona eran claros. Se apreciaba la radiación de una conciencia. De algún modo, Tomohiko Amada se las había arreglado para volver a su estudio, estaba sentado en la banqueta donde siempre había trabajado y contemplaba su cuadro. Lo miraba fijamente en la oscuridad con ojos penetrantes, sin preocuparle en absoluto mi presencia (tal vez ni siquiera se había dado cuenta de que estaba allí).

La luz de la luna que se colaba a intervalos por la ventana, según iban pasando las nubes, dejaba a la vista la sombra de su cuerpo. Desde donde me encontraba le veía de perfil. Llevaba puesta una especie de bata o algo por el estilo. Iba descalzo, sin calcetines. Su largo pelo blanco estaba despeinado, y de las mejillas hasta el mentón lucía una barba cana descuidada. Tenía la cara consumida, pero en sus ojos había un brillo penetrante, claro.

Yo no tenía miedo, pero sí me sentía muy confuso. Obviamente, se trataba de una escena fuera de lo normal. Era imposible no sentirme así. Mi mano aún seguía junto al interruptor de la luz, pero no tenía intención de encenderla. No podía moverme. Ni siquiera podía cambiar de postura. Aunque fuese un fantasma, una ilusión o lo que fuera, no quería interrumpirle. Ese estudio era suyo, le pertenecía. Era el lugar donde debía estar. El extraño allí era yo. No tenía ningún derecho a impedirle hacer lo que quisiera.

Intenté relajar los hombros, respirar con calma, y retrocedí sin hacer ruido para salir de allí. Cerré la puerta en silencio detrás de mí. Mientras tanto, Tomohiko Amada no se movió un milímetro de la banqueta. Estaba tan concentrado que, aunque hubiera dado un golpe por descuido al jarrón que había encima de la mesa, o hubiera hecho un ruido tremendo, es muy posible que ni siquiera se hubiera dado cuenta. La luz de la luna volvió a iluminar su cuerpo delgado. Grabé su silueta en mi mente (una línea que me parecía que condensaba lo que había sido su vida), además de las delicadas sombras de la noche. No debía olvidarlo, me dije a mí mismo con firmeza. Debía grabar esa imagen para siempre en mi retina.

Me dirigí al comedor, me senté a la mesa y bebí uno tras otro varios vasos de agua. Me hubiera gustado tomarme un whisky, pero la botella estaba vacía. Entre

Menshiki y yo habíamos dado buena cuenta de ella. No tenía ninguna otra bebida alcohólica en casa. Había unas cuantas cervezas en la nevera, pero no me apetecía especialmente.

Hasta pasadas las cuatro no empezó a vencerme el sueño. Sentado a la mesa del comedor me dio por pensar en todo, sin orden ni concierto. Tenía los nervios a flor de piel, y me veía incapaz de hacer nada. Con los ojos cerrados, no paraba de pensar, sin poder concentrarme en ninguna cosa. Me pasé varias horas persiguiendo retazos de pensamientos inconexos, como un gatito dando vueltas sobre sí mismo incapaz de atrapar su cola.

Cuando me cansé de dar vueltas, empecé a reconstruir mentalmente la silueta de Tomohiko Amada que acababa de ver, y para que el recuerdo fuese lo más preciso posible empecé a bosquejar mentalmente unos trazos sencillos. Con un lápiz imaginario y en un cuaderno también imaginario dibujé la silueta del anciano. Era algo que solía hacer cuando tenía tiempo. No necesitaba ni un lápiz ni un papel verdaderos. Más bien, al no disponer de ellos, el trabajo resultaba más sencillo. A lo mejor se parecía al empeño de un matemático cuando se pone a escribir fórmulas en su mente. Quizá también yo terminaría por plasmar en algún momento esa imagen en un cuadro real.

No tenía intención de volver a entrar en el estudio. Sentía curiosidad, por supuesto. Me preguntaba si seguiría allí dentro el anciano aquel, que muy probablemente era otro yo de Tomohiko Amada. ¿Estaría sentado en la banqueta mirando fijamente *La muerte del comendador*?

Me hubiera gustado poder confirmarlo. Vivía algo extraordinario y asistía a una escena insólita. Tal vez se encontrase allí alguna clave para resolver los enigmas ocultos acerca de la vida de Tomohiko Amada.

Pero no quería desconcentrarle. Tomohiko Amada había vuelto allí deslizándose entre la lógica y el espacio físico para contemplar su cuadro, para ver una vez más algo que existía en él. Para hacerlo, supuse, debía de haber empleado una gran cantidad de energía. Una energía preciosa que seguramente ya no le sobraba.

Sin embargo, algo le había impulsado a regresar, aun a costa de realizar un gran sacrificio, para observar *La muerte del comendador* por última vez, para estudiarlo hasta que su corazón estuviera satisfecho.

Me desperté pasadas las diez. Para un madrugador como yo era muy tarde. Me lavé la cara, me preparé un café y desayuné. Estaba muerto de hambre. Desayuné el doble de lo normal: tres tostadas, dos huevos duros, una ensalada de tomate y dos cafés en taza grande. Nada más terminar fui a echar un vistazo al estudio. Como era de esperar, Tomohiko Amada ya no se encontraba allí. Era el mismo estudio silencioso de todas las mañanas, ahí estaba el caballete con un lienzo aún por terminar (el retrato a medias de Marie Akikawa) y delante una banqueta redonda vacía. Un poco apartada se hallaba la silla del comedor donde se sentaba Marie. En la pared seguía colgado el cuadro de Tomohiko Amada. En la estantería faltaba la campanilla. El cielo por encima del valle se veía despejado, el aire limpio, frío. El canto de los pájaros anunciando el invierno llenaba el aire con su timbre agudo.

Llamé a la oficina de Masahiko Amada. Era casi mediodía, pero su voz aún sonaba somnolienta. Se le notaba el hastío de una mañana de lunes. Tras intercambiar los saludos de rigor, le pregunté por su padre. Quería confirmar si había muerto, si la presencia de la noche anterior no era su espíritu. En caso de haber fallecido, su hijo ya debía saberlo.

—¿Cómo está tu padre?

—Fui a verle hace unos días. Su cabeza no va bien, pero físicamente no se encuentra mal. No creo que le pase nada de inmediato.

Así que no había muerto. Lo que había visto la noche anterior no era su espíritu, sino algo así como una forma transitoria, el resultado de la voluntad de una persona viva.

—Quizá te extrañe que te lo pregunte —continué—, pero ¿no ha experimentado ningún cambio últimamente?

—¿Mi padre?

—Sí.

—¿Por qué me lo preguntas?

Actué como había previsto.

—El otro día tuve un sueño extraño —empecé—. En él, tu padre volvía a casa a medianoche y nos encontrábamos. Fue un sueño muy real. Me desperté sobresaltado y pensé que tal vez había ocurrido algo.

—¡Mmm! —murmuró Masahiko—. Sí que es extraño. ¿Y qué hacía mi padre en casa a medianoche?

—Estaba sentado en la banqueta de su estudio.

—¿Solo eso?

—Solo eso. Nada más.

—Cuando dices banqueta, ¿te refieres a ese viejo taburete redondo de tres patas?

—Ese mismo.

Masahiko se quedó un rato en silencio como si pensara en algo.

—Quizás ha llegado su momento —dijo al fin sin apenas entonación en la voz—. Se suele decir que el espíritu de una persona visita los lugares más importantes de su vida antes de abandonarla definitivamente. El estudio de esa casa era uno de los lugares más importantes para mi padre.

—Pero ha perdido la memoria, ¿verdad?

—La memoria en el sentido convencional, sí, pero imagino que aún conserva su espíritu. A lo mejor se trata de que la conciencia no es capaz de acceder a él, como si se hubieran desconectado los circuitos, pero no dudo de que su espíritu sigue latente en alguna parte, intacto.

—Entiendo.

—¿No tuviste miedo?

—¿Te refieres al sueño?

—Sí. Por lo que cuentas fue muy real, ¿no?

—No, no especialmente. Solo extrañeza, como si de verdad hubiera estado delante de mis ojos.

—Tal vez era él —dijo Masahiko.

No dije nada. No podía revelarle al hijo que Tomohiko Amada se había tomado la molestia de volver a su casa para contemplar una vez más *La muerte del comendador*. Bien pensado, quizás había sido yo mismo quien había convocado a su espíritu al desenvolver el cuadro y colgarlo de la pared. Si le decía la verdad, tendría que explicarle lo sucedido con el cuadro, desde que lo encontré en el desván, lo bajé y lo desembalé, hasta el momento en el que lo colgué en la pared del estudio. En algún momento tendría que contárselo, pero aún no quería tocar el tema.

—Por cierto —dijo Masahiko—, el otro día no tenía mucho tiempo y no pude hablarte de lo que quería, ¿te acuerdas?

—Sí, me acuerdo.

—Me gustaría ir a verte, así podremos hablar con calma. ¿Te parece bien?

—Esta es tu casa. Puedes venir cuando quieras.

—Este fin de semana pensaba ir a ver a mi padre a Izu y de regreso podría pasar por allí. Odawara pilla de camino.

Excepto las tardes del miércoles, del viernes o la mañana del domingo, le dije, podía venir cuando quisiera. El miércoles y el viernes tenía clase de pintura, el domingo era el día reservado para Marie.

Dijo que intentaría venir el sábado por la tarde.

—En cualquier caso, te aviso antes.

Nada más colgar el teléfono entré en el estudio y me senté en la banqueta. Era la misma banqueta de madera en la que se había sentado Tomohiko Amada sumido en la oscuridad la noche anterior. Al instante, comprendí que ya no era mi banqueta. Sin ninguna duda le pertenecía a él, que se había sentado en ella durante muchos años para pintar y a partir de ese momento volvía a ser suya para siempre. Para alguien ajeno, no era más que una vieja banqueta redonda de tres patas y toda rayada, pero en ella estaba impregnado su espíritu. Yo la usaba sin su permiso, movido, única y exclusivamente, por las circunstancias.

Allí sentado contemplé de nuevo *La muerte del comendador* colgado de la pared. Hasta ese momento lo había mirado incontables veces y el cuadro tenía el suficiente valor para observarlo muchas más. Era una obra digna de ser vista y analizada desde muchas perspectivas. En esa ocasión me esforcé por mirar el cuadro desde una perspectiva inédita, porque en él debía de haber algo que Tomohiko Amada necesitaba ver antes de que su vida llegase a su fin.

Lo observé durante mucho tiempo. Lo hice sentado en el mismo lugar, en el mismo ángulo y en la misma postura donde le había visto a él la noche anterior. Me concentré. Sin embargo, no encontré nada que no hubiera visto ya.

Cansado de darle tantas vueltas salí afuera. Aparcado frente a la casa se encontraba el Jaguar plateado de Menshiki y, un poco más allá, mi Toyota Corolla. Su coche había pasado la noche allí. Descansaba tranquilamente como un animal inteligente y bien educado esperando a que su dueño lo recogiera.

Caminé sin rumbo alrededor de la casa sin dejar de pensar en el cuadro. En el sendero del bosque tuve la extraña sensación de que alguien me observaba, como si el «cara larga» del cuadro hubiera abierto la trampilla cuadrada del suelo y me observase atento desde aquel rincón de la escena. Me volví de golpe para mirar atrás. No había nadie. No había ninguna trampilla en el suelo y tampoco estaba «cara larga». Tan solo el silencioso y solitario sendero cubierto de hojas caídas. A pesar de todo, la sensación no desapareció, y aunque me volví muchas veces, no logré ver a nadie.

Tal vez la trampilla en el suelo y «cara larga» solo

estaban allí cuando no me daba la vuelta. Quizás, al más mínimo indicio de que me iba a dar la vuelta, desaparecían como si fuera un juego de niños.

Atravesé el bosque y caminé hasta el final del sendero, un lugar adonde no solía ir. Busqué la entrada del camino secreto de Marie Akikawa, pero a pesar de que miré y remiré, no encontré nada. Marie había dicho que nadie podría encontrarlo, y no cabía duda de que estaba muy bien oculto. En cualquier caso, ella lo conocía. Había caminado por él hasta mi casa atravesando la espesura del bosque a oscuras. Era su secreto.

Llegué a un claro despejado no demasiado grande y con forma circular. Las ramas que cubrían el cielo por encima de mi cabeza desaparecieron de repente, y al levantar la vista vi un pequeño trozo de cielo por donde entraban directamente los otoñales rayos de sol hasta alcanzar el suelo.

Me senté en una piedra que había en mitad del claro y contemplé el valle entre los troncos de los árboles. Me imaginé que aparecería Marie en cualquier momento por su camino secreto, pero no apareció nadie, por supuesto. Solo de vez en cuando se acercaban los pájaros para posarse en las ramas y enseguida levantaban el vuelo. Se movían en parejas, se comunicaban entre ellos con sus silbidos cortos y penetrantes. En una ocasión había leído en un artículo que determinadas especies una vez que encontraban a su pareja no la abandonaban nunca, y cuando uno de ellos moría, el otro vivía en soledad el resto de su vida. Obviamente, no tenían necesidad de firmar papeles de divorcio enviados por correo certificado desde un despacho de abogados.

A lo lejos sonó el lánguido anuncio por megafonía de una furgoneta que vendía algo, pero enseguida dejé de oírlo. Poco después oí un fuerte ruido en la espesura cercana. No era el tipo de ruido que haría una persona, sino un animal salvaje. Me quedé helado. Quizá se trataba de un jabalí (uno de los animales más peligrosos de aquella zona junto con las avispas), pero el ruido cesó de pronto y no volví a oírlo.

Me levanté y caminé de vuelta a casa. Me detuve detrás del templete para comprobar el estado del agujero. Los tablones seguían en la misma posición con las piedras encima. No había señales de que nadie los hubiera movido. Las hojas caídas se amontonaban encima. Estaban mojadas y habían perdido el color. Aquellas hojas nacidas durante la primavera anterior morían irremediablemente en el silencio de lo más profundo del otoño.

Tuve la impresión de que iban a abrirse los tablones y de que entre ellos se asomaría «cara larga» con su aspecto de berenjena, pero allí no apareció nadie. El agujero por el que emergía «cara larga» era una trampilla cuadrada en el suelo, algo más pequeño, más íntimo por así decirlo. Aquel agujero no era el de «cara larga», sino el del comendador. Mejor dicho, el de una idea que había tomado prestada la forma del comendador. Él me había convocado hasta allí sacudiendo la campanilla en plena noche con el fin de que abriese el agujero.

Ese agujero había sido el comienzo de todo. Después de que Menshiki y yo lo abriéramos con la ayuda de la excavadora empezaron a ocurrir una serie de cosas inexplicables. O tal vez todo había comenzado antes, cuando encontré el cuadro oculto en el desván y lo desembalé. La secuencia cronológica era esa. Al menos, los dos hechos guardaban una estrecha relación. *La muerte del comendador* tal vez le abrió la puerta de la casa a la idea. Y es posible que, como recompensa por recuperar el cuadro, el comendador se hubiera presentado ante mis ojos. Sin embargo, cuanto más lo pensaba más perdía el hilo de dónde estaba la causa y dónde el resultado.

Cuando volví a casa, el Jaguar de Menshiki ya no estaba allí aparcado. Supuse que había ido en taxi a recogerlo mientras me encontraba fuera o quizá se lo había encargado a alguien. Fuera como fuese, solo quedaba mi Corolla Wagon cubierto de polvo y con aspecto solitario. Como ya me había advertido Menshiki, debía comprobar la presión de las ruedas, pero aún no había comprado el aparato para hacerlo. Tal vez no llegara a comprarlo jamás.

Decidí prepararme algo para comer, pero en cuanto estuve de pie frente a los fogones me di cuenta de que había perdido el apetito por completo. Por el contrario, tenía mucho sueño. Cogí una manta, me tumbé en el sofá del salón y me quedé dormido. Tuve un sueño breve, vívido, claro, pero aparte de eso no retuve nada en la memoria. Lo único que recordaba era su claridad, su viveza. Más que un sueño, me parecía un trozo de la realidad metida dentro de un sueño por error. Cuando me desperté, había desaparecido sin dejar rastro, como un animal veloz en plena huida.

42

Si se rompe al caer al suelo
es que es un huevo

Aquella semana se me pasó inesperadamente rápida. Por las mañanas me concentraba en pintar y por las tardes leía, paseaba o me hacía cargo de las tareas domésticas más urgentes. Así, casi sin darme cuenta, fueron pasando los días. La tarde del miércoles vino mi amante y nos acostamos. La vieja cama rechinó escandalosa y eso a ella le divirtió mucho.

—Esta cama acabará por romperse muy pronto —dijo mientras hacíamos el amor—. Si seguimos así la vamos a destrozar en mil pedazos y ya no sabremos si son trozos de cama o de un *mikado*.

—Tal vez deberíamos tomárnoslo con más calma, ser más silenciosos.

—Tal vez el capitán Ahab debería haberse dedicado a perseguir sardinas —replicó ella.

Pensé en lo que acababa de decir.

—En el mundo hay cosas que no se pueden cambiar con facilidad. ¿Es eso lo que quieres decir? —le pregunté.

—Más o menos.

Tras un breve intervalo nos pusimos a perseguir de nuevo a la ballena blanca en el extenso mar. En el mundo hay cosas que no se pueden cambiar con facilidad.

Día tras día fui retocando el retrato de Marie, añadiendo sustancia sobre el esqueleto que había dibujado en el lienzo. Usé varios colores y con ellos logré darle un trasfondo. Era un trabajo esencial si quería que su cara naciese en el lienzo con naturalidad. Una vez terminado ese proceso, decidí no hacer nada más hasta que ella viniera al estudio el domingo. Mientras se pinta un retrato, hay un momento para avanzar en soledad y otro para hacerlo con el modelo. En mi caso, ambas fases me gustaban por igual. Me tomaba mi tiempo para pensar en los distintos elementos que incluiría en el retrato, y retocaba la atmósfera aplicando distintas técnicas y colores. Disfrutaba mucho de la parte manual de ese trabajo, con el proceso de crear espontáneamente una figura real, de improvisar, de sustanciarla a partir de determinada atmósfera.

Mientras pintaba el retrato de Marie, comencé también el cuadro del agujero en el bosque. Era una imagen vivamente grabada en mi mente. No necesitaba ir hasta allí físicamente para verlo y reproducirlo sobre el lienzo. Desde el primer momento fui capaz de reproducir con todos sus detalles aquel agujero grabado en mi memoria. El resultado fue muy realista. Casi nunca pintaba en un estilo realista (excepto cuando realizaba retratos por encargo), pero no porque se me diera mal. Si me hacía falta, podía ser tan preciso que cualquiera confundiría el resultado con una foto. Para mí, pintar de vez en cuando con un estilo próximo al suprarrealismo era como un cambio de humor, una especie de ejercicio de técnicas básicas. Por el contrario, la pintura realista solo era un divertimento y lo que pintaba así nunca salía de casa.

Ante mis ojos empezó a formarse poco a poco el agujero en el bosque. Era un agujero redondo, misterioso, oculto bajo unos tablones de madera. Era el lugar por donde había aparecido el comendador, pero en el cuadro era un simple agujero oscuro en el suelo, sin rastro de gente. Sobre el suelo había montones de hojas caídas a su alrededor. El paisaje transmitía tranquilidad, y, sin embargo, me daba la impresión de que alguien (o algo) iba a salir de su interior. Cuanto más observaba, más tenía esa impresión. A pesar de haberlo pintado yo mismo, a veces me recorría el cuerpo un escalofrío.

Así se sucedían mis solitarias mañanas en el estudio. Con la paleta en una mano y el pincel en la otra pintaba alternativamente el *Retrato de Marie Akikawa* y *El agujero en el bosque* (a pesar de tratarse de dos cuadros distintos por completo). Me concentraba frente a los lienzos sentado en la misma banqueta donde Tomohiko Amada se había sentado la medianoche del domingo anterior. Quizá fue a consecuencia de concentrarme tanto, pero la ineludible presencia de Tomohiko Amada que había sentido desde la mañana del lunes había terminado por desaparecer. En la banqueta ya no notaba nada. Volvía a ser un simple objeto real con un uso concreto y objetivo. Tomohiko Amada debía de haber vuelto ya al lugar donde debía estar.

A lo largo de la semana entreabrí unas cuantas veces la puerta del estudio a medianoche para otear dentro. Nunca había nadie. No vi la silueta de Tomohiko Amada ni la del comendador. Tan solo la de la vieja banqueta de madera colocada frente al caballete. La tenue luz de la luna entraba por la ventana e iluminaba silenciosa los objetos de la habitación. En la pared seguía colgado *La muerte del comendador*. El retrato a medio terminar del hombre del Subaru Forester blanco estaba apoyado en el suelo de cara a la pared. En un caballete se hallaba el retrato de Marie y en otro el paisaje del agujero en el bosque. Los dos también a medio terminar. En el interior del estudio olía a pintura al óleo, a trementina, a aceite de semillas de adormidera. Por mucho que abriese la ventana para ventilar la habitación, la mezcla de olores no desaparecía. Era un aroma muy especial, que olía cada día y que probablemente me acompañaría durante el resto de mi vida. Cuando abría por las noches la puerta del estudio, olfateaba para cerciorarme de que seguía allí, y después cerraba la puerta en silencio.

La noche del viernes llamó Masahiko Amada para avisarme de que iría a verme al día siguiente por la tarde. Dijo que se encargaría de comprar algo de pescado fresco en el puerto, para que no tuviera que preocuparme por la cena.

—¿Quieres que lleve alguna otra cosa? —me preguntó—. Ya que voy hasta allí puedo llevarte lo que necesites.

—No, no quiero nada especial —dije sin pensar justo antes de acordarme de algo—. Por cierto, se me ha acabado el whisky. Vino a verme un conocido y nos terminamos el que me regalaste. Me da igual la marca, pero ¿podrías traer una botella?

—A mí me gusta el Chivas. ¿A ti te gusta?

—Me parece bien.

Masahiko siempre había sido un sibarita con el alcohol y la comida. Mis gustos no eran tan exquisitos. Comía y bebía lo que tenía al alcance de la mano.

Nada más despedirme descolgué *La muerte del comendador* de la pared del estudio, lo llevé al dormitorio y lo envolví. No podía dejar a la vista del hijo de Tomohiko Amada una obra desconocida para él que yo había sacado furtivamente del desván.

A la vista de mi invitado no había, por tanto, más que el retrato de Marie y el paisaje del agujero en el bosque. Me quedé de pie frente a ellos y los contemplé alternativamente. Mientras tanto, me vino a la mente la imagen de Marie rondando tras el templete y acercándose al agujero. Tenía el presentimiento de que aquello era el inicio de algo. En mi imagen, los tablones que cubrían el agujero estaban entreabiertos y la oscuridad reclamaba a la niña. ¿La esperaba allí «cara larga»? ¿O tal vez el comendador? ¿Estaban conectados de algún modo los dos cuadros?

Desde que me instalé en esa casa pintaba casi sin descanso. Empecé con el retrato de Menshiki, continué con *El hombre del Subaru Forester blanco* (a pesar de haberlo dejado antes de empezar con el color), y en ese momento pintaba simultáneamente el retrato de Marie y el agujero en el bosque. De algún modo, los cuatro cuadros encajaban como las piezas de un puzle, y vistos en conjunto contaban una historia. Puede que fuera yo quien contaba la historia al pintarlos. Al menos eso pensé. Algo o alguien me había otorgado el papel o el derecho de actuar como una especie de cronista, pero

¿quién era ese alguien? ¿Qué ese algo? ¿Por qué me había elegido precisamente a mí como cronista?

El sábado, un poco antes de las cuatro de la tarde, apareció Masahiko Amada al volante de su Volvo negro. Siempre le habían gustado esos Volvos antiguos cuadradotes y con aspecto terco. Tenía el suyo desde hacía años y debía de haber hecho ya muchos kilómetros, pero no parecía que quisiera cambiarlo por un modelo nuevo.

Masahiko se había tomado la molestia de traer su propio cuchillo, un cuchillo muy afilado y muy bien cuidado. Lo usó para cortar un besugo grande recién pescado que acababa de comprar en el puerto de Ito. Siempre había tenido buena mano para la cocina. Le quitó la espina con cuidado, preparó sashimi y una sopa con la cabeza y la raspa. Asó ligeramente la piel en el fuego como aperitivo para picar con la bebida. Yo le observaba, impresionado, realizar todo ese complicado trabajo. De haberse dedicado a la cocina, sin duda habría tenido éxito.

—El sashimi de pescado blanco está mejor al día siguiente —me explicó mientras manejaba el cuchillo con destreza—, porque la carne se ablanda y coge más sabor, pero este nos lo comeremos hoy, lo siento.

—No soy tan exigente —dije yo.

—Si sobra, ya tienes comida para mañana.

—¡No lo dudes!

—Por cierto, ¿puedo quedarme a dormir? Me gustaría tener tiempo para hablar con calma y beber sin preocuparme de conducir. Puedo dormir en el sofá del salón si no te importa.

—Por supuesto —dije—. En realidad es tu casa. Puedes dormir todas las noches que quieras.

—¿No esperas a ninguna mujer?

Sacudí la cabeza.

—De momento no.

—En ese caso me quedaré.

—Pero no hace falta que duermas en el salón. En el cuarto de invitados hay una cama.

—No, prefiero el sofá. Es más informal y, la verdad, mucho más cómodo de lo que aparenta. Siempre me ha gustado dormir ahí.

De una bolsa de papel sacó una botella de Chivas Regal, quitó el precinto y la abrió. Cogí dos vasos y hielo de la nevera. El sonido del whisky al caer en el vaso sonaba prometedor, como la sensación que uno tiene cuando alguien cercano le abre su corazón. Bebimos mientras terminaba de preparar la cena.

—Hace una eternidad que no bebíamos juntos con calma —observó.

—Tienes razón. Solíamos beber mucho.

—No, el que bebía era yo —puntualizó—. Tú nunca has sido un gran bebedor.

Me reí.

—Eso es lo que tú te crees —puntualicé—. A mí me parece que también bebía mucho.

Lo cierto es que nunca bebía hasta emborracharme, porque antes de llegar a ese punto me quedaba dormido. A Masahiko, por el contrario, no le pasaba eso. Una vez que empezaba, ya no paraba. Nos sentamos a la mesa, brindamos y empezamos la cena con unas ostras. El sashimi estaba extraordinario. La carne de besugo estaba un poco dura, pero nada grave acompañado de bebida. En nuestro particular mano a mano, al final no dejamos nada. Me sacié. Aparte de las ostras y el pescado, también comimos la piel crujiente del besugo, wasabi encurtido y un poco de tofu. Dejamos la sopa para el final.

—No comía tan bien desde hacía mucho tiempo —le dije.

—En Tokio es muy difícil encontrar un pescado como este. Si lo piensas, al final no está tan mal vivir por aquí. Como mínimo puedes comer buen pescado.

—Sin embargo, estoy seguro de que con el tiempo te aburrirías.

—¿Tú te aburres?

—No lo sé. Aburrirme nunca me ha supuesto un problema. Además, aquí ocurren muchas cosas.

Me había instalado a principios de verano y enseguida había conocido a Menshiki. Juntos descubrimos el túmulo detrás del templete, después apareció el comendador y, un poco más tarde, entraron en mi vida Marie Akikawa y su tía Shoko. Mi amante, una mujer liberada sexualmente, me animaba mucho, y, por si fuera poco, había recibido la visita del espíritu de Tomohiko Amada. Desde luego no había tenido mucho tiempo de aburrirme.

—Aunque te extrañe —dijo Masahiko—, no creo que me aburriese. Hace tiempo era un surfero militante. Me conocía casi todas las crestas de las olas de las playas de por aquí. ¿Lo sabías?

No, no lo sabía. De hecho, jamás le había oído hablar de eso.

—No estaría mal empezar una vida así, lejos de la ciudad; levantarme temprano por la mañana, mirar el mar y, si hay buenas olas, meterme en el agua con la tabla.

Yo me sentía incapaz de tomarme todas esas molestias.

—¿Y el trabajo? —le pregunté.

—Me bastaría con ir a Tokio un par de veces por semana. La mayor parte la resuelvo yo solo con el ordenador, así que no veo el inconveniente de vivir lejos del centro. De hecho, resultaría de lo más conveniente, ¿no crees?

—No sé qué decir.

Masahiko me miró atónito.

—Vivimos en el siglo veintiuno, ¿lo sabías?

—Sí, la teoría me la sé.

Cuando terminamos de cenar, nos trasladamos al salón y seguimos con el whisky. El otoño estaba a punto de terminar, pero no hacía frío para encender la chimenea.

—Por cierto —le pregunté—, ¿cómo está tu padre?

Masahiko suspiró.

—Como siempre. La cabeza ya no le funciona y casi no distingue entre un huevo y sus testículos.

—Si se rompe al caer al suelo es que es un huevo —dije.

Masahiko soltó una carcajada.

—Si me paro a pensar en ello, me doy cuenta de que los humanos somos seres extraños. Hace solo algunos años, mi padre era un hombre fuerte que no se inmutaba si le dabas un golpe o una patada. Tenía la mente lúcida, despejada, como el cielo de una noche de invierno. Tanto que casi resultaba odioso. Y ahora ya lo ves. Su memoria se ha transformado en un agujero negro como esos que los astrónomos descubren en el espacio de vez en cuando.

Nada más terminar de hablar sacudió la cabeza.

—¿Quién dijo que la mayor sorpresa en la vida es la vejez? —me preguntó.

No lo sabía. Jamás había oído esa frase, pero quizá tenía razón. La vejez podía resultar más inesperada que la propia muerte. Algo que superaba la imaginación, como si alguien nos dijera de pronto que nuestra existencia tanto social como biológica ya no era necesaria en este mundo.

—Ese sueño en el que se te apareció mi padre el otro día, ¿fue tan real? —me preguntó.

—Sí, tan real que no me pareció un sueño.

—Y estaba en el estudio.

Le llevé hasta allí y señalé la banqueta en mitad de la habitación.

—Ahí. En el sueño estaba ahí sentado, inmóvil.

Masahiko se acercó y puso la mano encima de la banqueta.

—¿Y no hacía nada?

—No. Solo estaba ahí sentado.

En realidad, sí hacía algo: miraba fijamente *La muerte del comendador*, que estaba colgado en la pared, pero no se lo dije.

—Era su banqueta favorita —me explicó Masahiko—. Es una vieja banqueta normal y corriente, pero nunca quiso deshacerse de ella. Cuando pintaba y cuando pensaba, siempre se sentaba en ella.

—Si te sientas en ella, produce un extraño efecto tranquilizador.

160

Masahiko se quedó de pie, absorto en sus pensamientos sin levantar la mano de la banqueta, pero no llegó a sentarse. Observó alternativamente los dos lienzos que tenía ante sí. Uno, el retrato de Marie, el otro, el agujero en el bosque. Ambos a medio terminar. Los contempló en detalle, les dedicó tiempo. Los miró como hacen los médicos con las radiografías cuando buscan sombras sospechosas.

—Muy interesante —dijo al fin—. Están muy bien.

—¿Los dos?

—Sí, los dos. Si se ponen juntos, se percibe un extraño movimiento entre ellos. Son estilos completamente distintos, pero me da la impresión de que de algún modo están conectados.

Asentí. Su opinión coincidía con algo que yo mismo pensaba desde hacía varios días.

—Me parece que poco a poco estás encontrando una nueva dirección, un estilo propio, como si al fin salieras de un bosque profundo. Deberías tomártelo en serio.

Masahiko dio un trago a su whisky. Los hielos del vaso tintinearon con un sonido limpio.

Tenía muchas ganas de mostrarle el cuadro de su padre, comprobar la impresión que le producía. Quizá sus palabras me dieran alguna clave, pero me contuve como buenamente pude. Aún era pronto. Algo me detenía. Era demasiado pronto.

Regresamos al salón. Fuera se levantó el viento y las gruesas nubes empezaron a dirigirse despacio hacia el norte. No se veía la luna por ninguna parte.

—Bueno —dijo Masahiko—, aún debemos hablar de lo más importante.

—Se trata sin duda de algo de lo que te cuesta hablar, ¿no?

—Sí, me cuesta. De hecho, me cuesta mucho.

—Aun así yo debería saberlo, ¿me equivoco?

Masahiko se frotaba las manos como si se dispusiese a levantar algo muy pesado, y al fin empezó a hablar.

—Se trata de Yuzu. Nos hemos visto en varias ocasiones. Antes de que te mudases a esta casa y también después. Fue ella quien quería verme y hemos quedado unas cuantas veces. Me pidió que no te dijera nada, pero yo le advertí que no quería secretos contigo. Pese a ello se lo prometí.

—Las promesas son importantes.

—Considero a Yuzu una buena amiga.

—Lo sé.

Masahiko cuidaba mucho de sus amigos, y a veces eso mismo terminaba por convertirse en su debilidad.

—Ha tenido un amante.

—Lo sé. Bueno, en realidad es ahora cuando puedo confirmarlo.

Masahiko asintió.

—Empezaron unos seis meses antes de vuestra separación. Me resulta muy duro decirlo, pero ese hombre es un conocido mío. Es un compañero de trabajo.

Suspiré.

—Imagino que será un hombre guapo, ¿no?

—Sí. Es un hombre atractivo de rasgos proporcionados. Cuando aún era estudiante, alguien lo paró en mitad de la calle para preguntarle si quería ganar un dinero como modelo. A decir verdad, fui yo quien le presentó a Yuzu.

Me quedé callado.

—Y esa fue la consecuencia, por supuesto.

—Yuzu siempre ha tenido debilidad por los hombres guapos. Ella misma lo reconoce. Es casi una enfermedad.

—Tampoco es que tú seas un adefesio —dijo.

—Gracias. Esta noche dormiré más tranquilo.

Nos quedamos un rato en silencio y fue él quien volvió a hablar.

—En cualquier caso, es un tipo guapo y encima no es mala persona. No creo que eso te consuele, pero no se trata de alguien violento, ni mujeriego, ni especialmente engreído.

—Me alegro mucho —dije.

No tenía esa intención, pero mi comentario debió de sonar irónico.

—Sucedió en septiembre del año pasado —continuó Masahiko—. Un día estaba con él y nos encontramos con Yuzu por casualidad. Era la hora de comer y decidimos ir todos juntos. En ese momento no imaginé nada de nada, porque, además, él era cinco años menor.

—Sin embargo, no perdieron el tiempo y enseguida empezaron a verse.

Masahiko se encogió ligeramente de hombros. Supuse que era la confirmación de que la cosa había evolucionado deprisa.

—Ese hombre me consultó —dijo Masahiko—, y tu mujer también. La consecuencia es que me vi envuelto en una situación muy complicada.

No dije nada. Dijera lo que dijese, sabía perfectamente que solo iba a parecer un estúpido.

Masahiko también se quedó un rato callado y después dijo:

—A decir verdad, Yuzu está embarazada.

Me quedé helado.

—¿Embarazada? —acerté a balbucear al fin—. ¿Yuzu?

—Sí. Está de siete meses.

—¿Y ella lo ha querido?

Masahiko sacudió la cabeza.

—No lo sé. No llego a tanto, pero sí sé que enseguida tomó la decisión de tenerlo. Ahora ya está de siete meses y no puede hacer nada.

—Ella siempre ha dicho que no quería tener hijos.

Masahiko contempló su vaso y frunció ligeramente el ceño.

—No hay posibilidad de que sea hijo tuyo, ¿verdad? —me preguntó.

Hice un rápido cálculo mental y negué con la cabeza.

—Legalmente no tengo ni idea, pero biológicamente te digo que la posibilidad es nula. Me marché de casa hace ocho meses y desde entonces ni siquiera la he visto.

—Está bien. Ha decidido tenerlo y me ha pedido por favor que te lo dijera. No tiene intención de molestarte con este asunto.

—¿Y por qué quiere que lo sepa?

—No lo sé. Quizá piensa que debe informarte, aunque solo sea por cortesía.

Me quedé callado. ¿Por cortesía?

—De todos modos, en algún momento quería disculparme contigo por todo este asunto. Siento mucho no haberte dicho nada aun a sabiendas de lo que pasaba.

—¿Y como compensación me alquilaste esta casa por un módico precio?

—No, eso no tiene nada que ver con el asunto de Yuzu. Aquí ha vivido y trabajado mi padre durante muchos años. Pensé que si venías aquí, te beneficiarías de algún modo de la atmósfera de este lugar. No tenía intención de alquilársela a nadie.

No dije nada. No me pareció que mintiera.

—De todos modos —continuó—, ya has firmado los papeles del divorcio y se los has devuelto, ¿verdad?

—Para ser exactos, a quien se los devolví fue a su abogado. Me parece que oficialmente ya estamos divorciados. Imagino que Yuzu y su novio elegirán la época adecuada, se casarán y formarán una familia feliz. Ella con su marido alto y guapo y un niño estupendo paseando una mañana de domingo por algún parque. Es una imagen idílica que casi me conmueve.

Masahiko echó más hielo en los vasos y sirvió un poco más de whisky. Enseguida dio un trago largo al suyo.

Me levanté y salí a la terraza para contemplar la casa blanca de Menshiki al otro lado del valle. Había unas cuantas luces encendidas. ¿Qué estaría haciendo en ese momento? ¿En qué estaría pensando?

Hacía frío. Las ramas desnudas de los árboles temblaban a causa del viento. Entré en la casa y volví a sentarme.

—¿Me perdonarás?

Sacudí la cabeza.

—Nadie tiene la culpa.

—Me da mucha pena todo esto. Siempre me ha parecido que Yuzu y tú hacíais buena pareja. Parecíais

165

muy felices. Me da lástima que vuestra relación terminara así.

—Si se cae al suelo y se rompe es un huevo —dije.

Masahiko sonrió sin ganas.

—¿Y cómo estás ahora? ¿Tienes alguna novia?

—Podría decirse que sí.

—¿Muy distinta a Yuzu?

—Distinta, sí. Eso es. Durante toda mi vida siempre
he buscado lo mismo en las mujeres, y Yuzu lo tenía.

—¿Y no has vuelto a encontrarlo?

—De momento no.

—Lo siento. A propósito, ¿qué es eso que buscas?

—No sé cómo explicarlo, es algo que perdí en un
momento determinado de mi vida y que desde entonces
he estado buscando. Es lo que hacemos todos cuando
queremos a alguien, ¿no?

—No sé si todos —dijo Masahiko con gesto grave—. Más bien me parece que le ocurre a poca gente,
pero si no eres capaz de expresarlo con palabras, ¿por
qué no lo plasmas en un cuadro? Al fin y al cabo eres
pintor.

—Si no eres capaz de expresarlo con palabras, puedes pintarlo. Decirlo es fácil, pero llevarlo a la práctica
no resulta tan sencillo.

—Pero al menos tienes el valor de intentarlo, ¿no?

—Tal vez el capitán Ahab debería haberse dedicado
a perseguir sardinas.

Masahiko se rio.

—Desde el punto de vista de la seguridad, tal vez
tengas razón, pero no es ahí donde nace el arte.

—¡Déjalo ya! En cuanto sale la palabra «arte» la conversación se termina.

—Creo que deberíamos beber más —dijo Masahiko.

Enseguida volvió a llenar los dos vasos.

—No puedo beber tanto —dije—. Mañana por la mañana trabajo.

—Mañana es mañana y hoy es hoy.

Sus palabras ejercieron sobre mí un extraño poder persuasivo.

—Me gustaría pedirte un favor —le dije.

Se acercaba el momento de poner punto final a la conversación antes de irnos a dormir. El reloj marcaba casi las once de la noche.

—Si está en mis manos, lo que sea.

—Si no te importa, me gustaría visitar a tu padre. ¿Podría ir contigo a la residencia la próxima vez que vayas?

Masahiko me miró como si tuviera enfrente a un animal extraño.

—¿Visitar a mi padre?

—Si no es molestia.

—No es molestia en absoluto. Pero debes saber que ya ni siquiera es capaz de mantener una conversación coherente. Su vida ha entrado en una zona pantanosa. Si tienes alguna expectativa en ese sentido... Me refiero a que si esperas de él algo con sentido, lo más probable es que te lleves una desilusión.

—No espero nada en concreto. Solo me gustaría conocerle en persona, ver su cara por una vez.

—¿Por qué?

Suspiré y miré a mi alrededor.

—He vivido seis meses en esta casa. Trabajo en su

estudio, me siento en su banqueta, como en sus platos y escucho sus discos. Noto su presencia en todas partes a todas horas. Por eso creo que debería verle, aunque sea una sola vez. No me importa si no podemos mantener una conversación coherente.

—En ese caso, de acuerdo —dijo aparentemente convencido.

—No esperes de su parte una bienvenida y tampoco temas que te ponga mala cara. Ya no distingue quién es quién y por eso no hay problema en que vengas. Mi intención es ir dentro de poco. El médico me ha advertido de que no va a resistir mucho más. Se halla en una situación en la que puede ocurrir cualquier cosa en cualquier momento. Si te parece, buscamos un día y vamos.

Fui a por una manta, una almohada y un edredón para preparar la cama en el sofá del salón. De nuevo, miré a mi alrededor para confirmar que el comendador no estaba allí. Si Masahiko se despertaba a medianoche y se encontraba con él (un hombre de apenas sesenta centímetros vestido con ropa del periodo Asuka), a buen seguro se quedaría estupefacto, y tal vez pensara que se había convertido en un alcohólico.

Aparte del comendador, mi única preocupación era *El hombre del Subaru Forester blanco*. Le había dado la vuelta al cuadro para que nadie pudiera verlo. Sin embargo, no tenía forma de saber qué podía ocurrir en medio de la noche sin que yo me enterara.

—Espero que duermas bien y que no te despiertes —le deseé a Masahiko de todo corazón.

Como teníamos más o menos la misma talla le dejé uno de mis pijamas. Se desvistió, se puso el pijama y se deslizó bajo el edredón. En la habitación hacía frío, pero allí debajo estaría caliente.

—¿Estás enfadado conmigo? —me preguntó.

—En absoluto.

—Pero te ha dolido lo que te he contado, ¿verdad?

—Sí, me ha dolido —admití.

Me parecía que tenía todo el derecho a sentirme herido.

—Pero en el vaso aún queda una decimosexta parte de agua.

—Eso es.

Apagué la luz del salón y me fui al dormitorio. No tardé en quedarme dormido con el corazón herido.

43
Aquello no podía acabar
como un simple sueño

Cuando me desperté, ya había amanecido por completo. El cielo estaba oculto tras una fina capa de nubes, pero, a pesar de todo, el sol ofrecía a la tierra la bendición de su luz.

Fui al baño a lavarme la cara, preparé café y después entré en el salón. Masahiko dormía profundamente bajo el edredón. No parecía que estuviese a punto de despertarse. En la mesa junto al sofá estaba la botella de Chivas Regal prácticamente vacía. Recogí la botella y los vasos y lo dejé dormir.

Había bebido demasiado para lo que yo acostumbraba, pero por suerte no tenía resaca. Mi mente estaba despejada como cualquier mañana y ni siquiera notaba ardor de estómago. En realidad, no sabía lo que era tener resaca. Ignoro por qué. Quizá fuera una simple cuestión genética, pero, por mucho que bebiese, al día siguiente el alcohol había desaparecido de mi cuerpo mientras dormía, sin dejar rastro, y después de desayunar me ponía a trabajar sin problema.

Me preparé dos tostadas, freí dos huevos y encendí la radio para escuchar las noticias y la previsión meteorológica mientras me tomaba el desayuno. La bolsa subía y bajaba. Había estallado un escándalo relacionado con un parlamentario japonés y en una ciudad de

Oriente Próximo había muerto mucha gente a causa de un atentado terrorista. Como de costumbre, no oí una sola noticia que me proporcionara un poco de alegría, pero lo cierto era que tampoco había ocurrido nada que tuviera una influencia negativa y directa en mi vida. Se trataba de hechos ocurridos en un mundo muy alejado del mío, que le sucedían a personas desconocidas. Lo sentía de veras por ellos, pero no podía hacer nada para remediarlo. La previsión del tiempo, por su parte, era más o menos decente. No iba a ser un día maravilloso, pero tampoco estaba mal. Estaría nublado, pero al menos no llovería. Quizás. No obstante, ni los funcionarios del Gobierno ni los periodistas usaban jamás la palabra «quizás». Eran demasiado listos y precavidos para usar una palabra tan ambigua. Precisamente para evitarla, la gente del tiempo, por ejemplo, había creado un concepto mucho más conveniente y cauteloso como era el del porcentaje de precipitaciones (y con ello eludían asumir responsabilidades en caso de fallo).

Nada más terminar las noticias y la previsión del tiempo apagué la radio y recogí los platos del desayuno. Después me senté de nuevo a la mesa y me puse a pensar mientras tomaba un segundo café. En condiciones normales, cualquiera en mis circunstancias se habría puesto a leer el periódico que acababa de traerle el repartidor, pero no era mi caso. En lugar de leer tomaba café y me dedicaba a contemplar el magnífico sauce que había al otro lado de la ventana.

Pensé en Yuzu a la espera de dar a luz y de golpe caí en la cuenta de que ya no era mi mujer. Entre ella y yo ya no había conexión alguna, ningún tipo de contrato social ni relación íntima. Tal vez me había convertido a sus ojos en alguien ajeno, sin sentido. Pensar en aquello me hizo sentir extraño. Tan solo unos meses antes desayunábamos juntos a diario, compartíamos las toallas, el jabón, nos mostrábamos nuestros cuerpos desnudos y dormíamos juntos en la misma cama. En ese preciso instante, sin embargo, nos habíamos convertido en perfectos extraños.

Visto así, ni siquiera mi existencia tenía sentido para mí. Apoyé las manos encima de la mesa y las contemplé un rato. Eran mis manos, sin duda. La izquierda y la derecha tenían casi la misma forma. Con ellas pintaba, cocinaba y, de vez en cuando, acariciaba el cuerpo de una mujer. Y por alguna razón, aquella mañana no parecían mías. Parecían las de un extraño con sus dorsos, sus palmas, sus uñas y sus huellas dactilares completamente distintas.

Dejé de mirarlas. También dejé de pensar en mi exmujer. Me levanté de la mesa y fui al baño para darme una ducha de agua caliente. Me lavé el pelo con cuidado y después me afeité. De nuevo pensé en Yuzu, que dentro de poco daría a luz a un bebé que no era mío. No quería pensar más en ello, pero no podía hacer nada por evitarlo. Estaba embarazada de siete meses. Siete meses atrás fue, más o menos, mediados de abril. ¿Qué hacía yo entonces? ¿Dónde estaba? Me había ido de casa para emprender un viaje solitario a mediados del mes de marzo. Desde entonces había viajado sin rumbo fijo por la región de Tohoku y por la isla de Hokkaido al volante de mi viejo Peugeot 205. No regresé a Tokio hasta el mes de mayo. La segunda quincena del mes de abril debió de ser cuando crucé en ferry de Aomori a Hokkaido, cuando llegué a la ciudad de Hakodate y de allí de regreso a Oma, en la península de Shimokita, de nuevo en Honshu.

Busqué en el fondo de un cajón el diario que había llevado durante el viaje para comprobar exactamente dónde estaba en ese momento. Según mis anotaciones me había alejado de la costa y conducía por las montañas de Aomori. Abril llegaba a su fin, pero aún hacía frío y en las montañas quedaba mucha nieve. No recordaba bien por qué había decidido ir a un lugar tan frío como aquel. Había olvidado el nombre, pero no que había dormido varias noches seguidas en un pequeño hotel solitario al borde de un lago. Me decidí por él porque era sorprendentemente barato, aunque era un edificio de hormigón sin encanto, antiguo y anodino, donde servían buena comida, pero más bien frugal. En el jardín había un baño de agua termal al aire libre y podía bañarme tantas veces como quisiera. El hotel acababa de abrir después del invierno y apenas había clientes.

Por alguna razón, mis recuerdos del viaje eran muy confusos. En el cuaderno solo había anotado los lugares visitados, los hoteles donde me había alojado, las comidas, los kilómetros que marcaba el coche y los gastos diarios. Las anotaciones eran caprichosas, casi insustanciales. No había registrado impresiones, sentimientos, quizá porque no había nada que escribir al respecto. Por eso, a pesar de tratarse de un diario me costaba mucho distinguir entre un día y otro. Al leer los nombres de los lugares no era capaz de traer a la memoria una imagen asociada a ellos e incluso en muchas ocasiones ni siquiera había anotado los nombres. Lo que sí recordaba bien era la monotonía del paisaje, las comidas más o menos iguales, un clima sin cambios (o, al menos, con dos matices: mucho frío o poco frío).

Los paisajes y algunos bocetos que había dibujado en un cuaderno me ayudaron a formarme una imagen más concreta. No me había llevado la cámara y no tenía una sola foto. En lugar de fotos había hecho dibujos. Aunque tampoco había dibujado gran cosa. Tan solo bosquejos caprichosos a lápiz o a bolígrafo de lo que encontraba aquí y allá. Pinté flores, malas hierbas en mitad de una calle, gatos, perros y montañas. Cuando tenía ganas, retrataba a la gente que estaba a mi alrededor, aunque la mayor parte de los retratos los regalé.

En la entrada del 19 de abril, escribí: «Anoche, sueño». Nada más. Lo anoté mientras me alojaba en aquel hotel. Más abajo, una gruesa línea continua trazada con un lápiz 2B. Si me había tomado tantas molestias, era porque el sueño tenía un significado especial, pero me costaba recordar exactamente de qué se trataba. Poco después, sin embargo, me vino a la memoria de pronto.

Sucedió antes del amanecer. Había sido un sueño tan vívido como lascivo.

En el sueño estaba en el apartamento de Hiroo donde había vivido con Yuzu durante seis años. Entré en el dormitorio donde dormía mi mujer. En realidad, la observaba desde el techo. Es decir, yo flotaba en el vacío y la miraba desde lo alto. No me parecía que hubiera nada raro en ello. En mi sueño, flotar era algo natural. Ni que decir tiene que no pensaba que se tratase de un sueño: yo flotaba en el vacío y todo lo que ocurría por debajo de mí era perfectamente real.

174

Descendí en silencio desde el techo con cuidado de no despertar a Yuzu y me puse a los pies de la cama. Estaba muy excitado. No me acostaba con ella desde hacía mucho tiempo. Empecé a retirar poco a poco el edredón que la tapaba. Parecía profundamente dormida (quizás había tomado algún somnífero), y cuando terminé de quitárselo, no parecía que fuera a despertarse. Ni siquiera se movió y eso me hizo ser más osado. Me tomé mi tiempo para quitarle el pantalón del pijama y la ropa interior. Era un pijama azul claro y una ropa interior blanca de algodón. Tampoco se despertó. No rechistó ni oí ningún quejido. Abrí sus piernas suavemente y toqué su vagina con los dedos. Esa parte de su anatomía estaba caliente, abierta, húmeda, como si hubiera estado esperando a que la tocase. No podía aguantar más e introduje mi pene en su interior. Su vagina me aceptó como si fuera mantequilla caliente. En realidad, diría que me absorbió. Ella no se despertó, pero suspiró y gimió ligeramente. Era un gemido como de bienvenida, como si hubiera estado esperando aquello. Toqué sus pechos. Tenía los pezones duros como las semillas de una fruta.

Me pareció que estaba soñando profundamente con algo. Tal vez en su sueño me confundía con otra persona, pues hacía mucho tiempo que ya no se acostaba conmigo. Sin embargo, soñara lo que soñase y por mucho que me confundiese con otra persona, yo estaba dentro de ella y nada iba a interrumpir aquello. Si se hubiese despertado en ese momento, se habría llevado una gran sorpresa al verme e incluso se habría enfadado, pero si se daba el caso, ya se me ocurriría algo. En ese instante solo podía dejarme llevar. Me sentía totalmente confuso, desbordado por el intenso deseo.

En un principio me moví despacio para no despertarla, pero mis movimientos empezaron a ser cada vez más veloces y sucedía de forma natural, porque su vagina me acogía de buen grado, parecía exigirme más rotundidad. No tardé mucho en eyacular. Me hubiera gustado retrasarlo lo máximo posible para estar más tiempo dentro de ella, pero no fui capaz de controlarme. Hacía mucho que no me acostaba con ella y, a pesar de estar dormida, sus reacciones eran más activas que nunca.

Eyaculé varias veces intensamente. El semen terminó por desbordar su vagina y empapó las sábanas. Aunque hubiera querido parar, no hubiera podido. Empecé a preocuparme. Si seguía así, tenía la impresión de que iba a vaciarme. A pesar de todo, Yuzu ni siquiera susurró. No jadeó, estuvo todo el tiempo profundamente dormida, pero su vagina se negaba a liberarme. Se contrajo con fuerza hasta exprimir todos los líquidos de mi organismo.

En ese momento me desperté y comprobé que efectivamente había eyaculado. Tenía los calzoncillos empapados de semen. Me cambié deprisa para no manchar las sábanas y me fui al baño a lavarlos. Salí de la habitación y me dirigí al baño de agua termal del jardín por la puerta de atrás. Al estar en el exterior no había ni paredes ni techo y en el trayecto hasta allí hacía un frío infernal, pero una vez en el agua, el frío desaparecía y se transformaba en un calor que llegaba hasta la médula.

A esas horas silenciosas previas al amanecer me bañé yo solo y mientras escuchaba el goteo del hielo derretido a causa del vapor, reconstruí mentalmente una y otra vez la escena que acababa de vivir. El recuerdo era tan vívido, tan real que no parecía el de un simple sueño. Sentía como si en verdad hubiera estado en el apartamento de Hiroo y me hubiera acostado con Yuzu. No podía pensar en otra cosa. Notaba en las manos el tacto de su piel, notaba el calor de su cuerpo en mi pene. Su vagina me había atrapado como si quisiera absorberme (tal vez me confundía con otra persona), me había exprimido hasta no dejar dentro de mí ni una sola gota de esperma.

Me sentía culpable de haber tenido ese sueño (o lo que fuera). En esencia puedo decir que me sentía como si la hubiera violado en mi imaginación. Le había quitado la ropa mientras dormía y la había penetrado. Todo ello sin su consentimiento. Éramos marido y mujer, pero una relación sexual sin el consentimiento de una de las partes se podía considerar un acto punible. No me sentía bien por ello, pero me consolaba pensando que todo había sucedido en un sueño, mientras dormía. No había intencionalidad, no había un plan trazado de antemano.

No podía negar, sin embargo, que lo deseaba. De haberme encontrado realmente en esa situación, tal vez habría hecho lo mismo. Tal vez la habría desnudado en silencio y tal vez la habría penetrado sin su consentimiento expreso. Quería abrazar su cuerpo, estar dentro de ella. Estaba poseído por el deseo y es probable que lo hubiera satisfecho en el sueño de una forma que rebasaba la realidad (o dicho de otro modo, era algo solo realizable en un sueño).

Ese sueño tan vívido tuvo el efecto de proporcionarme cierta felicidad duradera durante mi solitario viaje.

Al recordarlo me sentía como si estuviera flotando, como si conectase orgánicamente con el mundo, como parte integrante de la vida. Ya no estaba conectado a través de la razón o de la lógica ni de un modo conceptual, sino a través de la sensualidad.

Pero cuando pensaba que alguien (un hombre que no era yo) podía haber sentido todo eso con Yuzu, un penetrante dolor me atravesaba el corazón. Ese alguien había tocado sus pechos, le había quitado la ropa interior blanca, había introducido su pene en su vagina húmeda y había eyaculado dentro de ella varias veces seguidas. Solo imaginarlo me hacía sentir como si me desangrase por dentro. Era la primera vez en mi vida (por lo que podía recordar) que sentía algo así.

Había sido un sueño extraño en el amanecer del 19 de abril y por eso había anotado en mi diario: «Anoche, sueño», subrayado después con una línea gruesa hecha con un lápiz 2B.

Fue justo por aquel entonces cuando Yuzu se quedó embarazada. Es obvio que no se puede determinar con exactitud el día concreto de la concepción, pero no creo equivocarme cuando digo que fue por aquella fecha.

El sueño se parecía de algún modo a la historia que me había contado Menshiki. Sin embargo, él sí había tenido un encuentro real en el sofá de su oficina. No había sido un sueño como el mío, pero, de igual manera, sí fue entonces cuando su novia se quedó embarazada. Poco tiempo después se casó con un hombre mayor, rico, y no tardó en dar a luz a Marie. La sospecha de Menshiki de que Marie era su hija biológica tenía un fundamento sólido. La probabilidad era baja, tal vez, pero no imposible. En mi caso, por el contrario, el intenso encuentro sexual con Yuzu solo había tenido lugar en mis sueños. Yo estaba en las montañas de Aomori y ella en el centro de Tokio (o eso creo). El bebé que esperaba no podía ser mío. Desde una perspectiva lógica las cosas estaban claras. La posibilidad de que fuera mío era nula. Pura lógica.

Y a pesar de todo, el sueño fue demasiado real, demasiado vívido. Ese acto sexual fue lo más impresionante que nos había sucedido en nuestros seis años de matrimonio. También el placer que experimentamos. Al eyacular repetidamente, mi cabeza estaba como si se le hubieran fundido todos los plomos a un tiempo. Las distintas capas de la realidad se desvanecieron para mezclarse todas en una masa compacta. Reinaba el caos, como en la creación de la tierra.

Tenía la sensación de que aquello no podía acabar como un simple sueño. Tenía el convencimiento de que estaba conectado con algo y de que, de algún modo, iba a influir en la realidad.

Masahiko se despertó un poco antes de las nueve. Se presentó en el comedor con el pijama puesto y se tomó un café solo muy caliente. No quería desayunar. Le bastaba con un café. Tenía los ojos ligeramente hinchados.

—¿Te encuentras bien? —le pregunté.

—Estoy bien —dijo frotándose los ojos—. He tenido resacas mucho peores. Esta es ligera.

—Quédate aquí y descansa.

—Pero va a venir alguien, ¿no?

—A las diez. Aún hay tiempo y después puedes quedarte. No hay problema. Te presentaré. Son dos mujeres muy atractivas.

—¿Dos? ¿Pero no tenías a una niña como modelo?

—Sí, pero siempre viene acompañada de su tía.

—¿Acompañada de su tía? ¡Qué lugar tan anticuado es este! Parece una historia sacada de una novela de Jane Austen. ¿No vendrá con el corsé puesto y en un coche tirado por dos caballos?

—Nada de caballos. Vienen en un Toyota Prius y ninguna de las dos lleva corsé. Durante las dos horas que estamos en el estudio trabajando, su tía espera en el salón y se dedica a leer un libro, pero es una mujer joven, no te creas.

—¿Y qué libro está leyendo?

—No lo sé. Se lo he preguntado, pero no me lo ha dicho.

—Mmm... Por cierto, hablando de libros, recuerdo que en *Los demonios* hay un personaje que se suicida pegándose un tiro para demostrar que es libre. ¿Cómo se llamaba?

—Kirilov.

—Eso es, Kirilov. Llevaba tiempo intentando recordar su nombre y no me salía.

—¿Qué pasa con él?

Masahiko negó con la cabeza.

—Nada especial. Solo que de repente me ha venido a la cabeza, pero no recordaba su nombre y se me había atragantado como la espina de un pescado. Los rusos piensan cosas muy extrañas, ¿no te parece? En las novelas de Dostoievski siempre aparecen personajes que hacen muchas tonterías para demostrar lo libres que son, ya sea en relación con Dios o con la sociedad. A lo mejor en la Rusia de su tiempo no era algo tan absurdo. Y tú que ya estás oficialmente divorciado de Yuzu, y por tanto libre, ¿qué vas a hacer a partir de ahora? Tal vez no es el tipo de libertad que deseabas, pero eres libre después de todo. ¿No te parece un buen momento para hacer algo absurdo?

Me reí.

—De momento no tengo intención de hacer nada especial. Por ahora estoy libre, pero no me parece que deba tomarme la molestia de mostrárselo al mundo.

—¿Tú crees? —preguntó Masahiko en un tono de voz un tanto insípido—. Eres pintor, ¿no? ¿Eres artista? Un artista se permite cierto desenfreno más evidente que el tuyo, no sé, más pomposo. Pero nunca se te ha dado bien hacer cosas absurdas. Siempre me has parecido demasiado razonable. ¿No crees que deberías liberar de vez en cuando ese freno que tienes dentro de ti?

—¿Y matar, por ejemplo, a una vieja usurera con un hacha?

—Es una posibilidad.

—¿O enamorarme de una prostituta de corazón cándido?

—Tampoco es mala idea.

—Me lo pensaré —dije—. Aunque no haga cosas absurdas, la realidad ya me parece bastante absurda por sí misma. Por eso prefiero comportarme decentemente, aunque sea el único.

—Bueno, esa es tu forma de pensar —repuso con aire de resignación.

Me hubiera gustado decirle que no se trataba de una forma de pensar. Se trataba más bien de que me rodeaba una realidad demasiado inconsistente, y si me dejaba llevar, las cosas terminarían por írseme de las manos. De todos modos, no era el momento de ponerme a explicar todo eso.

—En cualquier caso, me marcho —dijo Masahiko—. Me gustaría conocer a esas dos mujeres, pero tengo trabajo pendiente en Tokio.

Masahiko se terminó el café, se vistió y se sentó al volante de su Volvo cuadrado completamente negro con los ojos aún un poco hinchados.

—Gracias por todo —dijo antes de arrancar—. Me alegro de haber podido hablar con calma. Llevábamos mucho tiempo sin hacerlo.

Ocurrió algo que me extrañó. No logramos encontrar por ninguna parte el cuchillo que había traído para cortar el pescado. Después de usarlo lo había fregado con sumo cuidado y no recordaba haberlo guardado en ningún sitio. Sin embargo, por mucho que buscamos por todos los rincones de la cocina, no logramos dar con él.

—No te preocupes —dijo Masahiko—. Se habrá ido de paseo a alguna parte. Cuando vuelva, guárdalo y ya me lo darás. Lo uso muy de vez en cuando. Ya me lo darás la próxima vez que nos veamos.

Le prometí que así lo haría.

Cuando el Volvo desapareció de mi vista, consulté mi reloj de pulsera. Era la hora en que debían venir Shoko y Marie Akikawa. Volví al salón, arreglé el sofá, recogí el edredón y ventilé bien para eliminar la atmósfera cargada. El cielo seguía nublado, teñido de un color gris ligero. El viento estaba en calma.

Fui al dormitorio a buscar *La muerte del comendador* y lo colgué donde siempre en el estudio. Me senté en la banqueta y lo observé. Del pecho del comendador brotaba la misma sangre de siempre. «Cara larga» contemplaba la escena con su penetrante mirada desde la esquina inferior izquierda del lienzo. No se había producido ningún cambio.

Pero esa mañana, mientras contemplaba el cuadro, no podía evitar que la cara de Yuzu se cruzase entre mis pensamientos. Daba igual lo que pensara. Aquello no había sido un sueño. Estaba seguro de que aquella noche había estado realmente en la habitación con ella. De igual manera que Tomohiko Amada había visitado su estudio hacía unos días, también yo había vencido los límites físicos de la realidad para colarme de algún modo en el apartamento de Hiroo, para entrar en ella y para eyacular en su interior. Si alguien desea algo de verdad con todo su corazón, puede conseguirlo. Eso pensaba, al menos. Con una especie de mando especial, la realidad puede llegar a convertirse en algo irreal o todo lo contrario, siempre y cuando se desee de todo corazón. Eso no demuestra, sin embargo, que seamos libres. Lo que demuestra, más bien, es justo lo opuesto.

De habérseme brindado la oportunidad de verla, me habría gustado preguntarle si ella también había tenido el mismo sueño en abril. Quería saber si había soñado que entraba en su cuarto antes del amanecer y que le hacía el amor mientras ella dormía profundamente (mientras ella no era libre para reaccionar de ningún modo). En otras palabras, quería confirmar si el sueño era compartido o exclusivamente mío. Necesitaba hacerlo. En ese caso, tal vez yo era para ella una existencia siniestra, una especie de diablo que aprovechaba los sueños para colarse en la vida de otra persona, una existencia maligna. Yo no quería pensar eso de mí. No quería convertirme en eso.

¿Era libre? Para mí semejante pregunta no tenía ningún significado. Lo que más necesitaba en ese momento era una realidad firme a la que agarrarme, tierra firme en la que pisar confiado, no la libertad de poder violar a mi propia mujer en sueños.

44

Lo que caracteriza a una persona

Aquel día, Marie no dijo una sola palabra. Estuvo todo el tiempo sentada en la misma silla de siempre y, mientras cumplía obediente con su papel de modelo, se limitaba a mirarme como si contemplase un paisaje lejano. La silla era un poco más baja que la banqueta y eso la obligaba a levantar la vista. Tampoco yo dije nada especial. No se me ocurría de qué hablar ni sentía una necesidad especial de hacerlo. Me dediqué a mover los pinceles sobre el lienzo sin decir nada. Me esforzaba por pintarla a ella, por supuesto, pero al mismo tiempo se mezclaban en mi imaginación la cara de mi hermana muerta (Komi) y la de mi exmujer (Yuzu). No lo hacía a propósito. Solo se entremezclaban de una forma natural. Parece que estaba buscando en Marie la imagen de las dos mujeres que tanto habían significado para mí y a quienes había perdido. No sabía si era un acto sano o insano, pero era la única forma que tenía de pintar en ese momento. No. En realidad, no se trataba solo de ese momento. Lo pensé bien y me di cuenta de que en cierta medida siempre había sido así. En mis cuadros siempre terminaba por aparecer algo que no lograba atrapar en la realidad: dibujaba en una especie de plano oculto señales de mí mismo que la gente no era capaz de percibir.

En cualquier caso, avancé en el retrato de Marie sin vacilar en ningún momento. El trabajo marchaba paso a paso hacia su conclusión. Igual que un río que describe meandros en función de la composición y dureza de los materiales que conforman el suelo, aunque llegue incluso a estancarse en determinado punto, al final termina por avanzar con paso seguro hasta la desembocadura con su caudal renovado. Ese mismo movimiento lo sentía en el interior de mi cuerpo, en mi torrente sanguíneo.

—Puedo volver más tarde —me dijo Marie en un susurro cuando ya estábamos a punto de terminar.

Sus palabras tenían un tono afirmativo, pero estaba claro que me había formulado una pregunta. Quería saber si podía volver a mi casa más tarde.

—¿Quieres decir que vas a venir por tu camino secreto?

—Eso es.

—No me importa, pero dime más o menos a qué hora.

—Aún no lo sé.

—Mejor antes de que oscurezca. Nunca se sabe qué puede haber en la montaña de noche.

La oscuridad en aquel lugar ocultaba cosas extrañas: al comendador, a «cara larga», al hombre del Subaru Forester blanco, al espíritu de Tomohiko Amada. Ocultaba incluso a ese demonio de los sueños que era mi otro yo sexual. En determinados momentos, yo mismo podía convertirme en una criatura siniestra de la noche, y, al darme cuenta de ello, no pude evitar sentir un escalofrío.

—Vendré lo antes posible —dijo Marie—. Hay algunas cosas de las que me gustaría hablar contigo. Tú y yo a solas.

—De acuerdo. Te esperaré.

Enseguida sonaron las señales horarias de mediodía y di por concluida nuestra sesión.

Como de costumbre, Shoko leía su libro entusiasmada en el sofá. No le quedaba mucho para terminar con esa gruesa edición de bolsillo. Se quitó las gafas, colocó el marcapáginas, cerró el libro y levantó la cara hasta que sus ojos se encontraron con los míos.

—El trabajo marcha bien —dije—. Creo que en una o dos sesiones más habré terminado. Siento robar su tiempo.

Sonrió. Tenía una sonrisa encantadora.

—No se preocupe por eso. A Marie le divierte hacer de modelo y yo estoy impaciente por ver el resultado final. Además, este sofá es estupendo para leer. No me aburro en absoluto. Ahora estoy obligada a salir de casa y eso me sienta bien.

Tenía ganas de preguntarle cómo fue la visita en casa de Menshiki el domingo anterior, conocer su impresión sobre aquella majestuosa mansión, incluso qué le parecía Menshiki, pero me pareció una descortesía preguntárselo sin ser ella quien sacara el tema.

También ese día llevaba una ropa muy bien conjuntada. No iba vestida en absoluto como alguien que va a ver a un vecino un domingo por la mañana. Llevaba una falda de pelo de camello sin una sola arruga, una elegante blusa de seda blanca con un gran lazo y, en el cuello de su chaqueta gris azulada, un broche de oro con piedras preciosas que parecían auténticos diamantes. Me pareció demasiado elegante para ponerse al volante de un Toyota Prius, aunque, por supuesto, mi opinión era del todo intrascendente. Muy probablemente el departamento de relaciones públicas de Toyota tendría una perspectiva bien distinta a la mía.

Marie, por su parte, llevaba la misma ropa de la semana pasada y unas zapatillas blancas mucho más sucias de lo normal, y gastadísimas por el talón.

Antes de marcharse, Marie me guiñó un ojo sin que su tía la viese. Era un mensaje secreto entre nosotros que significaba hasta pronto. Le contesté con una ligera sonrisa.

Después de despedirme, regresé al salón y me quedé un rato dormido en el sofá. No tenía hambre y decidí no comer. Disfruté de un sueño profundo e intenso de apenas media hora. No soñé con nada. Una bendición. Saber de lo que era capaz en sueños me daba miedo. Y, más aún, no saber en qué podría llegar a convertirme.

Pasé la tarde del domingo con una sensación acorde con el tiempo que hacía: tranquilo, ligeramente nublado y sin viento. Leí un poco, escuché algo de música y cociné. Sin embargo, hiciera lo que hiciese era incapaz de concentrarme. Era una tarde en la que todo concluía a medias. Resignado, llené la bañera y permanecí en ella mucho tiempo. Traté de recordar los nombres de los personajes de *Los demonios* y logré hacerlo con siete de ellos, incluido Kirilov. No sabía por qué, pero ya desde el instituto se me daba bien memorizar los nombres de los personajes de las novelas clásicas rusas. Tal vez había llegado el momento de releer *Los demo-*

nios. Al fin y al cabo, era libre, disponía de mucho tiempo y no tenía nada mejor que hacer. Mi situación era la óptima para esas antiguas y extensas novelas rusas.

Pensé en Yuzu una vez más. Dado que estaba embarazada de siete meses, ya no podía ocultarlo. Traté de imaginarla en ese estado. ¿Qué estaría haciendo en ese momento? ¿En qué estaría pensando? ¿Sería feliz? Como es lógico, no tenía respuesta a ninguna de esas preguntas.

Tal vez Masahiko tenía razón. A lo mejor debía hacer algo absurdo como los intelectuales rusos del siglo XIX para demostrar que era libre. Pero ¿qué, por ejemplo? ¿Encerrarme durante una hora en el fondo de un agujero profundo y oscuro? En ese instante lo comprendí. Quien lo hacía en realidad era Menshiki. Quizá sus actos no eran absurdos, pero como mínimo se salían de lo común.

Marie apareció pasadas las cuatro. Sonó el timbre y al abrir la puerta allí estaba ella. Entró deprisa, como si se colase por una rendija, como el pedazo desgajado de una nube. Una vez dentro, miró cautelosa a su alrededor.

—¿No hay nadie? —preguntó.

—Nadie —le confirmé.

—Ayer sí vino alguien.

Su afirmación era una pregunta en realidad.

—Sí, vino un amigo y se quedó a dormir.

—Un hombre.

—Claro, un amigo. ¿Cómo lo sabes?

—Porque había un coche negro aparcado que no había visto nunca. Un coche antiguo, cuadrado como una caja.

Masahiko solía llamar a su viejo Volvo la «fiambrera sueca». Un coche muy apropiado para transportar cadáveres de reno.

—¿También viniste ayer?

Marie asintió. Quizá venía siempre que tenía tiempo por su camino secreto del bosque. Mucho antes de mi llegada a ese lugar había sido su terreno de juego, su coto de caza incluso. Solo la casualidad me había puesto a mí allí. ¿Conocía entonces a Tomohiko Amada? En algún momento debía preguntárselo.

Fuimos al salón. Ella se sentó en el sofá, yo en la butaca. Le pregunté si quería algo y dijo que no.

—El que se quedó a dormir fue un amigo de la época de la universidad —dije.

—¿Un amigo íntimo?

—Creo que se le puede llamar así. De hecho, es posible que sea el único a quien puedo considerar un verdadero amigo.

Siempre habíamos mantenido una buena relación y eso no había cambiado a pesar de que fue él quien había presentado a Yuzu a un compañero suyo de trabajo que terminó por acostarse con ella, a pesar de que no me lo contó, a pesar de que eso fue, en última instancia, la causa de mi divorcio. Y, sin embargo, no faltaba a la verdad si le consideraba mi amigo.

—¿Tú tienes amigos? —le pregunté.

Marie no contestó. No movió ni siquiera una ceja. Su expresión se transformó en la de una persona que no escuchaba. Quizá no debería haberle hecho semejante pregunta.

—El señor Menshiki no es un buen amigo —dijo.

No había colocado la interrogación en su frase, pero

era una pregunta pura y dura. ¿Sugería acaso que Menshiki no podía ser buen amigo mío? ¿Me preguntaba eso en realidad?

—Ya te lo dije el otro día. No le conozco lo suficiente para considerarle un amigo. Empezamos a tratarnos hace solo seis meses, cuando me instalé aquí. Para llegar a ser amigo de alguien hace falta más tiempo. De todos modos, Menshiki me parece un hombre muy interesante.

—Muy interesante.

—¿Cómo explicarlo...? Es un hombre con una personalidad distinta a lo habitual, muy diferente, en realidad. No es alguien a quien se pueda entender fácilmente.

—Una personalidad distinta.

—Me refiero a lo que caracteriza a una persona.

Marie me miró fijamente a los ojos durante un rato, como si estuviera eligiendo con sumo cuidado las palabras que iba a pronunciar.

—Desde la terraza de Menshiki se ve mi casa. Está justo enfrente.

Me tomé un tiempo antes de contestar.

—Sí, es por la disposición del terreno. También se ve esta casa, no solo la tuya.

—Pero yo creo que espía mi casa.

—¿Qué quieres decir?

—Estaban tapados, pero en la terraza había unos prismáticos muy grandes montados en un trípode. Creo que los usa para espiar mi casa.

Le había descubierto. Era una niña meticulosa con una mirada penetrante a la que no se le escapaba nada.

—¿Quieres decir que Menshiki usa esos prismáticos para curiosear lo que ocurre en tu casa?

Marie asintió.

Inhalé aire profundamente y después lo expulsé.

—A mí me parece que son solo imaginaciones tuyas. El hecho de tener unos buenos prismáticos no quiere decir que se dedique a espiar a nadie. A lo mejor le gusta contemplar las estrellas.

Su mirada no flaqueó.

—Siempre he tenido la sensación de que alguien me espiaba, pero no sabía ni quién lo hacía, ni desde dónde. Ahora ya lo sé. Estoy segura de que es él.

Una vez más respiré despacio. Marie estaba en lo cierto. La persona que miraba todos los días la casa de Marie con unos prismáticos militares de alta gama era Menshiki. Sin embargo, y sin tratar de defenderle por ello, hasta donde yo sabía no lo hacía con malas intenciones. Solo quería ver a esa niña de trece años que sospechaba que era hija suya. Solo por esa razón había comprado una casa enorme teniendo casi que expulsar de ella a la familia que vivía allí. Sin embargo, no podía explicarle nada de eso a Marie en ese momento.

—En caso de ser así —dije—, ¿por qué iba a dedicarse a espiar lo que pasa en tu casa?

—No lo sé. Quizá le interesa mi tía.

—¿Tu tía?

Se encogió ligeramente de hombros.

No sospechaba, al parecer, que era ella precisamente el objeto del interés de Menshiki. Me extrañó, pero no quise desdecirla. Si en su inocencia pensaba eso, mejor dejarlo así.

—Creo que el señor Menshiki esconde algo —dijo.

—¿El qué?

No contestó directamente a la pregunta, pero sí dijo algo como si me ofreciese una información importante.

—Mi tía ha salido con Menshiki dos veces esta semana.

—¿Ha salido con él?

—Creo que ha ido a su casa.

—¿Quieres decir que ha ido sola a su casa?

—Se fue después del mediodía y no volvió hasta pasada media tarde.

—¿Estás segura?

—Lo sé.

—¿Cómo lo sabes?

—Normalmente no se arregla tanto. Va a la biblioteca donde trabaja como voluntaria o a la compra, pero no se ducha con tanto cuidado, no se arregla las uñas, no se pone perfume ni tampoco la ropa interior más bonita que tiene.

—Eres muy buena observadora —dije, impresionado de verdad—, pero ¿estás segura de que fue a casa de Menshiki? ¿No cabe la posibilidad de que quedase con otra persona?

Marie entornó los ojos y sacudió ligeramente la cabeza, como si con ello quisiera decir que no era una estúpida. Tenía muchas razones para pensar que no podía tratarse de otra persona y, además, no tenía un pelo de tonta.

—De manera que ha ido a casa de Menshiki y han estado allí ellos dos solos.

Marie asintió.

—Y..., no sé cómo decirlo..., han intimado.

Marie asintió de nuevo y sus mejillas se sonrojaron ligeramente.

—Sí, creo que tienen una relación muy íntima.

—Pero a mediodía estabas en la escuela y no en casa. ¿Entonces cómo lo sabes?

—Lo sé. Es algo que se sabe solo con ver la cara de una mujer.

Yo, sin embargo, no había caído en la cuenta de esa señal tan evidente en la cara de una mujer. A pesar de vivir con Yuzu y de que ella mantuviera una relación sexual con otro hombre, nunca noté nada especial en su cara. En ese momento comprendí que debería haber prestado más atención. Si una niña de trece años lo percibía con esa facilidad, ¿cómo era posible que se me hubiera pasado a mí por alto?

—Las cosas han ido bien entre ellos, ¿no?

—Mi tía medita las cosas. No es tonta, pero en su corazón hay un punto débil, y me parece que Menshiki tiene una fuerza fuera de lo normal. Una fuerza que no se puede comparar con la de mi tía.

Tal vez tenía razón. Menshiki tenía un poder especial. Si deseaba algo con todas sus fuerzas y decidía pasar a la acción, la mayor parte de la gente sería incapaz de oponerle resistencia. Yo mismo podía incluirme entre esa gente. Quizá gracias a ello le resultaba sencillo conseguir el cuerpo de una mujer.

—Estás preocupada, ¿verdad? Crees que Menshiki quiere utilizarla con algún objetivo concreto, ¿no?

Marie se puso el pelo detrás de sus pequeñas y blancas orejas dejándolas al descubierto. Tenían una forma bonita. Asintió.

—No es fácil interrumpir una relación entre un hombre y una mujer que acaba de empezar.

No. No era nada fácil, me dije a mí mismo. Una relación en sus comienzos solo avanzaba hacia delante, aplastando todo a su paso, como las majestuosas carrozas en el ritual hindú de la celebración del *ratha-iatra*. Era imposible que diera marcha atrás.

—Por eso he venido hoy —dijo con sus ojos clavados en los míos.

Cuando casi había oscurecido, cogí una linterna y la acompañé hasta la entrada de su camino secreto. Debía volver antes de las siete para llegar a tiempo para cenar. Había venido para pedirme consejo y a mí no se me había ocurrido nada interesante que decir. Solo podíamos esperar a ver cómo evolucionaban las cosas. Eso fue lo único que pude ofrecerle. Si su tía y Menshiki tenían una relación íntima, al fin y al cabo eran adultos sin compromiso y lo hacían de mutuo acuerdo. ¿Qué podía hacer yo? Además, no podía revelarle a nadie el trasfondo de todo aquel asunto, ni a Marie ni a su tía. No estaba en situación de ofrecer consejos válidos en semejantes circunstancias. Me sentía como si estuviera en un combate de boxeo con mi mano más hábil atada a la espalda.

Caminamos por el bosque sin dirigirnos apenas la palabra. Marie me cogió la mano. Tenía una mano pequeña, inesperadamente fuerte. Su gesto me sorprendió, pero solo hasta cierto punto. De niño siempre iba con mi hermana de la mano. Era un gesto cotidiano y me di cuenta de que lo añoraba profundamente.

Tenía la mano caliente, sin rastro de sudor. Debía de estar pensando en algo y tal vez por eso a veces apretaba y otras dejaba la mano relajada. Era una sensación muy parecida a la que transmitía la mano de mi hermana.

Cuando llegamos junto al templete, se soltó y, sin decir nada, se fue hacia la parte de atrás. La seguí.

En la espesura de gramíneas aplastadas aún se veía claramente la huella de las orugas de la excavadora y el agujero justo detrás, dentro no se oía nada, como siempre. Los tablones lo ocultaban y encima de ellos seguían las piedras intactas. Iluminé con la linterna para confirmar que seguían en la misma posición de siempre. En efecto, nadie parecía haberlas tocado.

—¿Puedo mirar adentro? —preguntó Marie.

—Si solo es mirar.

—No haré nada más.

Retiré algunas piedras y uno de los tablones. Marie se agachó y miró adentro por la ranura. Iluminé con la linterna. Allí abajo no había nadie, por supuesto. Tan solo la escalera metálica apoyada contra la pared. No llegaría a los tres metros de profundidad, pero sin escalera hubiera resultado casi imposible bajar o subir. Las paredes eran demasiado lisas.

Marie miró durante mucho tiempo sin dejar de sujetarse el pelo con una mano. Parecía buscar algo concreto, pero yo no tenía forma de saber qué despertaba tanto su interés en aquel agujero. Al fin levantó la cara y me miró.

—¿Quién hizo este agujero? —me preguntó.

—Eso mismo me he preguntado yo muchas veces. Al principio pensé que se trataba de un pozo, pero estaba equivocado. De entrada, no tendría ningún sentido hacer un pozo en un lugar tan inapropiado como este. Sea lo que sea, lo construyeron hace mucho tiempo y pusieron mucho cuidado en ello. Debió de costarles mucho.

Marie me miró sin decir nada.

—Has jugado por aquí desde niña, ¿verdad?

Asintió.

—Pero hasta hace poco no supiste que este agujero estaba aquí.

Negó con la cabeza.

—Tú lo encontraste y lo abriste, ¿verdad? —me preguntó.

—Sí. Puede ser que yo lo encontrase. No imaginaba que fuera a ser tan grande, pero sí me pareció que había algo debajo del montón de piedras. En realidad, quien realmente lo abrió no fui yo, sino Menshiki —le confesé.

En ese mismo instante, un pájaro posado en un árbol cantó con una voz aguda. Con su piar parecía como si alertara a los demás pájaros de algo. Miré hacia arriba, pero no lo encontré. Tan solo veía ramas desnudas superpuestas unas encima de otras. Tras ellas, el cielo del atardecer oculto por una capa homogénea de nubes grises.

Marie frunció ligeramente el ceño, pero no dijo nada.

—No sé cómo explicarlo, pero parecía como si el agujero deseara que alguien lo abriese, como si me emplazara a hacerlo.

—¿Como si te emplazara?

—Quiero decir como si me invitase de algún modo, como si me atrajese hacia él.

Marie inclinó la cabeza en un gesto de extrañeza.

—¿Deseaba que tú lo abrieses?

—Eso es.

—¿Quieres decir que el agujero lo deseaba?

—Tal vez no importaba que fuese yo u otra persona. Quizá me pasó a mí por pura casualidad.

—Y en realidad fue Menshiki quien lo hizo.

—Sí. Yo le traje aquí. De no ser por él, es muy posible que el agujero nunca se hubiera abierto. Hacerlo a mano era imposible y yo no tenía dinero para contratar a una empresa que trajera hasta aquí maquinaria pesada. Digamos que fue el destino.

Marie se quedó pensativa.

—Hubiera sido mejor no hacerlo —comentó—. Creo que ya te lo dije el otro día.

—¿Quieres decir que habría sido mejor dejarlo tal cual?

Se levantó sin decir nada y se sacudió la tierra de las rodillas. Me ayudó a colocar el tablón en su sitio y después las piedras. Memoricé su posición exacta.

—Creo que sí —dijo mientras se frotaba las manos.

—Imagino que debe de haber alguna leyenda relacionada con este lugar o quizá tiene algún significado religioso.

Marie negó con la cabeza. Al parecer, ella sí conocía la historia.

—A lo mejor mi padre sabe algo.

La familia de su padre había sido la propietaria de aquella tierra desde antes de la era Meiji, a finales del siglo XIX. Todas esas montañas habían pertenecido a los Akikawa y quizá por eso conocía el origen tanto del agujero como del templete.

—¿Podrías preguntárselo?

Marie torció ligeramente la boca.

—Podría intentarlo... —dijo antes de quedarse en silencio para añadir enseguida en un susurro—: si es que tengo la oportunidad.

—Me gustaría saber algo sobre quién hizo este agujero y para qué.

—Quizá para guardar algo en su interior y que no pudiera salir. Seguramente por eso amontonaron piedras encima.

—¿Quieres decir que para evitar que ese algo escapara lo sellaron con piedras y para evitar una maldición construyeron al lado el templete?

—Puede ser.

—Y nosotros lo hemos profanado.

Marie volvió a encogerse de hombros.

La acompañé hasta donde se abría un claro en el bosque y allí me pidió que la dejase sola. No debía preocuparme, porque conocía bien el camino y no le importaba que estuviera oscuro. No quería mostrarle a nadie su camino secreto. Para ella era un lugar importante, solo suyo. La dejé sola y regresé a casa. En el cielo apenas quedaba un tenue resplandor. La fría oscuridad estaba a punto de cubrirlo todo.

Cuando pasé por delante del templete, el mismo pájaro de antes volvió a emitir su canto de alerta. No miré hacia arriba. Me limité a pasar por delante sin detenerme. Ya en casa me preparé la cena. Me serví un vaso de Chivas Regal con un poco de agua. En la botella solo quedaba whisky para un vaso más. Era una noche oscura y silenciosa. Parecía como si las nubes absorbieran los sonidos.

No deberíamos haber abierto el agujero.

Era muy posible que Marie tuviera razón, sí. Quizá debería haberme mantenido alejado del agujero. Al parecer, últimamente me equivocaba en todo.

Me vino a la mente la imagen de Menshiki acostándose con Shoko Akikawa, abrazándose desnudos en una de las amplias camas de alguna de las habitaciones de su blanca mansión. Era algo ajeno a mí que ocurría en un mundo que tampoco tenía nada que ver conmigo. Sin embargo, pensaba en ellos y nacía en mí un sentimiento que no sabía cómo definir, igual que cuando uno ve pasar desde el andén de una estación esos largos convoyes de trenes vacíos.

Poco tiempo después me venció el cansancio, y el domingo se acabó para mí. Me dormí profundamente. Nadie me molestó.

45

Estaba a punto de ocurrir algo

De los dos cuadros que pintaba al mismo tiempo, el primero que terminé fue el del agujero del bosque. Lo di por concluido poco después del mediodía del viernes siguiente.

Los cuadros son extraños. Cuanto más se acercan a su finalización, más voluntad propia parecen adquirir, algo así como un punto de vista particular, una opinión. Una vez terminados, son ellos quienes comunican a su autor que el trabajo está terminado. Al menos así lo había sentido yo siempre. Para un observador imparcial —en caso de haberlo— sería prácticamente imposible determinar el momento exacto en el que a un cuadro aún le faltan retoques para estar acabado o cuándo, en efecto, ya lo está. La mayor parte de las veces, la delgada línea que marca la frontera entre una cosa y otra no se ve con los ojos, pero quien pinta sí puede llegar a saberlo, pues la obra dialoga con él en voz alta: «Ya no hace falta que añadas nada». A mí me bastaba con aguzar el oído para captar esa voz.

Eso fue lo que ocurrió con el cuadro del agujero del bosque. En un momento determinado rechazó los pinceles, como una mujer satisfecha rechaza a su amante. Bajé el lienzo del caballete y lo dejé en el suelo apoyado contra la pared. Después me senté también en el suelo y lo contemplé durante mucho tiempo. En él aparecía un agujero tapado con unos tablones.

No entendía el motivo que me había llevado a pintar un cuadro así, no comprendía qué me había impulsado a hacerlo. No me lo explicaba y aun así sabía que ese tipo de cosas sucedían de vez en cuando. Algo como un paisaje, un objeto o una persona atrapaba mi corazón y a partir de ese momento lo plasmaba en el lienzo. El acto en sí mismo no tenía un significado especial, un objetivo concreto. Se trataba tan solo de una especie de capricho.

No. En esta ocasión no había sucedido así, pensé. Había sido algo muy distinto. No se trató de un simple capricho. Algo me impelía a pintar el cuadro y esa exigencia me llevó a terminarlo en un tiempo breve, como si alguien me empujara por la espalda todo el rato. Quizás el agujero tenía voluntad propia y me había utilizado para pintarlo con algún propósito que yo desconocía. Al fin y al cabo, era lo mismo que había hecho Menshiki cuando me encargó su retrato con una intención oculta.

Desde un punto de vista imparcial y objetivo, el cuadro no estaba mal. No sabía si podía llegar a considerarse una forma de arte (no pretendo disculparme, pues nunca tuve esa pretensión), pero en cuanto a la técnica, apenas había objeciones que ponerle. La composición era correcta, los rayos de sol colándose entre las ramas de los árboles y el color de las hojas amontonadas en el suelo resultaban muy realistas y detalladas y al mismo tiempo producía un halo de misterio con una profunda carga simbólica.

Contemplé el cuadro durante mucho tiempo y en todo momento presentí que algo estaba a punto de moverse. En la superficie solo se trataba de un paisaje figurativo donde había pintado un agujero practicado en el suelo en mitad de un bosque, como rezaba el título, pero quizá fuera más exacto juzgarla como una pintura «reconstructiva». Al fin y al cabo, como pintor yo había ejercido esa profesión durante mucho tiempo: la de reconstruir rostros. En esa ocasión había reconstruido fielmente un paisaje sobre un lienzo y para ello me había servido de todas las técnicas aprendidas. Más que dibujar, había hecho anotaciones.

Fuera como fuese, en el cuadro se presentía un movimiento. Era un paisaje en el que algo estaba a punto de moverse. Se percibía claramente. Allí iba a comenzar algo e iba a hacerlo de repente. Lo comprendí. Al pintarlo, mi intención, lo que me había empujado a hacerlo, era ese presentimiento, ese indicio.

Me incorporé para acercarme un poco más.

¿Qué movimiento iba a tener lugar? ¿Qué o quién iba a salir arrastrándose de la oscuridad del agujero? ¿O acaso alguien se disponía, por el contrario, a bajar? Me concentré todo cuanto pude, pero fui incapaz de aclarar nada. Tan solo era un presentimiento.

¿Por qué y para qué quería el agujero que yo lo pintara? ¿Me avisaba de algo? ¿Me lanzaba alguna advertencia? ¿Era una adivinanza? Se me planteaban muchos enigmas y ni una sola respuesta. Tenía ganas de enseñárselo a Marie, escuchar su opinión. Ella era capaz de percibir algo que a mí se me escapaba.

El viernes era el día de mi clase de pintura cerca de la estación de Odawara. El día en que Marie se convertía en mi alumna. Después de clase, a veces tenía la oportunidad de charlar un rato con ella.

Salí de casa por la mañana y conduje hasta allí. Aparqué, y como aún me quedaba algo de tiempo libre antes de empezar, entré en la cafetería donde solía tomarme un café. No era un lugar luminoso y funcional al estilo de los Starbucks, sino un local antiguo medio escondido en un callejón y regentado solo por un hombre mayor. Servía un café solo, denso y negrísimo en unas tazas muy pesadas. Por los viejos altavoces sonaban antiguas canciones de jazz interpretadas por Billie Holiday o Clifford Brown. Mientras paseaba distraído por las galerías comerciales cerca de la estación recordé que no me quedaban filtros para el café. Entré en una tienda y los compré. Un poco más tarde encontré una tienda de discos antiguos y me metí para matar el tiempo. Me entretuve mirando viejos elepés y en ese momento caí en la cuenta de que desde hacía tiempo solo escuchaba música clásica. Era la única música disponible en casa de Tomohiko Amada. En la radio, aparte de una emisora AM que daba noticias y la previsión del tiempo, no se sintonizaba nada (por culpa de la accidentada orografía del terreno, las ondas de la frecuencia modulada no llegaban). Había dejado en el apartamento de Hiroo todos mis cedés y vinilos, aunque tampoco es que fuera una colección extensa. En el momento de recoger mis cosas me dio mucha pereza separar uno a uno los discos y los libros de Yuzu de los míos. No solo me molestaba hacerlo, es que resultaba casi imposible. Por ejemplo: ¿de quién era *Nashville Skyline*, de Bob Dylan, o el álbum de los Doors que incluía *Alabama Song*? Daba igual quién los hubiera comprado. Los habíamos compartido durante años y habían sido la banda sonora de nuestra vida diaria en común. Por mucho que recuperase el objeto en sí, no podía disociar de él el recuerdo del lugar al que había pertenecido. No vi otra salida aparte de dejarlos allí.

Busqué *Nashville Skyline* y el primer álbum de los Doors, pero no los encontré. Los tenían en cedé, pero quería escucharlos en un vinilo de los de toda la vida. Además, en casa de Tomohiko Amada ni siquiera había un reproductor de cedés. Tampoco un radiocasete. Solo tenía una vieja pletina. Tomohiko Amada parecía de ese tipo de personas que no sentían la más mínima simpatía por los nuevos inventos, se tratara de lo que se tratase. Era muy probable que jamás se hubiera acercado siquiera a dos metros de distancia de un microondas.

Al final me decidí por *The River*, de Bruce Springsteen, y por un álbum de dúos de Roberta Flack con Donny Hathaway. Ambos discos despertaban en mí la nostalgia. A partir de un momento determinado había dejado de escuchar música actual para centrarme en mis viejas canciones favoritas. Lo mismo me pasaba con los libros. Leía una y otra vez los mismos y las novedades apenas me interesaban. Era como si el tiempo se hubiera detenido en algún momento.

Quizá se había detenido de verdad. Quizá se arrastraba a duras penas porque la evolución había concluido hacía tiempo, como le ocurre a un restaurante cuando recibe pedidos antes de cerrar y a duras penas puede atenderlos. A lo mejor yo era el único en el mundo que se había dado cuenta de ello.

Guardé los discos en una bolsa de papel y pagué. Después fui a una licorería a comprar whisky. Dudé respecto a la marca y finalmente me decidí por un Chivas Regal. Era un poco más caro que otros escoceses, pero seguro que Masahiko se alegraría la próxima vez que viniera a casa.

Era casi la hora de clase. Dejé las compras en el coche y entré en la escuela. A las cinco empezaba la clase con los niños, la de Marie. Inesperadamente, no asistió. Siempre había mostrado mucho entusiasmo y, que yo recordase, era la primera vez que faltaba. No verla allí me intranquilizó. Incluso noté cierta inquietud en mí. ¿Le había pasado algo? ¿Se había puesto enferma? ¿Había ocurrido algo?

Actué como si nada y les propuse a los niños un tema sencillo para pintar. Opiné sobre lo que hacían y les di algunos consejos. Nada más terminar la clase, empezó la de adultos. La impartí también sin ningún problema. Hablé con los alumnos distendidamente a pesar de que la conversación no era mi fuerte. En cualquier caso, lo hice, y al terminar me reuní con el director del centro para hablar sobre las clases. Tampoco él sabía la causa de la ausencia de Marie. Nadie le había llamado.

Después de las clases fui a un restaurante cercano para comer *soba* caliente con tempura. Se había convertido en una costumbre. Siempre iba al mismo restaurante y siempre pedía lo mismo. Era mi modesto capricho. Después conduje de regreso a la casa en la montaña. Cuando llegué, ya eran cerca de las nueve.

Como no había contestador automático (aparato que tampoco parecía gustarle a Tomohiko Amada), no tenía forma de saber si había llamado alguien en mi ausencia.

Contemplé un rato el viejo teléfono, pero no me transmitía nada. Se limitaba a guardar un silencio completamente negro.

Me metí en la bañera para calentarme el cuerpo. Después me serví en un vaso lo que quedaba en la vieja botella de Chivas Regal y le añadí dos cubitos de hielo. Fui al salón, puse uno de los discos que acababa de comprar y, nada más empezar a sonar los acordes de una música no clásica en aquella casa de las montañas, me pareció que desentonaba. El ambiente se había adaptado durante años a la música clásica, pero a mí me resultaba mucho más familiar la que brotaba de los altavoces en ese momento. Poco a poco, la nostalgia superó a la extrañeza y terminó por dominarme cierto bienestar, como si cada uno de los músculos de mi cuerpo se relajase. Debían de haberse tensado en algún momento sin que yo me diera cuenta.

Nada más acabar la cara A del álbum de dúos de Roberta Flack y Donny Hathaway, le di la vuelta, y mientras sonaba el primer corte de la cara B *(For All We Know,* una canción maravillosa) di un sorbo al whisky y sonó el teléfono. Las agujas del reloj marcaban las diez y media. Casi nunca sonaba a esas horas. No tenía ganas de contestar, pero me pareció notar un tono apremiante en el timbre. Dejé el vaso, me levanté del sofá, levanté la aguja del disco y respondí.

—Hola —dijo Shoko Akikawa al otro lado de la línea.

Le devolví el saludo.

—Siento llamar a estas horas —se excusó con una voz que me sonó extrañamente nerviosa—. Quería preguntarle si Marie ha ido hoy a clase de pintura.

Le dije que no. La pregunta me extrañó. Siempre iba directamente a clase después del colegio sin cambiarse el uniforme y su tía iba a buscarla después en coche. Era la rutina de todas las semanas.

—Marie no ha vuelto.

—¿No ha vuelto?

—No la encuentro por ninguna parte.

—¿Desde cuándo?

—Esta mañana se fue al colegio como siempre. Me ofrecí a llevarla en coche hasta la estación, pero dijo que prefería caminar. Le gusta mucho caminar. No le gusta el coche. Si se le hace tarde, la llevo, pero si no, siempre camina hasta la parada del autobús que lleva a la estación. Esta mañana ha salido a las siete y media, como de costumbre.

Tras detallarme toda la sucesión de acontecimientos, se tomó un tiempo para recuperar el aliento. En el intervalo, traté de ordenar toda la información en mi cabeza.

—Hoy es viernes —continuó—. Después del colegio debería haber ido a clase de pintura. Tendría que haber ido a buscarla, pero me dijo que no hacía falta porque quería volver en autobús. Por eso no he ido. Si se le mete algo en la cabeza no hay manera de que escuche. Cuando viene en autobús llega a casa entre las siete y las siete y media. A esa hora cenamos, pero hoy han dado las ocho, las ocho y media, y no ha vuelto. He empezado a preocuparme y he llamado al director de la academia de pintura para preguntar si había ido y me ha dicho que no. Estoy preocupadísima. Son las diez y media y no ha aparecido. Tampoco ha llamado. Le llamo a usted por si acaso sabe algo.

—No tengo ni idea de dónde puede estar —dije—. También a mí me ha extrañado mucho que no viniera a clase.

Shoko lanzó un profundo suspiró.

—Mi hermano aún no ha vuelto. No sé cuándo lo hará y no tengo forma de contactar con él. Ni siquiera estoy segura de si volverá hoy a casa. Estoy sola y no sé qué hacer.

—Cuando Marie ha salido esta mañana, llevaba el uniforme del colegio, ¿verdad?

—Sí. El uniforme y un bolso al hombro, como siempre. Una chaqueta y una falda, pero tampoco estoy segura de si ha ido al colegio o no. Es tarde y ya no puedo llamar. De todos modos, creo que sí ha ido. De haber faltado, me habrían avisado de inmediato. Solo lleva dinero para los gastos del día. Por si acaso, le dejo llevar el móvil, pero lo tiene apagado. No le gustan los móviles. Siempre lo tiene apagado, a no ser que lo necesite. Yo siempre le digo que lo deje encendido por si ocurre algo, pero...

—¿Es la primera vez que pasa algo así? ¿Nunca ha vuelto tarde a casa?

—Sí, es la primera vez, se lo aseguro. Marie siempre se ha tomado el colegio muy en serio. Aunque no tenga amigas ni le guste especialmente, es muy responsable. En primaria le dieron un premio a la asistencia. No faltó un solo día. En ese sentido, es una niña muy cumplidora, y cuando terminan las clases viene siempre directamente a casa. Nunca se ha ido por ahí.

Shoko no parecía en absoluto consciente de que se escapaba de casa a menudo.

—¿Ha notado algo diferente esta mañana? —le pregunté.

—No, nada. Como siempre. Ha desayunado lo mismo, un vaso de leche caliente y una tostada y luego se ha marchado. Yo misma se lo he preparado como todos los días. Lo único es que esta mañana apenas ha dicho una palabra, pero eso tampoco es una novedad. Hay veces que no para de hablar, y otras, la mayoría, ni siquiera me contesta.

Mientras la escuchaba empecé a inquietarme. Eran cerca de las once y fuera reinaba la oscuridad, apenas se veía la luna, escondida tras las nubes. ¿Qué le había ocurrido?

—Voy a esperar una hora, y si no tengo noticias, llamaré a la policía.

—Tal vez sea lo mejor. Si puedo hacer algo por usted, dígamelo, por favor. Sea la hora que sea.

Shoko me dio las gracias y colgó el teléfono. Tomé lo que quedaba de whisky y fregué el vaso.

Entré en el estudio, encendí todas las luces y contemplé el retrato de Marie a medio terminar en el caballete. Unos cuantos retoques y estaría terminado. Era la imagen de una niña callada de trece años, pero no se trataba solo de su aspecto físico. El cuadro incluía algunos elementos de su ser que no llegaban a reflejarse en sus ojos. Antes de darlo por finalizado pretendía aclarar todas esas cosas ocultas a simple vista y transformarlas en algo diferente, en una especie de mensaje que me parecía ver en ella. En general era eso lo que buscaba en mi trabajo, excepto, claro está, en los retratos por encargo. En ese sentido, Marie me resultaba muy interesante, pues su figura escondía muchas insinuaciones, igual que un trampantojo. Y, por si fuera poco, en ese momento nadie sabía dónde estaba, había desaparecido desde por la mañana, como si ella misma se hubiera sumado al engaño.

Miré el cuadro del agujero en el bosque apoyado contra la pared. Era una pintura al óleo y la había terminado esa misma tarde. A su modo, era como si quisiera decirme algo en un sentido muy distinto al retrato de Marie.

Estaba a punto de ocurrir algo. Al mirar el cuadro me volvió a asaltar la misma sensación de otras ocasiones. Hasta esa misma tarde tan solo había sido un presentimiento, pero en ese momento se hacía realidad poco a poco. Algo ocurría ya, de hecho. Estaba seguro de que la desaparición de Marie guardaba relación con el cuadro del agujero en el bosque. Al haberlo terminado por la tarde había provocado el desprendimiento de algo que a su vez había empezado a moverse. La consecuencia inmediata era la desaparición de Marie.

No podía explicarle aquello a Shoko. De haberlo hecho, solo habría logrado confundirla aún más.

Salí del estudio y fui a la cocina. Me tome varios vasos de agua seguidos para quitarme el regusto del whisky. Después descolgué el teléfono y llamé a Menshiki. Sonó tres veces y descolgó. En su voz apreciée una ligera tensión, como si hubiera estado esperando una llamada importante y le sorprendiera comprobar que era yo. La tensión, sin embargo, desapareció en un segundo y volví a oír al otro lado la voz tranquila y apacible de siempre.

—Siento llamar a estas horas —me excusé.

—No se preocupe. Suelo acostarme tarde y no estaba haciendo nada especial. Me alegra hablar con usted.

Sin más preámbulos le explique brevemente lo que ocurría: Marie había salido de casa por la mañana, no había asistido a la clase de pintura y aún no había regresado a su casa. Menshiki pareció perplejo. Durante un rato no dijo nada.

—No tiene idea de adónde puede haber ido, ¿verdad? —me preguntó.

—Nada. La noticia me ha sorprendido tanto como a usted. Y usted, ¿sabe algo?

—Nada de nada. Apenas habla conmigo.

En su voz no se traslucía sentimiento alguno. Tan solo se limitaba a constatar una realidad.

—Es una niña muy callada —dije—. Apenas habla con nadie. De todos modos, su tía está muy asustada. Su padre tampoco se encuentra en casa y no sabe qué hacer.

Menshiki volvió a guardar silencio. Por lo que sabía de él, era muy extraño que se quedase en silencio tanto rato.

—¿Hay algo que pueda hacer? —preguntó al fin.

—Quizá sea un poco repentino, pero ¿podría venir?

—¿Se refiere a su casa?

—Sí. Hay algo sobre este asunto que me gustaría hablar con usted.

Menshiki volvió a dejar un intervalo de silencio antes de contestar.

—De acuerdo, iré enseguida.

—No interrumpo nada importante, ¿verdad?

—Nada. No hay problema.

Carraspeó ligeramente. Tuve la impresión de que miraba la hora en el reloj.

—Estaré ahí en quince minutos.

Nada más colgar, me preparé para salir. Me puse un jersey, dejé la chaqueta de cuero en la entrada junto a una linterna grande, me senté en el sofá y esperé a que apareciese por la cuesta el Jaguar de Menshiki.

46
Un muro alto y sólido convierte a las personas en seres impotentes

Eran las once y veinte cuando llegó Menshiki. Nada más oír el motor de su coche me puse la chaqueta de cuero y salí a su encuentro. Llevaba un grueso cortavientos azul marino y unos vaqueros negros estrechos, además de una bufanda fina y unas zapatillas de cuero. Su abundante pelo cano resplandecía en la oscuridad.

—Me gustaría ir hasta el agujero en el bosque —le dije—, ¿le importa?

—Por supuesto que no —contestó él—. ¿Tiene algo que ver con la desaparición de Marie?

—Aún no lo sé, pero desde hace un tiempo tengo el oscuro presentimiento de que algo extraño podría suceder relacionado con ese lugar.

—Está bien. Vayamos a ver.

Abrió el maletero del coche y sacó algo parecido a un farol. Cerró y nos internamos en el bosque. Era una noche oscura sin luna ni estrellas. El viento estaba en calma.

—Siento haberle hecho venir a estas horas —me disculpé—. Pero me pareció buena idea que estuviera usted conmigo. Si ocurre algo, preferiría no hacerme cargo yo solo.

Me dio unos golpecitos de ánimo en el brazo.

—No me importa en absoluto. No se preocupe. Haré todo cuanto esté en mis manos.

Avanzamos cautelosos iluminando el suelo para no tropezar con las raíces de los árboles. Solo se oía el sonido de nuestras propias pisadas sobre las hojas secas. Aparte de eso, nada más. A nuestro alrededor notábamos la presencia de animales ocultos. Nos observaban conteniendo el aliento. La profunda oscuridad de la noche producía esa ilusión. De habernos visto alguien en esas circunstancias, tal vez nos habrían tomado por ladrones de tumbas.

—Hay una cosa que me gustaría preguntarle —dijo Menshiki.

—¿De qué se trata?

—¿Por qué cree que la desaparición de Marie guarda relación con el agujero?

Le conté que había estado allí con ella hacía poco, y que entonces comprendí que ella ya lo conocía desde hacía mucho tiempo. Toda esa zona había sido su zona de juegos. Conocía el terreno como la palma de su mano, sabía todo lo que ocurría en los alrededores. Le dije también que, en opinión de Marie, no deberíamos haber tocado el agujero.

—Me dio la impresión de que delante del agujero sentía algo especial —dije—. No sé cómo explicarlo... Tal vez algo espiritual.

—¿Sentía curiosidad por el agujero? —preguntó Menshiki.

—Eso es. El agujero le pareció inquietante, pero al mismo tiempo la atraía, y por eso me preocupa que le haya ocurrido algo relacionado con él. Quizás ha entrado y ahora no puede salir.

Menshiki se tomó su tiempo para pensar.

—¿Le ha hablado de todo esto a Shoko? —me preguntó.

—No, en absoluto. De hacerlo tendría que explicarle todo desde el principio, hablarle de las circunstancias que nos llevaron a abrir el agujero, de por qué está usted implicado en este asunto. Me llevaría mucho tiempo y es muy posible que fuera incapaz de transmitirle lo que de verdad siento.

—Encima iba a significar una preocupación más para ella.

—Si la policía se inmiscuye en este asunto y descubren la existencia de este agujero, las cosas se complicarán todavía más.

Menshiki me miró.

—¿Por qué lo dice? ¿Ha llamado ya a la policía?

—Cuando hablé con ella, aún no lo había hecho, pero puede que a estas horas sí. Se trata de la desaparición de Marie y ya es muy tarde.

Menshiki asintió varias veces.

—Lógico. Es una niña de solo trece años. Es medianoche y no sabe nada de ella desde por la mañana. No le queda más remedio que llamar a la policía.

A pesar de su razonamiento, a Menshiki no parecía gustarle la idea de que la policía se mezclara en el asunto. Se notaba por el tono de su voz.

—Intentemos que todo este asunto del agujero permanezca entre usted y yo —dijo—. Quizá no nos convenga darlo a conocer a otras personas. Eso solo complicaría las cosas.

Estaba de acuerdo con él.

Por encima de cualquier otra consideración estaba

216

el asunto del comendador. Era prácticamente imposible explicar la existencia de ese agujero sin revelar la del comendador o la idea que encarnaba. Podía extenderme en explicaciones, pero eso solo complicaría las cosas, como bien temía Menshiki. (En el caso de revelar la existencia del comendador, ¿quién iba a creer semejante cosa? Como mucho, solo dudarían de mi salud mental.)

Llegamos al templete y nos dirigimos hacia la parte de atrás. Tras las hierbas altas pisoteadas por las orugas de la excavadora estaba el agujero igual que siempre. Iluminamos los tablones que lo cubrían. Las piedras seguían allí. Confirmé que estaban en la misma posición, pero me dio la impresión de que alguien las había movido ligeramente. Después de que Marie y yo abriéramos y cerráramos el agujero, alguien había vuelto a hacerlo y se había tomado la molestia de colocar las piedras de nuevo como estaban, sin embargo, me percaté de que había algo distinto.

—Alguien ha estado aquí y ha movido las piedras —dije.

Menshiki me miró a los ojos.

—¿Marie?

—No lo sé, pero aquí no viene nadie, y aparte de nosotros dos, la única persona que conoce este lugar es ella. Lo más probable es que haya sido ella.

El comendador también conocía la existencia del agujero, por supuesto. Al fin y al cabo había salido de allí, pero él solo era una idea sin una forma propia. A mí no me parecía que precisamente él pudiera tomarse la molestia de mover las piedras y bajar allí dentro.

Entre los dos movimos las piedras y los gruesos tablones que tapaban el agujero. Una vez más, apareció el agujero redondo de cerca de dos metros de diámetro. Me pareció mucho más grande y mucho más oscuro que la última vez, pero pensé que se debería a que era de noche.

Nos agachamos para iluminar con nuestras luces el fondo. No había nada. Tan solo un espacio vacío de forma cilíndrica rematado con paredes de piedra. Lo mismo de siempre. Sin embargo, algo había cambiado. La escalera había desaparecido. La escalera metálica extensible que había dejado allí el paisajista después de que se retirasen las piedras que ocultaban el agujero. La última vez que había mirado dentro seguía allí, apoyada contra la pared.

—¿Dónde está la escalera? —pregunté.

Pronto obtuvimos la respuesta. Se hallaba tirada entre las hierbas que no había aplastado la máquina. Alguien la había sacado. No pesaba y no hacía falta mucha fuerza para moverla. La recogimos y volvimos a meterla.

—Bajaré yo —dijo Menshiki—. Quizás encuentre algo.

—¿Está seguro?

—Sí, no se preocupe por mí. Yo ya he estado ahí una vez.

Bajó como si nada con el farol en la mano.

—Por cierto —dijo a mitad de camino—. ¿Sabe cuánto medía el muro que separaba Berlín Este de Berlín Oeste?

—No.

—Tres metros —dijo mirando hacia arriba—. Variaba de unos lugares a otros, pero tres metros era la altura media. Un poco más alto que la profundidad de este agujero, y así a lo largo de un perímetro de ciento cincuenta kilómetros. Yo conocí Berlín cuando aún estaba dividida. La visión de ese muro resultaba muy dolorosa, se lo aseguro. —Llegó al fondo e iluminó a su alrededor—. Los muros —continuó— se inventaron para proteger a la gente de los enemigos, para resguardarse de las inclemencias meteorológicas, pero pronto empezaron a usarse también para encerrar a la gente. Un muro alto y sólido convierte a las personas en seres impotentes, tanto físicamente, al no alcanzar a ver nada, como espiritualmente. Hay muchos muros que se levantan con ese fin.

De pronto, se calló durante un rato e inspeccionó hasta el último rincón de aquel lugar como si fuera un arqueólogo concienzudo explorando una nueva sala descubierta en lo más profundo de una pirámide. La luz de su farol era muy potente, iluminaba mucho más que mi linterna. Pareció encontrar algo en el suelo y se arrodilló para examinarlo en detalle. Yo desde arriba no podía ver de qué se trataba. No dijo nada. Debía de ser algo muy pequeño. Se levantó, lo envolvió en un pañuelo y lo guardó en uno de los bolsillos de su cortavientos. Alzó el farol por encima de su cabeza para mirar hacia donde estaba yo.

—Ahora subo —anunció.

—¿Ha encontrado algo?

No contestó y empezó a subir con cuidado. La escalera crujía a cada paso. Esperé a que saliera sin dejar de iluminarle con la linterna. Por sus movimientos quedaba patente que se ejercitaba a diario. No hacía nada innecesario, tan solo usaba eficazmente los músculos que necesitaba. Al llegar arriba, se estiró y se sacudió con cuidado la tierra de los pantalones, a pesar de que apenas se había manchado.

—Al bajar ahora —dijo—, me he dado cuenta de la intimidante altura de estas paredes, y eso me ha hecho sentir una especie de impotencia. Hace tiempo tuve la oportunidad de ver algo similar en Palestina, un muro de más de ocho metros de altura construido por los israelíes. La parte de arriba está rematada con un alambre de espino electrificado. Tiene una longitud de casi quinientos kilómetros. Supongo que los israelíes calcularon que tres metros no eran suficientes, aunque en realidad bastan y sobran. —Dejó el farol en el suelo—. Por cierto —continuó—, las paredes de la celda de la cárcel de Tokio medían también tres metros. No sé por qué, pero eran muy altas. Día tras día lo único que veía eran aquellas paredes lisas de tres metros de altura. No había nada más. No había un solo elemento decorativo, un simple cuadro, nada de nada. Eran paredes lisas. Allí dentro me sentía abandonado en el fondo de un agujero.

Le escuché en silencio.

—Hace algún tiempo ya, me detuvieron y me metieron en la cárcel —continuó—. Aún no le había hablado de eso, ¿verdad?

—No.

Sabía por mi amante que Menshiki había estado encarcelado, pero no le había dicho nada al respecto, por supuesto.

—No me gustaría que le llegase la información por otro lado. Los rumores son terribles y tergiversan la realidad, ya sea por interés o por pura maldad. Por eso quiero contárselo yo mismo. No es un episodio de mi vida precisamente divertido, pero ya que ha salido el tema... ¿Le parece bien ahora?

—Por supuesto. Le escucho.

Se tomó un tiempo antes de empezar.

—No pretendo disculparme, pero no me avergüenzo de nada. Siempre me he dedicado a los negocios y he vivido asumiendo muchos riesgos, pero no soy un necio y, además, soy cauteloso por naturaleza. Nunca he infringido la ley. Siempre me he preocupado de no traspasar esa línea, pero en aquella ocasión la persona con la que trabajaba circunstancialmente era un tipo sin escrúpulos. Por culpa suya me vi envuelto en una situación terrible. Desde entonces, trato de evitar en la medida de lo posible asociarme con nadie. Intento vivir bajo mi única y exclusiva responsabilidad.

—¿De qué le acusaron? —pregunté.

—De uso fraudulento de información privilegiada y evasión fiscal. Delitos económicos, digamos. Al final me declararon inocente, pero, a pesar de todo, me metieron en la cárcel durante un tiempo y tuve que pasar por todo el proceso judicial. La fiscalía fue muy dura conmigo. Siempre encontraban nuevas razones para denegar mi libertad provisional, y el proceso se alargó tanto que ahora casi siento nostalgia cuando estoy en un lugar rodeado de paredes. Como ya le he dicho, no había razón para condenarme. No infringí ninguna ley. Desde el primer momento era evidente, pero la fiscalía había escrito su guion de antemano, habían montado su acusación y yo encajaba ahí. Nadie tenía la más mínima intención de ponerse a reescribir nada. La burocracia es terrible. Una vez que toma una decisión, resulta casi imposible cambiarla. En caso de corregir, alguien debe asumir la responsabilidad y nadie quiere hacerlo. Por eso estuve demasiado tiempo encerrado en la cárcel.

—¿Cuánto?

—Cuatrocientos treinta y cinco días —dijo como si nada—. Jamás olvidaré ese número.

Cuatrocientos treinta y cinco días encerrado entre las estrechas paredes de una celda, debió de ser un tiempo terriblemente largo.

—¿Ha estado usted encerrado en algún lugar estrecho mucho tiempo seguido? —me preguntó.

No. Desde que me quedé encerrado en la caja del camión de mudanzas sufría claustrofobia. Ni siquiera era capaz de meterme en un ascensor. De haberme encontrado en una situación como la suya, no creo que mis nervios lo hubieran resistido.

—Allí aprendí a adaptarme a lugares estrechos y para ello entrenaba a diario. También aproveché para estudiar idiomas. Aprendí español, turco y chino. El número de libros que se podían tener en la celda estaba limitado, pero no se incluían los diccionarios. Fue una oportunidad inmejorable. Por suerte me concentro bien, y mientras estudiaba me olvidaba de donde estaba. Todas las cosas tienen siempre un lado positivo.

«Por muy densas y grises que sean las nubes», pensé, «al otro lado siempre brilla el sol.»

—El miedo que nunca logré superar estando allí fue a los terremotos o a los incendios. En esas dos si-

222

tuaciones no hubiera podido ponerme a salvo. Estaba encerrado en una jaula. Pensaba que moriría aplastado, quemado. Me angustiaba, me costaba respirar por culpa del pánico. A veces me despertaba a media noche y no podía dominarme.

—Pero aguantó, ¿verdad?

—Por supuesto. No podía dejarme vencer por esa gente, no iba a dejarme aplastar por el sistema. Si firmaba la declaración que me habían preparado, podría haber salido de la cárcel y retomar mi vida normal, pero de haberlo hecho todo habría terminado para mí. O sea, habría reconocido un delito que no había cometido. Honestamente, me lo tomé como una prueba del destino.

—Cuando se metió en el agujero y permaneció allí encerrado una hora, ¿se acordaba de la cárcel?

—Sí. De vez en cuando necesito volver al punto de partida, al lugar que me hizo ser quien soy. Tendemos a acostumbrarnos demasiado rápido a situaciones y a ambientes confortables.

Qué personaje más singular era Menshiki. Una vez más me impresionaba. Ante una experiencia tan dura, ¿acaso una persona normal no habría hecho lo que fuera para olvidarla por completo lo antes posible?

Menshiki metió la mano en uno de los bolsillos de su cortavientos como si hubiera recordado algo de repente y sacó un pañuelo.

—Por cierto, he encontrado esto en el fondo del agujero.

Abrió el pañuelo y sacó un pequeño objeto de plástico. Lo alcancé y lo iluminé con la linterna. Era un pingüino blanco y negro de alrededor de un centímetro

223

y medio con un cordoncito negro sujeto en un extremo. Una de esas figuritas que las colegialas solían colgar de sus móviles o de sus bolsos. Estaba limpio y daba la impresión de ser nuevo.

—La última vez que bajé al agujero no estaba ahí —dijo Menshiki—. Estoy seguro.

—O sea, que alguien ha bajado y lo ha perdido, ¿no?

—No lo sé. Es uno de esos amuletos que se cuelgan del móvil. El cordón no está roto y quizá no lo han perdido, sino que lo han dejado allí a propósito.

—¿Quiere decir que alguien ha bajado y se ha tomado la molestia de dejarlo allí?

—O simplemente lo ha dejado caer desde arriba.

—¿Y para qué?

Menshiki sacudió la cabeza. No lo sabía.

—Tal vez porque es una especie de amuleto, pero no son más que suposiciones.

—¿Marie?

—Puede ser. Nadie más sabe de la existencia de este lugar.

—¿Ha dejado eso allí como un amuleto?

—No lo sé, pero a una niña de trece años se le pasan muchas cosas por la cabeza, ¿no le parece?

Miré una vez más el pingüino que sujetaba en la mano. Ciertamente, podía ser una especie de amuleto. Desprendía cierto aire de inocencia.

—¿Quién habrá sacado la escalera para dejarla tirada por ahí? ¿Para qué?

Menshiki hizo un ademán de no saber qué responder.

—De todos modos —dije—, cuando vuelva a casa,

llamaré a Shoko para preguntarle si el pingüino era de Marie o no. Quizás ella pueda aclararlo.

—Guárdeselo usted entonces —dijo Menshiki.

Me lo metí en el bolsillo del pantalón.

Dejamos la escalera apoyada contra la pared forrada de piedra, cerramos la boca del agujero con los tablones y encima colocamos las piedras. Por si acaso, memoricé una vez más la disposición. Caminamos de vuelta por el sendero del bosque. Miré el reloj. Ya eran más de las doce. Durante todo el trayecto hasta la casa no dijimos nada. Caminamos en silencio pendientes de iluminar bien el suelo que pisábamos. Cada uno se había sumergido en sus propios pensamientos.

Cuando llegamos, Menshiki abrió el maletero del coche para guardar el farol. Cerró y se apoyó como si al fin se relajara. Miró el cielo durante un rato. Era una noche oscura y no se veía nada.

—¿Le importa que me quede un rato? —me preguntó—. Si vuelvo a casa, no creo que pueda relajarme.

—Por supuesto. Entre, por favor. Yo tampoco creo que sea capaz de conciliar el sueño.

Sin embargo, Menshiki se quedó inmóvil como si pensase en algo.

—No sé cómo explicarlo —dije—, pero tengo la impresión de que a Marie le ha pasado algo malo y no muy lejos de aquí.

—Pero no está en el agujero.

—Eso parece.

—¿Qué puede haberle pasado?

—No lo sé. Pero intuyo que corre peligro.

—¿Cerca de aquí?

—Sí —dije—. Cerca de aquí. Me preocupa haber

encontrado la escalera fuera del agujero, no saber quién ha podido sacarla y esconderla entre las hierbas. ¿Qué significa eso?

Menshiki se incorporó y me tocó el brazo.

—Tiene razón. A mí tampoco se me ocurre, pero no sirve de nada quedarnos aquí preocupándonos cada vez más. Si le parece, entremos en casa.

47

Hoy era viernes, ¿verdad?

Nada más quitarme la chaqueta llamé a Shoko. Descolgó el teléfono al tercer timbrazo.

—¿Sabe algo de Marie? —le pregunté a bocajarro.

—No, nada. Tampoco ha llamado.

Su voz sonaba apagada y parecía costarle trabajo respirar.

—¿Ha llamado a la policía?

—No, todavía no. No sé por qué, pero he pensado que es mejor esperar un poco. Tengo la sensación de que volverá en cualquier momento...

Le hablé del pingüino que habíamos encontrado sin darle más detalles. Tan solo le pregunté si le sonaba que fuera de Marie.

—Llevaba una figurita colgada del móvil y creo recordar que era un pingüino, sí... Sí, sí, era un pingüino. Estoy segura. Era una figurita pequeña de plástico, una especie de amuleto. Lo cuidaba mucho.

—Eso significa que Marie lleva siempre el móvil encima, ¿verdad?

—Sí, aunque la mayor parte del tiempo lo tiene apagado. Solo me llama ella de vez en cuando. Entonces —dijo tras un intervalo de unos segundos de silencio—, ¿lo ha encontrado usted?

No sabía qué decir. En caso de optar por la verdad,

tendría que hablarle de la existencia del agujero del bosque, y si la policía acababa por implicarse en el asunto, me vería obligado a una explicación mucho más detallada. Por si fuera poco, al haber encontrado un objeto suyo en ese lugar, lo inspeccionarían con detalle y probablemente harían una batida por el bosque. Nos preguntarían todo tipo de cosas y, sin duda, llegarían a dar con el asunto del pasado de Menshiki. Todo eso no ayudaría en nada. Como bien había dicho Menshiki, solo complicaría aún más las cosas.

—Estaba en el suelo del estudio —dije.

Mentí a pesar de no tener intención de hacerlo, pero tampoco podía decir la cruda verdad.

—Lo encontré mientras limpiaba. Pensé que tal vez era de Marie.

—Creo que sí —dijo ella—. Estoy casi segura. ¿Qué debo hacer? ¿Debería llamar a la policía?

—¿Ya se lo ha dicho a su hermano, quiero decir, al padre de Marie?

—No, aún no —dijo con cierta vacilación—. No sé dónde está. No viene a casa regularmente.

Daba la impresión de tratarse de una situación familiar delicada y no era el momento de indagar. Me limité a decirle que sería mejor avisar a la policía. Ya era más de medianoche, un nuevo día. Había que empezar a considerar la posibilidad de un accidente. Shoko dijo que llamaría enseguida.

—Por cierto, su móvil sigue apagado, ¿verdad? —le pregunté.

—Sí. La he llamado no sé cuántas veces sin resultado. O lo tiene apagado o se le ha acabado la batería, una de dos.

—Salió de casa esta mañana para ir al colegio y no ha vuelto a saber de ella, ¿es así?

—Así es.

—En ese caso, aún debe de llevar puesto el uniforme.

—Sí, seguro que viste el uniforme. Chaqueta azul marino, blusa blanca, chaleco de lana también azul marino, falda de cuadros hasta las rodillas, calcetines blancos y mocasines negros. También lleva un bolso de vinilo con el nombre y el emblema del colegio. No se ha puesto el abrigo.

—¿No llevaba las cosas de pintura?

—Las tiene en una bolsa que deja en la taquilla del colegio porque las necesita para la clase de arte. No las lleva desde casa.

En efecto, ese era el atuendo con el que se presentaba todos los viernes en mi clase de pintura: chaqueta azul marino, blusa blanca, chaleco, falda de cuadros, bolso de vinilo y una bolsa de tela blanca con las cosas de pintura. Tenía su imagen muy fresca en la memoria.

—Aparte de eso, ¿nada más?

—No. Por eso no creo que haya ido muy lejos.

—Si ocurre algo, llámeme a la hora que sea.

Shoko me aseguró que lo haría y enseguida colgamos.

Menshiki estuvo todo el tiempo a mi lado muy atento a la conversación. Nada más colgar, se quitó el cortavientos. Debajo llevaba un jersey negro de cuello en pico.

—Ese pingüino pertenece a Marie, ¿verdad? —me preguntó.

—Parece que sí.

—Por lo tanto, no sabemos cuándo, pero tal vez ha entrado sola en el agujero y ha dejado el amuleto allí. Parece lógico pensar algo así, ¿no cree?

—¿Quiere decir que lo ha dejado para que actúe como una especie de amuleto?

—Podría ser.

—¿Pero para proteger qué? ¿Para proteger a quién?

—No lo sé. Pero si se ha tomado la molestia de quitar de su móvil un objeto importante para ella y lo ha dejado allí, tiene que haberlo hecho con alguna intención. Una niña de su edad no se deshace sin más de una cosa así.

—¿Hay algo más importante que ella misma que se sienta obligada a proteger?

—¿Por ejemplo?

A ninguno de los dos se nos ocurrió la respuesta a mi pregunta.

Nos quedamos un rato callados. Las agujas del reloj marcaban el lento, pero seguro transcurrir del tiempo. Con cada movimiento, parecían empujar el mundo inexorablemente hacia delante. Al otro lado de la ventana se extendía la oscuridad de la noche. No se veía nada ni se intuía siquiera un solo movimiento.

Me acordé de repente de lo que había dicho el comendador sobre la desaparición de la campanilla. Originalmente no era suya, sino que la compartía con alguien en aquel lugar. En su opinión, si había desaparecido, debía de ser por alguna buena razón.

¿Algo que compartía en aquel lugar?

—A lo mejor no ha sido Marie quien ha dejado allí esa figurita —dije—. Quizás ese agujero está conectado con algún otro lugar. Más que un sitio cerrado y aislado, puede que forme parte de un sistema, una especie de lugar de paso que reclama cosas para sí.

Al poner en palabras lo que se me pasaba por la cabeza, como idea me resultó absurda. De haberme oído el comendador, quizás habría estado de acuerdo, pero en el mundo en que yo habitaba, eso era imposible.

En la habitación se instaló un profundo silencio entre nosotros.

—¿Y con qué podría estar conectado? —preguntó Menshiki al cabo de un rato como si hablase para sí mismo—. El otro día bajé hasta el fondo del agujero y estuve allí una hora en la más absoluta oscuridad, sin luz y sin escaleras por las que salir. Sumido en un silencio casi total, me esforcé por concentrarme lo máximo que pude. Traté de borrar mi existencia física para transformarme en puro pensamiento. Es la única forma de atravesar paredes de piedra y de ir a otro sitio. Cuando estaba en mi celda en la cárcel, lo hacía a menudo, pero en el agujero fui incapaz de lograrlo. En todo momento comprendí que se trataba de un lugar sin escapatoria.

Se me ocurrió de pronto que quizás el agujero elegía a la gente. El comendador había salido de allí para venir a mí. Me eligió como si yo fuera una especie de refugio, y quizás el agujero también había elegido a Marie, pero no a Menshiki (alguna razón tendría).

—En cualquier caso —dije—, me parece que es mejor no mencionar el agujero a la policía. Al menos por el momento, pero me pregunto si no decirles que encontramos allí el pingüino no será ocultar pruebas. Si lo descubren, ¿no nos colocaría eso en una posición difícil?

Menshiki se tomó un tiempo para pensar.

—Lo mejor es mantener la boca cerrada sobre este asunto —dijo al fin con decisión—. No nos queda más remedio. Diremos que lo encontró usted en el suelo del estudio. Será mejor así.

—Tal vez uno de nosotros debería ir a casa de Shoko —dije—. Está sola y debe de estar muy angustiada, muy confusa sin saber qué hacer. Ni siquiera ha podido localizar al padre de Marie. ¿No le vendría bien el apoyo de alguien?

Menshiki volvió a reflexionar durante un buen rato y adoptó un gesto serio.

—Yo no puedo ir en este momento —dijo sacudiendo la cabeza—. No estoy en posición de hacerlo y, además, su hermano puede volver en cualquier momento. No le conozco y, en caso de que...

Dejó la frase a medias y se quedó callado. Tampoco yo dije nada.

Se tomó mucho tiempo para pensar sin dejar de dar golpecitos con el dedo en el reposabrazos del sofá. Mientras lo hacía, me pareció que sus mejillas se sonrojaban ligeramente.

—¿No le importa que me quede un rato más? —me preguntó—. Quizá la señora Akikawa no tarde en llamar de nuevo.

—Por supuesto —le dije—. No tengo sueño y tampoco ganas de ir a acostarme. Quédese todo el tiempo que quiera. Puede quedarse a dormir si le parece bien. Le prepararé una cama.

Me dijo que tal vez aceptaría la invitación.

—¿Quiere un café? —le pregunté.

—Se lo agradezco.

Fui a la cocina. Molí café y encendí la cafetera. Cuando estuvo preparado, lo llevé al salón y nos lo tomamos juntos.

—Quizá debería encender la chimenea —dije.

A esas horas de la noche ya hacía frío. Era diciembre, la época de encender la lumbre.

Llené la chimenea con la leña que no hacía mucho había colocado en un rincón del salón. Encendí el fuego con unos papeles y unas cerillas. La leña estaba seca y prendió enseguida. Era la primera vez que encendía la chimenea desde que me había instalado en aquella casa y no sabía si tiraba bien o no. Masahiko me había dicho que la usara, pero sin más explicaciones, y en todo el tiempo en que la casa estuvo vacía, quizás algún pájaro había anidado en el tiro. Sin embargo, funcionaba bien y no se salía el humo. Colocamos unas sillas cerca del fuego y nos sentamos para entrar en calor.

—El calor del fuego de leña es una maravilla —dijo Menshiki.

Pensé en ofrecerle un whisky, pero descarté la idea. En una situación así me parecía mejor prescindir del alcohol. Cabía la posibilidad de que tuviéramos que conducir. En lugar de eso, escuchamos música mientras nos deleitábamos con el fuego. Menshiki eligió una sonata para violín de Beethoven. Al violín estaba Georg Kulenkampff, y al piano, Wilhelm Kempff. Encajaban perfectamente con la contemplación del fuego en la chimenea a principios del invierno. Sin embargo, cuando pensaba en Marie sola en alguna parte, quizá tiritando de frío, no podía tranquilizarme.

Al cabo de media hora sonó el teléfono. Era Shoko. Su hermano, Yoshinobu Akikawa, había vuelto a casa y enseguida había llamado a la policía, que no tardaría en llegar para investigar el caso (la familia Akikawa era una de las más ricas y antiguas de la zona y querían descartar cuanto antes la posibilidad de un secuestro). Aún no sabían nada de ella y su teléfono móvil continuaba apagado. Shoko había llamado a todos los sitios donde pudiera encontrarse Marie.

—Seguro que está bien —le dije para intentar tranquilizarla.

En caso de tener noticias, le pedí que me llamase enseguida. Colgué.

Volví frente a la chimenea y continuamos escuchando música. En ese momento sonaba un concierto para oboe de Richard Strauss, también elección de Menshiki. Era la primera vez que lo escuchaba. Apenas hablamos. Nos entregamos a la música y a la contemplación del fuego sumergidos cada uno en nuestros pensamientos.

Pasada la una y media de la madrugada me venció el sueño, hasta el punto de que me costaba trabajo mantener los ojos abiertos. Acostumbraba a levantarme temprano y acostarme pronto. No llevaba bien el trasnochar.

—Acuéstese —me dijo Menshiki en cuanto me vio—. Yo me quedaré despierto por si vuelve a llamar. No me hace falta dormir mucho y si no puedo hacerlo, tampoco me supone un problema. No se preocupe por mí, siempre he sido así. Me haré cargo del fuego y aprovecharé para escuchar música. ¿Le importa?

No me importaba en absoluto, por supuesto. Salí

a buscar leña suficiente para toda la noche y la dejé junto a la chimenea.

—Lo siento, pero necesito dormir un poco —me excusé.

—Duerma tranquilo. No se preocupe. Antes del amanecer echaré una cabezada en el sofá. ¿Tendría una manta o algo con lo que pueda taparme?

Le dejé la misma manta, el mismo edredón y la misma almohada que le había dejado a Masahiko Amada. Menshiki me lo agradeció.

—Si quiere tengo un poco de whisky —le ofrecí.

Menshiki negó rotundo con la cabeza.

—No. Es mejor no beber alcohol esta noche. No se sabe qué puede ocurrir.

—Si tiene hambre, mire en la nevera. No hay gran cosa, un poco de queso, unas galletas saladas. Cosas así.

—Gracias —dijo Menshiki.

Le dejé allí solo en el salón y me fui al dormitorio. Me puse el pijama y me metí en la cama. Apagué la luz de la mesilla e intenté dormir. Tenía mucho sueño, pero también la sensación de que un insecto revoloteaba en mi cabeza y me impedía dormir. Me ocurría de vez en cuando. Al final me resigné, volví a encender la luz y me incorporé.

—No podéis dormir, ¿verdad?

Era el comendador quien hablaba. Eché un vistazo a mi alrededor y le encontré sentado en el alféizar de la ventana. Vestía la misma ropa blanca de siempre, con sus extraños zapatos puntiagudos y su pequeña espada. Llevaba el pelo recogido. El mismo aspecto que el co-

235

mendador a punto de morir en el cuadro de Tomohiko Amada.

—No, no puedo dormir —dije.

—Suceden demasiadas cosas, ¿verdad? Nadie parece capaz de conciliar el sueño.

—Hace tiempo que no le veía.

—Cuántas veces tendré que decíroslo: una idea no entiende la diferencia entre mucho y poco tiempo.

—Me alegro de verle en este momento. Hay algo que me gustaría preguntarle.

—¿De qué se trata?

—Marie Akikawa ha desaparecido. Nadie la ha visto desde esta mañana y todos la estamos buscando. ¿Sabe usted algo?

El comendador guardó silencio un rato con la cabeza echada hacia un lado.

—Como bien sabéis —dijo al fin—, el mundo de los humanos viene determinado por tres elementos: tiempo, espacio y probabilidad. Una idea debe ser autónoma con respecto a esos tres elementos. Por lo tanto, no puedo relacionarme con ellos.

—No entiendo muy bien lo que quiere decir. ¿Significa eso que no sabe adónde ha ido?

El comendador guardó silencio.

—O sí lo sabe, pero no puede decírmelo —insistí.

En esta ocasión adoptó un gesto serio y entornó los ojos.

—No evito las responsabilidades, pero una idea tiene muchas limitaciones.

Erguí la espalda y le miré de frente.

—Escúcheme bien. Tengo que ayudar a Marie Akikawa. Creo que está pidiendo ayuda desde algún lugar.

No sé dónde se encuentra, pero ha debido de meterse en un lugar de donde ahora no puede salir. Lo intuyo y, sin embargo, no tengo ni idea de qué debo hacer, ni adónde debo ir. Me parece que su desaparición está relacionada con el agujero del bosque. No puedo explicarlo de una manera lógica, pero lo sé. Usted ha estado mucho tiempo encerrado en ese lugar. No sé la razón ni las circunstancias de su encierro, pero Menshiki y yo le liberamos. Nosotros le liberamos. ¿Me equivoco? Gracias a eso usted puede moverse libremente a través del tiempo y del espacio. Aparece y desaparece cuando le viene en gana, nos observa a mi amante y a mí cuando hacemos el amor. ¿O no?

—Podría decirse que sí.

—No le pido que me diga cómo salvar a Marie. Entiendo las limitaciones que puede haber en su mundo de ideas, y no quiero pedirle algo imposible. Solo le pido una clave, una pista. Teniendo en cuenta las circunstancias, creo que podría permitirse esa amabilidad para conmigo.

El comendador suspiró profundamente.

—Me basta con una insinuación —insistí—. No le pido algo trascendental como que desaparezcan en este momento y para siempre las limpiezas étnicas en el mundo, que se revierta el calentamiento global o que salve usted de la extinción a los elefantes africanos. Solo le pido que me ayude a traer de vuelta a nuestro mundo a una niña de trece años desde el estrecho y oscuro lugar donde está atrapada. Nada más.

El comendador se tomó mucho tiempo para pensar. Tenía los brazos cruzados y parecía dudar respecto a algo.

—De acuerdo —dijo al fin—. Si lo planteáis de ese modo, no me queda otro remedio. Os daré una pista, una sola, pero os advierto que tal vez sean necesarios *unos cuantos sacrificios*. ¿Estáis dispuesto?

—¿De qué se trata?

—De momento no puedo deciros nada, pero no podrán evitarse. Habrá derramamiento de sangre. Al menos en un sentido metafórico. Eso es. Lo entenderá en unos días. También se puede decir que alguien deberá arriesgar su vida.

—Me da igual lo que sea. Deme la pista.

—De acuerdo. Hoy era viernes, ¿verdad?

Miré el despertador junto a la almohada.

—Sí, aún es viernes. No, me equivoco. Ya es sábado.

—La mañana del sábado, es decir, hoy antes del mediodía, recibiréis una llamada. Alguien os invitará a hacer algo. Se den las circunstancias que se den, no podéis rechazar la invitación. ¿Lo habéis entendido?

Repetí maquinalmente una a una sus palabras.

—Recibiré una llamada de alguien que me invitará a hacer algo y no puedo rechazarlo.

—Eso es, recuérdelo. Es la única pista que os puedo ofrecer. Digamos que atraviesa la delgada línea que separa el lenguaje público del privado.

Después de su última y enigmática frase, el comendador empezó a desaparecer poco a poco. Cuando quise darme cuenta, ya no estaba en el alféizar de la ventana.

Apagué la luz de la mesilla y al fin pude conciliar el sueño. El revoloteo dentro de mi cabeza había desaparecido. Antes de quedarme dormido, pensé en Menshiki, que se encontraba junto a la chimenea a cargo del fuego. Allí solo, también él estaría pensando en algo, si bien era incapaz de imaginar en qué. Era un hombre enigmático, condicionado también por el tiempo, el espacio y la probabilidad, como el resto de los seres humanos de este mundo incapaces de escapar en vida de esas limitaciones, como si viviésemos sin excepción rodeados por todas partes de muros impenetrables. Quién sabe.

«Recibiré una llamada de alguien que me invitará a hacer algo y no puedo rechazarlo.» Volví a repetir mentalmente lo que acababa de decirme el comendador y después me quedé dormido.

48
Los españoles no sabían navegar por el mar de Irlanda

Me desperté pasadas las cinco de la mañana y todo a mi alrededor estaba completamente a oscuras. Me puse una chaqueta de punto encima del pijama y fui al salón. Menshiki estaba dormido en el sofá. El fuego de la chimenea se había apagado, pero debía de haber sido hacía poco porque la habitación aún estaba caldeada. El montón de leña había disminuido considerablemente. Menshiki yacía de costado, tapado con el edredón. Dormía tan silencioso que apenas se oía su respiración. Hasta al dormir se comportaba como un hombre correcto. Incluso la atmósfera del salón parecía contener la respiración para no molestarle mientras dormía.

Le dejé dormir y fui a la cocina a preparar un café y una tostada. Me senté en el comedor, y mientras me comía la tostada con mantequilla leí un libro que había empezado a hojear unos días antes. Trataba sobre la Armada Invencible y describía la intensa lucha entre la reina Isabel I y el rey Felipe II en la que se jugó el destino de ambas naciones. No sabía por qué leía precisamente en ese momento un libro sobre un enfrentamiento naval en los mares de Gran Bretaña a mediados del siglo XVI, pero su lectura resultaba apasionante. Era una vieja edición que había encontrado rebuscando en la librería de Tomohiko Amada.

Según la teoría generalmente aceptada, la Armada Invencible se equivocó de estrategia y a consecuencia de ello fue derrotada por los ingleses. Como resultado, la historia del mundo dio un giro inesperado, pero en realidad la mayor parte de los daños sufridos por los españoles no fueron consecuencia directa de la guerra, sino por los naufragios (los dos bandos en conflicto, no obstante, sí hicieron un uso masivo de la artillería sin demasiado acierto). Acostumbrados a navegar por otras aguas como las del Mediterráneo, los españoles no sabían navegar por el mar de Irlanda y no conocían sus numerosos peligros: bajíos, aguas someras, zonas rocosas. De resultas de aquello, muchos barcos encallaron y se hundieron.

Mientras tomaba el café sentado a la mesa del comedor y leía sobre el terrible destino de la Armada Invencible, el cielo empezó a clarear por el oeste. Era sábado por la mañana.

«Recibiréis una llamada. Alguien os invitará a hacer algo. Se den las circunstancias que se den, no podéis rechazar la invitación.» Una vez más, escuché las palabras del comendador y miré el teléfono en silencio. Iba a recibir una llamada, estaba seguro. El comendador nunca me había mentido. No me quedaba más remedio que esperar.

Pensé en Marie. Me hubiera gustado llamar a su tía para saber si había alguna novedad, pero aún era demasiado temprano. Me pareció más prudente esperar como mínimo hasta las siete. Además, de haber sabido algo, me habría llamado enseguida porque era consciente de mi preocupación. Si no había llamado, era porque no sabía nada. Me quedé sentado en la silla del comedor con el libro de la Armada Invencible, y cuando me cansaba de leer, miraba el teléfono sumido en un profundo silencio.

Pasadas las siete, llamé a Shoko Akikawa. Respondió enseguida, como si estuviera al lado esperando.

—Aún no sabemos nada —me dijo (supuse que habría dormido poco o tal vez nada)—. Seguimos sin saber dónde está.

En su voz se notaba el cansancio.

—¿Y la policía? —le pregunté.

—Anoche vinieron dos agentes. Les entregamos una foto de Marie y les dimos todos los detalles sobre cómo iba vestida... Les explicamos que no tiene costumbre de salir por la noche y que tampoco se ha escapado nunca de casa. Imagino que la estarán buscando y habrán dado aviso, pero les hemos pedido que de momento no lo hagan público.

—Pero aún no saben nada.

—No. De momento no. De todos modos, se han puesto a trabajar de inmediato.

Le ofrecí unas palabras de consuelo y le pedí por favor que me avisara enseguida si tenía alguna novedad. Me aseguró que lo haría.

Menshiki se había despertado. Había ido al baño a lavarse la cara. También se lavó los dientes con un cepillo que le había preparado y después se sentó frente a mí para tomar un café. Le ofrecí una tostada, pero no quiso. Tal vez por haber dormido en el sofá su pelo blanco estaba más despeinado de lo normal. Aparte de ese detalle, la persona que tenía delante era el Menshiki de siempre perfectamente arreglado y compuesto.

Le conté lo que acababa de decirme Shoko por teléfono.

—No es más que una intuición —dijo él—, pero creo que la policía no va a servir de gran cosa en este asunto.

—¿Qué le hace pensar eso?

—Marie no es una niña normal y este caso no tiene mucho que ver con otras desapariciones de adolescentes. Tampoco creo que se trate de un secuestro. Si la policía usa el método habitual para estos casos, no creo que la encuentren.

No dije nada, pero me pareció que tenía razón. Nos enfrentábamos a una especie de ecuación llena de incógnitas y sin apenas números concretos. Para resolverla, debíamos encontrar la mayor cantidad posible de números.

—¿Por qué no vamos otra vez al agujero? —le pregunté—. Tal vez encontremos algo nuevo.

—De acuerdo, vamos.

Sin hablarlo entre nosotros, estábamos de acuerdo en que, de todas formas, no teníamos nada más que hacer. Se me ocurrió que, mientras no estábamos, quizá me llamaba Shoko o tal vez recibía esa llamada para invitarme a hacer algo de la que me había advertido el comendador. Pero aún era temprano. Sí, presentí vagamente que aún era temprano.

Nos pusimos las chaquetas y salimos. Era una mañana despejada. Las nubes que cubrían el cielo la noche anterior habían desaparecido por completo arrastradas por el viento del sudoeste. El cielo se veía tan alto, tan transparente que casi parecía artificial. Al contemplarlo, tuve la impresión de que miraba el fondo de una fuente cristalina. A lo lejos oí el ruido monótono de un tren avanzando por una vía. A veces sucedía eso. Dependiendo de la limpieza del aire y de la dirección del viento, llegaban hasta allí ruidos lejanos que en condiciones normales no se oían. Aquella mañana era uno de esos días especiales.

Recorrimos el bosque en silencio hasta el templete y de allí al agujero. Los tablones estaban exactamente en la misma posición que la noche anterior. Tampoco las piedras se habían movido un milímetro. Retiramos los tablones y encontramos la escalera apoyada contra la pared. Dentro no había nadie. En esa ocasión, Menshiki no se ofreció a bajar. Gracias a la claridad de la luz, se veía perfectamente el interior del agujero y dentro no había nada nuevo. A la luz del día, la impresión que daba era completamente distinta a la de la noche. No había nada inquietante.

Volvimos a colocar los tablones y las piedras y desanduvimos el mismo camino de regreso a la casa. Frente al porche estaba aparcado el impoluto Jaguar plateado de Menshiki y, a su lado, mi viejo y polvoriento Toyota Corolla.

—Creo que es hora de marcharme —dijo Menshiki—. Si me quedo, solo voy a ser una molestia y de momento no podemos hacer nada.

—De acuerdo. Descanse un rato y, en cuanto sepa algo, le llamaré de inmediato.

—Hoy es sábado, ¿verdad?

—Sí, sábado.

Menshiki asintió con la cabeza, sacó la llave del coche de uno de los bolsillos de su cortavientos y la contempló un rato, como si pensara en algo y no llegara a decidirse. Esperé.

—Hay una cosa que debo decirle —dijo al fin.

Me apoyé en mi coche para escucharle.

—Se trata de algo muy personal y por eso he dudado mucho, pero creo que es el momento de decírselo. No quiero que haya malentendidos... Shoko Akikawa y yo, no sé cómo decirlo, hemos intimado.

—¿Se refiere a una relación íntima entre un hombre y una mujer? —le pregunté sin ambages.

—Sí —dijo después de dudar un poco, con las mejillas ligeramente sonrojadas—. Tal vez le parezca que las cosas han ido demasiado rápido.

—No me parece que la velocidad sea un problema.

—Tiene razón. Tiene razón en lo que dice. No se trata de velocidad.

—¿Se trata de...? —dije sin terminar la frase a propósito.

—Se refiere al motivo, ¿verdad?

Me quedé callado. Él sabía que mi silencio era una afirmación.

—Espero que lo entienda, pero las cosas no han salido así por un cálculo mío. Ha ocurrido de una forma natural, y cuando he querido darme cuenta, ya estaba hecho, lo admito.

—Lo único que sé —dije honestamente— es que en el caso de que lo hubiera calculado desde el principio, tampoco le habría resultado tan difícil, y lo digo sin ironía.

—Tal vez tenga razón. Más que de algo fácil, quizá se trataba de algo poco complicado, aunque en realidad no fue así.

—¿Quiere decir que se enamoró de ella nada más verla?

Menshiki apretó ligeramente los labios como si no supiera qué decir.

—¿Enamorarme? —dijo—. Si le soy sincero, no llego a tanto. La última vez que me enamoré fue hace mucho tiempo. No sé bien cómo ha sucedido, pero sin duda me he sentido muy atraído hacia ella.

—¿Aunque eliminemos de la ecuación la existencia de Marie Akikawa?

—Eso es una hipótesis casi imposible. Si nos hemos encontrado, ha sido precisamente gracias a Marie, pero de no existir esa niña, es posible que también me hubiera sentido atraído por ella.

Me preguntaba si de verdad habría sido así. Un hombre como Menshiki, con una mente tan estructurada, atraído por una mujer como Shoko, que era más bien despreocupada. A pesar de todo, no llegué a una conclusión definitiva porque el corazón de la gente se mueve de una forma imprevisible, especialmente cuando se entremezcla la sexualidad.

—Está bien —dije—. De todos modos, le agradezco que me lo haya dicho. La honestidad es el mejor camino.

—Espero que así sea.

—En realidad, Marie ya lo sabe. Sabe que usted y su tía han empezado una relación. Ella misma me lo dijo hace unos días.

Menshiki pareció sorprendido.

—¡Qué niña más lista! —exclamó—. Shoko y yo nos hemos preocupado mucho de no mostrar nada.

—Sí, es una niña muy intuitiva. Se dio cuenta por la actitud de su tía, no por usted.

Shoko era una mujer inteligente y muy educada, que sabía controlar perfectamente sus sentimientos. Sin embargo, no era capaz de esconderlos del todo tras una máscara y, obviamente, Menshiki lo sabía.

—¿Y para usted la desaparición de Marie guarda relación con esto?

Negué con la cabeza.

—No lo sé —admití—. Lo único que puedo decirle es que debería hablar con Shoko. Seguro que en este momento se siente muy confusa e inquieta y seguro que necesita su ayuda, su apoyo.

Menshiki se quedó pensativo.

—Si le digo la verdad —reconoció con un suspiro—, no creo que me haya enamorado. Se trata de algo distinto. Por carácter, este tipo de cosas no se me dan bien. Yo mismo no lo entiendo. De no existir Marie, no sé si me habría sentido atraído por Shoko. No soy capaz de trazar una línea para diferenciar una cosa de otra.

En esa ocasión, fui yo quien se quedó callado.

—En cualquier caso —continuó—, no había calculado nada de todo esto con antelación. ¿Me cree?

—No sé exactamente por qué, pero usted me parece una persona honesta.

—Gracias —dijo con una ligera sonrisa que denotaba cierta incomodidad—. ¿Me permite que ejerza un poco más mi honestidad? —me preguntó.

—Por supuesto.

—De vez en cuando me siento vacío —dijo como si se confesase, aún con el rastro de una ligera sonrisa dibujada en la comisura de los labios.

—¿Vacío?

—Una persona hueca. Tal vez suene un poco arrogante, pero hasta hoy he vivido con la idea de que soy una persona dotada de cierto talento e inteligencia. Tengo intuición, tengo criterio y soy decidido. Tampoco me falta fuerza física. Haga lo que haga, nunca tengo la sensación de fracasar. De hecho, he conseguido casi todo lo que he deseado. Obviamente, el asunto de la cárcel fue una forma de fracaso, pero es una de las pocas excepciones de mi vida. De joven me sentía capaz de cualquier cosa y pensaba que el paso del tiempo me convertiría en alguien casi perfecto, que llegaría muy alto y que desde allí tendría el mundo entero a mis pies. Sin embargo, cumplidos los cincuenta, cuando me miro al espejo, la imagen que este me devuelve es la de una persona vacía. Una persona de «paja» como decía T.S. Eliot.

Me quedé callado sin saber qué decir.

—En mi vida, tal vez todo ha sido hasta ahora una gran equivocación. Lo pienso a menudo. Tal vez me equivoco en mi forma de hacer las cosas y actúo sin sentido. Por eso, como ya le he dicho en alguna ocasión, le veo a usted y siento envidia.

—¿Envidia de qué? —le pregunté.

—Usted tiene la capacidad de desear cosas que no puede alcanzar, pero yo siempre he deseado cosas que sabía que podía conseguir.

Supuse que se refería indirectamente a Marie Akikawa. Para él, Marie era una de esas cosas que no iba a conseguir por mucho que lo deseara. Sin embargo, no se lo podía decir abiertamente. Se subió al coche, abrió la ventanilla, me saludó con una inclinación de la cabeza, arrancó el motor y se marchó. Me quedé fuera hasta que el coche desapareció de mi vista y después entré en casa. Eran las ocho de la mañana pasadas.

El teléfono sonó sobre las diez. Era Masahiko Amada.

—A lo mejor es muy precipitado, pero voy a ir a ver a mi padre a Izu. ¿Quieres venir conmigo? El otro día dijiste que querías conocerle.

«Recibiréis una llamada. Alguien os invitará a hacer algo. Se den las circunstancias que se den, no podéis rechazar la invitación.»

—Sí, por supuesto —dije sin dudarlo.

—Acabo de entrar en la autopista de Tomei. Te llamo desde el área de servicio de Kohoku. Estaré allí más o menos en una hora. Te recojo y nos vamos.

—¿Has decidido ir así de repente?

—Sí, me han llamado de la residencia porque al parecer no se encuentra muy bien y justo hoy no tenía nada que hacer.

—¿No te importa que vaya en un momento tan delicado? Al fin y al cabo, no soy de la familia.

—No pasa nada, no te preocupes. Aparte de mí, no va a verle nadie de la familia. Cuanta más gente, mejor.

Nada más colgar, eché un vistazo a mi alrededor. Tenía la impresión de que el comendador estaba en alguna parte. Sin embargo, no había nadie. Se había cumplido su predicción, pero él había desaparecido. Como idea que era, quizá deambulaba en algún lugar donde no existía el tiempo, el espacio ni la probabilidad, pero lo cierto era que había recibido aquella llamada inesperada esa misma mañana para invitarme a hacer algo. Hasta ese momento, sus predicciones se habían cumplido. Me preocupaba marcharme de casa sin saber dónde estaba Marie, pero no tenía más opción. Las indicaciones del comendador habían sido muy precisas: no podía rechazar la invitación bajo ningún concepto. Podía dejar a Shoko en manos de Menshiki, pensé. Al fin y al cabo, se podía considerar parte de su responsabilidad.

Me senté en el sofá del salón, y mientras esperaba a Masahiko continué con la lectura sobre la Armada Invencible. Los marinos españoles que abandonaron sus barcos en alta mar antes de hundirse y alcanzaron a duras penas las costas irlandesas murieron asesinados en su mayor parte a manos de los irlandeses. Los paupérrimos pobladores de los pueblos costeros mataron a soldados y marinos para robarles sus pertenencias. Los españoles esperaban recibir su ayuda por el hecho de ser católicos, pero las cosas no sucedieron así. Era más poderoso el hambre que la solidaridad religiosa. Los barcos cargados de dinero y bienes destinados a ganarse el favor de los ingleses una vez en suelo británico, se hundieron en el fondo del mar para siempre y nadie sabe aún dónde están todas esas riquezas.

El viejo Volvo de Masahiko Amada aparcó delante de la casa un poco antes de las once de la mañana. Me puse la chaqueta de cuero y salí de casa sin dejar de pensar en las enormes cantidades de monedas de oro españolas pérdidas en las profundidades del mar.

Masahiko decidió dejar la Hakone Turnpike y tomar la Izu Skyline, para llegar desde allí a la altiplanicie de Amagi y luego a la de Izu. Dijo que era la ruta más rápida, pues en la carretera de la costa solía haber atascos los fines de semana, pero por donde fuimos también había mucho tráfico. Aún no había terminado la época en que las hojas de los arces cambiaban de color, y muchos conductores que se acercaban a deleitarse con la estampa de finales de otoño no estaban acostumbrados a las carreteras de montaña y nos obligaban a circular muy despacio.

—¿Tan mal está tu padre? —le pregunté.

—No lo sé —respondió Masahiko con un tono de voz calmado—, pero no creo que aguante mucho. Ya solo se trata de una cuestión de tiempo. Está decrépito, casi al límite. No come bien y hay muchas probabilidades de que muera en cualquier momento a causa de algún tipo de afección pulmonar. Por si fuera poco, siempre se ha negado a seguir una dieta blanda o a que le administren suero. Me ha dicho en varias ocasiones que si no puede comer por sí mismo, su deseo es morir tranquilamente. Lo ha dejado por escrito y lo firmó ante notario cuando estaba en plena posesión de sus facultades mentales. Yo no voy a contradecir su voluntad ni a hacer nada para prolongar artificialmente su vida, así que en cualquier momento puede ocurrir cualquier cosa.

—En ese caso, ya estás preparado para recibir la noticia.

—Eso es.

—Es terrible.

—Bueno, la muerte de alguien representa todo un trabajo para el que se queda, así que mejor no quejarse.

El viejo Volvo aún tenía un radiocasete y la guantera estaba atestada de cintas. Masahiko eligió una al azar. Eran los grandes éxitos de 1980 e incluía grupos como Duran Duran y Huey Lewis y otros. En primer lugar sonó *The Look of Love* de ABC.

—Da la impresión de que la evolución se ha detenido en este coche.

—No me gustan los cedés. Brillan demasiado. Están bien para ahuyentar a los cuervos colgados del alero de un tejado, pero no para escuchar música. Producen un sonido atiplado con una ecualización muy poco natural. No me gusta que no haya una cara A y una cara B. Si todavía tengo este coche, es porque quiero escuchar música en cintas magnetofónicas. Cuando lo digo, todo el mundo se extraña, pero es que los modelos nuevos ya no vienen con reproductores de cintas. De todos modos, me da igual. Tengo una colección enorme y no quiero deshacerme de ellas.

—Nunca imaginé que volvería a escuchar *The Look of Love,* sinceramente.

—Es una buena canción.

Atravesamos las montañas de Hakone mientras hablábamos de los éxitos radiofónicos de los ochenta. Cada vez veíamos más cerca el monte Fuji.

—¡Qué padre y qué hijo más extraños! —dije—. El padre solo escuchaba vinilos y el hijo sigue aferrado a las cintas magnetofónicas.

—Si hablamos de retrasos, tampoco tú te quedas corto. Más bien diría que tu caso es aún peor. Ni siquiera tienes móvil y tampoco usas internet. Al menos yo tengo móvil, y si hay algo que no sé, enseguida lo busco en Google. En la oficina trabajo con un Mac, o sea que se puede decir que socialmente estoy mucho más avanzado que tú.

En la radio sonó *Key Largo,* de Bertie Higgins. Una canción con encanto para una persona socialmente tan avanzada.

—¿Sales con alguien últimamente? —le pregunté para cambiar de tema.

—¿Te refieres a una mujer?

—Sí.

Se encogió de hombros.

—Salgo con alguien, pero la cosa no va muy bien. Además, hace poco me he dado cuenta de una cosa extraña y por culpa de eso la situación ha empeorado.

—¿De qué se trata? Si puedo preguntar.

—De que la parte izquierda de la cara de las mujeres es distinta de la derecha. ¿Lo sabías?

—La cara de la gente nunca es totalmente simétrica. Los pechos o incluso los testículos tienen formas distintas. Cualquiera al que le guste pintar lo sabe. Las personas nunca somos simétricas. Eso es lo interesante.

Masahiko sacudió la cabeza varias veces sin apartar la vista de la carretera.

—Por supuesto —dijo—, pero de lo que yo te hablo ahora no tiene mucho que ver con eso. Más que a la apariencia me refiero a su carácter.

Aguardé en silencio su explicación.

—Hace unos dos meses le hice una foto. Era un primer plano frontal y enseguida me la descargué en el ordenador. No sé por qué, pero la dividí en dos y observé las dos partes por separado. Borré primero la parte derecha para ver la izquierda, y luego al revés. ¿Entiendes más o menos el proceso?

—Lo entiendo.

—Al mirarla en detalle, me di cuenta de que ambas partes parecían pertenecer a personas completamente distintas. ¿Te acuerdas de Two Face, ese personaje que aparecía en *El caballero oscuro*?

—No he visto esa película.

—Pues deberías. Es muy interesante. Bueno, en cualquier caso, al darme cuenta empecé a tener miedo. Tendría que haber dejado de jugar, pero en lugar de eso dupliqué la imagen, la roté y compuse una sola cara. Me salieron dos caras completas, una con la parte derecha y otra con la izquierda. Es muy fácil de hacer con un ordenador. Allí aparecieron dos mujeres completamente distintas, y eso me sorprendió mucho. Lo que quiero decir es que en una sola mujer existe otra latente. ¿Lo habías pensado alguna vez?

—No —admití.

—Hice la prueba con otras mujeres. Junté algunos primeros planos y los separé en dos. El resultado es que, en mayor o menor medida, todas las mujeres tienen dos caras distintas, y en cuanto me di cuenta dejé de entender a las mujeres en general. Si hacemos el amor, por ejemplo, no sé si lo hago con su yo de la derecha o de la izquierda. Si me parece que estoy con el de la derecha, me da por pensar qué estará haciendo el de la izquierda, en qué estará pensando. Fue empezar a pensar en eso y complicarse todo mucho. ¿Me entiendes?

—No muy bien, pero sí la complicación.

—Se complica, créeme.

—¿Has probado a hacerlo con la cara de los hombres? —le pregunté.

—Sí, pero no pasa nada. Es solo cosa de las mujeres. Dramático.

—¿No deberías consultar con un profesional?

Masahiko suspiró.

—Hasta ahora he vivido con la idea de que soy una persona bastante normal —dijo.

—Tal vez tienes pensamientos peligrosos.

—¿Como cuál? ¿Que soy una persona normal?

—Scott Fitzgerald dejó escrito que uno nunca debería confiar en una persona que dice de sí misma que es normal.

Masahiko se quedó un rato pensativo.

—¿Significa eso que si uno es mediocre no hay nada que hacer?

—Tal vez se pueda expresar así.

Masahiko se quedó en silencio un rato y se concentró en conducir.

—De todos modos —dijo al fin—, ¿por qué no pruebas a hacerlo?

—Ya sabes que me he dedicado durante mucho tiempo al retrato y me parece que sé bien cómo están formadas las caras. Casi me atrevería a decir que soy un experto, pero hasta ahora nunca se me había ocurrido que la diferencia entre la parte izquierda y la parte derecha de la cara reflejara una disparidad en la personalidad.

—Pero hasta ahora la mayor parte de tus retratos han sido de hombres, ¿no?

Tenía razón. Nunca había recibido el encargo de retratar a una mujer. No sabía por qué, pero todos habían sido de hombres. La única excepción era Marie Akikawa, pero en realidad se trataba de una niña y aún no lo había terminado.

—Es completamente distinto entre hombres y mujeres —dijo Masahiko.

—Me gustaría preguntarte algo —dije—. En tu opinión, en la mayoría de las mujeres la parte izquierda de la cara y la parte derecha representan personalidades distintas, ¿no es eso?

—Sí, a esa conclusión he llegado.

—En ese caso, ¿prefieres alguno de los lados? Dicho de otro modo, ¿tienes antipatía por alguno en concreto?

Masahiko se tomó un tiempo antes de responder.

—No, no se trata de eso, y tampoco de qué lado es más luminoso o cuál más oscuro, cuál más hermoso y cuál menos. Se trata de una diferencia sustancial entre la derecha y la izquierda. El solo hecho de existir esa diferencia me confunde, y, según cómo, me infunde temor.

—Pues a mí me parece más bien una neurosis obsesiva tuya —repliqué.

—Y a mí también —admitió Masahiko—. Me oigo hablar así y me doy cuenta, pero, a pesar de todo, tengo razón. Intenta hacerlo al menos una vez, por favor.

Le prometí que lo haría, pero en realidad no tenía ninguna intención. Bastantes problemas tenía ya, y no quería buscarme más complicaciones.

La conversación derivó a la época en que su padre había estado en Viena.

—Mi padre me contó que en una ocasión escuchó una sinfonía de Beethoven dirigida por el mismísimo Richard Strauss. Era la Sinfónica de Viena y, según él, el concierto fue maravilloso, irrepetible. Es uno de los pocos episodios de su vida en Viena que conozco directamente de su boca.

—¿Y qué otras cosas sabes de su vida allí?

—Insignificancias como la comida, el alcohol o la música. A mi padre le gustaba la música por encima de cualquier otra cosa. Aparte de eso, nunca me ha hablado de nada relacionado con la pintura, con la política o con las mujeres.

Masahiko se quedó un rato callado.

—Tal vez alguien podría escribir una biografía de mi padre. Sería un libro interesante, pero no creo que haya nadie capaz de hacerlo. Apenas existe información sobre él. No tenía amigos, abandonó a su familia y se dedicó a trabajar toda su vida encerrado en su casa en la montaña. Sus únicas relaciones más o menos frecuentes eran con los marchantes de arte. Apenas hablaba con nadie y tampoco escribía cartas, de manera que, aun suponiendo que alguien estuviera interesado en escribir sobre él, no encontraría material suficiente. No se trata de que haya lagunas en muchas facetas de su vida, es que la mayor parte de ella es una laguna. Se parece a un queso gruyer tan agujereado que apenas hay nada que comer.

—Solo ha dejado sus obras.

—Sí, aparte de sus obras, no hay nada. Quizás es lo que quería.

—Tú también formas parte de su legado.

—¿Yo? —Masahiko me miró sorprendido, pero enseguida volvió a concentrarse en la carretera—. Es cierto, tienes razón. Yo también soy una de esas cosas que dejó, aunque no soy precisamente una gran obra.

—Pero eres insustituible.

—Eso sí. Aunque mediocre, insustituible. A veces pienso que, para él, tú hubieras sido mejor hijo. Es posible que muchas cosas hubieran ido mejor.

—¡Qué dices! —exclamé entre risas—. No creo que nadie pueda representar el papel de hijo de tu padre.

—Puede ser, pero al menos habrías heredado esa parte espiritual suya. Tienes ese don. Desde luego, más que yo. Te lo digo de todo corazón.

Al oírle, me acordé de *La muerte del comendador*.

¿Acaso era un cuadro que yo heredaba de Tomohiko Amada? ¿Me había llevado de algún modo hasta el desván para que lo encontrase? ¿Me pedía algo a través de él?

Por los altavoces sonaba *French kissin' in the USA*, de Debbie Harry. Una música de lo más inapropiada para nuestra conversación.

—Tener un padre como el tuyo debe de ser duro —me atreví a afirmar.

—Respecto a eso, también yo puedo decir que le abandoné en un momento determinado de mi vida. Por eso no es tan duro como piensa todo el mundo. Digamos que yo también me dedico a la pintura, aunque ni de lejos tengo el genio de mi padre, y como la diferencia es tan enorme, al final he dejado de preocuparme. Lo que me resulta más duro no es el hecho de que haya sido un pintor famoso, sino que como persona jamás me haya abierto su corazón a mí, que soy su hijo. Digamos que ni siquiera me ha transmitido información.

—¿No te ha abierto su corazón?

—Ni una pizca siquiera. Era como si me hubiera hecho saber que me había entregado ya la mitad de su ADN y que no tenía nada más que ofrecerme. Del resto, debía ocuparme por mí mismo sin su ayuda. Pero la relación entre los seres humanos no se limita a una cuestión de ADN, ¿no te parece? No digo que tuviera que haber sido la orientación de mi vida. No pido tanto, pero, como poco, podíamos haber conversado más, no sé, podía haberme hablado de sus experiencias, de sus sentimientos en los distintos momentos de su vida. Algo.

Le escuché en silencio.

Mientras esperábamos en un semáforo en rojo, se quitó sus Ray-Ban de sol y se las limpió con un pañuelo. Después me miró.

—Tengo la impresión de que mi padre guarda en su interior importantes secretos, secretos personales con los que se quiere ir de este mundo. Es como si los hubiera guardado en el fondo de su corazón en una caja fuerte, y después hubiera tirado o escondido la llave en un lugar que ya ni siquiera recuerda.

De ser así, lo ocurrido en Viena en 1938 se perdería en la bruma de la historia para siempre, un enigma más del que nadie tendría noticia. Se me ocurrió de repente que, tal vez, *La muerte del comendador* era la llave escondida. Quizá por eso el espíritu viviente de Tomohiko había venido hasta su casa en las montañas al final de su vida para confirmar la existencia del cuadro.

Me di la vuelta para mirar el asiento trasero. Tenía la impresión de que el comendador podía estar ahí sentado, pero no había nadie.

—¿Qué pasa? —me preguntó Masahiko.

—Nada —dije.

El semáforo cambió a verde y pisó el acelerador.

49

También de infinidad de muertes

A mitad de camino, Masahiko tenía necesidad de parar y elegimos un restaurante de carretera. Nos sentaron a una mesa junto a la ventana. Pedimos café y, como era mediodía, yo también pedí un sándwich de rosbif. Masahiko pidió lo mismo. Después se levantó para ir al baño. Mientras estaba solo miré distraído por la ventana. El aparcamiento estaba lleno. La mayoría de los clientes eran familias y casi todos los coches eran monovolúmenes. Todos muy similares, como cajas de galletas de mala calidad. La gente sacaba fotos del monte Fuji con sus teléfonos móviles y con pequeñas cámaras digitales desde un mirador situado al fondo del aparcamiento. Quizá fuera un prejuicio, pero no me acostumbraba a ver a la gente hacer fotos con los teléfonos móviles. Menos aún, al hecho de que llamasen por teléfono con una cámara de fotos.

Mientras observaba distraído el panorama, entró en el aparcamiento un Subaru Forester blanco. Nunca se me ha dado bien distinguir los distintos modelos de coches (el Subaru Forester no tiene una línea demasiado característica), pero de un solo vistazo comprendí que era el de aquel hombre. El coche avanzó despacio por el aparcamiento buscando un hueco libre, y en cuanto encontró uno se metió de cabeza. La rueda de repuesto colgada en la puerta del maletero estaba tapada con una lona donde se leía SUBARU FORESTER. Era el mismo modelo que el del coche que había visto tiempo atrás en la prefectura de Miyagi. No alcancé a ver la matrícula, pero todo indicaba que se trataba del mismo coche que el de aquella pequeña ciudad portuaria. No solo se trataba del mismo modelo, estaba casi seguro de que era el mismo coche.

Mi memoria visual es bastante precisa y duradera. Por encima de la media, me atrevería a decir. Por la suciedad y por las pequeñas marcas distintivas deduje que era el mismo. Tenía un recuerdo muy exacto de él. Se me cortó la respiración. Agucé la vista para ver quién bajaba del coche, pero justo en ese momento se cruzó un autobús grande y me tapó la vista. Como había tantos coches, el autobús no podía avanzar. Me levanté y salí. Rodeé el autobús para acercarme, pero ya no había nadie dentro del coche. El conductor había desaparecido. Tal vez había entrado en el restaurante o tal vez se había ido a hacer una foto al mirador. Me detuve, miré a mi alrededor, pero no vi a nadie. Ciertamente, cabía la posibilidad de que se tratase del mismo hombre.

Miré la matrícula. En efecto, era de Miyagi, como había imaginado. Por si fuera poco, en el parachoques trasero había una pegatina con la imagen de un pez espada. Era el mismo coche, sin duda. Ese hombre había conducido hasta allí. Un escalofrío me recorrió la espalda. Intenté buscarle. Quería ver su cara de nuevo, descubrir la razón por la que no era capaz de acabar su retrato. Quizás había pasado por alto algo en él. No le encontré, pero memoricé el número de la matrícula.

Podía servirme para algo, pensé, o tal vez para nada. Recorrí el aparcamiento para tratar de encontrarle. Me acerqué al mirador. No estaba allí. Era un hombre de mediana edad, moreno, con el pelo entrecano, más bien alto. La primera vez que le había visto llevaba una vieja chaqueta de cuero y una gorra de golf de la marca Yonex. Había bosquejado su retrato y se lo había mostrado a la chica sentada frente a mí en el restaurante. La chica admiró el boceto y me dijo que pintaba muy bien.

Allí fuera no encontré a nadie. Entré en el restaurante y miré a mi alrededor. Tampoco se hallaba allí. Estaba casi lleno. Masahiko había vuelto a la mesa y se tomaba su café. Aún no habían traído los sándwiches.

—¿Dónde estabas? —me preguntó.

—Me ha parecido ver a un conocido —le expliqué—. He salido a buscarle.

—¿Y lo has encontrado?

—No, tal vez me he equivocado.

No aparté la vista del Subaru Forester blanco a la espera de que apareciera su dueño en cualquier momento. Pero en caso de volver, ¿qué podía hacer? ¿Debía hablarle, explicarle que nos habíamos cruzado en un par de ocasiones en una pequeña ciudad costera de la prefectura de Miyagi? Si lo hacía, tal vez se sorprendería, pero a buen seguro que no se acordaría de mí. Eso era lo más probable. Quería preguntarle por qué razón me seguía. «¿De qué me habla? Yo no le sigo», diría él. «¿Por qué iba a seguirle si ni siquiera le conozco?» De ese modo terminaría nuestra conversación.

Sin embargo, nadie volvió al Subaru Forester. El coche blanco y rechoncho esperaba silencioso en el aparcamiento el regreso de su dueño. Para cuando terminamos con los cafés y los sándwiches, el hombre seguía sin aparecer.

—Venga, vámonos —dijo Masahiko a la vez que miraba la hora en su reloj de pulsera—. No tenemos mucho tiempo.

Cogió las gafas de sol que había dejado encima de la mesa.

Nos levantamos, pagamos la cuenta y salimos. Nos metimos en el Volvo y dejamos atrás el aparcamiento. Me hubiera gustado quedarme hasta que regresara el dueño del Subaru Forester blanco, pero en ese momento mi prioridad era conocer en persona al padre de Masahiko. El comendador había insistido en que no rechazase la invitación bajo ningún concepto.

El hombre del Subaru Forester blanco había vuelto a aparecer. Sabía que yo estaba allí y se mostraba abiertamente. Comprendía su intención. No era una simple casualidad, como tampoco lo era el hecho de que el autobús se hubiera puesto en medio en el momento preciso y lo ocultase.

Para llegar hasta la residencia donde estaba ingresado Tomohiko Amada había que subir por una carretera serpenteante después de dejar la Izu Skyline. Se veían segundas residencias recién construidas, elegantes cafeterías, un hotel pequeño con forma de cabaña de madera, un mercado de verduras para los productores locales y un pequeño museo orientado a los turistas. A causa de las curvas me sujetaba al asidero interior del coche sin dejar de pensar en el hombre del Subaru Forester blanco. Algo me impedía terminar su retrato, como si no fuera capaz de encontrar un elemento imprescindible que me permitiera hacerlo, como si hubiese perdido la pieza clave de un puzle. Nunca me había pasado. Cuando me disponía a pintar el retrato de alguien, juntaba con antelación todas las piezas necesarias que me iban a permitir hacerlo, pero con ese hombre era imposible. Tal vez él mismo me lo impedía de algún modo, como si no desease ser retratado y se negara a ello.

El Volvo dejó la carretera principal y entró por una gran puerta de hierro abierta de par en par. Tan solo había un pequeño cartel que anunciaba que habíamos llegado, y de no estar uno atento podía pasársele por alto con suma facilidad. La residencia no debía de necesitar publicitarse al resto del mundo. Junto a la puerta había una garita con un vigilante uniformado. Masahiko le dio su nombre y el de la persona a quien iba a visitar. El vigilante llamó por teléfono a alguna parte para confirmar los datos. Después avanzamos y entramos en un frondoso bosque. La mayoría de los árboles eran de gran porte y hoja perenne y daban unas sombras espléndidas. Subimos por una carretera asfaltada y llegamos a una gran rotonda donde se podía aparcar, en medio de la rotonda había un parterre con forma de colina donde había plantadas coles ornamentales y flores de color rojo vivo. Todo se veía cuidado con esmero.

Masahiko se dirigió al aparcamiento de visitas situado al fondo de la rotonda y aparcó. Había dos coches más. Un monovolumen de Honda y un sedán de Audi azul marino. Los dos eran nuevos, resplandecientes, y entre ellos el Volvo parecía un viejo caballo percherón. A Masahiko no parecía importarle en absoluto (sí le importaba escuchar, sin embargo, a Bananarama en casete). Desde el aparcamiento se veía el océano Pacífico a lo lejos. La superficie del mar resplandecía bajo los rayos de sol de principios de invierno y unos barcos de pesca rompían la monotonía. En alta mar, se atisbaba una pequeña isla y, más allá, la península de Manazuru. Las agujas del reloj marcaban las dos menos cuarto.

Bajamos del coche y caminamos hasta la entrada del edificio. Parecía relativamente nuevo. Tenía unas líneas elegantes y limpias, pero estaba construido en hormigón y no transmitía calidez. El diseño me hacía presuponer que el arquitecto no tenía mucha imaginación. O tal vez debía atribuírsela al cliente final, quien solo pensaba en el uso que le iba a dar. El edificio era cuadrado, tenía tres plantas, todo él estaba levantado sobre la base de líneas rectas. Para dibujarlo sobre el plano, pensé, bastaba con una regla. En la primera planta había grandes ventanales para ofrecer una impresión de luminosidad. En lo alto de una pendiente formada por el terreno colgaba un gran balcón de madera con una docena de tumbonas. Era un día despejado de invierno y nadie tomaba el sol allí fuera. En la cafetería, acristalada del suelo hasta el techo, se veían unas cinco o seis personas mayores. Dos de ellas estaban sentadas en sillas de ruedas. No sabía bien qué hacían allí. Supuse que miraban una pantalla de televisión colgada en la pared. Lo único que tenía claro es que no estaban allí para ponerse a dar volteretas.

Masahiko entró y habló con una mujer joven sentada tras la mesa de la recepción. Tenía la cara redonda, el gesto simpático y el pelo largo muy bonito. Vestía un uniforme azul marino con una placa con su nombre junto al pecho. Parecían conocerse y charlaron amigablemente durante un rato. Me quedé un poco apartado esperando a que terminasen su charla. En la entrada había un gran jarrón con flores naturales de vivos colores. Sin duda alguna, estaban arregladas por la mano de un profesional. Masahiko escribió su nombre en el registro de visitas y miró el reloj para anotar la hora. Después se acercó a mí.

—Al parecer, se ha estabilizado —dijo sin sacar las manos de los bolsillos—. Ha tosido desde por la mañana y le costaba trabajo respirar. Temían que fuera una neumonía, pero se ha calmado hace poco y ahora duerme. Iremos a verle de todos modos.

—¿Yo también?

—Por supuesto. Para eso te has tomado la molestia de venir hasta aquí.

Subimos en el ascensor hasta la tercera planta. Los pasillos eran líneas simples y conservadoras. La decoración sobria, tan solo había algunos óleos colgados en las paredes blancas. Todos ellos paisajes de playa. Parecía una serie con distintas perspectivas de una misma playa. No se podía decir que fuesen excepcionales, pero al menos su autor no había escatimado en pintura, y era de agradecer que con su estilo se opusiera a la sobriedad de una arquitectura minimalista. El suelo era un linóleo resplandeciente y las suelas de goma de los zapatos chirriaban a cada paso. De frente apareció una anciana muy pequeña con el pelo blanco sentada en una silla de ruedas empujada por un cuidador. Tenía los ojos muy abiertos, fijos en algún punto indeterminado a lo lejos, y a pesar de cruzarse con nosotros, ni siquiera nos miró, empeñada en no perder de vista una señal que flotaba en el espacio frente a ella.

Tomohiko Amada estaba en una amplia habitación individual situada al fondo del pasillo. Junto a la puerta había una pequeña placa para el nombre del inquilino, pero el suyo no estaba escrito. Supuse que preferían guardar su privacidad. Al fin y al cabo, se trataba de una persona conocida. La habitación era casi tan grande como la suite de un hotel y además de la cama tenía varios muebles destinados a atender a los invitados. Bajo la cama había una silla de ruedas doblada. Desde la ventana orientada al sudeste, se veía el Pacífico. Era una vista fantástica, sin nada que estorbara en medio. De haberse tratado de un hotel, solo por el paisaje habrían pedido un extra considerable. En las paredes no había cuadros. Tan solo un espejo y un reloj de pared redondo. En la mesa, un jarrón mediano con flores moradas. No olía a nada. No se apreciaba ese olor tan característico de un anciano enfermo. Tampoco de medicamentos, ni de flores ni de la tela de las cortinas quemadas por el sol. Nada de nada. Eso fue lo que más me sorprendió: un espacio inodoro. Incluso llegué a atribuirlo a mi olfato. ¿Cómo lo hacían para acabar con los olores?

Tomohiko Amada dormía profundamente, ajeno al magnífico paisaje. Estaba tumbado boca arriba mirando al techo con los ojos cerrados. Sus cejas, blancas y prominentes, ocultaban sus párpados como si fueran doseles naturales. En la frente tenía unas marcadas y profundas arrugas. Estaba tapado con un edredón hasta el cuello y a simple vista no se sabía si respiraba o no. En caso de hacerlo, con toda probabilidad era una respiración ligera, poco profunda.

Nada más verle comprendí que era el mismo personaje enigmático que se había presentado hacía poco en el estudio de su casa en mitad de la noche. Tan solo le había entrevisto unos segundos bajo la luz de la luna, pero por la forma de su cabeza y por la longitud de su pelo, sin duda se trataba de Tomohiko Amada. No me sorprendió. Lo supe desde el primer momento.

—Está muy dormido —dijo Masahiko—. Esperaremos a que se despierte, si es que se despierta.

—Me alegro de que se haya recuperado —dije.

Miré el reloj de pared. Marcaba las dos menos cinco. De pronto, pensé en Menshiki. ¿Habría llamado a Shoko Akikawa? ¿Habría alguna novedad? Fuera como fuese, de momento debía concentrarme en Tomohiko Amada.

Nos sentamos y, mientras tomábamos un café de máquina, esperamos a que se despertase. Masahiko me habló de Yuzu. Todo iba bien con su embarazo y esperaba dar a luz a mediados de enero. Su apuesto novio, al parecer, también esperaba impaciente la llegada del bebé.

—El único problema, para su novio —dijo Masahiko—, es que ella no tiene ninguna intención de casarse.

—¿No van a casarse? —No llegaba a entender la situación—. ¿Quieres decir que va a ser madre soltera? —pregunté.

—Ha decidido tener al bebé, pero no quiere casarse, no quiere vivir con él y tampoco compartir la custodia. Eso creo. Él está muy confundido con todo esto, pues tenía la intención de casarse, pero ella le ha rechazado.

Pensé en ello, y cuantas más vueltas le daba menos lo entendía.

—No lo entiendo —dije al fin—. Ella nunca ha querido hijos. Cuando le hablaba al respecto siempre decía que era demasiado pronto. ¿A qué viene tanto entusiasmo ahora?

—Tal vez no tenía intención de quedarse embarazada y se decidió después. A veces pasan esas cosas con las mujeres.

—Pero criar a un hijo sola plantea demasiados inconvenientes. ¿Por qué no quiere casarse? Al fin y al cabo es su hijo, ¿no?

—Él tampoco lo sabe. Creía que su relación iba viento en popa y siempre ha estado muy ilusionado con la idea de ser padre. Por eso está tan confundido. Me pregunta y yo le entiendo, pero no sé qué decirle.

—¿Y no le has preguntado directamente a ella?

Masahiko adoptó un gesto serio.

—Intento no inmiscuirme en todo este asunto. Te lo digo honestamente. Yuzu es mi amiga y su novio es mi compañero de trabajo. Por si fuera poco, somos amigos desde hace años. Me encuentro en una posición muy delicada, y cuanto más me inmiscuyo, más perdido estoy.

No dije nada.

—Siempre pensé que erais un matrimonio modélico —dijo en un tono que parecía un lamento.

—Eso ya me lo has dicho.

—Puede ser, pero es la pura verdad, te lo aseguro.

Estuvimos callados un rato. Mirábamos de vez en cuando el reloj o el horizonte al otro lado de la ventana. Tomohiko Amada seguía profundamente dormido sin moverse lo más mínimo. Estaba tan quieto que me preguntaba si seguía vivo, pero nadie parecía preocuparse especialmente y asumí que era su estado normal.

Mientras le contemplaba dormido traté de imaginar sin lograrlo su aspecto de joven, cuando estaba en Viena.

La persona frente a mis ojos en ese momento era un anciano de pelo blanco con la cara marcada por unas profundas arrugas, una existencia encaminada hacia la desaparición física de forma lenta, pero segura. A todos nos llega el momento de morir. No hay excepción a esa regla y a él le había llegado la hora.

—¿No tienes intención de llamarla? —me preguntó Masahiko.

Negué con la cabeza.

—De momento no.

—Creo que deberías. Estaría bien que tuvieseis una conversación a solas y hablaseis de muchas cosas.

—Hemos firmado los papeles del divorcio con la mediación de un abogado. Era lo que ella quería, y dentro de poco dará a luz a un bebé de otro hombre. Si se casa con él o no, es asunto suyo. No tengo ningún derecho a inmiscuirme. ¿De qué vamos a hablar ella y yo a solas? ¿A qué te refieres con muchas cosas?

—¿No te gustaría saber qué le pasa?

—No quiero saber cosas que no me hace falta saber. Yo también estoy dolido.

—Por supuesto —dijo Masahiko.

A decir verdad, a veces ni siquiera tenía la certeza de estar dolido. No sabía si tenía derecho a sentirme así. De todos modos, con derecho o sin él, las personas se sienten dolidas constantemente.

—Ese hombre es mi compañero de trabajo —dijo Masahiko al cabo de un rato—. Es un tipo serio, trabaja bien y tiene buen carácter.

—Y encima es guapo.

—Sí, muy guapo. Por eso tiene tanto éxito con las mujeres. Es lógico. Me da envidia, la verdad, pero al mismo tiempo hay algo en él que despierta sospechas en los demás. No puede evitarlo.

Le escuché sin hacer ningún comentario.

—Nadie entiende por qué siempre elige a las mujeres que elige. Tiene lo que quiere al alcance de la mano y, sin embargo, no te puedes imaginar el tipo de mujeres con el que siempre acaba saliendo. No me refiero a Yuzu. Creo que ella es la primera mujer apropiada para él con la que ha estado. Las anteriores eran todas lo peor de lo peor, te lo aseguro. No lo entiendo.

Me dio la impresión de que repasaba la lista mentalmente y sacudió la cabeza.

—Hace unos años estuvo a punto de casarse. Reservaron un salón de bodas, enviaron las invitaciones y planearon la luna de miel en Fiji o algún sitio por el estilo. De hecho, solicitaron las vacaciones en el trabajo y compraron los billetes de avión. Pero su prometida era horrenda, te lo aseguro. Me la presentó un día y casi me caigo de culo del susto. No se puede juzgar a la gente solo por su aspecto físico, obviamente, pero tampoco tenía un carácter lo que se dice agradable. No entiendo por qué, pero estaba locamente enamorado de ella. A primera vista se veía que era una relación del todo desequilibrada. Todos lo pensábamos, pero nadie se atrevía a decirlo. Y justo antes de la boda ella dijo que no. O sea, fue ella quien huyó. No sé si fue una suerte o una desgracia para él, pero a mí me dejó estupefacto.

—¿Y cuál fue la razón de su espantada?

—No lo sé. Era una situación tan lamentable que no me atreví a preguntar. Tampoco creo que él lo supiera. Aquella mujer se limitó a marcharse porque no quería casarse con él. Algo debió de pasarle.

—¿Y con qué propósito me cuentas esta historia?

—Porque tal vez aún exista una posibilidad de que Yuzu y tú recuperéis vuestra relación. En el caso de que estés dispuesto, evidentemente.

—Pero ella está a punto de tener un hijo de otro hombre.

—Eso es un problema, no cabe duda.

Una vez más volvimos a guardar silencio.

Tomohiko Amada se despertó cerca de las tres. Se movió un poco y empezó a respirar profundamente. El edredón se movía al compás de su respiración. Masahiko se levantó y se acercó a la cama. Su padre abrió los ojos despacio. Sus pobladas cejas temblaron ligeramente en el vacío.

Masahiko alcanzó el pistero de cristal que había sobre la mesilla de noche para humedecerle los labios resecos. Con una tela le limpió la boca. Le dio de beber poco a poco a medida que su padre le pedía. Se le notaba soltura al hacerlo. La nuez del anciano se movía arriba y abajo con cada trago y ese movimiento terminó por convencerme de que seguía vivo.

—Papá —dijo Masahiko señalándome con el dedo—, este es mi amigo, el que vive en tu casa de Odawara. También es pintor y ahora trabaja en tu estudio. Somos amigos de la universidad. No es un tipo muy solícito, su mujer le ha dejado, pero al menos no está mal como pintor.

No sabía hasta qué punto entendía lo que le decía, pero me miró atendiendo a las indicaciones de su hijo. Sus ojos me alcanzaron y su rostro no hizo el menor gesto. Miraba algo que en ese momento no significaba nada para él. Sin embargo, me dio la impresión de que en el fondo de sus ojos ligeramente velados había una luz latente aún muy lúcida. Quizá conservaba la lucidez para cosas que todavía tenían sentido para él.

—Me parece que no me entiende diga lo que diga. Sin embargo, el médico me ha dicho que le hable con naturalidad. Nadie puede saber hasta qué punto entiende. Por eso le hablo con normalidad. A mí no me cuesta nada, háblale tú también.

—Encantado de conocerle —dije antes de presentarme—. Le agradezco mucho que me permita vivir en su casa.

Tomohiko Amada me miraba, pero en su rostro no se produjo ningún cambio. Masahiko hizo una mueca como si me pidiera que continuase.

—Pinto al óleo y durante mucho tiempo me he dedicado al retrato. Ahora lo he dejado y pinto solo lo que me gusta. De vez en cuando me llega algún encargo y vuelvo al retrato. Me interesan las caras de la gente, sabe. Masahiko y yo somos amigos de la facultad.

Los ojos de Tomohiko Amada seguían clavados en mí. Aún notaba en ellos ese velo ligero, como una fina cortina que separase la vida de la muerte e impidiese llegar al fondo antes de que el telón bajase definitivamente.

—Es una casa muy confortable —continué—. Me concentro bien en el trabajo y espero que no le moleste, pero también escucho sus discos. Masahiko me ha dado permiso. Tiene usted una colección estupenda. Escucho ópera a menudo y hace poco subí por primera vez al desván.

Al mencionar el desván me pareció notar por primera vez un brillo en su mirada. Un brillo casi imperceptible que, de no estar muy atento, me hubiera pasado inadvertido. Había decidido, sin embargo, no perderme un detalle y no se me pasó por alto. Tal vez la resonancia de la palabra «desván» estimuló alguna fibra de su memoria.

—Me parece que un búho ha anidado allí —continué—. Oía ruidos a medianoche, como si alguien entrase y saliese, y al principio pensé que se trataba de un ratón. Subí para echar un vistazo y me encontré con el búho dormido en una de las vigas del tejado. Es un pájaro hermoso. Una de las rejillas del hueco de ventilación está rota y entra y sale por ahí. Ha encontrado en el desván el sitio perfecto para refugiarse durante el día.

Sus ojos no se apartaban de mí, como si esperase alguna otra información.

—No pasa nada porque haya un búho en la casa —intervino Masahiko—. De hecho, es un buen augurio.

—Es un animal magnífico —añadí—. El desván es un lugar muy interesante.

Tomohiko Amada me miraba tumbado en la cama sin moverse. Su respiración pareció aligerarse. El velo transparente de sus ojos seguía allí, pero tuve la impresión de que aquella luz oculta se acercaba a la superficie.

Me hubiera gustado hablarle más del desván, pero en presencia de Masahiko no podía decir lo que había encontrado allí. Si lo hacía, él habría querido saber de qué se trataba. Dejé la conversación en suspenso y nos miramos fijamente como si cada uno se dedicase a escrutar la cara del otro.

Elegí mis siguientes palabras con mucho cuidado.

—Puede que ese lugar no resulte apropiado solo para

los búhos, sino también para los cuadros. Quiero decir, apropiado para guardarlos, sobre todo si se trata de pintura japonesa que se deteriora fácilmente por culpa de los materiales. Al fin y al cabo, no hay tanta humedad como en el sótano, está bien ventilado y, al no haber ventanas, no hace falta preocuparse por la luz. El viento y la lluvia sí pueden ser un problema y por eso convendría protegerlos bien.

—Ahora que lo dices —dijo Masahiko—, me doy cuenta de que nunca he subido allí. Nunca me han gustado los lugares polvorientos.

No aparté mis ojos de los de Tomohiko Amada, y tampoco él apartó los suyos de los míos. Notaba cómo transcurrían los pensamientos por su mente: búho, desván y cuadros ocultos... Era como si tratase de conectar cada palabra con su significado, pero no debía de resultarle una tarea nada fácil. Tan difícil, de hecho, como encontrar la salida en un intrincado laberinto con los ojos tapados. Notaba y presenciaba claramente ese esfuerzo suyo tan solitario por conectar palabras.

Pensé en hablarle sobre el templete del bosque, sobre el misterioso agujero en la parte de atrás. Explicarle las circunstancias que nos habían llevado a destaparlo, darle detalles sobre su forma, su construcción, pero decidí no hacerlo. Me pareció más oportuno no hablarle de demasiadas cosas a la vez. La conciencia que aún conservaba ya tenía bastante trabajo solo con despachar un asunto. La capacidad que aún conservara debía de sostenerse de un hilo muy frágil.

—¿Quieres un poco más de agua? —le preguntó Masahiko con el pistero de cristal en la mano.

No reaccionó de ningún modo. Parecía como si a sus

oídos no llegasen las palabras de su hijo. Masahiko se acercó a él un poco más y le repitió la pregunta. Al no obtener respuesta, se resignó. En los ojos de su padre ya no había espacio para su hijo.

—Parece que tenga mucho interés en ti —dijo Masahiko—. No deja de mirarte desde hace un buen rato. Hacía tiempo que no mostraba ese interés por nada ni por nadie.

Seguí mirando a Tomohiko Amada a los ojos en silencio.

—¡Qué extraño! Le diga lo que le diga no me hace caso, y, sin embargo, no aparta la vista de ti.

En el tono de voz de Masahiko me pareció advertir una ligera envidia. Deseaba que su padre le mirase a él. Tal vez era lo que le pedía desde niño.

—Quizá nota en mí el olor a la pintura —dije— y eso le trae recuerdos.

—Puede ser. Yo hace siglos que ni siquiera la toco.

De su voz había desaparecido toda resonancia oscura. Volvía a ser el mismo Masahiko Amada despreocupado de siempre. Su móvil estaba encima de la mesa y de pronto empezó a vibrar.

—¡Vaya! Me he olvidado de apagarlo. Está prohibido usarlo en las habitaciones. Voy a salir un momento. No te importa, ¿verdad?

—Por supuesto que no.

Masahiko miró la pantalla para ver quién le llamaba y se dirigió a la puerta. Antes de salir se dio la vuelta.

—Tal vez tarde un poco —dijo—. Habla de lo que quieras con mi padre.

Masahiko respondió al teléfono en voz baja y cerró la puerta en silencio.

Fue así como Tomohiko Amada y yo nos quedamos a solas. Todavía me miraba fijamente. Tal vez intentaba comprenderme. Noté que me sofocaba. Me levanté y rodeé la cama para acercarme a la ventana orientada al sudoeste. Miré el mar a lo lejos, cómo se extendía hasta el horizonte donde terminaba por fundirse con el cielo y elevarse a lo alto. Recorrí de un extremo al otro la línea recta del horizonte. Era tan bella, tan extensa, que ningún ser humano sería capaz de trazar una línea recta como aquella, usara la regla que usase. Bajo ella bullía la vida. El mundo estaba lleno de incontables vidas, pero también de infinidad de muertes.

De pronto noté algo y me di media vuelta. En la habitación ya no estábamos solos Tomohiko Amada y yo.

—Eso es —dijo el comendador—. Ya no estáis solos.

50

Eso requiere un sacrificio y un tormento

—Eso es —repitió el comendador—. Ya no estáis solos.

Se encontraba en el sofá de cuero donde hasta hacía un momento había estado sentado Masahiko Amada. Tenía el aspecto de siempre: la misma ropa, el mismo peinado, el mismo tamaño. Me lo quedé mirando sin decir nada.

—Vuestro amigo se demorará en regresar —continuó con el dedo índice de la mano derecha levantado—. Va a mantener una larga conversación telefónica. Quedaos aquí tranquilo y hablad cuanto deseéis con Tomohiko Amada. Tenéis muchas preguntas que hacerle, ¿no es así? Pero dudo que vayáis a obtener respuesta alguna.

—¿Ha sido usted quien ha alejado a Masahiko? —le pregunté.

—¡De ningún modo! Me tenéis en demasiada estima. No dispongo de semejantes poderes. Al contrario de lo que os sucede a vos, o incluso a mí, las personas que trabajan para una empresa siempre están ocupadas. Lo siento de veras por ellos, pero la mayor parte de las veces ni siquiera pueden disfrutar de los fines de semana.

—¿Ha estado todo el tiempo con nosotros? Quiero decir, ¿venía usted en el coche?

El comendador negó con la cabeza.

—No, no he venido en el coche. El trayecto desde Odawara es largo y me mareo con facilidad.

—De todos modos está aquí. ¿Ha venido sin invitación?

—Ciertamente, hablando con propiedad, nadie me ha invitado. Si estoy aquí, es porque así lo deseo. La diferencia entre ser invitado y ser deseado es muy sutil, pero dejemos eso por el momento. Quien sí desea mi presencia en este momento es Tomohiko Amada. Estoy aquí para serviros.

—¿Para servirnos?

—Eso es. Tengo una obligación para con ambos. Me sacaron de aquel lugar bajo tierra y eso me ha permitido regresar al mundo como idea. Vos ya lo sabéis. En algún momento debía compensaros. Solo soy una idea, pero las ideas también tenemos el sentido del deber moral.

«¿Deber moral?», pensé para mí.

—No importa. De algo así... —dijo el comendador leyendo una vez más mi corazón—. Queréis saber dónde se encuentra Marie Akikawa y deseáis con todas vuestras fuerzas traerla de vuelta a este lado. No me equivoco, ¿cierto?

Asentí. No se equivocaba en absoluto.

—¿Sabe dónde está?

—Lo sé. La he visto hace apenas un rato.

—¿La ha visto?

—En efecto. Hemos intercambiado unas palabras.

—En ese caso, dígame dónde se encuentra.

—Sé dónde está, pero no os lo puedo decir.

—¿No me lo podéis decir?

—Me refiero a que no tengo derecho a decíroslo.

—Pero acaba de decir que estaba aquí para ayudarme.

—Cierto.

—Y, a pesar de todo, no puede decirme dónde está Marie. ¿Es eso lo que está diciendo?

El comendador sacudió la cabeza.

—No me corresponde decíroslo y lo lamento de veras.

—En ese caso, ¿a quién le corresponde hacerlo?

El comendador me señaló con el dedo índice derecho.

—Vos mismo. Es la única forma que tenéis de saber dónde se encuentra.

—¿Yo mismo? ¿Cómo es posible? ¡No tengo ni idea de dónde está!

El comendador suspiró.

—Lo sabéis. Solo que no sois consciente de ello.

—Esto parece una de esas discusiones que no dejan de dar vueltas en torno al mismo punto sin llegar a ninguna conclusión.

—No se trata de eso. Dentro de poco lo sabréis, pero será en un lugar muy distinto a este.

En esta ocasión fui yo quien suspiró.

—Dígame solo una cosa. ¿La han secuestrado o ha sido ella quien se ha escondido?

—Eso lo descubriréis después de encontrarla y traerla de vuelta al mundo.

—¿Está en peligro?

El comendador volvió a negar con la cabeza.

—Juzgar lo que es peligroso o no es algo que les corresponde a las personas, no a las ideas. Pero si queréis recuperarla, debéis daros prisa.

¿Darme prisa? ¿Para ir adónde? ¿Para hacer qué? Miré al comendador a la cara. Todo cuanto decía sonaba como un enigma, un enigma que debía de tener una solución.

—¿Y cómo puede ayudarme en este momento? —le pregunté.

—Puedo enviaros a un lugar donde os encontraréis con vos mismo. No es tarea sencilla. Eso requiere un sacrificio y un tormento. Más concretamente, el sacrificio lo hará la idea, y la prueba deberéis superarla vos. ¿Estáis de acuerdo?

No tenía la más remota idea de qué me estaba hablando.

—¿Y qué debo hacer?

—Es muy sencillo. Basta con que me deis muerte —dijo.

51

Ahora es el momento

—Es muy sencillo —dijo el comendador—. Basta con que me deis muerte.

—¿Que debo matarle?

—Debéis hacerlo como en *La muerte del comendador*.

—¿Mataros con una espada?

—Eso es. Dispongo de una y, como ya os dije en otra ocasión, está bien afilada y hace brotar la sangre con suma facilidad. No es grande, pero yo tampoco lo soy. Cumplirá su función.

Yo estaba a los pies de la cama y le miraba directamente a los ojos. Quería decir algo, pero no encontraba las palabras. Tan solo estaba allí, de pie, sin decir nada. Tomohiko Amada, por su parte, también miraba al comendador sin moverse de la cama. Sin embargo, no sabía si le veía realmente, porque el comendador tenía la capacidad de elegir quién lo hacía y quién no.

—¿Quiere decir que por el hecho de matarle con esa espada sabré dónde está Marie Akikawa? —le pregunté.

—No. En sentido estricto no va a suceder así. Vos me mataréis en este lugar. Me haréis desaparecer y una serie de reacciones os guiarán, tal vez, hasta donde está la niña.

Me esforcé por comprender el significado de lo que decía.

—No sé a qué tipo de reacciones se refiere —dije—. ¿Va a ocurrir realmente eso? Aunque acabe con su vida, quizá las cosas no sucedan como ha previsto y, en ese caso, su muerte será del todo inútil.

El comendador arqueó una de sus cejas y me miró directamente a los ojos. Su gesto me recordó a Lee Marvin en la película *A quemarropa*. Era igual, aunque dudaba de que el comendador hubiera visto esa película.

—Tenéis razón. Quizá las cosas no se encadenen en la realidad como yo lo preveo. Lo que digo tal vez solo sea una suposición. Puede que haya demasiados «tal vez» y demasiados «quizá». Pero, honestamente, no hay otro modo. No tenemos margen.

—En el caso de que le dé muerte, ¿quiere decir que desaparecerá de mi vista para siempre?

—Eso es. Para vos moriré en ese instante como idea. Es una de las incontables posibles muertes de una idea, pero solo una más, al fin y al cabo.

—¿El mundo no cambiará por el hecho de matar una idea? —le pregunté.

—Por supuesto que lo hará —afirmó tomando prestado de nuevo el mismo gesto de Lee Marvin—. ¿No os parece lógico? Si existe un mundo que no cambia en absoluto después de matar una idea, ¿qué sentido tendría semejante mundo? ¿Qué sentido tendría esa idea?

—Y, a pesar de todo, mantiene que aun así debo matarle, ¿cierto?

—Vos me sacasteis del agujero y vos me daréis muerte. En caso de no hacerlo, el círculo no se cerrará. Un círculo abierto debe cerrarse en algún momento. No hay otra alternativa.

Eché un vistazo a Tomohiko Amada. Parecía mirar directamente al comendador.

—¿El señor Amada puede verle? —le pregunté.

—Sí, empieza a ver. También empieza a oír nuestras voces. No tardará en comprender lo que significa todo esto. Lo hará en cuanto consiga reunir la fuerza que aún conserva.

—¿Qué quería contar en *La muerte del comendador?* —le pregunté.

—Deberíais preguntárselo a él en lugar de preguntármelo a mí. Tenéis delante al autor del cuadro.

Volví a sentarme en la silla donde había estado sentado hasta hacía poco y me dirigí directamente al hombre que estaba tumbado en la cama.

—Señor Amada, confieso que encontré el cuadro en el desván. Imagino que usted lo escondió allí. Estaba envuelto de tal modo que me da la impresión de que no quería que nadie lo viera, pero yo lo hice. Le pido disculpas si eso le molesta, pero fui incapaz de reprimir la curiosidad. Cuando descubrí lo maravilloso que era, ya no pude apartar la vista de él. Es una obra excepcional. De hecho, me parece una de sus obras cumbre. En este momento soy la única persona que conoce la existencia del cuadro. Ni siquiera se lo he dicho a su hijo. Aparte de mí, solo lo ha visto una niña de trece años llamada Marie Akikawa que desapareció ayer.

El comendador levantó la mano para interrumpirme.

—Debéis dejarle descansar. Su mente solo admite una determinada cantidad de información a la vez.

Me quedé callado y observé a Tomohiko Amada durante un rato. Era incapaz de determinar si mi confesión había logrado tocar su conciencia. Su gesto continuaba sin expresar nada, pero en el fondo de sus ojos seguía el destello de siempre. Un brillo como el de la hoja de un cuchillo afilado hundido en el fondo de un manantial. Decidí hablar más despacio, hacer una pausa entre palabra y palabra.

—La pregunta que me gustaría hacerle es: ¿por qué pintó usted ese cuadro? No tiene nada que ver con el resto de su obra, tanto por la temática como por la composición o el estilo. Me parece que hay en él algún tipo de mensaje personal, algo profundo. ¿Qué quería decir? ¿Quién mata a quién? ¿Quién es en realidad el comendador? ¿Quién es ese don Giovanni asesino? ¿Y quién ese personaje extraño con barba que asoma su cara alargada desde el interior de la tierra en el extremo izquierdo del cuadro?

El comendador volvió a levantar la mano para interrumpirme. Cerré la boca.

—Basta de preguntas —dijo—. Va a necesitar un tiempo para procesar las que ya le habéis hecho.

—¿Me va a contestar? ¿Aún puede hacerlo?

El comendador sacudió la cabeza.

—No. Tal vez no recibáis respuesta. Apenas le quedan fuerzas.

—Y entonces, ¿por qué me habéis dicho que se lo preguntase?

—En realidad, no le habéis hecho preguntas. Os habéis limitado a contarle que habéis encontrado su cuadro en el desván, a revelar su existencia. Es el primer paso. Debemos empezar por ahí.

—¿Y cuál es el segundo paso?

—Darme muerte, por supuesto.

—¿Y existe un tercero?

—Debe de haberlo, obviamente.

—¿De qué se trata?

—¿Aún no lo entendéis?

—No.

—Debemos recrear la alegoría que se esconde en el cuadro y así lograremos convocar a «cara larga». Obliguémosle a venir a esta habitación. Después estaréis en disposición de recuperar a Marie Akikawa.

Me quedé un rato sin saber qué decir. No entendía el mundo en que me había metido.

—No es sencillo, por supuesto —dijo el comendador con un tono de voz grave—. Pero debemos hacerlo. Para lograrlo debo morir asesinado.

Esperé a que la información que le había transmitido a Tomohiko Amada terminase de impregnar su conciencia. El proceso se demoró un tiempo. Mientras tanto, aún tenía algunas dudas que debía resolver.

—¿Por qué guardó silencio sobre aquel incidente incluso mucho tiempo después de finalizada la guerra? —le pregunté al comendador—. Al fin y al cabo, nada ni nadie le impedía hacerlo.

—Su novia murió cruelmente asesinada por los nazis. La torturaron poco a poco hasta la muerte. De igual modo, mataron al resto de sus compañeros. Todo aquel complot fue en vano. Solo sobrevivió él por pura casualidad y lo hizo gracias a conveniencias políticas. Aquello dejó una profunda herida en su corazón. También a él le detuvieron y estuvo dos meses encerrado. Tampoco se libró de las torturas, de la violencia, aunque en su caso tomaron precauciones para no dejarle marcas y evitar que muriera. El sadismo de sus torturadores estuvo a punto de destrozarle los nervios. Algo murió en él en ese momento. Más tarde le deportaron a Japón y le obligaron a guardar silencio.

—Y poco antes, su hermano pequeño se había suicidado por culpa del trauma que supuso para él la experiencia de la guerra, la masacre de Nankín. Nada más licenciarle, regresó a Japón y puso fin a su vida, ¿no?

—Sí. En el vendaval de la historia, Tomohiko Amada perdió a personas insustituibles para él y su corazón quedó malherido para siempre. La rabia y la tristeza que debió de sentir fueron insoportables. Conoció la desesperación, la impotencia de que hiciera lo que hiciese no podía ir a contracorriente del mundo. También tenía una especie de deuda emocional por haber sido él el único superviviente. Por eso, a pesar de que a partir de un momento determinado ya nadie le obligó a mantener la boca cerrada, nunca habló de lo ocurrido en Viena. O, mejor dicho, no podía contarlo.

Miré a Tomohiko Amada. Su rostro seguía inexpresivo. Ni siquiera sabía si le llegaba nuestra conversación.

—En algún momento de su vida —dije—, no sé exactamente cuándo, el señor Amada pintó *La muerte del comendador*. Lo hizo en forma de alegoría para contar cosas de las que no podía hablar sin tapujos. Era lo único que podía hacer. Es un cuadro extraordinario, lleno de energía, de fuerza.

—O sea, disfrazó lo que en la realidad no se pudo llevar a cabo, le dio otra forma. De hecho, no llega a suceder, pero está planteado como un hecho que debía haber ocurrido.

—Pero nunca lo dio a conocer al público. Lo guardó en el desván de su casa bien protegido. Podía ser una alegoría que poco tenía que ver con la realidad, pero para él representaba un hecho muy vivo. ¿Es eso a lo que se refiere?

—Exactamente. Es una obra casi arrancada de su espíritu, y un buen día fuisteis vos quien la encontró.

—¿Quiere decir que sacarla a la luz del día es el origen de todo esto? ¿Fue eso, según usted, lo que abrió el círculo?

El comendador indicó con las manos que no lo sabía. Miró hacia arriba sin decir nada.

Poco después, la cara de Tomohiko Amada empezó a adquirir cierto color. El comendador y yo le observamos atentos. Al mismo tiempo que la sangre volvía a su rostro, la pequeña luz misteriosa que latía en el fondo de sus ojos emergió a la superficie como un buzo que después de pasar mucho tiempo en las profundidades del mar regresase poco a poco a la superficie adaptando su cuerpo a la presión. La cortina que velaba sus ojos se fue descorriendo y terminó por abrirse del todo. El hombre mayor que tenía enfrente, de pronto ya no era un débil anciano a punto de morir. Su mirada transmitía una firme voluntad de permanecer en este mundo, aunque solo fuera por un segundo.

—Reúne las fuerzas que todavía le quedan —dijo el comendador—. Intenta despertar su conciencia, pero si regresa la conciencia, regresará con ella el sufrimiento. Su cuerpo genera una sustancia especial que aplaca el dolor. Gracias a eso la gente puede morir tranquila sin mayores padecimientos, pero cuando vuelve la conciencia, vuelve también el sufrimiento. A pesar de todo, quiere volver.

Como si se confirmara lo que acababa de decir el comendador, en el rostro de Tomohiko Amada empezaron a notarse, poco a poco, los signos del sufrimiento. Debía de sentir su cuerpo debilitado por la vejez, que sus funciones vitales estaban a punto de sucumbir, y que no podía hacer nada por evitarlo. Resultaba doloroso verle así. Tal vez sería mejor que uno pudiera morir apaciblemente, sin dolor, sin tener que hacer nada innecesario, sumido en la inconsciencia.

—Es su elección —dijo el comendador, como si interpretase las dudas de mi corazón—. Es lamentable, pero no hay nada que podamos hacer.

—¿Masahiko no va a volver? —le pregunté.

El comendador negó con la cabeza.

—No. Es una llamada importante de trabajo y la conversación se va a alargar.

Los ojos de Tomohiko Amada se habían abierto como platos. Sus ojos hundidos hasta entonces en unas cuencas asediadas de arrugas, brillaban de pronto como alguien asomado a una ventana. Su respiración era mucho más profunda, agitada. Oía incluso el soplido del aire cada vez que entraba y salía de su garganta. Tomohiko Amada miraba al comendador. No cabía ninguna duda de que podía verle y su cara reflejaba el espanto, como si no creyera lo que veían sus ojos. Tal vez no entendía que un personaje imaginario creado por él hubiera cobrado vida propia.

—No, no se trata de eso —dijo el comendador leyendo una vez más mis pensamientos—. Lo que ve en este momento es completamente distinto a lo que veis vos.

—¿Quiere decir que ve otra cosa?

—Soy una idea, y en función de la situación o de la gente cambia mi apariencia.

—¿Y cómo le ven los ojos del señor Amada? —le pregunté.

—No tengo forma de saberlo. Digamos que solo soy un espejo que refleja el corazón de quien me mira.

—Pero cuando apareció ante mí, eligió ese aspecto con una intención concreta, ¿no es así?

—No en sentido estricto. Hubo una cadena de causas y consecuencias. Por el hecho de tomar la forma del comendador, toda una serie de cosas han empezado a moverse, pero, al mismo tiempo, el hecho de haber adoptado esta forma es, a su vez, una de las consecuencias de toda esa serie de cosas. Resulta difícil explicarlo según la línea del tiempo en el mundo en que vivís y os movéis. Dicho con pocas palabras, es algo decidido con anterioridad.

—Si la idea es un espejo que refleja el corazón de quien mira, ¿quiere decir eso que el señor Amada mira algo que quiere ver?

—Mira algo que debe mirar. Tal vez eso le provoque un sufrimiento terrible, como si le despedazaran, pero debe hacerlo en este momento último de su vida.

Volví a mirar a Tomohiko Amada y me di cuenta de que, mezclado con el espanto, en su expresión veía un odio intenso, un padecimiento insoportable. No se trataba solo de sufrimiento físico asociado a la recuperación de la conciencia, tal vez había un dolor profundo muy particular.

—Ha recuperado la conciencia haciendo acopio de sus últimas fuerzas para verme. Lo ha hecho sin importarle el precio que debe pagar por ello. Una vez más intenta regresar al joven de veinte años que un día lejano fue.

La cara de Tomohiko Amada se había puesto completamente roja. La sangre volvía a fluir veloz por sus venas. Sus labios finos y resecos temblaban. Su respiración se había transformado en un intenso jadeo. Sus largos dedos marchitos se afanaban por agarrar la sábana.

—¡Vamos! —exclamó el comendador—. ¡Dadme muerte mientras aún conserve algo de conciencia! Debéis daros prisa. Imagino que no durará mucho en ese estado.

El comendador sacó la espada de su funda. La hoja de unos veinte centímetros parecía muy afilada. Era corta, pero sin duda se había templado para arrebatar la vida de una persona.

—¡Vamos! —repitió—. ¡Hundidla en mi pecho! Debéis reproducir la escena del cuadro. Daos prisa. No hay tiempo que perder.

No llegaba a decidirme. Miraba alternativamente al comendador y a Tomohiko Amada. Lo único que tenía más o menos claro era que Tomohiko Amada me pedía algo con todas sus fuerzas y que la decisión del comendador era firme. Yo era el único indeciso entre ellos.

Escuché el batir de las alas del búho y el sonido de la campanilla a medianoche.

Todo estaba conectado de algún modo.

—Sí —confirmó el comendador, atento como siempre a todo cuanto pensaba—, todo está conectado de algún modo. No podéis escapar. ¡Vamos, decidíos de una vez y dadme muerte! No sintáis cargo de conciencia. Es el deseo de Tomohiko Amada. Al hacerlo le salvaréis. Haced que suceda en este momento lo que tendría que haber ocurrido hace mucho tiempo. Vos sois el único capaz de salvarle justo antes del final de su vida.

Me levanté y me acerqué a la silla donde estaba sentado el comendador. Agarré con ambas manos la espada desenvainada. Ya no era capaz de juzgar lo que era correcto y lo que no. En un mundo sin coordenadas espacio-temporales, ni siquiera existía la sensación de delante o atrás, arriba o abajo. Tenía la impresión de no ser yo mismo. Quien yo era en ese momento y mi verdadero yo se habían separado irremediablemente.

Al tomarla entre mis manos, me di cuenta de que la empuñadura era demasiado pequeña para mí. Era una espada en miniatura forjada para alguien de escasa estatura. Por muy bien afilada que estuviese, me iba a resultar muy difícil matar al comendador con semejante arma, y al darme cuenta de ello me sobresalté.

—Es una espada demasiado pequeña —le dije al comendador—. Casi no puedo sostenerla.

—Entiendo —dijo él con un ligero suspiro—. Entonces no queda otro remedio. Nos distanciaremos de la escena original, pero nos serviremos de otra cosa.

—¿Otra cosa?

El comendador señaló una pequeña cómoda que había en un rincón de la habitación.

—Abrid el cajón de arriba —me ordenó.

Me acerqué a la cómoda y lo abrí.

—Tiene que haber un cuchillo para el pescado —continuó.

Ciertamente. Había un cuchillo colocado encima de unas toallas pequeñas bien dobladas. Era el que Masahiko había traído para preparar el besugo el día que se quedó a dormir en casa de su padre. La hoja tendría unos veinte centímetros de largo y estaba muy bien afilada. Masahiko siempre se tomaba muchas molestias para tener a punto las herramientas que usaba para cocinar. Siempre había cuidado muy bien de sus cosas.

—¡Vamos, apuñaladme! —me ordenó—. Me da igual si es una espada, un cuchillo o lo que sea. Debéis reproducir en este instante la escena del cuadro. Lo más importante es que lo hagáis deprisa. No queda mucho tiempo.

Al sostener el cuchillo entre mis manos me di cuenta de lo que pesaba. Parecía hecho de piedra. Al recibir la luz del sol a través de la ventana, la hoja resplandeció con un destello blanco, frío. Ese mismo cuchillo había desaparecido de mi cocina y me aguardaba en el cajón de esa cómoda. Y resultaba que Masahiko lo había afilado por el bien de su propio padre, y yo me daba cuenta de que ya no podía zafarme de mi destino.

Aún no estaba decidido del todo, pero, no obstante, me coloqué detrás de la silla donde estaba sentado el comendador y agarré con fuerza el cuchillo con mi mano derecha. Tomohiko Amada, tumbado en la cama con los ojos desorbitados, no apartaba la vista de nosotros, como si se dispusiera a presenciar un trascendente acontecimiento histórico. A través de su boca abierta se entreveían sus dientes amarillentos, su lengua blanquecina agitándose ligeramente como si se esforzase por formar palabras. Sin embargo, había muchas posibilidades de que el mundo ya no oyera nunca esas palabras.

—No sois vos una persona violenta —dijo el comendador para persuadirme—. En absoluto. Lo sé bien. No estáis hecho para la muerte, pero en ocasiones existe la obligación de hacer algo terrible por un objetivo mayor, para salvaguardar algo importante. Ahora es el momento. ¡Vamos, matadme! Mi cuerpo es pequeño. No ofreceré resistencia. Tan solo soy una simple idea. Os bastará con hundir el extremo del cuchillo en mi corazón. Es muy sencillo.

El comendador señaló un lugar exacto en su corazón. Su gesto me hizo pensar inevitablemente en el corazón de mi hermana pequeña. Recordaba bien cuándo la operaron, lo complicada y delicada que fue la intervención. Arreglar un corazón que funcionaba mal era un trabajo extremadamente difícil. Se necesitaban varios especialistas y grandes cantidades de sangre. Por el contrario, destruirlo resultaba de lo más sencillo.

—No sirve de nada que penséis en eso ahora. Para recuperar a Marie Akikawa debéis hacerlo, por mucho que os resistáis. Confiad en mí. Olvidaos de vuestro corazón. Apagad vuestra conciencia. Pero no cerréis los ojos. Debéis observar con atención.

Levanté el cuchillo por encima de la espalda del comendador. A pesar de todo, me sentía incapaz de apuñalarle. No importaba si solo se trataba de una de las incontables muertes de una idea. En lo que a mí concernía, me disponía a acabar con una vida que estaba justo delante de mis ojos. ¿Acaso no era la misma situación que protagonizó Tsuguhiko Amada en Nankín obedeciendo las órdenes de un oficial?

—No es lo mismo —dijo el comendador—. Ahora se trata de mi deseo. Deseo que me matéis. La mía es una muerte para el renacimiento. ¡Decidíos de una vez y cerrad el círculo por fin!

Cerré los ojos y recordé cuando fingí estrangular a aquella chica en la habitación de un hotel de citas en la prefectura de Miyagi. No había sido más que una simulación, por supuesto. Tan solo había apretado ligeramente su cuello cuidándome de no hacerle daño, y únicamente para satisfacer su deseo. Sin embargo, no lo hice como a ella le hubiera gustado. De haberlo hecho, tal vez la habría matado. Y lo que nació en mí en un solo segundo en la cama de aquel hotel de citas fue un profundo enfado como nunca había sentido. Esa ira se arremolinaba en mi pecho como una masa oscura, inmensa, como barro mezclado con sangre. No dudaba que había estado a un solo paso de la muerte.

«Sé perfectamente dónde estabas y lo que estabas haciendo», me había dicho aquel hombre.

—¡Vamos, clavadme ya el cuchillo! —insistió el comendador—. Podéis hacerlo. No me vais a matar a mí, os disponéis a dar muerte al padre de la perversidad. Matadlo de una vez y dejad que la tierra absorba su sangre.

¿El padre de la perversidad?

¿Quién era el padre de la perversidad?

—¿Quién es el padre de la perversidad para vos? —me preguntó el comendador—. Seguro que acabáis de verlo.

«No me pintes más», me había dicho aquel hombre

señalándome con su dedo desde el interior de un oscuro espejo. La punta de su dedo había penetrado en mi pecho como si se tratase de la punta de un cuchillo.

Al notar de nuevo ese intenso dolor cerré mi corazón de forma instintiva. Abrí bien los ojos, ahuyenté los pensamientos, oculté mis sentimientos en un lugar profundo, borré de mi rostro todo gesto y bajé de golpe el cuchillo (como hizo don Giovanni cuando mató al comendador). La afilada punta del cuchillo penetró exactamente en el punto donde señalaba el comendador. Noté una fuerte reacción de su cuerpo aún vivo. No se resistió, sin embargo. Tan solo sus dedos forcejearon en el vacío, pero, al margen de eso, no hubo más movimiento. Su cuerpo, no obstante, se afanaba por escapar del abrazo de la muerte, tensaba todos sus músculos para rechazarlo. El comendador era una idea, pero el cuerpo que habitaba no lo era. Era un cuerpo adoptado por ella y no tenía ninguna intención de aceptar sin más la muerte. Se movía según la lógica de un cuerpo. Tuve que usar todas mis fuerzas para vencer su resistencia hasta que dejase de respirar por completo. El comendador me había ordenado darle muerte, pero en realidad yo daba muerte a un cuerpo que no sabía de quién era.

Quería escapar de allí, abandonarlo todo, pero en mis oídos aún resonaban las palabras del comendador: «Para recuperar a Marie Akikawa debéis hacerlo, por mucho que os resistáis».

Hundí aún más profundamente el cuchillo en el corazón del comendador. No podía dejarlo a medias. El cuchillo atravesó su pequeño cuerpo y salió por la espalda. Su ropa blanca se tiñó por completo de color rojo vivo. La mano con la que agarraba la empuñadura también estaba manchada de sangre. Sin embargo, no brotaba con violencia como sí sucedía en la escena de *La muerte del comendador*. Traté de pensar que aquello era solo una ilusión, que el asesinato no era más que un acto simbólico.

Pero sabía que no era así. Podía serlo, pero a quien mataba no era una simple ilusión. Era un cuerpo pequeño, extraño, de unos sesenta centímetros, nacido del pincel de Tomohiko Amada y con una fuerza inesperadamente tenaz. El cuchillo había atravesado su piel, le había roto unas cuantas costillas y había atravesado su pequeño corazón hasta clavarse en el respaldo de la silla. Todo aquello no podía ser una simple ilusión.

Tomohiko Amada observaba la escena con los ojos abiertos de par en par. Observaba cómo yo mataba al comendador. No, en realidad no era así. Para él quien estaba a punto de morir no era el comendador. ¿A quién veía en realidad? ¿Al oficial nazi al que habían intentado asesinar en Viena? ¿Al joven oficial que había obligado a su hermano pequeño a cortar la cabeza de un prisionero chino en Nankín? ¿O acaso veía una perversidad mucho más profunda y esencial que estaba en el origen de todos ellos? No tenía forma de saberlo, por supuesto. No podía leer en su expresión nada parecido a un sentimiento. Tomohiko Amada no cerró la boca en ningún momento. Tampoco movió los labios. Tan solo su lengua de trapo hacía vanos esfuerzos para tratar de formar una palabra.

La fuerza abandonó finalmente los brazos y el cuello del comendador. Pronto, el resto de su cuerpo perdió tensión y empezó a desvanecerse como una marioneta a la que le hubieran cortado los hilos. A pesar de todo, mantuve el cuchillo bien hundido en su corazón. Ninguno de los objetos de la habitación se movió, la escena se mantuvo estática durante mucho tiempo.

El primero que se movió fue Tomohiko Amada. Después de que el comendador perdiera la conciencia, él mismo pareció perder toda su energía. Expiró profundamente y cerró los ojos como si diese a entender que había visto suficiente, como si bajara una persiana de forma lenta y solemne. Aún tenía la boca abierta, pero ya no veía su lengua, tan solo sus dientes amarillentos, que parecían la valla irregular de una casa vacía. En su cara ya no había sufrimiento. Había desaparecido todo rastro de dolor. Ahora había una expresión tranquila, apacible. Debía de haber regresado al mundo apacible, inconsciente y libre de sufrimiento de su letargo. Me alegré por él.

Aflojé la mano y extraje el cuchillo del cuerpo del comendador. De la herida abierta brotó la sangre como sucedía en *La muerte del comendador*. Al sacarlo del todo, el comendador se derrumbó en la silla. Tenía los ojos abiertos y la boca mostraba una mueca de sufrimiento. Sus diez pequeños dedos parecían empeñados en agarrar el vacío. La vida se le había escapado y a sus pies solo quedaba un charco de sangre. A pesar de lo pequeño que era, de su cuerpo había brotado una cantidad de sangre sorprendente.

Así fue como el comendador, es decir, la idea con apariencia de comendador, perdió la vida. Tomohiko Amada volvió a sumirse en la penumbra. El único ser consciente que quedaba en la habitación era yo. Estaba paralizado junto al comendador, con el cuchillo de Masahiko Amada ensangrentado en la mano derecha. Solo tendría que haberse oído el eco de mis jadeos, y, sin embargo, no fue así. Sentía un movimiento inquietante al margen de mi respiración. Era algo que estaba a mitad de camino entre un sonido y una presencia. Agucé el oído como me había dicho el comendador.

En la habitación había algo. Algo se movía. Sin soltar el cuchillo y sin moverme del sitio, busqué el origen de ese ruido. Con el rabillo del ojo vi algo en una esquina de la habitación. Era «cara larga». Por el hecho de haber matado al comendador había logrado sacar a «cara larga» a la superficie de este mundo.

52
Un hombre con un gorro de color naranja rematado en pico

Lo que apareció allí fue la misma escena que Tomohiko Amada había pintado en la parte inferior izquierda de *La muerte del comendador*. «Cara larga» se asomaba por una trampilla abierta en el suelo de la habitación y la sujetaba con una mano. Desde allí observaba de manera furtiva lo que ocurría. Tenía el pelo largo, enredado, lucía una barba negra. Tenía la cara alargada y torcida como una berenjena, el mentón sobresaliente, los ojos grandes y extrañamente redondos, la nariz pequeña, plana, y los labios (por alguna razón solo los labios) del color vivo de una fruta. No era muy corpulento. Parecía que se había encogido sin perder las proporciones. Al igual que el comendador, era la fotocopia en tres dimensiones de un tercio del tamaño real de una persona.

A diferencia del personaje de «cara larga» del cuadro, aquel tenía un gesto de sobresalto y observaba atónito al comendador muerto. Torcía ligeramente la boca como si no pudiera creer lo que veían sus ojos. No sabía desde cuándo estaba allí. Me había concentrado tanto en la muerte del comendador y en observar el estado en que se encontraba Tomohiko Amada, que no me había dado cuenta en absoluto de la presencia de aquel hombrecillo en el rincón de la habitación. Sin embargo, era muy probable que lo hubiera visto todo, desde el principio hasta el final. Era probable que no se hubiera perdido un solo detalle. Al fin y al cabo, lo que había sucedido allí era una reproducción de lo que ocurría en el cuadro.

«Cara larga» permaneció inmóvil en el mismo lugar como clavado en el suelo. Me moví despacio para comprobar si reaccionaba, pero no lo hizo. Aún sujetaba la trampilla con una mano y miraba al comendador con los ojos muy abiertos como hacía en el cuadro. Ni siquiera parpadeó.

Relajé la tensión del cuerpo y me moví para salir de aquel plano fijo. Quería acercarme furtivamente a él, como un gato, sin soltar el cuchillo ensangrentado. No podía permitir de ninguna manera que desapareciese bajo tierra. El comendador había entregado su vida para reproducir la escena del cuadro y, gracias a ello, había convocado a «cara larga» desde las profundidades, lo cual me iba a permitir recuperar a Marie. No podía permitir que su sacrificio fuese en vano.

Pero no sabía cómo tratar a «cara larga», cómo sacarle información sobre Marie. No comprendía la relación que había entre su aparición y la desaparición de Marie. ¿Quién era en realidad? ¿Qué era? Lo único que me había dicho el comendador sobre él parecía más bien un acertijo. Así pues, tenía que atraparle como fuera, y una vez que lo lograra ya pensaría qué hacer.

La trampilla que sujetaba era cuadrada, de unos sesenta centímetros. Era del mismo linóleo verde claro del suelo de la habitación. Si se llegaba a cerrar, no sería capaz de adivinar dónde estaba, habría desaparecido por completo.

Me acerqué a «cara larga», pero él no se movió en absoluto. Parecía congelado, petrificado como un gato en mitad de la calle deslumbrado por los faros de un coche. Tal vez su misión era fijar la composición de la escena el máximo tiempo posible. En cualquier caso, para mí fue toda una ventaja que no se moviera. De no haber sido así, al notar que me acercaba habría percibido el peligro y con toda probabilidad se habría escondido bajo tierra sin perder un segundo, y una vez cerrada la trampilla, ya nunca más volvería a abrirse.

Me acerqué a él en silencio por la espalda, dejé el cuchillo en el suelo y le agarré a toda velocidad por el cuello con las dos manos. Vestía una ropa ligeramente ajustada de color oscuro, una ropa humilde de trabajo de una calidad muy inferior a la del comendador. El tacto era áspero, ordinario y tenía parches aquí y allá.

Nada más agarrarle por el cuello recuperó la movilidad, la conciencia, y, aturdido, se agitó para tratar de meterse de nuevo en el agujero. Sin embargo, una vez que lo tuve agarrado del cuello con todas mis fuerzas, ya no le solté. Pasara lo que pasase, no podía permitir que huyera. Traté de sacarle del agujero con todas mis fuerzas. «Cara larga» se resistió. Estaba desesperado. Se aferró al borde del agujero y tensó todo su cuerpo para evitar que le sacara de allí. Tenía una fuerza sorprendente. Incluso trató de morderme la mano y no tuve más remedio que golpearle la cabeza varias veces contra el borde del agujero. Al segundo golpe perdió el conocimiento y dejó de oponer resistencia. Por fin pude sacarle y exponerlo a la luz del sol.

Era un poco más alto que el comendador. Alcanzaría los setenta u ochenta centímetros. Vestía como un campesino que se disponía a trabajar en el campo, como un sirviente a cargo de un jardín. Su chaqueta tenía un tacto áspero y el pantalón iba ceñido por los tobillos. A modo de cinturón se había puesto una cuerda de rafia. No llevaba zapatos. Tal vez andaba siempre descalzo, porque tenía las plantas de los pies negras y encallecidas. Tenía el pelo largo y daba la impresión de no habérselo lavado en mucho tiempo. La barba negra le cubría casi la mitad de la cara. La parte de piel que quedaba expuesta se veía muy pálida, con un aspecto insano. Nada en él parecía estar limpio, pero, extrañamente, no olía mal.

Por su aspecto solo fui capaz de suponer que, así como el comendador pertenecía a la clase noble del periodo Asuka, él tan solo era un humilde villano. Quizá los villanos vestían así entonces. O tal vez solo era el resultado de la imaginación de Tomohiko Amada. En cualquier caso, aquello me traía sin cuidado. Lo que debía hacer en ese momento era sacarle información sobre el paradero de Marie, entender qué relación había entre los dos.

Lo tumbé boca abajo, cogí el cinturón de una bata que había colgada en un perchero y lo maniaté por la espalda. Después arrastré su cuerpo inerte hasta el centro de la habitación. Su peso se correspondía con el tamaño. No era gran cosa. Calculé que como el de un perro mediano. Quité una de las cintas que sujetaban las cortinas y le até una pierna a la pata de la cama. Inmovilizado de ese modo ya no podría meterse otra vez en el agujero.

Atado de pies y manos, inconsciente en el suelo y a la luz de aquella tarde luminosa, «cara larga» tenía un aspecto miserable, digno de lástima. Nada que ver con la apariencia macabra e inquietante de cuando observaba la escena con sus ojos brillantes desde su oscuro agujero hacía tan solo un momento. Visto de cerca, no parecía un ser malicioso ni siniestro. Tampoco demasiado inteligente, pero sí honrado. Un poco cobarde, quizás, alguien incapaz de plantearse o juzgar las cosas por sí mismo, más bien dócil, servil.

Tomohiko Amada estaba tumbado en la cama con los ojos cerrados y expresión apacible. No se inmutaba. A primera vista, no era capaz de determinar si seguía vivo o se había muerto. Acerqué el oído a su boca, a una distancia de tan solo unos pocos centímetros y noté su respiración ronca como un oleaje lejano. Seguía con vida. Yacía tranquilo sumido en su profundo letargo. Me sentí aliviado. No quería de ningún modo que muriese en ausencia de su hijo. Estaba tumbado de lado y por su gesto parecía contento. Era una expresión dulce, completamente distinta a la de hacía solo unos momentos. Quizás había logrado cumplir al fin con algo al presenciar el asesinato del comendador justo ante sus ojos.

El comendador estaba hundido en la silla de tela en la misma postura. Tenía los ojos abiertos. Por la boca asomaba su pequeña lengua redondeada. De su corazón aún brotaba la sangre, pero ya no con el ímpetu de antes. Tomé su mano derecha. No había ni rastro de fuerza en ella, estaba inerte. Conservaba algo de calidez en la piel, pero se mostraba indiferente al tacto, con esa indiferencia característica de una vida que se encamina directa hacia la no vida. Tuve ganas de recomponer su cuerpo, de meterle en un ataúd pequeño. Me hubiera gustado enterrarle en el agujero que había detrás del templete de la casa para que nadie le molestase nunca. Sin embargo, lo único que podía hacer en ese momento era cerrar con cuidado sus párpados.

Me senté en la silla y esperé a que «cara larga» recuperase la conciencia. Al otro lado de la ventana, el Pacífico resplandecía bajo la luz del sol. Los barcos pesqueros aún faenaban a lo lejos. Un avión plateado volaba hacia el sur y su fuselaje emitía suaves destellos. Era un aparato de cuatro hélices con una larga antena en el timón de cola; con toda probabilidad un cazasubmarinos de la Fuerza Naval recién despegado de la base aérea de Atsugi. A pesar de ser sábado por la tarde mucha gente cumplía en silencio con sus obligaciones. Mientras tanto, yo me encontraba en una lujosa residencia de ancianos bien soleada, acababa de dar muerte al comendador con un cuchillo, había atrapado a «cara larga» nada más salir de las profundidades de la tierra y me empeñaba en buscar a una niña de trece años desaparecida. Sin duda, en el mundo había gente para todo.

«Cara larga» no se despertaba. Miré varias veces mi reloj de pulsera.

Si volvía Masahiko en ese momento, ¿qué pensaría al encontrarse con semejante escena? El comendador muerto rodeado por un charco de sangre, «cara larga» maniatado y tumbado en el suelo. Ninguno de esos dos personajes levantaba un metro de altura y vestían extrañas prendas antiguas. Tomohiko Amada, por su parte, dormía profundamente con una sonrisa de satisfacción en los labios (o algo parecido). En un rincón del suelo había un agujero negro. ¿Cómo iba a explicar a Masahiko todo aquello?

Masahiko, sin embargo, no regresó. Como había anunciado el comendador, le retenía un importante asunto de trabajo. La conversación iba a llevarle mucho tiempo y, además, todo estaba trazado de antemano y nada ni nadie iba a interrumpirme ni a dejarme a medias. Me había sentado en una silla y contemplaba a «cara larga». Padecía una ligera conmoción a causa del golpe en la cabeza, pero no tardaría mucho en recuperar la conciencia. Le iba a salir un buen chichón en la frente, eso seguro, pero nada más.

Al cabo de cierto tiempo empezó a despertarse. Se retorció un poco y pronunció unas cuantas palabras inconexas. Enseguida abrió los ojos. Lo hizo como un niño que no se atreve a mirar directamente algo que le da miedo, pero que no tiene más remedio que hacerlo.

Me levanté de la silla y me arrodillé junto a él.

—No tengo tiempo —dije—. Quiero saber dónde está Marie Akikawa. En cuanto me lo digas, te desataré y dejaré que te vayas por donde has venido.

Señalé el agujero en un rincón de la habitación. La tapa cuadrada seguía abierta. No tenía forma de saber si me entendía, pero no podía hacer otra cosa que asumir que así era.

«Cara larga» sacudió la cabeza varias veces sin decir nada. Era un gesto que se podía interpretar como que no sabía nada o como que no me entendía.

—Si no me lo dices, te mataré —le amenacé—. Ya has visto cómo he matado al comendador. Me da igual matar a uno que a dos.

Agarré el cuchillo y lo puse en su garganta sucia. En ese instante pensé en los pescadores en mitad del mar y en los pilotos surcando los cielos. Cada cual cumplía con sus obligaciones y yo solo hacía lo que me tocaba hacer. No tenía intención de matarle, pero el cuchillo estaba tan bien afilado que «cara larga» no dejaba de temblar de miedo.

—¡Aguardad! —suplicó al fin con voz ronca—. ¡Os lo ruego!

Hablaba de una forma extraña, pero parecía entenderme. Retiré el cuchillo.

—¿Sabes dónde está Marie Akikawa? —insistí.

—No. Desconozco a quién os referís con ese nombre. No es persona conocida por mí.

Le miré a los ojos. Tenía unos ojos grandes, limpios, que parecían reflejar sus pensamientos. Me dio la impresión de que decía la verdad.

—¿Qué demonios haces aquí entonces?

—Observar y anotar cuanto ocurre, función mía es. Por eso asomé la cabeza. Solo os digo la verdad.

—¿Observar para qué?

—Proceder así me han ordenado, más no sé.

—¿Y quién demonios eres tú? ¿Otra especie de idea?

—Idea no somos. Metáfora nada más.

—¿Metáfora?

—Una modesta y simple metáfora, que sirve para conectar una cosa con otra. Nada más. Os ruego me disculpéis.

Me sentía cada vez más confundido.

—Si eres una metáfora, construye una ahora mismo. Algo serás capaz de inventar, ¿no?

—Soy una humilde metáfora. Incapaz de un nivel superior.

—Me da igual si la metáfora es buena o mala. Solo quiero que me digas una.

Pensó durante un buen rato antes de contestar.

—Era un hombre muy llamativo, un hombre con un gorro de color naranja rematado en pico entre la multitud dirigiéndose al trabajo.

Ciertamente, su retórica no era gran cosa. Además, ni siquiera se podía considerar una metáfora.

—Eso no es una metáfora —protesté—. Es un simple símil.

—Lo siento —dijo con la frente perlada de sudor—. Lo intentaré de nuevo... Vivió como si llevara un gorro de color naranja rematado en pico entre una multitud de gente que se dirigía al trabajo.

—La frase no se entiende y la metáfora sigue sin funcionar. No puedo creer que seas una metáfora. No me dejas más opción que matarte.

Sus labios temblaron de miedo. Su barba le daba un aspecto digno, pero se comportaba como un cobarde.

—Lo siento. Simple aprendiz aún soy. Nada digno se me ocurre. Imploro vuestro perdón, pero auténtica metáfora soy y falsedad no hallaréis en mí.

—¿Y tienes algún jefe o algo que se le parezca, alguien que te diga lo que tienes que hacer?

—Amo no tengo, o tal vez sí, pero aún no le he visto. Me muevo siguiendo órdenes, actuando como un vínculo entre el fenómeno y el lenguaje. Soy como una pobre medusa arrastrada por las olas. No me deis muerte, por favor. Perdonadme.

—Te puedo perdonar —le dije amenazándole de nuevo con el cuchillo—, pero a cambio me guiarás por donde has venido.

—No. Eso no puede ser —se opuso por primera

vez—. El camino que he transitado yo, camino de metáfora es. Cada persona diferente recorrido hará. Un solo camino no existe y guiaros no podré.

—¿Quieres decir que tengo que entrar ahí yo solo? ¿Encontrar mi propio camino? ¿Te refieres a eso?

«Cara larga» asintió enérgicamente.

—Muy peligroso para usted en el camino de metáfora entrar. Muy peligroso. Si de dirección os equivocáis, a un lugar bárbaro llegaréis. En muchos lugares dobles metáforas escondidas encontraréis.

—¿Dobles metáforas?

«Cara larga» se estremeció.

—Dobles metáforas escondidas en la oscuridad como peligrosos seres *yakuza*.

—Me da igual —dije—. Ya estoy metido en una situación disparatada. Un poco más o un poco menos me da igual. He matado al comendador con mis propias manos y no puedo permitirme que su muerte sea en vano.

—No hay remedio. Permitidme un consejo, pues.

—¿De qué se trata?

—Deberíais llevar alguna luz. A la oscuridad os enfrentaréis. Y algo más. A un río llegaréis. Aunque de una metáfora se trate, verdadera el agua es. Muy fría, rápida su corriente, profundo su cauce. Sin un bote no podréis cruzar. Amarrado a un embarcadero lo encontraréis.

—Está bien. Cruzo el río desde el embarcadero y después qué.

«Cara larga» abrió aún más los ojos.

—Llegaréis a un mundo gobernado por la relatividad. Debéis contemplarlo con vuestros propios ojos.

Me acerqué a la cabecera de la cama de Tomohiko Amada. Como había supuesto, allí había una linterna. En esa clase de residencias siempre había una linterna para casos de emergencia, por si ocurría algún desastre natural. Comprobé que funcionaba. La batería estaba cargada. Me puse la chaqueta de cuero que había colgado en el respaldo de la silla y me dirigí hacia el agujero.

—Por favor —dijo «cara larga» con un tono de súplica—, ¿podéis liberarme? Problemas tendré si así me dejáis.

—Si de verdad eres una metáfora, ¿acaso no puedes liberarte tú mismo de las ataduras? Al fin y al cabo, eres una especie de concepto, de idea, y deberías poder moverte por el espacio, ¿no?

—No. Me sobrestimáis. No dispongo de semejante poder. Los conceptos o ideas metáforas superiores son.

—¿Como ese hombre que lleva un gorro naranja rematado en pico?

«Cara larga» adoptó una expresión triste.

—No os burléis. También a mí podéis herir.

Dudé un poco antes de liberarle. Le había atado tan a conciencia que me costó deshacer los nudos. Después de hablar con él no me daba la impresión de que fuera un hombre malo como había pensado en un principio. No sabía dónde estaba Marie, pero me había proporcionado información importante. No me parecía que fuese a molestarme o a hacerme daño si le soltaba y tampoco podía dejarle allí sin más. Si alguien le encontraba, las cosas se complicarían más de lo que ya lo estaban. Sin levantarse del suelo se frotó las marcas dejadas por las ataduras con sus pequeñas manos. Después se tocó la frente. Ya empezaba a notarse el chichón.

—Os lo agradezco —dijo—. Regresaré ahora a mi mundo.

—Ve tú primero —le indiqué señalando el agujero—. Regresa a tu mundo. Yo iré después.

—Os pido disculpas por irme primero. Solo os pido que cerréis bien. Alguien podría caer dentro por descuido, o tal vez despertársele el interés, y sería mi responsabilidad.

—De acuerdo. Cerraré bien.

«Cara larga» se levantó, echó a correr y se metió en el agujero. Solo quedó a la vista su cara. Sus grandes ojos brillaron con una luz macabra, la misma que despedían los ojos del personaje de *La muerte del comendador*.

—Tened cuidado —me dijo—. Espero que encontréis a esa Fulanita de Tal. ¿Komichi se llamaba?

—No —respondí a la vez que notaba un escalofrío recorriéndome la espalda, con la garganta seca de repente, incapaz de encontrar mi voz—. No —dije al fin—. No se llama Komichi. Se llama Marie Akikawa. ¿Sabes algo de Komichi?

—No, no conozco a nadie con ese nombre —dijo con gesto de aturdimiento—. Tan solo ha venido ese nombre a mi humilde cabeza de metáfora. Una equivocación ha sido. Os ruego me disculpéis.

Nada más decir aquello, desapareció por el agujero como humo dispersado por el viento.

Me quedé paralizado un rato con la linterna en la mano. ¿Komichi? ¿Por qué había pronunciado el nombre de mi hermana pequeña en ese preciso momento? ¿Tenía alguna relación con todos esos acontecimientos? Fuera como fuese, no tenía margen para pensar en eso. Metí los pies en el agujero y encendí la linterna.

Debajo estaba todo oscuro y apenas se entreveía una suave pendiente. Era extraño. La habitación de Tomohiko Amada estaba en la tercera planta del edificio y, por pura lógica, debajo debería de estar la segunda planta. Sin embargo, por mucho que iluminase con la linterna no alcanzaba a ver qué había más allá. Me metí y cerré detrás de mí la trampilla cuadrada. A mi alrededor se quedó todo a oscuras.

En un lugar profundo y oscuro como aquel, de poco me servían mis cinco sentidos. Era como si se hubiera interrumpido la conexión entre la información consciente y la realidad física. Una sensación muy extraña. Como si no fuera yo; sin embargo, debía seguir adelante.

El comendador me había obligado a matarle para encontrar a Marie. Se había sacrificado y yo debía superar una prueba. No me quedaba otra que seguir adelante. Planté mis pies en el oscuro camino de la metáfora con la linterna como mi única aliada.

Me rodeaba una oscuridad densa, sin relieves, que parecía tener voluntad propia. Del exterior no llegaba un solo rayo de luz y allí dentro tampoco brillaba nada. Era como caminar por las profundidades del mar donde nunca alcanzaban los rayos del sol. Tan solo contaba con la luz amarilla de la linterna para mantener un precario nexo con el mundo. El camino bajaba en una suave pendiente. Era como una especie de túnel circular excavado en la roca, con el suelo firme y duro y aceptablemente nivelado. El techo era bajo y me obligaba a avanzar medio agachado para no golpearme la cabeza. El aire era fresco y extrañamente inodoro. Quizá la composición química del aire bajo tierra era distinta a la del exterior.

No tenía forma de saber cuánto iba a durar la batería de la linterna. Por el momento, la luz era estable, pero en caso de apagarse a mitad de camino (en algún momento se agotaría), me quedaría allí abandonado, sumido en una oscuridad absoluta. Si creía en las palabras de «cara larga», en algún lugar no lejos de allí se escondían peligrosas dobles metáforas.

La mano con la que sostenía la linterna me sudaba a causa de los nervios. Mi corazón palpitaba con un sonido sordo, duro. Se parecía a la resonancia de un siniestro tambor en el interior de una jungla. «Cara larga» me había advertido que era mejor llevar algo para alumbrarme. Según él, había lugares muy oscuros, y, según deduje, eso significaba que no todo allí dentro estaba completamente a oscuras. Estaba impaciente por llegar lo antes posible a zonas donde hubiera algo de claridad. Los lugares oscuros y estrechos siempre me habían inquietado mucho, y de continuar así durante mucho rato, cada vez me costaría más respirar.

Intenté no pensar demasiado en lo oscuro y estrecho que era aquel lugar. Debía concentrar mis pensamientos en otra cosa, y me vino a la cabeza la imagen de una tostada con queso. No entendía por qué precisamente una tostada con queso, pero eso era lo que veía: una tostada cuadrada cubierta con queso en un plato blanco. Estaba muy bien hecha y el queso fundido en su punto. Parecía tenerla al alcance de la mano, y justo al lado apareció una taza humeante de un café tan negro como una noche sin luna y sin estrellas. La imagen de un desayuno recién servido me hizo sentir añoranza. Vi entonces una ventana abierta y justo al otro lado un gran sauce. Oí el ligero trino de los pájaros posados en un precario equilibrio como pequeños acróbatas en las frágiles ramas. Aquello estaba tan lejos de mí que apenas podía creerlo.

Me acordé de *El caballero de la rosa*. Mientras me tomaba el café con la tostada recién hecha me disponía a escuchar la ópera. Coloqué el pesado disco de vinilo en la pletina Decca y apoyé la aguja. La Filarmónica de Viena dirigida por Georg Solti producía un sonido minucioso, elegante. En el momento álgido de su carrera creativa, Richard Strauss declaró que era capaz de describir una escoba sirviéndose solo de notas musicales. En realidad, no recordaba si se trataba de una escoba o un paraguas. Tal vez era un atizador. Lo cierto es que no tenía importancia. De todos modos, ¿cómo se podía describir una escoba con música? ¿De verdad habría sido capaz de hacerlo? ¿Podría haber descrito también una tostada con queso fundido, la planta encallecida de un pie o la diferencia entre una metáfora y un símil?

Richard Strauss había estado al frente de la Filarmónica de Viena antes de la guerra (no recordaba si antes o después del *Anschluss).* En el programa de uno de los conciertos que dirigió se incluía una sinfonía de Beethoven. En concreto la Séptima. Era una obra tranquila, cuidada y firme en su ejecución. Una música nacida entre una hermana mayor expansiva y alegre, la Sexta, y una hermana pequeña, bella y tímida, la Octava. El joven Tomohiko Amada estaba entre el público. A su lado había una chica hermosa. Quizás estaba enamorado.

Imaginé la escena ocurrida muchos años antes en la ciudad de Viena: valses, la tarta Sacher y la esvástica roja y negra ondeando en los tejados de los edificios.

En aquella profunda oscuridad, mis pensamientos fluyeron en una dirección sin sentido. O tal vez caminaba sin rumbo. En cualquier caso, no era capaz de controlarlos. Se me habían ido de las manos. No resultaba sencillo retenerlos en esa oscuridad sin fisuras. Se transformaban en árboles enigmáticos, cuyas ramas crecían a su libre albedrío (lo cual era toda una metáfora). De todos modos, para soportar esa situación necesitaba pensar en algo, en cualquier cosa, lo que fuera. De no hacerlo, perdería los nervios, el control de mí mismo, de mi respiración y enseguida empezaría a hiperventilar.

Mientras no dejaba de darle vueltas a todo tipo de incongruencias descendí por la pendiente en línea recta. No encontré una sola esquina, una sola bifurcación. Caminaba y caminaba, pero la altura del techo no variaba, la oscuridad era la misma, la misma ausencia de olor en el aire, el mismo ángulo de inclinación de la pendiente. Perdí el sentido del tiempo y supuse que después del rato que llevaba allí debía de haber llegado ya a un lugar profundo. En cualquier caso, la profundidad solo era algo imaginario. No se podía llegar bajo tierra directamente desde la tercera planta de un edificio. De igual manera, la oscuridad también debía de ser imaginaria. Traté de hacerme a la idea de que todo cuanto me rodeaba era un concepto, una forma de retórica, y sin embargo, la oscuridad que me envolvía era auténtica, la profundidad que me oprimía muy real.

Cuando empezaron a dolerme el cuello y los riñones de ir agachado, atisbé una tenue luz a lo lejos. Se apreciaban pequeñas curvas en el camino y cada vez que dejaba una atrás, la luminosidad aumentaba. Empezaba a ver a mi alrededor como si el cielo se iluminase con las luces del amanecer. Apagué la linterna para ahorrar batería.

A pesar de la claridad incipiente seguía siendo un lugar inodoro, sordo. El oscuro y estrecho camino terminó al fin y de pronto salí a un espacio abierto. Miré hacia arriba. No había cielo. Muy arriba me pareció ver algo parecido a un techo pintado de un color lechoso, aunque no podía determinar con exactitud el color. Había una luz tenue, una luz extraña, como si una enorme cantidad de luciérnagas se hubiera reunido con la misión de llevar la luz al mundo. Al fin respiré tranquilo. Ya no estaba oscuro, ya no me hacía falta agacharme.

Al llegar allí noté enseguida que pisaba rocas. No había un camino trazado, tan solo un erial de piedras hasta donde alcanzaba la vista. La larga pendiente cuesta abajo había empezado a ascender. Iba prestando atención a dónde ponía los pies y avanzaba sin un destino concreto. Eché un vistazo al reloj, pero la información que me transmitían las agujas ya no me servía. Lo comprendí enseguida. Tampoco tenían sentido otras cosas que llevaba conmigo: el llavero, la cartera, el carnet de conducir, unas cuantas monedas y un pañuelo. Era todo cuanto tenía en ese momento. Nada que me pudiera servir.

A medida que avanzaba, la pendiente se hacía más empinada y no tardé en tener que usar los pies y las manos para trepar. Pensé que al llegar a la cima quizá tendría una visión general de dónde me encontraba. Subí jadeando sin pararme a descansar. Hasta mis oídos no llegaba ningún ruido. Solo sentía el que hacía yo al moverme e incluso eso me parecía artificial, irreal. No volaba ningún pájaro, no veía hierba ni árboles allá donde mirase. Tampoco soplaba el viento. Lo único que se movía allí era yo. Todo lo demás estaba sumido en el silencio, inmóvil, como si el tiempo se hubiese detenido.

Como había imaginado, cuando alcancé la cima pude observar lo que se extendía a mis pies, pero una especie de bruma blanca me impedía ver a lo lejos. Por lo que pude distinguir, al menos, entendí que era una tierra baldía en la que no se apreciaban señales de vida. Era un erial rocoso que se extendía en todas direcciones. Aún no se veía el cielo, tan solo el mismo techo de color lechoso de antes (o algo parecido a un techo). Me sentía un astronauta recién aterrizado en un planeta desconocido, desierto, después de que mi nave sufriera una avería que me obligara a descender. Tal vez debería estar agradecido por el hecho de disfrutar de un poco de luz para ver y de un poco de aire para respirar.

Agucé el oído y me pareció oír un ruido sutil. Al principio solo me pareció una ilusión, una especie de zumbido que brotaba de mi interior, pero enseguida comprendí que se trataba de un sonido real, continuo, producido por algún tipo de fenómeno natural. Me pareció que se trataba de una corriente de agua. Quizás era el río que había mencionado «cara larga». Descendí con cuidado entre la bruma hacia donde venía el ruido.

Nada más oír el agua caí en la cuenta de que estaba sediento. No había bebido nada desde hacía mucho tiempo y había caminado sin descanso. Sin embargo, debido a los nervios me había olvidado de la sensación de sed. Fue al oír el ruido de la corriente cuando me entraron unas terribles ganas de beber. Me preguntaba, sin embargo, si esa agua (en el caso de que se tratase de un río) sería potable. Podía ser agua turbia, estar infectada de microbios o de algo aún más peligroso. Quizá no era más que la metáfora de un agua imposible de atrapar entre las manos. Fuera lo que fuese, no me quedaba más remedio que acercarme para comprobarlo.

A cada paso, el sonido se hacía más alto y claro. Era el rumor impetuoso de una corriente que se abría paso entre las rocas, pero aún no la veía. A medida que me acercaba, el terreno empezó a elevarse poco a poco por ambos lados hasta formar una pared de piedra. Tendría unos diez metros de altura. Entre las paredes erguidas transcurría un camino serpenteante con muchos giros y quiebros que impedían ver cómo seguía más adelante. No era un camino hecho por el hombre. Tal vez se trataba de un sendero natural. Más allá debía de estar el río.

Avancé entre las paredes de piedra. Como antes, seguía sin haber árboles, ni siquiera una brizna de hierba. No había evidencia de vida en ninguna parte. Solo alcanzaba a ver una concatenación de piedras silenciosas. Era un mundo monótono, sin encanto, como el paisaje de un pintor que de repente pierde el interés y lo abandona sin tomarse siquiera la molestia de colorearlo. A duras penas sentía el ruido de mis pasos. Daba la impresión de que las rocas lo absorbían.

Poco después el camino empezó a ascender. Estuve subiendo durante un buen rato hasta donde había unas rocas afiladas. Me asomé y al fin vi el río. El ruido de la corriente se oía aún más claro que antes.

No parecía un río grande. Tendría unos cinco o seis metros de anchura, pero era caudaloso. No había forma de saber la profundidad, aunque el brinco irregular del agua me hizo suponer que debajo había rocas. El río cruzaba todo aquel paisaje rocoso. Bajé hasta la orilla.

La corriente fluía de derecha a izquierda. Aquella gran cantidad de agua que se dirigía a alguna parte según la orografía del terreno me tranquilizó. En un mundo donde no se movía nada, donde ni siquiera soplaba el viento, al menos se movía el agua, y el rumor de la corriente se oía con toda claridad. El hecho de comprobar que en ese mundo también había movimiento me alivió. Nada más llegar a la orilla me agaché para coger agua con las manos. Era un agua fría, agradable, como de nieve derretida. Estaba limpia, cristalina, pero no tenía forma de saber si era potable o no. Podía contener algún tipo de veneno invisible, tal vez bacterias peligrosas.

Bebí un poco. No olía (suponiendo que no hubiera perdido el olfato). No sabía a nada (si no había perdido el gusto). Tragué. Tenía demasiada sed como para plantearme no beber. Todo lo demás me daba igual. Era un agua insípida, pero por fortuna alivió mi sed.

Volví a tomar agua con las manos y bebí hasta saciarme. Tenía la garganta seca y más sed de la que imaginaba, pero beber aquella agua inodora e insípida me provocaba una sensación extraña. En general, cuando estamos sedientos y bebemos agua fría tenemos la impresión de que no puede haber nada mejor. Es como si el cuerpo la absorbiera con fruición por todos sus poros, como si hasta la última célula se recompusiese y los músculos recuperasen el tono. Sin embargo, el agua de ese río no tenía ninguno de esos elementos vigorizantes. Solo lograba aplacar la sensación de sed en la garganta.

Después de beber me levanté y miré a mi alrededor. Según «cara larga», por allí debía haber un embarcadero y en él un bote que me cruzaría a la otra orilla. En ese momento obtendría (tal vez) información sobre el paradero de Marie Akikawa. Miré arriba y abajo y no vi nada parecido a un bote. Debía encontrarlo como fuera. Era demasiado peligroso cruzar por mi propio pie. «Cara larga» me había advertido de que, aunque no lo pareciera, era una corriente fría, rápida y con un cauce profundo. Según él, no se podía cruzar sin un bote. Pero ¿dónde estaba? ¿Hacia su nacimiento? ¿Hacia la desembocadura? Debía elegir una de las dos opciones.

De pronto me acordé de que el nombre de pila de Menshiki era Wataru. Según él, significaba «cruzar el río» y nunca había sabido por qué le pusieron un nombre tan peculiar. También me había dicho que era zurdo y que ante la duda siempre optaba por la izquierda. En su momento, aquel comentario me pareció fuera de contexto, como si le faltara un antes y un después. No entendí por qué me lo decía y quizá precisamente por eso se me quedaron grabadas sus palabras. Quizá lo dijo sin ninguna intención, solo por pura casualidad, pero también me acordé de que aquel lugar (según «cara larga») estaba formado por la tensión entre la relatividad de los fenómenos y su expresión. Pensé que debía tomarme muy en serio las insinuaciones o casualidades que se me aparecían allí. Decidí continuar hacia la izquierda, seguir el curso del río hacia su desembocadura, dejarme llevar sin más por las indicaciones de Menshiki (el hombre sin color). Todo aquello podía significar algo, o quizá no significaba nada.

A medida que avanzaba me preguntaba si el río albergaría alguna forma de vida. Imaginé que no, pero no tenía pruebas para afirmarlo. En cualquier caso, no se veían indicios por ninguna parte. ¿Qué clase de ser vivo podía vivir en un agua insípida e inodora? A mi modo de ver, se trataba del concepto de un río y por eso fluía. Tenía las características de un río, cierto, pero en realidad solo era una especie de representación. En la superficie no flotaba nada, ni una rama, ni una hierba. Tan solo fluía limpiamente un gran volumen de agua.

Aún me rodeaba una especie de bruma inconmensurable. Tenía un aspecto suave, algodonoso. Me abría paso entre ella como si descorriese cortinas de encaje blancas. Al poco rato empecé a notar en el estómago la presencia del agua que acababa de beber. No era una sensación desagradable, pero tampoco lo contrario. Se trataba más bien de una sensación neutra que no llegaba a interpretar. Sentía que por el hecho de haber introducido esa agua en mi cuerpo ya no tenía la misma composición química que antes de hacerlo. ¿No habría transformado el agua de ese río la composición química de mi cuerpo para armonizarla con la de esa tierra?

En cualquier caso, no me pareció que aquello fuera determinante en esa situación. Me lo tomé con optimismo. No debía de ser tan importante. No tenía ninguna razón objetiva para ser optimista, pero me daba la impresión de que hasta ese momento las cosas habían sucedido sin sobresaltos. Había emergido sano y salvo de un camino oscuro y estrecho. Había atravesado un erial pedregoso sin la ayuda de mapas ni brújulas y, finalmente, había encontrado el río. Había aliviado mi sed y no me había topado aún con ninguna de esas peligrosas dobles metáforas. Quizá solo había sido cuestión de suerte. Tal vez estaba decidido de antemano que las cosas sucediesen así, y si así continuaban, nada tenía por qué ir mal. Eso pensaba, o al menos era lo que me esforzaba en pensar.

Más allá de la bruma vislumbré tenuemente una silueta al cabo de un rato. No se trataba de algo natural, sino de algo artificial hecho a base de líneas rectas. A medida que me acercaba comprendí que era un embarcadero. En el agua flotaba una pequeña plataforma de madera. Había acertado al tomar la decisión de ir a la izquierda. O puede que en aquel mundo de relatividades las cosas se formaran en función de las acciones.

Al menos las indicaciones que me había dado Menshiki inconscientemente me habían llevado hasta allí.

Entre la bruma vi a un hombre de pie junto al embarcadero. Era muy alto. Después del comendador y «cara larga» me parecía un gigante. Estaba apoyado contra una especie de maquinaria de color oscuro que había en un extremo del embarcadero. No se movía, como si algo importante ocupase sus pensamientos. La corriente fluía impetuosa a sus pies levantando espuma. Era la primera persona que encontraba en aquel lugar. Al menos, el primer ser con aspecto de persona. Me acerqué cauteloso.

Le saludé antes de llegar a verle bien a través de la cortina de bruma. No hubo respuesta. El hombre continuó como estaba, tan solo cambió ligeramente de postura. Su oscura silueta se movió entre la bruma. Tal vez no me había oído. Tal vez el ruido del agua había sofocado mi voz o quizás el aire de aquel lugar no transportaba bien los sonidos.

—¡Hola! —repetí alzando la voz y ya de más cerca.

El hombre se mantuvo en silencio. Parecía atender únicamente al ruido entrecortado del agua. Quizá no me entendía.

—Ya te he oído —dijo de pronto como si leyese mis pensamientos—. Entiendo perfectamente lo que dices.

Tenía una voz grave y profunda ajustada a su estatura y a su aspecto. Pero carecía de entonación y tampoco transmitía sentimiento alguno. Al igual que el agua del río, no tenía olor ni sabor.

Para siempre es demasiado tiempo

El hombre no tenía rostro. No es que no tuviera cabeza, pues, efectivamente, sostenía una entre los hombros, como no podía ser de otro modo. Sin embargo, no tenía rostro. Donde debía estar su cara solo había un espacio vacío. Un vacío formado por un humo de color lechoso. Su voz nacía de aquel vacío como el eco del viento en el fondo de una profunda gruta.

Llevaba una especie de impermeable largo de color oscuro que casi le llegaba hasta los tobillos. Por debajo sobresalían las punteras de unas botas. Tenía los botones abrochados hasta el cuello y parecía vestido para hacer frente a una posible tormenta.

Me quedé allí plantado sin decir nada. No me salían las palabras. De lejos me recordaba vagamente al hombre del Subaru Forester blanco, incluso a Tomohiko Amada cuando se presentó en plena noche en el estudio de su casa. También al joven que clavaba la espada al comendador en el cuadro. Todos eran hombres altos, pero al acercarme comprobé que no era ninguno de ellos. Solo era un hombre sin rostro. Llevaba un sombrero negro de ala ancha que escondía la mitad de su rostro vacío de color lechoso.

—Te oigo y comprendo lo que dices —repitió.

Al hablar no se movían sus labios porque no tenía.

—¿Es este el embarcadero? —pregunté.

—Exacto —dijo él—. Este es el embarcadero. Solo se puede cruzar el río en este lugar.

—Debo ir al otro lado.

—Todo el mundo debe ir sin excepción.

—¿Viene mucha gente por aquí?

No obtuve respuesta. Mi pregunta fue absorbida en el vacío y el silencio que le siguió me pareció que duraba una eternidad.

—¿Qué hay al otro lado? —insistí.

La bruma me impedía ver la otra orilla. El hombre sin rostro parecía mirarme fijamente desde el vacío.

—Lo que hay al otro lado depende de lo que cada uno busca —dijo al fin.

—Yo busco a una niña que se llama Marie Akikawa.

—¿De verdad es eso lo que buscas al otro lado?

—Sí, por eso he venido hasta aquí.

—Me pregunto cómo habrás encontrado la entrada a este lugar.

—Tuve que matar a una idea que había adoptado la forma de un comendador. Lo hice en la habitación de una residencia de ancianos situada en la altiplanicie de Izu. Le maté porque la idea misma insistió en que lo hiciera, y de ese modo convoqué a «cara larga». Fue él quien me abrió el agujero de entrada a este mundo subterráneo.

El hombre sin rostro se volvió hacia mí. No dijo nada durante un rato. Quizá no entendía lo que acababa de decirle.

—¿Ha sangrado? —me preguntó.

—Bastante.

—¿Era sangre auténtica?

—Eso me ha parecido.

—Mira tus manos.

Hice lo que me decía. No había ni rastro de sangre. Quizá se me había ido al beber agua del río. Hasta ese momento había tenido las manos empapadas de sangre.

—Da igual —dijo el hombre sin rostro—. Te llevaré a la otra orilla, pero con una condición.

Esperé en silencio.

—Tendrás que pagarme una compensación. Son las reglas.

—¿Quiere decir que, en caso contrario, no podré llegar a la otra orilla?

—En efecto. En ese caso tendrías que quedarte en este lado para siempre. El agua del río es fría, la corriente va rápida y hay mucha profundidad. Por si fuera poco, para siempre es demasiado tiempo, no es retórica.

—Pero no tengo con qué pagarle.

—Saca todo lo que guardas en los bolsillos. Enséñamelo.

Vacié los bolsillos del pantalón y de la chaqueta. En la cartera tenía algo menos de veinte mil yenes, una tarjeta de crédito, el carnet de conducir y un bono de una gasolinera. También llevaba un llavero con tres llaves, un pañuelo de color crema, un bolígrafo y cinco o seis monedas. Nada más, aparte de la linterna. El hombre sin rostro sacudió la cabeza.

—Lo siento, pero nada de eso servirá. El dinero no significa nada en este lugar. ¿No tienes nada más?

No tenía nada. En la muñeca izquierda llevaba un reloj de pulsera barato, pero el tiempo tampoco significaba nada en ese lugar.

—Si dispusiera de un papel, podría pintarle un retrato. Eso es lo único que tengo: algo de talento para la pintura.

El hombre sin rostro se rio o al menos esa impresión tuve. Desde las profundidades del vacío oí algo parecido a un eco alegre.

—¡No tengo cara! ¿Cómo vas a pintar el retrato de un hombre sin rostro? ¿Cómo vas a pintar la nada?

—Soy un profesional —protesté—. Puedo pintar un retrato, aunque no haya una cara.

No confiaba en absoluto en poder hacerlo, pero al menos podía intentarlo.

—Me interesaría mucho ver ese retrato —dijo él—. Pero por desgracia aquí no hay papel.

Miré al suelo. Quizá podría trazar unos cuantos rasgos con un palo en el suelo, pero bajo mis pies solo había roca dura. Sacudí la cabeza.

—¿De verdad eso es todo lo que tienes?

Rebusqué de nuevo en los bolsillos. En los de la chaqueta de cuero no había nada. Estaban vacíos, pero en uno de los bolsillos de los pantalones sí encontré una última cosa. La figurita del pingüino de plástico con una cinta fina. Menshiki la había encontrado en el fondo del agujero y me la había dado. Seguro que Marie la había colgado del móvil a modo de amuleto. No sabía cómo había acabado aquello en el fondo del agujero.

—Enséñame eso que tienes en las manos —dijo el hombre sin rostro.

Abrí la mano y le mostré la figura del pingüino.

La miró fijamente con sus no-ojos.

—Eso está bien —dijo—. Esa será mi recompensa.

No sabía si dárselo o no. Al fin y al cabo era el preciado amuleto de Marie, no me pertenecía. ¿Podía dárselo a alguien sin su permiso? ¿No le ocurriría algo malo si lo hacía?

No tenía elección. Si no se lo daba, no podría cruzar, y si no lo hacía, tal vez nunca llegaría a saber dónde estaba Marie. En ese caso, la muerte del comendador habría sido en vano.

—Se lo daré por ayudarme a cruzar el río —dije—. Ahora lléveme al otro lado, por favor.

El hombre sin rostro asintió.

—Quizá pintes mi retrato en algún momento. Cuando lo hagas, te devolveré el pingüino.

Se subió a una barca amarrada en el extremo del embarcadero. Era de fondo plano y rectangular. Más que una barca parecía una caja de bombones. Estaba hecha de resistente madera gruesa y era alargada. Mediría unos dos metros. No me pareció apta para transportar a mucha gente a la vez. En mitad de la barca había un grueso palo vertical rematado con una anilla de hierro de unos diez centímetros. Por allí pasaba un cabo grueso. Estaba tenso y se extendía de una orilla a la otra. Debía de servir para evitar que la barca fuera arrastrada por la corriente, y daba la impresión de haber sido utilizado para ese fin desde hacía mucho tiempo. No tenía otro medio de propulsión ni nada que se le pareciese. Tampoco remos. Aquello solo era una caja de madera que flotaba en el agua.

Subí detrás de él y me senté en el suelo. El hombre sin rostro se apoyó contra el palo, con su no-boca y sus no-ojos cerrados como si esperase algo. No dije nada. Estuvo unos minutos en silencio y luego la barca empezó a desplazarse. No entendía qué tipo de fuerza movía la barca, pero, en cualquier caso, avanzábamos despacio y en silencio hacia la otra orilla. No oía el ruido de ningún motor ni de ningún tipo de maquinaria. Lo único que llegaba hasta mis oídos era el ruido del agua al golpear contra el casco. Avanzamos a la velocidad de una persona caminando. La corriente nos zarandeaba hacia los lados, pero el cabo impedía que el agua nos arrastrase corriente abajo. Sin duda, habría sido imposible cruzar el río de otro modo. A pesar de lo mucho que se movía la barca, el hombre sin rostro seguía apoyado tranquilamente contra el palo como si no ocurriese nada.

—Cuando lleguemos a la otra orilla, ¿sabré dónde está Marie Akikawa? —le pregunté cuando casi nos encontrábamos en mitad del río.

—Estoy aquí para cruzarte al otro lado —dijo él—. Mi trabajo consiste en ayudarte a que pases de la nada a la existencia. A partir de ahí, nada es responsabilidad mía.

Un poco más tarde se oyó un golpe y la barca se detuvo en el embarcadero de la otra orilla. A pesar de haber llegado, el hombre sin rostro no se movió. Parecía que necesitase confirmar algo. Después suspiró, bajó de la barca y saltó al embarcadero. Le seguí. Tanto el embarcadero como el mecanismo parecido a un cabrestante que allí había eran exactamente iguales que los de la otra orilla. De hecho, tuve la sensación de regresar al punto de partida, pero nada más poner el pie en tierra me di cuenta de que no era así. Estaba en la otra orilla, en efecto. El suelo ya no era de roca, sino de tierra.

—A partir de aquí —dijo el hombre sin rostro—, debes avanzar tú solo.

—¿Aunque no conozca el camino ni la dirección? —le pregunté yo.

—No te hace falta saberlo —contestó en voz baja al otro lado del vacío lechoso de su rostro—. Has bebido el agua del río, ¿verdad? Pues solo tendrás que moverte y las correlaciones ya irán apareciendo. Este lugar funciona así.

Nada más decir aquello, se arregló el sombrero negro de ala ancha y me dio la espalda para regresar a la barca. Se subió, y la barca empezó a desplazarse de igual modo a como había venido, como si fuera un ser vivo bien domado. Y así fue como la barca y el hombre sin rostro desaparecieron entre la bruma.

Dejé el embarcadero y caminé río abajo. Pensé que sería mejor no alejarme de la orilla. Así, al menos, podría beber si de repente sentía sed. En cuanto me alejé unos metros, me di media vuelta y el embarcadero había desaparecido entre la bruma como si jamás hubiera estado allí.

A medida que avanzaba el cauce se ensanchaba y la corriente se volvía mansa. Ya no se veían saltos ni rápidos y apenas se oía el rumor del agua. En lugar de tomarse tantas molestias para que la gente cruzara en una zona de fuerte corriente, habría sido mucho mejor construir el embarcadero en un lugar tranquilo como aquel. A pesar de la distancia, cruzar el río por allí habría resultado mucho más conveniente, pero supuse que en ese mundo debían de regir principios y modos de pensar distintos a los que yo conocía. O quizás esa aparente mansedumbre ocultaba peligros insondables.

Metí la mano en el bolsillo del pantalón. Ya no tenía la figura del pingüino. Estaba inquieto por la pérdida (tal vez definitiva). Quizá me había equivocado al dárselo, pero qué otra opción tenía. Deseé con todas mis fuerzas que Marie estuviese sana y salva incluso lejos de su amuleto. Pero aparte de desearlo, no podía hacer nada más en ese momento.

Avancé con cuidado con la linterna apagada en la mano. No había mucha claridad, pero sí la suficiente para no tener que encenderla. Veía bien dónde pisaba y unos cinco o seis metros por delante. El río a mi izquierda fluía con calma. De vez en cuando alcanzaba a ver la otra orilla.

A medida que avanzaba se iba abriendo ante mí algo parecido a un camino. No estaba bien definido, pero se notaba claramente que cumplía esa función. Había vagos indicios de que por allí había pasado antes gente. El camino se apartaba poco a poco del río y eso me hizo detenerme y dudar. ¿Debía continuar río abajo sin alejarme de la orilla o debía tomar el camino?

Después de pensar un rato me decidí por el camino. Debía de llevar a alguna parte. El barquero me había dicho que solo tenía que moverme y las correlaciones ya irían apareciendo. Tal vez el camino fuera una de esas correlaciones. Decidí hacer caso de su sugerencia o lo que hubiera sido aquello.

A medida que me alejaba del río, el camino empezaba a ascender. En un momento determinado dejé de oír el ruido del agua. Caminé por una cuesta casi recta con paso regular. La bruma se había disipado, pero la luz aún era tenue, ligera, monótona. No alcanzaba a ver mucho más allá de donde estaba. Avancé bajo esa luz respirando acompasadamente y cuidándome de dónde ponía los pies.

¿Cuánto tiempo había caminado? Había perdido la noción del tiempo y también de la orientación, quizá porque no podía dejar de pensar. Les daba vueltas a muchas cosas, pero sin concentrarme en ninguna en realidad. Saltaba de un tema a otro, y cuando intentaba concentrarme en algo concreto, enseguida me distraía con algo nuevo. Ese nuevo pensamiento engullía por completo al anterior, como el pez grande se come al pez chico. Todos acababan dispersándose, y al final ni siquiera sabía en qué estaba pensando o en qué iba a pensar a continuación.

Estaba tan distraído que casi choqué de frente con aquello, pero tropecé por casualidad, y al levantar la vista del suelo noté enseguida cómo cambiaba el aire a mi alrededor. Frente a mí se aproximaba una masa gigante, negra. Contuve la respiración. No sabía qué hacer. Me preguntaba qué podía ser aquello y tardé un rato en comprender que en realidad se trataba de un bosque. De pronto aparecía un bosque gigantesco en un lugar donde no había siquiera una brizna de hierba, una hoja, un árbol. Era natural que me sorprendiese.

Se trataba de un bosque, sin ninguna duda. Los árboles parecían enredarse entre sí, crecían frondosos sin apenas dejar hueco para la luz. El interior estaba oscuro. Quizá sería más apropiado decir que se trataba de un mar de árboles. Me quedé de pie atento a cualquier ruido, pero no oí nada, ni el más mínimo ruido, ni canto de pájaros ni ramas entrechocando movidas por el viento. Nada. El silencio era absoluto.

Aquel lugar despertó en mí un miedo cerval. Los árboles habían crecido tanto que a sus pies la oscuridad era profunda. No tenía forma de calcular su extensión, de saber adónde me llevaría ese camino. Tal vez se ramificaba en muchos otros hasta formar un laberinto, y en caso de perderme, salir de allí resultaría imposible. Sin embargo, no me quedaba más remedio que hacerlo. El bosque se tragaba el camino como un túnel se traga la vía del tren. No podía dar marcha atrás y regresar junto al río. Tampoco tenía la seguridad de que, en caso de volver, todavía siguiese existiendo. En cualquier caso, había tomado la decisión de avanzar. Pasara lo que pasase, no me quedaba más remedio que seguir adelante.

Me decidí y me adentré en él. Me veía incapaz de determinar si era por la mañana, al mediodía o por la tarde. Lo único que sabía era que en aquella tenue oscuridad no se producía la más mínima variación por mucho tiempo que pasase. Quizás en ese mundo no existía el tiempo y esa gradación de la luz era constante.

Como había imaginado, el interior del bosque estaba a oscuras. Las ramas superpuestas se cerraban por encima de mi cabeza como un techo. No encendí la linterna. Poco a poco me acostumbré a la oscuridad. Mal que bien veía por dónde pisaba. No quería malgastar la batería. Intenté concentrarme, no pensar en nada, avanzar por el camino. Tenía la impresión de que si me ponía a pensar en algo, me distraería y acabaría llegando a un lugar aún más oscuro. El camino ascendía suavemente y mientras caminaba solo oía el sonido de mis pasos, un sonido apagado, furtivo. Ojalá no volviera a tener sed, pensé. Debía de encontrarme muy lejos del río y ya no podía regresar solo para beber.

No sabía cuánto tiempo llevaba andando. El bosque parecía no tener fin, y por mucho que caminase, el paisaje apenas cambiaba. Tampoco la intensidad de la luz. Solo oía el sonido de mis pasos. No olía a nada. Los árboles se apretaban hasta formar muros vegetales a ambos lados del camino y, al margen de esa muralla, no se veía nada. ¿No había seres vivos? Supuse que no. Hasta donde alcanzaba a ver, no veía ni un pájaro ni un insignificante insecto.

A pesar de todo, tenía la impresión de que algo me observaba, cientos de ojos ocultos en las aberturas entre los árboles. Sentía aquellos ojos clavados en mí como si fueran rayos de sol proyectados a través de una lupa. Observaban mis movimientos. Yo solo era un intruso que había entrado en su territorio. Sin embargo, no había visto ni uno solo de esos ojos. Tal vez solo era una ilusión. El miedo y el recelo me hacían ver fantasmas en las sombras.

Marie Akikawa me había confesado que sentía la mirada de Menshiki a través de los prismáticos desde el otro lado del valle. Sabía que alguien la espiaba y no se equivocaba. No eran imaginaciones suyas.

Me obligué a pensar que todos esos ojos dirigidos hacia mí eran producto de mi imaginación. Allí no había nada. Tan solo ilusiones producto del miedo. Debía cruzar ese bosque gigantesco (a pesar de que no sabía hasta dónde se extendía), y debía hacerlo con la cabeza lo más lúcida posible.

Por fortuna, el camino no se bifurcaba. Al menos no me vería obligado a decidir qué dirección tomar, y tampoco me perdería en un laberinto ni me quedaría atrapado entre las ramas de pinchos afilados. Me bastaba con seguir adelante a través del sendero.

¿Cuánto tiempo llevaba caminando? Supuse que bastante (aunque allí el tiempo no tenía ningún sentido). Sin embargo, no notaba el cansancio, estaba demasiado tenso y exaltado para notarlo. Cuando empecé a sentir las piernas pesadas, me pareció ver delante de mí una pequeña luz a lo lejos. Era apenas un punto amarillo, como una luciérnaga, pero no se movía ni parpadeaba. Parecía una luz artificial fija en un punto determinado. A cada paso, la luz se hacía más grande, más luminosa. Estaba seguro. Me acercaba a algo.

No tenía forma de saber si aquello era bueno o malo, si iba a servirme de ayuda o a perjudicarme. Sin embargo, no tenía elección. Bueno o malo, debía verlo con mis propios ojos. Si no, ¿qué sentido tenía haberme aventurado en un lugar así? Avancé paso a paso hacia la luz.

De pronto, llegué al final del bosque. Las paredes de árboles desaparecieron, y cuando quise darme cuenta, estaba en un lugar abierto, despejado como una plaza. Había salido del bosque. El suelo era plano y tenía forma de media luna. En ese momento por fin pude ver de nuevo el cielo por encima de mi cabeza. Volvía a estar rodeado de una luz clara como la del atardecer. Un poco más adelante se alzaba un abrupto acantilado y, justo allí, estaba la boca de una cueva. La luz amarilla que llevaba siguiendo desde hacía un rato salía del interior de la cueva.

A mis espaldas tenía un frondoso mar de árboles y enfrente un precipicio (imposible de escalar) y la entrada de una cueva. Miré hacia el cielo, miré a mi alrededor. Ya no había nada parecido a un camino. No tenía más opción que entrar en la cueva. Antes de hacerlo inspiré y expiré varias veces, traté de despejar en la medida de lo posible mi cabeza. Las correlaciones iban apareciendo a medida que yo avanzaba, tal como me había advertido el hombre sin rostro. Me deslizaba entre la nada y el todo. Debía creerle, abandonarme a la suerte. Entré cautelosamente en la cueva y enseguida me percaté de algo. Ya había estado allí antes. Sus formas me resultaban familiares, también el aire que se respiraba en su interior. La memoria no tardó en revivir. Era la misma cueva del monte Fuji donde había estado con mi hermana pequeña cuando aún éramos unos niños, el lugar adonde nos llevó nuestro tío durante las vacaciones de verano. Komichi se había metido en una estrecha abertura lateral y había tardado mucho tiempo en salir de allí. Recuerdo la inquietud que sentí al pensar que se había perdido. Llegué incluso a imaginar que había sido absorbida para siempre por aquel laberinto subterráneo.

«Para siempre es demasiado tiempo», había dicho el hombre sin rostro.

Avancé despacio hacia el lugar de donde venía la luz amarilla. Traté de no hacer ruido al caminar, de aplacar los acelerados latidos de mi corazón. Cuando doblé una esquina formada por la pared de roca, alcancé a ver el origen de la luz. Era un viejo candil de hierro forjado como los que usaban antiguamente los mineros. En su interior había una vela grande encendida. Estaba colgado de un clavo bien hundido en la piedra.

La palabra «candil» me resultaba familiar. Tenía relación con «Candela», el nombre de aquella organización clandestina formada por estudiantes vieneses y opuesta a los nazis de la que supuestamente había formado parte Tomohiko Amada. Cada vez se iban conectando más y más cosas.

Bajo el candil había una mujer de pie. Al principio no me había dado cuenta de su presencia porque era muy pequeña. Apenas medía sesenta centímetros. Tenía el pelo negro recogido en un moño y llevaba un vestido blanco antiguo. Era una prenda elegante. También ella había salido de *La muerte del comendador*. Era la mujer joven que contemplaba la escena del asesinato con expresión horrorizada y se tapaba la boca con la mano. En la ópera de Mozart, habría sido doña Anna, la hija del comendador asesinado a manos de don Giovanni.

Su sombra negra se proyectaba aumentada contra la pared de piedra a sus espaldas y se movía bajo la luz del candil.

—Le estaba esperando —me dijo aquella doña Anna en miniatura.

—Le estaba esperando —repitió doña Anna.

De su pequeño cuerpo nacía una voz clara y ligera.

Para entonces ya había perdido mi capacidad de asombro. Incluso el hecho de que me esperase allí me parecía responder a un discurrir lógico de los acontecimientos. Era una mujer bella, dotada de una elegancia natural y una voz rotunda. A pesar de sus escasos sesenta centímetros de altura, algo en ella era capaz de agitar el corazón de un hombre.

—Yo seré la encargada de guiarle a partir de aquí —anunció—. ¿Podría alcanzar usted ese candil?

Descolgué el candil del clavo de la pared. No sabía quién podía haberlo colocado allí, pero para ella era inaccesible. En la parte de arriba tenía una anilla de hierro que servía para colgarlo y para llevarlo en la mano.

—¿Me estaba esperando? —pregunté.

—Sí, le espero desde hace mucho tiempo.

¿Era ella también una especie de metáfora? Dudé a la hora de hacerle una pregunta tan directa.

—¿Vive usted en esta tierra?

—¿En esta tierra? —repitió ella mi pregunta con un gesto de extrañeza—. No. Tan solo le esperaba, pero no entiendo bien a qué se refiere con esta tierra.

Me resigné a hacerle más preguntas. Era doña Anna y me esperaba a mí.

Su ropa blanca se parecía a la del comendador. Me dio la impresión de que era de seda. Llevaba varias capas y, por debajo, una especie de pantalones anchos. No se apreciaba su silueta, pero daba la impresión de que estaba delgada. Llevaba unos pequeños zapatos de piel de color negro.

—¡Venga, vámonos! —me urgió—. No disponemos de mucho tiempo. El camino se estrecha cada vez más. Sígame con el candil, por favor.

Estiré el brazo para iluminarla y caminé detrás de ella. Doña Anna se dirigió a paso ligero hacia el interior de la cueva. Parecía conocer el lugar. A cada paso la llama del candil se mecía y las sombras proyectadas en las paredes bailaban como si fueran mosaicos vivientes.

—Este lugar se parece a una cueva del monte Fuji que visité hace mucho tiempo —dije—. ¿Es ahí donde estamos?

—Todo lo que hay aquí se parece a otra cosa —dijo doña Anna sin darse la vuelta, como si le hablase a alguien delante de ella en la oscuridad.

—¿Quiere decir que no es verdadero?

—En realidad, nadie puede decir qué es verdadero y qué no lo es. Todo lo que ven nuestros ojos es producto de una conexión. La luz que hay aquí es una metáfora de la sombra, y la sombra es una metáfora de la luz. Imagino que ya lo sabrá.

No estaba seguro de entender exactamente qué quería decir, pero decidí no hacerle más preguntas. De lo contrario, terminaríamos enredados en una discusión filosófica y simbólica.

Cuanto más avanzábamos, más se estrechaba la cueva. El techo era cada vez más bajo y me obligaba a caminar agachado, como me pasó en la cueva del monte Fuji. Al cabo de un rato, doña Anna se detuvo. Se dio media vuelta y me miró con sus ojos pequeños y negros.

—Solo puedo guiarle hasta aquí —dijo—. A partir de este punto debe ir usted primero. Yo le seguiré hasta la mitad del camino y desde allí deberá continuar solo.

¿A partir de ese punto? No entendía a qué se refería, pues mirara a donde mirase daba la impresión de que la cueva terminaba allí. Delante de mí solo había una pared de piedra oscura. Iluminé a mi alrededor con la luz del candil. En efecto, parecía el final de la cueva.

—A mí me parece que a partir de aquí no se puede ir a ninguna parte —observé.

—Fíjese bien. A su izquierda debería haber una entrada lateral.

Iluminé hacia donde decía y, al mirar detenidamente, me di cuenta de que, en efecto, había una abertura tras una sombra escondida detrás de una gran piedra. Me acerqué para inspeccionarla en detalle. Parecía la entrada de algo, cierto. Me recordaba al agujero por donde se deslizó mi hermana en la cueva del monte Fuji, con la única diferencia de que ese era un poco más grande. Recordaba que el agujero por donde se metió Komi era mucho más estrecho.

Me volví hacia doña Anna.

—Debe entrar ahí —me dijo la bella mujer de sesenta centímetros de altura.

340

La miré a la cara sin saber qué decir. Su sombra alargada proyectada por la luz amarilla del candil se movió.

—Sé que teme los lugares estrechos y oscuros —dijo—. Le ocurre desde hace mucho tiempo e incluso sé que cuando está en uno de esos lugares le cuesta respirar. ¿Me equivoco? No obstante, debe entrar ahí. Si no lo hace, no conseguirá lo que pretende.

—¿Adónde lleva este agujero?

—No lo sé. El destino está en sus manos. Depende de su voluntad.

—Pero además de mi voluntad también existe el miedo —protesté—. Eso es lo que me preocupa. El miedo puede llegar a torcer las cosas, llevarme por una dirección equivocada.

—Repito, quien decide el camino es usted. En realidad, ya ha decidido qué camino tomar. Ha entrado en este mundo a costa de un gran sacrificio, ha cruzado el río y ya no está en disposición de volver atrás.

Miré de nuevo la abertura en la roca. Solo pensar que debía meterme en un lugar tan estrecho y oscuro me paralizaba, y, a pesar de todo, eso era lo que debía hacer. Como decía doña Anna, ya no podía dar marcha atrás. Dejé el candil en el suelo y saqué la linterna del bolsillo. No podía entrar en un lugar como ese con el candil.

—Confíe en sí mismo —me susurró doña Anna—. Ha bebido agua del río, ¿verdad?

—Sí, no podía soportar la sed.

—Eso está bien. Es un río que fluye entre la nada y el todo. Una buena metáfora consigue que aparezcan las posibilidades latentes que hay en todas las cosas. Es lo mismo que sucede con un buen poeta cuando crea escenas nuevas, distintas, en un paisaje conocido. Una buena metáfora puede convertirse en un buen poema, ni que decir tiene. Debe intentar no apartar sus ojos de ese nuevo paisaje.

La muerte del comendador de Tomohiko Amada, pensé. Tal vez era ese el paisaje renovado. Quizás el cuadro se había convertido en una metáfora y había creado una nueva realidad, una realidad distinta en un mundo ya existente. Lo mismo que haría un poeta con sus palabras.

Encendí la linterna para comprobar que funcionaba correctamente. Iluminaba sin problemas y la batería parecía bien cargada. Me quité la chaqueta de cuero y la dejé allí. No podía entrar en un lugar tan estrecho con una prenda tan rígida que me impidiera moverme con libertad. Me quedé solo con un jersey fino y unos vaqueros azules. Dentro de aquel lugar no hacía ni frío ni calor.

Al fin me decidí. Me agaché y, casi a gatas, metí el tronco a través de la abertura. A pesar de ser roca, su superficie era suave, estaba pulida, como si por allí hubiera pasado el agua durante mucho tiempo. Apenas había aristas y gracias a eso no me resultó difícil avanzar a pesar de lo estrecho que era. Sin embargo, al tocarla con las manos noté enseguida frío y una ligera humedad. Alumbré con la linterna y avancé como un reptil. Supuse que el agujero había sido en algún momento una especie de canal por donde fluía el agua. Tendría una altura de entre sesenta o setenta centímetros y menos de un metro de ancho. Solo permitía avanzar a rastras. En determinados lugares se estrechaba y en otros se ensanchaba, pero esa especie de tubo parecía continuar sin fin. O al menos tenía esa sensación. De vez en cuando giraba hacia un lado, subía, bajaba. Por suerte, no había escalones ni obstáculos. Pensé que si había pasado agua por allí en algún momento, cabía la posibilidad de que se inundase de repente. No fue nada más que una ocurrencia, pero la idea de morir ahogado en ese lugar me paralizó.

Intenté regresar, pero era prácticamente imposible darse la vuelta en un lugar tan angosto. El camino se había estrechado cada vez más casi sin que me diera cuenta y tampoco podía retroceder. El miedo me atenazó. Me quedé literalmente clavado en el sitio. No podía ir hacia delante ni hacia atrás. Todas y cada una de las células de mi cuerpo pedían aire fresco, como si jadeasen. Estaba solo, me sentía impotente, abandonado.

—No se pare —oí que susurraba doña Anna—. Debe continuar.

No sabía si era una ilusión o si de verdad estaba cerca de mí.

—Mi cuerpo no responde —acerté a decir a duras penas—. No puedo respirar.

—Debe controlar su corazón. No permita que se desboque. Si no, será víctima de la doble metáfora.

—¿Y qué diablos es eso de la doble metáfora? —pregunté.

—Debería saberlo ya.

—¿Saberlo? ¿Yo?

—Es algo que está en su interior y poco a poco se apodera de sus pensamientos, lo devora todo y se hace cada vez más grande. Eso es la doble metáfora. Eso es lo que habita desde hace mucho tiempo en las oscuras profundidades de su interior.

El hombre del Subaru Forester blanco. Lo supe instintivamente. No quería que fuera así, pero no le veía otra explicación. Tal vez era ese hombre el que me había guiado y me había obligado a agarrar por el cuello a aquella chica y fue así como me asomé al oscuro abismo de mi corazón. Se presentaba ante mí en cualquier sitio para recordarme la existencia de esa oscuridad. Tal vez esa era la pura verdad.

«Sé perfectamente dónde estabas y lo que estabas haciendo.» Esas palabras repetidas una y otra vez eran su forma de avisarme. Lo sabía todo de mí porque existía en mi interior.

Mi corazón se hallaba en una encrucijada. Cerré los ojos y traté de orientarlo hacia algún lugar concreto. Apreté los dientes. ¿Cómo podía orientar mi corazón hacia algún lugar concreto? Más bien: ¿dónde estaba mi corazón en ese momento? Busqué dentro de mí centímetro a centímetro y no lo encontré en ninguna parte. ¿Dónde demonios estaba mi corazón?

—Está en tu memoria y se alimenta de imágenes para vivir —oí que decía una voz de mujer que ya no era la de doña Anna.

Era la de Komi. Era la voz de mi hermana pequeña, que había muerto con doce años.

—Busca en tu memoria —dijo aquella voz añorada—. Busca algo concreto, algo que puedas tocar con las manos.

—¿Komi? —dije.

No hubo respuesta.

—¿Dónde estás, Komi?

Tampoco hubo respuesta en esa ocasión.

Rebusqué en las tinieblas de mi memoria como si buscase a tientas en el interior de un viejo bolso, pero mi memoria parecía haberse convertido en vacío y ni siquiera recordaba cómo era.

—Apaga la luz y presta atención al silbido del viento —dijo ella.

Contuve el aliento y me concentré para hacer lo que me decía. Escuché el ligero silbido del viento superponiéndose a los latidos de mi corazón. Variaba de grave a agudo. En algún lugar lejano soplaba el viento. No tardé en notar una ligera brisa en la cara. Me llegaba por delante y transportaba un olor. Un olor a tierra mojada, no cabía duda. Era la primera vez que notaba el olor de algo desde que había entrado en la tierra de las metáforas. Ese agujero donde me encontraba estaba conectado con algún lugar donde existía el olor, es decir, con el mundo real.

—¡Vamos, siga adelante! —oí que decía doña Anna en esa ocasión—. No le queda mucho tiempo.

Me arrastré en la oscuridad sin encender la linterna y me esforcé por llenar mis pulmones con el aire fresco que llegaba de alguna parte.

—¡Komi! —grité.

De nuevo, no hubo respuesta. Rebusqué, desesperado, una vez más en el bolso desordenado de mi memoria. Komi y yo habíamos tenido un gato. Era un gato negro muy inteligente que se llamaba *Koyasu* (no recordaba por qué le pusimos ese nombre). Me lo encontré un día a la vuelta del colegio cuando aún era una cría y me lo llevé a casa. Y, de pronto, un buen día desapareció. Lo buscamos durante días y días por todas partes. Recorrimos el vecindario de arriba abajo, le enseñamos su foto a mucha gente y, a pesar de todos nuestros esfuerzos, no lo encontramos. Me arrastraba por el estrecho agujero mientras me acordaba de nuestro gato negro. Sentía como si avanzase por allí a duras penas junto a mi hermana buscándolo. Me esforcé por pensar que era eso lo que estaba haciendo, por verle a pesar de la oscuridad que me rodeaba. Agucé el oído para tratar de oír sus maullidos. El gato negro que habíamos tenido de niños era algo muy concreto, algo que podía tocar con mis manos. Recordaba claramente el tacto de su pelo, la calidez de su cuerpo, la dureza de sus almohadillas, sus ronroneos.

—Sí —dijo Komi—. Eso está bien. Sigue así.

«Sé perfectamente dónde estabas y lo que estabas haciendo», oí decir de pronto al hombre del Subaru Forester blanco. Le vi con su chaqueta de cuero negro y su gorra de golf de la marca Yonex. Su voz sonaba ronca por culpa del aire del mar y eso me acobardó.

Me esforcé por pensar solo en nuestro gato negro, por atrapar en mis pulmones el aire con olor a tierra mojada. Era un olor familiar. Lo había olido en algún sitio hacía poco, pero no sabía dónde. ¿Dónde había sido? Me esforzaba inútilmente por recordarlo y noté cómo la memoria volvía a flaquear.

«Ahógame con esto», me había dicho aquella chica con un gesto furtivo y su lengua asomando entre los labios. Bajo la almohada tenía el cinturón de un albornoz. Su pubis negro estaba completamente mojado, como la hierba donde acababa de caer un chaparrón.

—Intenta pensar en algo que añoras en lo más profundo de tu ser —dijo Komi con una voz apremiante—. ¡Vamos, rápido, date prisa!

Traté de concentrarme una vez más en el gato negro, pero no recordaba bien su aspecto, no podía traerlo de vuelta a mi mente. Quizá por culpa de pensar en otras cosas, su imagen había sido borrada por las sombras. Debía encontrar otra cosa en la que pensar sin perder un minuto. Tenía la desagradable sensación de que el agujero se estrechaba cada vez más. Tal vez tenía vida propia. Tal vez se movía. Doña Anna me había dicho que el tiempo apremiaba. Noté un sudor frío debajo de las axilas.

—¡Vamos, recuerda algo! —insistió la voz de Komi—. Algo que puedas sentir con las manos, algo que podrías dibujar enseguida.

Me acordé del Peugeot 205. Como un náufrago a punto de ahogarse que echa mano de una providencial boya, la imagen de aquel viejo coche francés que había conducido por la región de Tohoku y por la isla de Hokkaido apareció en mi mente. Me dio la impresión de que el viaje había sido hacía mucho tiempo; pero aún tenía bien grabado en mis oídos el tosco rugido de su motor de cuatro cilindros. Tampoco me había olvidado de esa sensación de la marcha a punto de rascar al cambiar de segunda a tercera. Durante un mes y medio había sido mi compañero, mi único amigo, aunque en ese momento a buen seguro ya lo habían convertido en chatarra.

A pesar de todos mis esfuerzos, el agujero parecía estrecharse cada vez más. Me arrastraba y mi cabeza chocaba con el techo. Intenté encender la linterna.

—No la encienda —me advirtió doña Anna.

—No veo nada —me quejé.

—No puede mirar adelante. No debe usar la vista.

—El agujero se estrecha cada vez más. Si sigo avanzando me quedaré aquí encajado.

No hubo respuesta.

—No puedo seguir —dije—. ¿Qué puedo hacer?

Silencio.

No oí la voz de doña Anna ni la de Komi. Habían desaparecido. En ese momento solo había un profundo silencio.

El agujero se iba estrechando cada vez más hasta el punto de que me resultaba casi imposible arrastrarme. Tuve un ataque de pánico. Mis piernas y mis brazos dejaron de responder. Cada vez me costaba más respirar. «Estás encerrado en un pequeño ataúd», me susurró una voz al oído. «Vas a quedarte aquí para siempre. Abandonado en este lugar pequeño y oscuro adonde no llega nadie. Sin poder avanzar ni dar marcha atrás.»

En ese instante tuve la sensación de que algo se me acercaba por la espalda. Algo plano que se arrastraba en la oscuridad. No era doña Anna ni tampoco Komi. No era humano. Oía sus movimientos, su respiración irregular. Se detuvo justo detrás de mí y durante unos minutos hubo silencio. Parecía contener el aliento, analizar la situación. Al cabo de un rato, algo frío y viscoso me rozó el tobillo. Parecía un tentáculo. Un terror imposible de describir con palabras me subió por el espinazo.

¿Era eso una doble metáfora? ¿Era algo que habitaba en la oscuridad de mi interior?

«Sé perfectamente dónde estabas y lo que estabas haciendo.» Era incapaz de recordar nada. El gato negro, el Peugeot 205, el comendador, todo había desaparecido. Una vez más, mi memoria se había quedado completamente en blanco.

Me esforcé por avanzar sin pensar en nada más que en escapar de esos tentáculos. El agujero se estrechaba tanto que apenas me permitía moverme. Era evidente que intentaba pasar por un lugar en el que no cabía, resultaba imposible. En realidad no hacía falta pensar. Aquello iba claramente contra toda lógica. Era físicamente imposible.

Y a pesar de todo continué. Como había dicho doña Anna, había elegido un camino y no tenía otra opción. El comendador había muerto a causa de ello. Yo mismo le había apuñalado con mis propias manos, su pequeño cuerpo había acabado bañado de sangre. No podía permitir que su muerte fuese en vano, que unos fríos tentáculos terminasen por atraparme.

Reuní todas mis fuerzas para seguir arrastrándome. El jersey se me enganchaba por todas partes y se iba deshaciendo poco a poco. Relajé los músculos y avancé a duras penas como buenamente podía, como un escapista zafándose de sus ataduras. Avanzaba despacio como una oruga. La presión que soportaba en aquel lugar era insufrible. Todos mis huesos y mis músculos parecían gritar con un terrible lamento mientras los fríos tentáculos de ese extraño ser ya alcanzaban mis pantorrillas. Antes o después terminaría por apoderarse de mi cuerpo, inmovilizarlo en la profunda oscuridad, y, a partir de ese momento, dejaría de ser yo.

Abandoné toda lógica y me esforcé por deslizarme a través de ese espacio demasiado estrecho. Sentía un dolor intenso, pero tenía que seguir adelante como fuera, aunque para lograrlo se me dislocaran todas las articulaciones y tuviera que soportar lo insoportable. Al fin y al cabo, todo cuanto existía en ese lugar era producto de la relatividad. No existía nada absoluto. El dolor era la metáfora de otra cosa, y los tentáculos también. Todo era relativo. La luz era la sombra y la sombra la luz. Tenía que pensar de esa manera, creérmelo. ¿Qué otra cosa podía hacer?

De repente llegué al final del estrecho conducto. Mi cuerpo fue expulsado al vacío, como un pegote de hierba atascado en una tubería que sale empujado por la presión del agua. Sin margen para pensar qué ocurría, mi cuerpo cayó indefenso desde una altura de unos dos metros. Por suerte, el lugar donde aterricé no era roca dura, sino tierra relativamente blanda. Me protegí para evitar que la cabeza golpease con el suelo. Fue un reflejo, casi un *ukemi* de judo, una de esas formas seguras de caer y no lastimarse. Me golpeé con fuerza en el hombro y en los riñones, pero apenas sentí dolor.

A mi alrededor solo había oscuridad. No encontraba la linterna. Se me debía de haber caído de las manos. Me puse a gatas. No veía nada. Era incapaz de pensar en nada. En ese momento solo notaba un dolor en el cuerpo cada vez más evidente. Como si todos los huesos y los músculos que tanto esfuerzo habían hecho por atravesar el agujero se quejasen al unísono.

Había salido de ese lugar de milagro. Me daba cuenta de ello y aún notaba en los tobillos el tacto de aquellos horribles tentáculos. Fuera lo que fuese en realidad, agradecí en lo más profundo de mi corazón haber escapado de esa cosa.

¿Y ahora? ¿Dónde estaba?

No notaba la corriente de aire, pero sí el olor. El

aroma en el interior de aquel lugar me envolvía ahora por completo, pero no lograba identificarlo. Me hallaba en un lugar silencioso. De hecho, no oía nada.

Tenía que encontrar la linterna y tanteé el suelo ampliando poco a poco el perímetro de búsqueda. La tierra estaba ligeramente húmeda. Me inquietaba la posibilidad de tocar algo terrible en esa oscuridad, pero allí no había nada, ni siquiera una insignificante piedrecita, tan solo un suelo plano y liso, como si lo hubieran nivelado a propósito.

Encontré la linterna a un metro aproximadamente de donde había caído. Tenerla de nuevo conmigo me resultó reconfortante, casi algo digno de ser celebrado, como si hubiese logrado deshacer al fin un fuerte nudo después de mucho tiempo. También conseguí calmar mi respiración. Los latidos del corazón recuperaron su ritmo normal y volví a tener los músculos como antes. Inspiré y expiré despacio, profundamente. Encendí la linterna. La luz amarilla atravesó la oscuridad, pero no vi nada. Mis ojos se habían acostumbrado a la oscuridad y la luz me provocó un súbito dolor de cabeza.

Me tapé los ojos con la mano y fui entreabriéndolos despacio. Por entre las aberturas de los dedos observé a mi alrededor. Estaba en un espacio circular no demasiado grande, con paredes de piedra. Iluminé hacia arriba. Había un techo. No, en realidad, era algo parecido a una tapa. No entraba luz por ninguna parte.

Pronto tuve la intuición de que se trataba del agujero que había detrás del templete en el bosque. Me había introducido por una abertura lateral que había en la cueva donde estaba doña Anna, para acabar en el fondo de esa sala, un lugar real en el mundo real. No entendía cómo había sucedido, pero, en cualquier caso, las cosas volvían al punto de partida. ¿Por qué no entraba ni un rayo de luz? El agujero estaba tapado con gruesos tablones y entre ellos quedaban rendijas por donde debía colarse algo de luz. ¿A qué se debía entonces una oscuridad tan absoluta?

No sabía qué hacer. De todos modos, ya no me cabía duda de que estaba en el agujero detrás del templete. Era el olor de ese lugar. ¿Por qué no me había dado cuenta hasta entonces? Iluminé con la linterna. La escalera metálica que debía estar apoyada en la pared no estaba. Alguien debía de haberla sacado. Eso significaba que estaba encerrado y no tenía forma de salir.

Busqué por todas partes y, extrañamente, no encontré nada parecido a una entrada, pero yo había caído por algún sitio, como un bebé que hubiese nacido en el vacío. Nada. No encontré nada. El conducto me había expulsado fuera de sí para cerrarse después y desaparecer.

Al cabo de un rato, la luz de la linterna dio con algo que se encontraba en el suelo. Era algo que me resultaba familiar. Se trataba de la vieja campanilla del comendador. Su sonido a medianoche me había llevado a descubrir ese lugar. El tintineo había sido el principio de todo. Recordaba haberla dejado en la estantería del estudio, pero en algún momento había desaparecido de allí. La alcancé con la mano y la observé detenidamente bajo la luz de la linterna. El mango era de madera. Estaba seguro. Era la misma campanilla.

Sin entender lo que ocurría, la contemplé durante un buen rato. ¿Quién la había llevado hasta allí? Tal vez había vuelto por sus propios medios. El comendador solía decir que la campanilla pertenecía a ese lugar. ¿Qué significaba que pertenecía a ese lugar? Estaba demasiado cansado para descifrar el profundo significado de todo aquello. No tenía al alcance ningún pilar lógico donde apoyarme.

Me senté en el suelo, apoyé la espalda en la pared y apagué la linterna. Debía pensar qué hacer, cómo salir de allí. La luz no me hacía ninguna falta para pensar. Debía ahorrar batería. Ahora bien, ¿qué podía hacer?

56

Al parecer, hay algunas lagunas que deberíamos rellenar

Había muchas cosas que no podía entender, pero lo que más sufrimiento me provocaba era no saber por qué no entraba ni un rayo de luz. Me dio por pensar que alguien había sellado por completo la abertura. Pero ¿quién y para qué iba a hacer algo así?

Recé para que ese alguien (fuera quien fuese) no la hubiera cerrado del todo, para que no hubiera colocado un montón de pesadas piedras sobre los tablones para formar un nuevo túmulo como el que yo había encontrado en su momento. En ese caso, la posibilidad de salir de allí era cero. Se me ocurrió mirar la hora. Encendí la linterna y las agujas del reloj marcaban las cuatro y treinta y dos minutos. El segundero giraba correctamente. El tiempo parecía transcurrir como siempre. Al menos aún existían las horas, el tiempo fluía de forma regular en una dirección fija.

¿Qué era el tiempo en realidad?, me pregunté a mí mismo. Medimos el transcurrir del tiempo con las agujas de los relojes en función de una pura convención y de la conveniencia. ¿De verdad es eso el tiempo? ¿Fluye el tiempo realmente en una dirección fija, de forma regular? ¿Acaso no cometemos un grave error al pensar de ese modo?

Apagué la linterna. Suspiré. La oscuridad absoluta volvió a envolverme. Decidí no pensar más en el concepto del tiempo y del espacio. Por muchas vueltas que le diese no iba a llegar a ninguna parte. Solo conseguiría agotarme psicológicamente. Debía pensar en algo más concreto, en algo que pudiera ver, que pudiera tocar. Por eso pensé en Yuzu. Sí, ella era algo que podía ver con mis propios ojos, tocar con las manos (en caso de tener la oportunidad, claro está). Estaba embarazada y en el mes de enero del año siguiente nacería su bebé, una criatura de un padre que no era yo. En algún lugar lejano, las cosas avanzaban implacables sin relación alguna conmigo. Una nueva vida estaba a punto de venir a este mundo y ese hecho no tenía nada que ver conmigo. En relación con eso, Yuzu no me exigía nada, pero ¿por qué no quería casarse con ese otro hombre? No entendía la razón. Si tenía intención de ser madre soltera, quizá se vería obligada a dejar su trabajo en el estudio de arquitectura. Era una empresa pequeña y seguramente no tendría margen para darle una baja por maternidad.

Por mucho que pensara al respecto, no lograba encontrar ninguna respuesta convincente. Tan solo comprendía que estaba allí sumergido en una oscuridad total y completamente perplejo. La oscuridad multiplicaba todavía más la impotencia que sentía.

En el caso de salir de ese agujero iría a verla. Tomé esa firme decisión. Tener un amante y desaparecer de pronto de mi vida me había herido profundamente. Estaba muy enfadado, aunque había tardado mucho tiempo en darme cuenta de que lo estaba. Sin embargo, no podía vivir albergando esos sentimientos para siempre. Debía ir a verla al menos una última vez y hablar con ella. Debía averiguar qué pensaba, qué quería y debía hacerlo antes de que fuera demasiado tarde... Decidí ir a verla y, tras tomar esa decisión, me sentí muy aliviado. Si quería ser mi amiga, podíamos intentarlo. Tal vez no fuera algo descabellado. Si lograba salir de allí y volver a pisar la tierra, encontraría buenas razones para ello.

Me quedé dormido. Había dejado la chaqueta de cuero en la cueva (¿qué iba a ser de ella?) y empezaba a tener frío. Tan solo llevaba un jersey fino hecho jirones y debajo una camiseta de manga corta. Con esa ligera ropa había regresado al mundo real desde el mundo de las metáforas. Dicho de otro modo, había vuelto a un lugar donde el tiempo y la temperatura eran reales, pero el agotamiento venció al frío y me quedé allí dormido con la espalda apoyada en la pared. No soñé nada. Fue un descanso solitario, como el que disfrutaban los tesoros españoles hundidos en el fondo del mar de Irlanda.

Me desperté y aún me envolvía la oscuridad más absoluta, de tal forma que, por mucho que me acercase la mano a la cara, no alcanzaba a verla. En esas condiciones era incapaz de determinar la frontera entre el sueño y la vigilia, el lado en que me encontraba, si es que me encontraba en uno de ellos. Saqué mi bolsa de la memoria y fui recuperando recuerdos uno a uno como si contase monedas de oro. Me acordé de nuestro gato negro, del Peugeot 205, de la mansión blanca de Menshiki, de *El caballero de la rosa* y de la figurita del pingüino. Lo recordé todo con claridad y eso me alegró. Las dobles metáforas aún no habían devorado mi corazón. Tan solo la oscuridad me impedía distinguir bien entre el sueño y la vigilia.

Encendí la linterna, atenué la luz con la mano y miré la esfera del reloj. La aguja marcaba la una y dieciocho minutos. La última vez que había mirado la hora marcaba las cuatro y treinta y dos. ¿Significaba eso que había dormido nueve horas seguidas en esa postura tan incómoda? Me parecía imposible. De ser así, el cuerpo me dolería mucho más. Quizás hubiera sucedido lo contrario, que la aguja había retrocedido tres horas. De todas maneras, no tenía forma de saber qué había pasado en realidad. Por el hecho de estar totalmente a oscuras, tal vez el tiempo perdía todo su sentido. No sabía qué había ocurrido, pero sí que hacía más frío. Tenía tantas ganas de hacer pis que casi no podía aguantarme. No me quedó más remedio que buscar un sitio y hacerlo allí mismo. Oriné mucho, y, a pesar de todo, la tierra lo absorbió todo. Noté un ligero olor a amoniaco que desapareció enseguida. Una vez resuelto ese asunto, sentí hambre. Mi cuerpo empezaba a adaptarse a la realidad. Los efectos del agua que había bebido en el río del mundo de las metáforas debían de estar remitiendo.

Tenía que salir de allí lo antes posible. Era una necesidad acuciante. Si no, no tardaría en morirme de hambre. Sin beber ni comer, nadie sobrevive mucho tiempo. Es un principio indiscutible en el mundo real, y allí no tenía ni agua ni comida. Tan solo aire (se colaba por alguna parte a pesar de estar completamente cerrado). El aire y el amor eran cosas muy importantes, pero no podía vivir solo con eso.

Me levanté e intenté trepar por la pared de piedra. Como había imaginado, fue un esfuerzo en vano. Era un plano vertical sin nada donde agarrarse, inaccesible para cualquiera pese a que apenas tenía tres metros de altura; y aunque lo hubiera logrado, el agujero estaba cerrado a cal y canto. Para levantar ese peso, necesitaba un punto firme donde apoyar los pies.

Me resigné. Volví a sentarme en el suelo. Solo me quedaba una última opción: hacer sonar la campanilla como había hecho el comendador. Sin embargo, entre él y yo había una gran diferencia. El comendador era una idea y yo una persona de carne y hueso. Una idea no sentía hambre, pero yo sí. Una idea no moriría de inanición, pero a mí podía sucederme con relativa facilidad. El comendador podía sacudir la campanilla durante cien años sin cansarse (no tenía el concepto de tiempo), pero sin agua y sin comida yo apenas lo lograría durante tres o cuatro días. Después ni siquiera me quedarían fuerzas para sacudirlo.

A pesar de todo, sacudí una y otra vez la campanilla en la oscuridad. No tenía ninguna otra opción. Podría haber pedido ayuda a gritos, pero allí fuera solo había un bosque solitario propiedad de la familia Amada donde nadie iba a poner un pie a no ser que pasase algo grave. Por si fuera poco, el agujero casi estaba sellado, y por mucho que gritase, mi voz no llegaría a los oídos de nadie. Solo iba a conseguir quedarme ronco, tener más sed. Decididamente, la opción de la campanilla era mejor. Además, tenía una extraña resonancia. Tal vez era un instrumento dotado de una función especial. El sonido que producía no era especialmente intenso, pero yo había alcanzado a oírlo con claridad desde la casa, desde la cama donde dormía, que estaba bastante alejada de allí. Los escandalosos insectos se quedaban en silencio, como si tuvieran prohibido hacer ruido mientras sonaba.

Me apoyé en la pared de piedra y seguí haciéndola sonar. Movía la muñeca ligeramente de izquierda a derecha con la mente en blanco en la medida de lo posible. La hacía sonar un rato, descansaba y empezaba de nuevo, como había hecho el comendador tiempo atrás. Ahuyentar los pensamientos no me resultaba tan difícil después de todo. Mientras escuchaba el tintineo, me di cuenta de que no hacía falta pensar en nada. Sin embargo, la campanilla sonaba muy distinta fuera del agujero y dentro de él. Es posible que el tintineo fuera realmente otro. A pesar de encontrarme allí encerrado, en un sitio profundo y totalmente a oscuras, mientras sacudía la campanilla no sentía miedo ni inquietud. Llegaba incluso a olvidarme del frío y del hambre. No sentía la necesidad de encontrar una explicación lógica a todo aquello, y ni que decir tiene que agradecía mucho hallarme en ese estado.

Cuando me cansé de tocar la campanilla, me dormí apoyado contra la pared de piedra. Me despertaba de vez en cuando, encendía la linterna para mirar la hora y cada vez que lo hacía comprendía que era un gesto absurdo. Pero tal vez lo absurdo no era el reloj en sí mismo, sino yo. Tuve que admitir que se trataba de eso, pero me daba igual. Después volvía a sacudir la muñeca sin pensar en nada, me cansaba y caía presa de un sueño profundo. Me despertaba y vuelta a empezar. Era una repetición sin fin, y cada vez me sentía más confuso.

Hasta allí dentro no llegaba ningún sonido. No se oía el canto de los pájaros o el rumor del viento. Nada de nada. ¿Por qué? Estaba de vuelta en el mundo real, en un mundo donde tenía hambre, donde necesitaba ir al baño. En ese mundo debían existir los sonidos.

No tenía ni idea de cuánto tiempo había pasado. Había dejado de mirar el reloj y me sentía como si el paso de los días tuviera menos sentido que el paso de las horas, pues allí dentro no existían ni el día ni la noche. Tampoco encontraba ya un punto de conexión conmigo mismo. Mi cuerpo se había convertido en algo extraño, cada vez me costaba más entender el significado de mi existencia real. O, más bien, no sentía necesidad de hacerlo. No me quedaba más remedio que sacudir la campanilla, sacudirla hasta casi perder la sensibilidad de la muñeca.

Después de un lapso de tiempo que me pareció eterno (como el romper y el retroceder de las olas en la playa), cuando el hambre se había vuelto insoportable, oí un ruido por encima de mi cabeza, como si alguien intentase despegar uno de los extremos del mundo. Nada real, imaginé, porque no había nadie capaz de despegar el extremo del mundo, y, en caso contrario, ¿qué ocurriría después?, ¿aparecería un mundo nuevo o tan solo un vacío infinito? Incluso eso me daba igual. Cualquier cosa que sucediera iba a ser más o menos lo mismo.

Cerré los ojos en la oscuridad y esperé a que fuera quien fuese acabase de despegar el mundo. Sin embargo, no lo hizo, y lo único que ocurrió fue que el ruido por encima de mi cabeza se hizo cada vez más grande. Se trataba de un ruido real, físico, producido por un instrumento real. Abrí los ojos y miré hacia arriba. Encendí la linterna para alumbrar el techo. No sabía qué ocurría, pero alguien hacía un ruido tremendo justo encima de mí.

Era incapaz de determinar si el ruido me perjudicaría o me ayudaría. De todos modos, no podía hacer nada, solo observar lo que ocurría mientras permanecía allí sentado sin soltar la campanilla de la mano. Al cabo de un rato entró un rayo de luz a través de una rendija. La luz llegó en una milésima de segundo hasta el fondo del agujero, partió la oscuridad en dos como una guillotina cortando una gelatina gigante. El extremo de esa cuchilla de luz caía justo encima de mi tobillo. Dejé la campanilla en el suelo y me protegí los ojos con las manos.

Enseguida retiraron uno de los tablones y la luz entró a raudales. A pesar de tener los ojos cerrados y de tapármelos con las manos, sentí cómo la oscuridad se transformaba en claridad. Desde arriba llegó enseguida una ráfaga de aire fresco que traía consigo el olor de principios de invierno, un olor que me hacía sentir nostalgia. En mi mente apareció la imagen de cuando usé bufanda por primera vez de niño. Incluso noté el tacto suave de la lana.

Alguien me llamó por mi nombre. Quizás era mi nombre. Recordé entonces que tenía un nombre. Comprendí de pronto que llevaba mucho tiempo encerrado en un mundo donde los nombres no tenían sentido.

Tardé un rato en comprender que era la voz de Wataru Menshiki. Le contesté con algo parecido a un grito, incapaz de decir una sola palabra. Tan solo lancé un grito para demostrar que aún estaba vivo. No estaba seguro de que mi voz sonara lo bastante alta para que se oyera, aunque yo la oí sin problemas. Fue un grito extraño, brusco, como producido por un animal imaginario.

—¿Se encuentra bien?

—¿Menshiki? —acerté a responder.

—Sí, soy Menshiki. ¿Está herido?

—No, creo que no —dije ya más sereno—. Parece que no.

—¿Cuánto tiempo lleva ahí dentro?

—No lo sé.

—¿Se ve capaz de subir por sí solo si le doy la escalera?

—Creo que sí.

—Espere un momento. Voy a por ella.

Mientras iba a buscarla, poco a poco mis ojos se acostumbraron a la luz del sol. No podía abrirlos del todo, pero ya no necesitaba taparme la cara con las manos. Por suerte, no era una luz tan intensa. Debía de ser mediodía y quizás estaba nublado, o tal vez ya no faltaba mucho para el atardecer. Oí el ruido de la escalera metálica.

—Deme un poco de tiempo —le pedí a Menshiki—. Mis ojos aún no se han acostumbrado a la luz. Debo tener cuidado.

—Por supuesto, tómese el tiempo que quiera.

—¿Por qué estaba tan oscuro aquí dentro?

—Hace dos días coloqué un hule de plástico encima de los tablones. Al parecer alguien los había movido y por eso lo aseguré con unas cuerdas y unas piquetas. Me pareció peligroso. Podía caerse un niño o vaya usted a saber. Antes comprobé que no hubiera nadie dentro.

Al fin había encontrado una explicación a la oscuridad.

—Después ya no ha venido nadie. Estaba tal cual, pero ¿cómo ha entrado usted ahí? No me lo explico.

—Yo tampoco —confesé—. Cuando quise darme cuenta, ya estaba aquí dentro.

No podía ofrecer más explicaciones y tampoco tenía intención de hacerlo.

—¿Quiere que baje? —me preguntó Menshiki.

—No hace falta. Subiré yo.

Al fin pude entreabrir los ojos, pero aún se arremolinaban frente a mí formas extrañas. Mi mente, por el contrario, parecía despejada. Comprobé que la escalera estuviera bien colocada y puse un pie en el primer peldaño. No tenía fuerza en las piernas, no parecían mías. Me tomé un tiempo para estar seguro y subí despacio. Cuanto más me acercaba a la superficie, más frío era el aire. Por fin oí el canto de los pájaros.

En cuanto llegué arriba, Menshiki me agarró de las muñecas para ayudarme a salir. Tenía más fuerza de la que imaginaba y podía haberme confiado a él despreocupadamente. Le agradecí su ayuda de todo corazón. Salí y me tumbé en el suelo boca arriba. A duras penas veía el cielo oculto tras una capa de nubes grises, como había imaginado. No sabía qué hora era. Pequeñas gotas de lluvia me golpeaban las mejillas y la frente, y yo disfrutaba de su agradable tacto como nunca. Notaba la vida en cada gota a pesar de ser una lluvia fría.

—Tengo mucha hambre y mucha sed —dije—. Estoy congelado.

No podía articular más palabras. Me castañeteaban los dientes.

Menshiki me ayudó a caminar por el sendero del bosque para que no me cayera. Por mucho que me esforzara, era incapaz de sincronizar mis pasos con los suyos, y en realidad me dejé arrastrar por él. Hacía gala de una fuerza que no aparentaba de ninguna de las maneras. Debía de ser el resultado del entrenamiento diario en su gimnasio particular.

—¿Tiene la llave de casa? —me preguntó.

—Junto a la entrada hay una maceta a la derecha. Creo que está debajo.

No podía asegurarlo. En realidad, no podía afirmar con convicción absolutamente nada. Temblaba de frío sin parar, tenía la boca rígida e incluso me costaba entender mis propias palabras.

—Parece ser que Marie ha vuelto a casa sana y salva —dijo Menshiki—. Ha aparecido después del mediodía. Menos mal. Ha sido un verdadero alivio. Shoko me ha llamado hace una hora más o menos. Después le ha llamado a usted varias veces y, al no responder, me ha extrañado. Por eso he venido. Ha sido entonces cuando he oído el sonido de la campanilla.

Salimos del bosque y llegamos frente a la casa. El Jaguar plateado estaba aparcado en silencio en el lugar de costumbre. No tenía una sola mancha, también como de costumbre.

—¿Cómo puede tener el coche siempre tan limpio? —le pregunté.

Quizá no era la pregunta más apropiada para ese momento, pero era algo que me intrigaba desde hacía mucho tiempo.

—No lo sé, la verdad —contestó sin mostrar demasiado interés por aclarármelo—. Lo limpio cuando no tengo nada especial que hacer y una vez al mes viene un profesional a encerarlo. Duerme en un garaje protegido de la lluvia y el viento. Nada más que eso.

«Nada más que eso», pensé. Si mi viejo Toyota Corolla que llevaba seis meses bajo la lluvia lo hubiera oído, se habría sentido muy decepcionado conmigo.

Menshiki sacó la llave de debajo de la maceta y abrió la puerta.

—Por cierto —le pregunté—. ¿Qué día es hoy?

—¿Hoy? Martes.

—¿Martes? ¿Está seguro?

Por si acaso, pareció confirmarlo mentalmente.

—Ayer fue lunes, el día de recogida de latas y botellas. Hoy es martes, sí. Estoy seguro.

Había ido a visitar a Tomohiko Amada el sábado. Desde entonces habían pasado tres días. En realidad, podían haber pasado tres semanas, tres meses o incluso tres años, pero solo habían sido tres días. Traté de grabármelo bien en la memoria. Me acaricié el mentón. No había rastro de una barba de tres días. Estaba extrañamente suave. ¿Por qué?

Menshiki me llevó al baño para que me diera una ducha de agua caliente y después me ayudó a cambiarme. La ropa que llevaba puesta estaba sucia, hecha jirones. Lo tiré todo a la basura. Tenía rozaduras por todo el cuerpo, pero ninguna tan seria como para considerarlo una verdadera herida. Al menos no había llegado a sangrar.

Poco después me acompañó al comedor, me sentó en una silla y me dijo que bebiera agua despacio. Me tomé mi tiempo hasta vaciar por completo una botella grande de agua mineral. Mientras tanto, él sacó unas manzanas de la nevera y las peló. Manejaba el cuchillo con una destreza admirable. Cortó las manzanas y las dispuso con gusto en el plato.

En total debí de comer entre tres y cuatro manzanas. Estaban tan dulces y sabrosas que casi no podía creer que fueran de verdad. En lo más profundo de mi corazón, agradecí a la creación haber dispuesto la existencia de semejante fruta. Cuando terminé de comer, Menshiki sacó de alguna parte una caja de galletas saladas. Me las comí todas y, a pesar de que estaban ligeramente humedecidas, me parecieron las mejores galletas saladas del mundo. Después puso agua a calentar para preparar un té con miel. Me tomé varias tazas y así logré entrar en calor.

La nevera habría parecido desierta de no ser porque había muchos huevos.

—¿Le apetece una tortilla? —me preguntó.

—Si no es molestia —respondí.

Quería llenar el estómago como fuera. Menshiki sacó cuatro huevos, los batió en un bol, añadió una pizca de sal, leche y pimienta y volvió a batirlo todo. Se le veía acostumbrado. Encendió el fuego, calentó una sartén pequeña y añadió un poco de mantequilla. Sacó una espumadera del cajón y preparó una tortilla estupenda.

Como había supuesto mientras lo veía manejarse, era perfecta. Era una tortilla digna de cualquier programa de cocina de la televisión. Cualquier mujer que le hubiera visto habría suspirado por un hombre capaz de preparar semejante tortilla. Por su forma de prepararla, por cómo la cocinaba, demostraba delicadeza, eficacia, precisión, habilidad e inteligencia. Le observaba ciertamente impresionado. Nada más terminar, la sirvió en un plato acompañada de un poco de kétchup. Era tan hermosa que casi me dieron ganas de dibujarla, pero no tardé ni un segundo en cortarla y metérmela en la boca. No solo era bonita, además estaba riquísima.

—Una tortilla perfecta —dije.

Menshiki se rio.

—No es para tanto. He hecho algunas mejores.

Y cómo sería esa tortilla perfecta, me preguntaba yo. Tal vez tenía unas delicadas alas que le permitían levantar el vuelo y cubrir el trayecto entre Tokio y Osaka en dos horas.

Cuando terminé de comer, recogió el plato. Había logrado saciar mi hambre. Se sentó frente a mí al otro lado de la mesa.

—¿Podemos hablar un poco? —me preguntó.

—Por supuesto —dije yo.

—¿No está cansado?

—Sí, creo que sí, pero hay muchas cosas de las que hablar.

Asintió.

—Al parecer, hay algunas lagunas que deberíamos llenar.

Eso si realmente se trataba de lagunas que pudieran llenarse, pensé.

—A decir verdad —continuó—, también vine el domingo. Estaba preocupado. No lograba contactar por teléfono con usted. Sería la una de la tarde más o menos.

Asentí. En ese momento concreto, yo me encontraba en otro lugar.

—Vine, llamé al timbre y me abrió la puerta el hijo de Tomohiko Amada. Se llama Masahiko, ¿verdad?

—Sí. Masahiko Amada. Un viejo amigo. Es el dueño de la casa, y como tiene llave, puede entrar cuando quiera.

—No sé cómo decírselo... Estaba muy preocupado por usted. Me contó que el sábado por la tarde usted había desaparecido sin más de la habitación de la residencia donde está ingresado su padre. Tengo entendido que fueron juntos a visitarle.

Me limité a asentir sin decir nada.

—Según me contó, usted desapareció de buenas a primeras mientras él atendía una llamada de trabajo. La residencia está en la altiplanicie de Izu y hay una distancia considerable hasta la estación de tren más cercana. No creía que usted hubiera podido ir hasta allí a pie. No llamó a ningún taxi y ni la recepcionista ni el vigilante le vieron salir. Le llamó por teléfono a casa, pero no respondía nadie. Se alarmó mucho y se tomó la molestia de venir hasta aquí. Estaba muy preocupado. No sabía qué podía haberle ocurrido.

Suspiré.

—Le llamaré para explicárselo todo —dije—. Le he causado muchas molestias en un momento en el que su padre está muy delicado de salud. Por cierto, ¿cómo está?

—Lleva varios días dormido sin despertarse. No vuelve en sí. Masahiko me dijo que se había quedado a dormir cerca de la residencia, y que de camino a Tokio había hecho una parada aquí para ver qué pasaba.

—Debería llamarle lo antes posible —dije.

—Sí —afirmó Menshiki mientras ponía las manos encima de la mesa—. Pero antes debería pensar una explicación coherente sobre lo que ha pasado, dónde ha estado todo este tiempo. También debería explicarle cómo salió de la residencia. No creo que le baste con escuchar que cuando ha querido darse cuenta ya estaba usted aquí de vuelta.

—Puede ser. ¿Le convence a usted lo que le he contado?

Menshiki puso un gesto de extrañeza y se quedó un rato pensativo.

—Siempre he sido una persona que trata de pensar con lógica y coherencia —dijo al fin—. Digamos que llevo años haciéndolo, pero si le digo la verdad, en todo lo relacionado con ese agujero del bosque no soy capaz de aplicar lógica alguna. Tengo la impresión de que no me puede extrañar nada de lo que pase ahí dentro, sea lo que sea. De hecho, la sensación es aún más fuerte desde que pasé una hora allí solo encerrado. No se trata de un simple agujero sin más, pero no se puede pretender que alguien que no haya estado ahí dentro lo entienda.

Me quedé callado porque no encontraba las palabras adecuadas para responderle.

—Tal vez no le quede más remedio que decir que no recuerda nada —dijo Menshiki—. No sé hasta qué punto le creerá, pero dudo que tenga otra opción.

Asentí. Era muy probable que tuviera razón.

—En esta vida —continuó— hay muchas cosas que no se pueden explicar de forma racional y también otras muchas que ni siquiera merecen una explicación. Sobre todo si al hacerlo se pierde algo importante.

—Imagino que lo dice por experiencia propia, ¿verdad?

—Por supuesto —contestó con una ligera sonrisa—. Tengo algunas experiencias en ese sentido.

Di un sorbo a lo que quedaba de té.

—¿Y Marie? —le pregunté—. ¿Está bien, no está herida?

—Tenía toda la ropa manchada de barro y algunos rasguños, pero nada grave. Se había caído y de ahí las magulladuras. Como usted.

¿Como yo?

—¿Y dónde ha estado todo este tiempo?

Menshiki puso gesto de no saber qué responder.

—No sé los detalles. Shoko solo me contó que había vuelto a casa toda manchada de barro y con algunos rasguños. Nada más. Estaba muy confundida y no acertaba a darme una explicación racional. Debería preguntarle usted directamente cuando las cosas vuelvan a su cauce. A ser posible, pregúntele mejor a Marie.

Asentí.

—Tiene usted razón. Lo haré.

—¿No debería dormir un poco?

Nada más preguntármelo caí en la cuenta de que tenía mucho sueño. Me había quedado profundamente dormido en el agujero (o al menos eso creía), pero aún tenía tanto sueño que apenas me mantenía en pie.

—Sí —admití mientras miraba distraído sus cuidadas manos apoyadas sobre la mesa—. Debería dormir un poco.

—Descanse. Es lo mejor que puede hacer. ¿Necesita que haga algo más por usted?

Negué con la cabeza.

—De momento no se me ocurre nada. Se lo agradezco.

—En ese caso, me voy. Si necesita algo, no dude en llamarme. Estaré en casa. —Nada más decirlo se levantó de la silla—. Es un alivio que Marie haya vuelto —dijo antes de marcharse—. También me alegro mucho de haberle podido ayudar a usted. A decir verdad, no he dormido mucho estos últimos días, así que yo también aprovecharé para echar una cabezada.

Oí el ruido sordo de la puerta del coche al cerrarse y el familiar rugido del motor. Cuando el rugido se desvaneció, me desvestí y me metí en la cama. Apoyé la cabeza en la almohada y, cuando quise acordarme de la campanilla (por cierto, la había dejado con la linterna en el agujero), me venció un profundo sueño.

57

Algo que debería hacer en algún momento

Me desperté a las dos y cuarto rodeado otra vez de una profunda oscuridad. Por un segundo tuve la impresión de que aún seguía en el fondo del agujero, pero enseguida comprendí que no. La oscuridad nocturna era completamente distinta a la del fondo del agujero. Por muy oscura que fuera la noche siempre había algún resquicio de luz. Eran las dos y cuarto de la madrugada y el sol estaba al otro lado de la tierra. Nada más que eso.

Encendí la luz de la mesilla de noche, me levanté de la cama, fui a la cocina y me bebí un par de vasos de agua. Todo a mi alrededor estaba en silencio. Casi demasiado en silencio. Agucé el oído y no oí nada. No soplaba el viento. Los insectos ya no cantaban vencidos por el invierno. No se oían los cantos de los pájaros nocturnos y tampoco la campanilla. Había sido más o menos a esa hora cuando había oído por primera vez el sonido de la campanilla. Era una hora apropiada para que sucedieran cosas anormales.

Ya no iba a poder dormir. Se me había ido el sueño por completo. Me puse un jersey encima del pijama y fui al estudio. Desde mi regreso no había vuelto a poner un pie en el estudio. Me preocupaban los cuadros que tenía allí, en especial *La muerte del comendador*. Masahiko había estado en la casa durante mi ausencia. Quizás había entrado y había descubierto el cuadro de su padre. Nada más verlo, como es lógico, se habría dado cuenta de quién era su autor, pero yo lo había tapado antes de marcharme. Lo había descolgado de la pared por pura precaución y lo había envuelto en una tela blanca. Si no se había atrevido a quitar la tela, no tenía forma de haberlo visto.

Abrí la puerta y encendí la luz. Dentro reinaba el mismo silencio que en el resto de la casa. No había nadie, como era de esperar. No estaba el comendador y tampoco Tomohiko Amada. Estaba yo solo.

El cuadro seguía en el suelo apoyado contra la pared y cubierto con la tela. No parecía que nadie lo hubiese tocado. No tenía forma de saberlo con seguridad, pero estaba casi convencido de ello. Quité la tela. Debajo apareció *La muerte del comendador*. No había ningún cambio en él respecto a la última vez que lo vi. El comendador seguía allí, don Giovanni le apuñalaba, Leporello estaba a su lado con la respiración congelada, la bella doña Anna se tapaba su boca abierta con la mano y, en la esquina izquierda de la escena, el siniestro «cara larga» se asomaba por un agujero abierto en el suelo.

En algún lugar recóndito de mi corazón, a decir verdad, me preocupaba la posibilidad de que, como consecuencia de mis actos, se hubiera producido algún cambio, que se hubiera cerrado la trampilla del agujero por donde asomaba «cara larga», por ejemplo, que hubiera desaparecido de la escena. Me preocupaba que al comendador le hubieran dado muerte con un cuchillo, no con la espada. Pero por mucho que miré, remiré y examiné hasta el último rincón, no aprecié un solo cambio. «Cara larga» se asomaba por el mismo agujero con su extraña apariencia, miraba a su alrededor con sus ojos redondos. El comendador seguía herido de muerte, la espada larga y afilada le atravesaba el corazón, de donde brotaba sangre fresca. La composición de la escena seguía siendo un ejemplo de perfección. Después de mirarlo un rato volví a taparlo con la tela.

Enseguida me fijé en los dos óleos colocados en el caballete. El del agujero del bosque era un lienzo rectangular con la escena en horizontal, y el retrato de Marie era vertical. Los estudié minuciosamente. Los comparé. Tampoco había ningún cambio respecto a la última vez. Uno estaba terminado, el otro aún esperaba el último retoque.

Después fui a por el cuadro del hombre del Subaru Forester blanco, que estaba apoyado contra la pared. Le di la vuelta y me senté en el suelo para mirarlo con detenimiento. El hombre de ese cuadro me miraba fijamente a través de una masa de colores. No tenía una forma definida, pero podía verle con claridad allí escondido. Se ocultaba tras unos gruesos trazos del pincel, me miraba con sus ojos penetrantes como los de un ave nocturna. En su rostro no había gestos. De algún modo se resistía a que terminase el cuadro, como si se negara a salir a la luz. No deseaba que le sacase de las sombras, que le colocase bajo un foco de luz.

A pesar de todo, en algún momento terminaría por pintarle, le sacaría de la oscuridad por mucho que él se resistiese. Aún no me sentía capaz, pero era algo que debería hacer en algún momento.

Volví al retrato de Marie. Ya no hacía falta que posase para mí. Faltaban apenas una serie de retoques puramente técnicos, y en cuanto los completase el cuadro estaría listo. Quizás en ese momento se convertiría en mi obra más satisfactoria. Como mínimo, reflejaría la imagen de una hermosa niña de trece años llamada Marie Akikawa. Estaba seguro de ello, pero no tenía intención de acabarlo. Debía permanecer así para proteger algo en ella. Lo sabía.

Tenía asuntos pendientes que debía despachar lo antes posible. En primer lugar, llamar a Shoko para preguntarle por Marie. En segundo lugar, llamar a Yuzu y decirle que quería verla para hablar con ella. Me había decidido a hacerlo cuando estaba atrapado en la oscuridad del agujero. Era el momento de afrontarlo. Y en tercer lugar, por supuesto, debía llamar a Masahiko. Le debía una explicación de por qué había desaparecido de repente de la habitación de su padre para no dar señales de vida en tres días (aunque no tenía ni idea de qué iba a decirle).

Sin embargo, no podía llamar a ninguno de ellos a unas horas tan intempestivas. Como mínimo debía esperar al amanecer. No faltaba mucho, siempre y cuando el tiempo transcurriese con normalidad. Calenté leche en un cazo y me la tomé con unas galletas mientras miraba por la ventana. Fuera solo había oscuridad. Era una noche sin estrellas y el amanecer parecía demorarse. En esa época del año las noches eran muy largas.

No sabía qué hacer. Lo normal hubiera sido volverme a la cama y tratar de dormir, pero no tenía sueño.

Tampoco me apetecía leer ni ponerme a trabajar. No se me ocurría qué podía hacer y decidí darme un baño. Abrí el grifo del agua caliente, y mientras se llenaba la bañera me tumbé en el sofá mirando al techo.

¿Cuál era la razón de haberme visto obligado a atravesar ese mundo subterráneo? Para entrar en él tuve que matar al comendador con mis propias manos. Su sacrificio dio paso a distintas pruebas que tuve que superar. Todo eso debía de haber sucedido por alguna buena razón. En aquel mundo subterráneo los peligros eran evidentes. Notaba cómo me atenazaba el miedo. Allí podían suceder las cosas más extrañas. Atravesar ese mundo a duras penas y superar las pruebas significó la liberación de Marie allá donde estuviera atrapada. Había vuelto a casa sana y salva como había previsto el comendador y, a pesar de todo, no era capaz de encontrar la relación entre lo que me había sucedido a mí y su regreso.

Tal vez el agua del río había jugado un papel importante. Era posible que al beberla algo hubiera cambiado en mi interior. No tenía una explicación lógica para aquello, pero era una intuición muy real y lo había notado en mi cuerpo. Gracias a ese cambio pude atravesar un conducto estrecho por el que era físicamente imposible pasar, superar mi miedo cerval a los lugares cerrados. Doña Anna y mi hermana Komi me guiaron, me animaron. Aunque, quizás, eran una sola persona: doña Anna y Komi al mismo tiempo. Me protegieron del poder de las sombras y, al mismo tiempo, puede que también protegiesen a Marie.

¿Dónde había estado encerrada Marie? ¿Había estado encerrada de verdad? Darle su amuleto al hombre del embarcadero, al hombre sin rostro (no me había dejado otra opción), ¿habría tenido alguna consecuencia negativa para ella o, por el contrario, la había beneficiado?

Por muchas vueltas que le diera al asunto solo conseguía tener cada vez más dudas.

Quizá cuando hablase con Marie se aclararía todo. No me quedaba más remedio que esperar. El tiempo, en cualquier caso, acabaría por aclarar las cosas. A lo mejor Marie no recordaba nada de lo ocurrido, o tal vez había decidido no hablarle de ello a nadie (como había hecho yo). De todos modos, necesitaba verla de nuevo en el mundo real, hablar a solas con ella. Necesitaba intercambiar información, siempre y cuando fuese posible, sobre todas las cosas que nos habían ocurrido en esos días.

Pero ¿de verdad era aquello el mundo real?

Miré a mi alrededor. Existían las mismas cosas de siempre. El viento colándose por las rendijas de las ventanas y trayendo consigo los aromas familiares, los ruidos de costumbre.

A primera vista parecía el mundo real, pero quizá no lo era. Tal vez asumía que lo era. Me había metido por un agujero que había aparecido de pronto en la habitación de una residencia de ancianos, había entrado en un mundo subterráneo y, tres días más tarde, había reaparecido quizá por la salida equivocada en las montañas a las afueras de la ciudad de Odawara. No tenía ninguna garantía de que el mundo al que había regresado fuera el mismo del que me había marchado.

Me levanté del sofá. Me desnudé y me metí en la bañera. Me enjaboné hasta el último centímetro de piel y me lavé la cabeza, los dientes, los oídos, me corté las uñas. Después me afeité (a pesar de que apenas me había crecido la barba). Me cambié de ropa interior, me puse una camisa blanca que acababa de planchar y unos pantalones tipo chinos de color caqui planchados con raya. Intentaba enfrentarme al mundo real con la máxima corrección de la que era capaz, pero aún no amanecía. Al otro lado de la ventana el mundo seguía completamente a oscuras, y llegué a pensar que nunca iba a amanecer. Sin embargo, el alba no se demoró. Me preparé un café, tosté un poco de pan y me lo comí con mantequilla. En la nevera apenas había nada. Dos huevos y leche caducada, además de algunas verduras. Debía ir a la compra esa misma mañana.

Mientras fregaba la taza de café y el plato, caí en la cuenta de que no veía a mi amante desde hacía bastantes días. ¿Cuánto tiempo había pasado en realidad? No recordaba la fecha exacta de nuestro último encuentro. Debía consultar mi agenda. En cualquier caso, hacía mucho tiempo. Como a mi alrededor no dejaban de suceder cosas (algunas de lo más extrañas o anormales), hasta ese preciso instante no había caído en la cuenta de que no me llamaba.

¿Por qué? Siempre me llamaba como mínimo dos veces por semana para interesarse por mí. Yo no podía llamarla a ella. Ni siquiera tenía su número de móvil y yo no usaba el correo electrónico. Por muchas ganas que tuviera de verla, no me quedaba más remedio que esperar su llamada.

Pasadas las nueve de la mañana, mientras pensaba distraídamente en ella, me llamó.

—Hay algo que debería hablar contigo —dijo sin saludarme siquiera.

—Está bien. Te escucho.

Tenía el auricular en la mano. Estaba apoyado en la barra de la cocina. Las gruesas nubes que cubrían el cielo habían empezado a disiparse y el sol de principios de invierno se asomaba tímidamente entre ellas. El tiempo mejoraba, pero lo que tenía que decirme no auguraba nada bueno.

—Creo que deberíamos dejar de vernos —dijo—. Lo lamento de veras.

Por el tono de su voz no era capaz de determinar si lo lamentaba de verdad o no. Era una voz carente por completo de entonación.

—Tengo mis razones —continuó.

—Mis razones... —repetí sus palabras.

—Mi marido empieza a sospechar. Eso lo primero. Nota algo, algún tipo de indicio.

—Indicio... —repetí de nuevo.

—Cuando una mujer se encuentra en una situación como la mía, al parecer hay indicios. Presta más atención al maquillaje, por ejemplo, a la ropa, al perfume que usa o a seguir una dieta. Me he cuidado mucho de tratar de ocultarlo, pero aun así...

—Entiendo.

—Además, no podemos seguir de esta manera eternamente.

—Seguir de esta manera... —repetí una vez más.

—Quiero decir que no tiene futuro, no hay solución.

Estaba en lo cierto. Lo mirara como lo mirase, nuestra relación no tenía ni futuro ni solución de continuidad. De seguir así, nos enfrentábamos a demasiados riesgos. Yo no perdería gran cosa, pero ella sí. Tenía una familia, dos hijas adolescentes que aún estudiaban.

—Otra cosa más —continuó—. Mi hija mayor tiene un problema grave.

Su hija mayor. Si no me equivocaba, me había dicho que era la más tranquila de las dos, la que sacaba mejores notas. Era una niña obediente que hacía caso a sus padres y casi nunca había dado problemas.

—¿Un problema? —pregunté.

—No se levanta de la cama.

—¿No se levanta de la cama?

—¡Eh! ¿Podrías dejar de repetir todo lo que digo como si fueras un loro?

—Lo siento. ¿A qué te refieres exactamente con que no se levanta de la cama?

—Como lo oyes. Desde hace casi dos semanas no se levanta de la cama y no va a clase. Está todo el día en cama sin quitarse el pijama. No importa que le hable, porque no contesta. Le llevo la comida y apenas la prueba.

—¿Has preguntado a algún especialista?

—Por supuesto. Le he preguntado al especialista del instituto, pero no ha servido de nada.

No sabía qué decir. Al fin y al cabo, ni siquiera la conocía.

—Por todo eso, no creo que podamos volver a vernos.

—¿Debes hacerte cargo de ella?

—Sí, pero no es solo eso.

No me explicó nada más, pero creía entender sus sentimientos. Como madre que era tenía miedo y sentía una gran responsabilidad por sus actos.

—Lo siento de veras —le dije.

—Creo que yo lo siento mucho más que tú.

Quizá tenía razón.

—Me gustaría decirte una última cosa —dijo con un profundo suspiro.

—¿De qué se trata?

—Creo que serás un gran pintor. O sea, mucho más de lo que ya lo eres ahora.

—Te lo agradezco —dije—. Eso me da muchos ánimos.

—Adiós.

—Cuídate.

Nada más colgar me tumbé en el sofá del salón y pensé en ella sin apartar la vista del techo. Me di cuenta de que nunca se me había pasado por la cabeza la posibilidad de pintarle un retrato a pesar de que la veía a menudo. No sabía por qué, pero nunca había sentido el impulso de hacerlo. Sí había hecho algunos bocetos a lápiz con trazos grandes en un pequeño cuaderno. La mayor parte eran desnudos en posturas más bien lascivas. Había pintado su órgano sexual al final de sus piernas abiertas; la había pintado cuando hacíamos el amor. Eran dibujos sencillos, pero muy realistas, muy subidos de tono. Bosquejos que cuando los veía se ponía muy contenta. «Se te da muy bien dibujar obscenidades», me había dicho. «Tienes mucha soltura, como si solo fuera un juego. Son muy realistas.» Tenía razón. No era más que un juego.

Había tirado todos esos dibujos porque no sabía en manos de quién podrían caer y no quería correr riesgos.

Sin embargo, en ese momento me arrepentía de haberlo hecho. Debería haber guardado al menos uno como prueba de que realmente existía.

Me levanté despacio del sofá. El día acababa de empezar y aún tenía que hablar con mucha gente.

58

Es como si me estuvieses hablando de los canales de Marte

Llamé a Shoko Akikawa. Eran más de las nueve y media de la mañana. A esa hora la mayor parte de la gente ya debía de haber empezado su actividad diaria, sin embargo, nadie respondió al teléfono. Después de unos cuantos tonos de llamada saltó el contestador: «En este momento no puedo atender el teléfono. Deje su mensaje después de la señal». Imaginé que Shoko todavía estaría conmocionada por la repentina desaparición e inesperado regreso de su sobrina. Volví a llamar al cabo de un rato y lo intenté más veces sin resultado. Pensé en llamar a Yuzu, pero no era un buen momento. Debía de estar en el trabajo y era mejor esperar al mediodía. Quizás entonces tuviera tiempo de hablar. No iba a necesitar mucho. En realidad, solo quería preguntarle si podíamos vernos en algún momento. Me bastaba un sí o un no por respuesta. En caso afirmativo, solo teníamos que concretar el día, la hora y el lugar. Si decía que no, la conversación terminaría en ese punto.

Después llamé a Masahiko, aunque no me apetecía. Respondió enseguida, y nada más oír mi voz, lanzó un profundo suspiro.

—¿Estás en casa? —me preguntó.

Le dije que sí.

—¿Te puedo llamar un poco más tarde?

Por mí no había ningún problema, y tan solo quince minutos después me devolvió la llamada. Me dio la impresión de que estaba en la azotea de un edificio o en algún lugar parecido.

—¿Dónde demonios te has metido? —soltó en un tono severo muy poco habitual en él—. Desapareces de repente y nadie sabe dónde demonios estás. Incluso me he tomado la molestia de ir hasta allí.

—Lo siento mucho —dije.

—¿Cuándo has vuelto?

—Ayer por la tarde.

—¿Y dónde demonios has estado desde la tarde del sábado hasta la tarde del martes?

—Si te digo la verdad, no me acuerdo de nada —mentí.

—¿No te acuerdas de nada y cuando has querido darte cuenta estabas de vuelta en casa?

—Eso es.

—No entiendo nada. ¿Hablas en serio?

—No tengo otra forma de explicarlo.

—Creo que mientes.

—Es algo que sucede a menudo en las películas y en las novelas.

—No me digas. Cuando veo películas o series y empiezan con esas chorradas de perder la memoria, apago enseguida. Es un recurso demasiado fácil.

—Pues incluso Hitchcock lo usaba.

—¿Te refieres a *Recuerda*? Esa es una película suya de segunda categoría —dijo—. Ahora dime qué ha pasado en realidad.

—De momento, no sé qué decir. No llego a entenderlo. Trato de juntar las piezas. Quizá me acuerde más adelante, y en ese momento creo que podré darte una explicación decente, pero ahora no. Lo siento. Solo te pido un poco de paciencia.

Masahiko se quedó en silencio al otro lado del teléfono.

—Está bien —dijo al fin, resignado—. Dejémoslo por ahora en que has sufrido una pérdida de memoria. ¿No incluye esa historia tuya algo relacionado con drogas, alcohol, enfermedad mental, mujeres malvadas o abducción extraterrestre?

—No. Tampoco nada que infrinja la ley o atente contra la moral.

—La moral me importa un bledo —dijo—. Dime solo una cosa.

—¿De qué se trata?

—¿Cómo saliste de la residencia? Es un lugar cuidadosamente vigilado. Llevan un control estricto de quién entra y quién sale. Allí hay ingresadas personas conocidas y tienen especial cuidado en mantener su privacidad. Es obligatorio pasar por la recepción al entrar y al salir, y hay vigilancia privada veinticuatro horas al día. Hay cámaras de seguridad y todo y tú desapareciste sin más, sin que nadie te viera, sin que ninguna cámara te grabase. ¿Cómo es posible?

—Porque hay un camino oculto —dije yo.

—¿Cómo un camino oculto?

—Un camino por el que se puede salir sin ser visto.

—¿Y cómo sabías tú de su existencia? Era la primera vez que ibas.

—Me lo mostró tu padre. Mejor dicho, me lo insinuó.

—¿Mi padre? —preguntó sorprendido—. No entiendo a qué te refieres. En este momento, el cerebro de mi padre no se diferencia gran cosa de una coliflor cocida.

—Esa es otra de las cosas que tampoco puedo explicar.

Suspiró.

—En ese caso, no hay nada que hacer. Con una persona normal me enfadaría y le diría que no me tomase el pelo, pero como eres tú no me queda más remedio que resignarme. Después de todo, eres un tipo que se pasa la vida pintando, una especie de chiflado que ha perdido el norte.

—Agradezco mucho tus palabras. Por cierto, ¿qué tal está tu padre?

—Cuando terminé de hablar por teléfono y volví a la habitación, habías desaparecido y mi padre estaba profundamente dormido, sin dar muestras de ir a despertarse. Respiraba con apenas fuerzas y me entró el pánico. No podía dejar de preguntarme qué había pasado. No porque pensase que habías hecho algo malo, aunque la situación no era para menos.

—Lo siento de veras —dije con el corazón en la mano, aliviado al comprobar que no había quedado rastro del cadáver del comendador y del mar de sangre esparcido por el suelo.

—Es lo menos que puedes hacer. Decidí dormir en una pensión de la zona para estar cerca de mi padre. Entonces volvió a respirar con normalidad, era como una especie de tregua, y regresé a Tokio al día siguiente por la tarde porque tenía mucho trabajo pendiente. Supongo que volveré este fin de semana.

—¡Menuda situación!

—No hay nada que hacer. Ya te lo he dicho en alguna ocasión, pero la muerte de una persona representa un trabajo enorme, aunque la peor parte se la lleva mi padre en este caso y no tengo derecho a quejarme.

—Ojalá pudiera ayudarte.

—Ya no hay nada que hacer, pero sí te agradecería que no volvieras a causarme molestias... Por cierto, antes de volver a Tokio pasé por allí porque estaba preocupado por ti. En ese momento apareció ese tal Menshiki, el del pelo blanco con un Jaguar plateado estupendo.

—Sí, ya le he visto y me ha dicho que había hablado contigo.

—Apenas cruzamos unas palabras en la entrada, pero me pareció un tipo interesante.

—Muy interesante —le corregí.

—¿A qué se dedica?

—A nada. Le sobra el dinero y no tiene necesidad de trabajar. Invierte en bolsa, pero según me ha contado, solo es un pasatiempo lucrativo.

—Bonita historia —dijo Masahiko, impresionado—. Es como si me estuvieses hablando de los canales de Marte, y de que los marcianos navegan por ellos en barcos pequeños y estrechos de proas puntiagudas y remos dorados mientras fuman tabaco de miel por los oídos. Solo con oírlo me siento mucho mejor... Por cierto, ¿has encontrado el cuchillo que me olvidé el otro día?

—No, lo siento. No tengo ni idea de adónde ha podido ir a parar. Te regalaré uno nuevo.

—No te preocupes. Se habrá ido a alguna parte como tú y también habrá perdido la memoria. Ya volverá en algún momento.

—Puede ser.

Eso quería decir que el cuchillo ya no estaba en la habitación de Tomohiko Amada. Al igual que el cadáver del comendador y el mar de sangre, había desaparecido sin más. Como decía Masahiko, tal vez volvería a aparecer en algún momento en la casa.

Nuestra conversación terminó en ese punto. Quedamos en vernos pronto y colgamos.

Me subí a mi Toyota Corolla polvoriento y conduje montaña abajo para ir a un centro comercial. Fui al supermercado e hice la compra con las amas de casa de la zona. No parecían especialmente alegres. Tal vez no ocurría nada excitante en sus vidas, tal vez nunca subirían a un barco en el país de las metáforas.

Metí en la cesta sin pensar todo lo que me entraba por los ojos: carne, pescado, verduras, leche, tofu. Me puse a la cola en una de las cajas y pagué. Llevaba mi propia bolsa y no me hacía falta una de plástico. Un ahorro de cinco céntimos de yen. Después fui a una licorería y me compré una caja de cerveza de la marca Sapporo, de veinticuatro latas. Volví a casa y guardé la compra. Las cosas para congelar las envolví en film transparente y las puse en el congelador. Metí seis cervezas en la nevera. Después calenté agua en una cazuela grande para cocer espárragos y brócoli para la ensalada. Cocí también unos huevos y, como me sobraba tiempo, pensé en lavar el coche como hacía Menshiki en sus ratos libres, pero solo de pensar en el polvo se me quitaron las ganas. Me pareció más útil seguir cociendo verduras.

Cuando las agujas del reloj rebasaron las doce, llamé al estudio de arquitectura donde trabajaba Yuzu. Me hubiera gustado dejar pasar unos días, hablar con ella cuando mis sentimientos estuvieran más calmados, pero quería comunicarle lo antes posible lo que había decidido mientras estaba en el fondo del agujero. Si no lo hacía, tal vez cambiara de opinión. Por el mero hecho de estar a punto de hablar con ella, el auricular se me hizo muy pesado. Respondió una mujer joven con una voz alegre. Le di mi apellido y le comuniqué que quería hablar con Yuzu.

—¿Es usted su marido? —me preguntó en un tono desenfadado.

Le dije que sí. En sentido estricto ya no lo era, pero no podía extenderme en explicaciones.

—Espere un momento, por favor —dijo al otro lado del teléfono.

Tuve que esperar mucho tiempo, pero como no tenía nada especial que hacer, me apoyé en la barra de la cocina y, con el auricular pegado a la oreja, esperé pacientemente a que se pusiera. Un gran cuervo pasó aleteando muy cerca de la ventana. Sus alas negras y brillantes resplandecían bajo la luz del sol.

—Hola —respondió Yuzu al fin.

Intercambiamos unos sencillos saludos. No sabía cómo debía saludarse un matrimonio recién divorciado, qué clase de distancia había que tomar para mantener una conversación. Me decidí por una fórmula directa y sencilla: ¿qué tal estás?, estoy bien, ¿y tú?

Las breves palabras que intercambiábamos se hundían enseguida en la tierra seca, como las gotas de una lluvia pasajera en pleno verano.

—He pensado que me gustaría verte una vez más, tener la oportunidad de hablar cara a cara contigo de muchas cosas —le dije decidido.

—¿Muchas cosas como qué? —me preguntó ella.

No había previsto que pudiera responderme con otra pregunta (¿y por qué no?, después de todo). Me quedé sin saber qué decir unos segundos. ¿Qué clase de cosas eran esas?

—No he pensado demasiado en los detalles —titubeé.

—Pero quieres hablar de muchas cosas, ¿no?

—Sí. En realidad, hemos llegado a esta situación sin tener una conversación de verdad.

Se quedó un rato pensativa.

—Estoy embarazada. No me importa verte, pero ya tengo tripa y no quiero que te pille por sorpresa.

—Ya lo sabía. Me lo ha contado Masahiko. También me dijo que tú le pediste que me lo dijera.

—¡Ah, sí! Se me había olvidado.

—No conozco más detalles sobre tu embarazo, pero si no es molestia, me alegraría mucho verte una vez más.

—¿Puedes esperar un momento? —me preguntó.

Esperé. Parecía consultar la agenda para buscar un hueco. Mientras tanto, traté de recordar qué clase de canciones cantaban The Go-Go's. Nunca me había parecido un grupo tan extraordinario como a Masahiko, pero quizá tuviera razón y se debiera a una deformación mía a la hora de enfrentarme al mundo.

—Tengo libre la tarde del próximo lunes —dijo al cabo de un rato.

Hice mis cálculos. Era miércoles. Faltaban cinco días para el lunes, el día en que Menshiki tiraba a la basura las latas y las botellas. No tenía clase de pintura, ni ningún plan especial. No me hacía falta consultar ninguna agenda para comprobarlo. ¿Cómo se vestiría Menshiki para tirar la basura?

—Me parece perfecto —dije—. Podemos vernos donde quieras, a la hora que quieras. Dime tú y yo me acercaré.

Mi dio el nombre de una cafetería cerca de Shinjuku Gyoen Mae, un lugar que me despertaba la añoranza. Se encontraba cerca del estudio de arquitectura, y mientras aún estábamos casados quedábamos allí a menudo para cenar juntos después del trabajo. Un poco más allá había un pequeño bar donde servían unas estupendas ostras a un precio razonable. A ella le gustaban mucho las ostras con rábano picante acompañadas de un Chablis muy frío. ¿Seguiría existiendo ese lugar?

—¿Te parece bien a eso de las seis?

No tenía ninguna pega.

—Espero no retrasarme.

—No importa. Te esperaré, no te preocupes.

Nos despedimos hasta el lunes y colgamos el teléfono.

Me quedé un rato con los ojos clavados en el auricular que sostenía con la mano. Había quedado con Yuzu, con mi exmujer, que estaba a punto de dar a luz al hijo de otro hombre. Habíamos acordado una hora y un lugar donde vernos. No había habido ningún problema, pero aún no estaba seguro de si hacía lo correcto. El auricular del teléfono me resultaba tan pesado como antes, como si lo hubieran hecho en la Edad de Piedra.

¿Acaso existía en el mundo algo completamente correcto y algo completamente erróneo? Vivimos en un mundo donde nunca llueve a gusto de todos, y con la verdad sucede lo mismo. Eso creo. Unas veces necesitamos solo una pequeña dosis y otras veces una mucho más grande. En ese sentido, los cuervos no tienen ninguna preocupación. Para ellos la lluvia se reduce a una cuestión de si llueve o no llueve. Jamás se les cruzará por la cabeza el pensamiento de si llueve mucho o poco.

Después de hablar con Yuzu fui incapaz de hacer nada durante un buen rato. Me senté en el comedor y me pasé una hora contemplando cómo se movían las agujas del reloj. Iba a verla el lunes siguiente. Íbamos a hablar de muchas cosas. No nos veíamos desde el mes de marzo y la última vez que lo hicimos fue una fría y lluviosa tarde de domingo, y ahora estaba embarazada de siete meses. Un cambio considerable. Por otro lado, yo seguía siendo el mismo de siempre. Unos días antes había bebido agua en el mundo de las metáforas y había cruzado un río que separaba la nada del todo. No obstante, no llegaba a entender si había cambiado algo en mí o nada en absoluto.

Volví a levantar el auricular del teléfono, en esta ocasión para llamar a Shoko Akikawa. No contestó y volvió a saltar el contestador. Me resigné y me senté en el sofá del salón. Después de realizar mis llamadas ya no tenía nada más que hacer. Me entraron ganas de ir al estudio a pintar. Hacía tiempo que no lo hacía, pero no se me ocurría qué.

Puse en el tocadiscos *The River* de Bruce Springsteen, me tumbé en el sofá, cerré los ojos y disfruté un rato de la música. Cuando terminó la cara A del disco, me levanté para darle la vuelta. Me parecía que ese álbum de Springsteen había que escucharlo así: nada más terminar *Independence Day* en la cara A, darle la vuelta y colocar la aguja en el primer corte de la cara B. De ese modo empezaría a sonar enseguida *Hungry Heart*. De no hacerlo así, ¿dónde quedaba el valor de ese álbum? En mi opinión no era un álbum para escuchar de una tirada en un cedé. Lo mismo se podía decir de *Rubber Soul* y *Pet Sounds*. La buena música exige una forma y una actitud determinada para escucharla.

Sea como sea, el sonido de la E Street Band rozaba la perfección, alentaba al cantante y el cantante por su parte inspiraba a la banda. Durante un rato logré olvidarme de muchas de las cosas molestas de la realidad.

Cuando terminó el disco, pensé que quizá debía llamar a Menshiki. Desde que me sacó del agujero el día antes no había vuelto a hablar con él. Sin embargo, por alguna razón no tenía ganas de hacerlo. A veces me sentía así con él. En general era un personaje interesante, pero a veces me daba pereza verle o hablar con él. Podía variar mucho y no sabía bien por qué. De todos modos, en ese momento no tenía ganas de escuchar su voz.

Decidí no llamarle. Lo dejé para más tarde. El día acababa de empezar. Puse el segundo volumen de *The River* en el tocadiscos, pero cuando sonaba *Cadillac Ranch* («en algún momento nos encontraremos en Cadillac

Ranch»), sonó el teléfono. Levanté la aguja y fui hasta el comedor para responder. Supuse que era Menshiki, pero me equivocaba. Era Shoko.

—Me ha llamado varias veces, ¿verdad?

Le dije que sí.

—Menshiki me dijo ayer que Marie había vuelto y me preguntaba qué había ocurrido.

—Sí, ayer después del mediodía volvió a casa sana y salva. Le llamé varias veces, pero no estaba. Por eso llamé a Menshiki. ¿Fue usted a algún sitio?

—Sí, tenía asuntos que atender y estuve lejos. Volví ayer por la tarde. Quería haberla llamado, pero donde estaba no había teléfono y tampoco me llevé el móvil. —No era del todo mentira.

—Volvió a casa pasado el mediodía toda manchada de barro. Por fortuna, no tenía nada.

—¿Y dónde ha estado todo ese tiempo?

—Aún no lo sabemos —dijo en un tono de voz muy bajo, como si temiese que alguien pudiera oírla—. Marie no habla de lo que ha pasado. Como había avisado a la policía, han venido a casa y le han preguntado muchas cosas, pero se ha negado a contestar. No ha querido decir nada y no les ha quedado más remedio que resignarse. Lo intentarán de nuevo cuando esté más tranquila. En cualquier caso, ha vuelto a casa y sabemos que no le ha pasado nada malo. He tratado de hablar con ella y su padre también, pero no hay manera. Ya sabe que es muy obstinada.

—¿Y dice que estaba manchada de barro?

—Sí. Tenía el uniforme medio roto y algunas rozaduras en los brazos y las piernas, pero nada grave como para llevarla al hospital.

Exactamente lo mismo que me había ocurrido a mí, pensé. Manchado de barro y con la ropa echada a perder. ¿Había vuelto Marie a este mundo como yo, a través de un túnel tan estrecho por el que apenas podía pasar?

—¿Y no ha contado nada? —insistí.

—No. No ha dicho ni una palabra desde que ha regresado a casa. No solo eso. Ni siquiera emite un sonido. Es como si le hubiesen cortado la lengua.

—¿No será que se ha quedado temporalmente sin habla como consecuencia de algún *shock*?

—No, no creo que se trate de eso. A mí me parece que simplemente ha decidido guardar silencio. Ya ha ocurrido en otras ocasiones, como cuando se enfada mucho por algo. Es una niña terca y nunca da su brazo a torcer.

—No hay ningún delito de por medio, ¿verdad? Quiero decir, no la han secuestrado ni la han mantenido encerrada contra su voluntad.

—En realidad no lo sabemos. No nos ha aclarado nada. La policía se encargará de eso cuando las cosas se calmen, pero hay algo que me gustaría pedirle.

—¿De qué se trata?

—¿Podría intentar hablar usted con ella a solas? Tengo la sensación de que una parte de su corazón solo la abre con usted. Si no le importa, he pensado que quizás a usted sí le cuente qué le ha pasado.

Me tomé un tiempo para pensarlo sin soltar el auricular de la mano derecha. No sabía ni cómo ni hasta dónde podía contarle a Marie lo ocurrido. Yo abrigaba un secreto, un enigma, y ella también (o eso creía). Si los sacábamos a la luz y los superponíamos, ¿surgiría de allí una respuesta? En cualquier caso, tenía que verla. Había cosas de las que debía hablar con ella.

—De acuerdo —dije al fin—, hablaré con ella. ¿Debo ir a alguna parte?

—No se preocupe. Iremos nosotras como de costumbre. Creo que será lo mejor, si a usted no le supone un inconveniente, por supuesto.

—Está bien. No tengo nada especial que hacer. Pueden venir cuando les parezca.

—¿Podría ser dentro de un rato? Hoy no ha ido al colegio. Si a Marie le parece bien, claro.

—Dígale que no tiene por qué contarme nada. Soy yo quien quiere hablarle de algunas cosas.

—Está bien. Así se lo diré. Siento de veras las molestias que le estoy causando.

Dicho eso colgamos.

Veinte minutos más tarde volvió a sonar el teléfono. Era Shoko de nuevo.

—Iremos sobre las tres, si no le va mal. Marie no ha dicho que no, pero se ha limitado a asentir.

Le dije que las esperaba a las tres.

—Se lo agradezco —dijo Shoko—. Estoy muy confundida porque no sé qué está pasando en realidad, qué puedo hacer a partir de ahora.

Me hubiera gustado decirle que a mí me sucedía lo mismo, pero me callé. Sabía que no era la respuesta que necesitaba en ese momento.

—Haré cuanto pueda, aunque no tengo mucha confianza en llegar a buen puerto.

Nada más colgar, miré a mi alrededor con la esperanza de encontrar al comendador en alguna parte, pero no estaba allí. Echaba de menos su pequeña figura, su extraña forma de hablar. Pero no volvería a verle nunca más. Era yo quien le había matado con mis propias manos usando el afilado cuchillo de Masahiko y lo había hecho para liberar a Marie de donde estuviera. Debía averiguar qué lugar era ese.

59

Hasta que la muerte nos separó

Antes de que llegase Marie, contemplé de nuevo su retrato casi acabado. Imaginaba perfectamente cómo sería una vez terminado, pero sabía que nunca iba a llegar ese momento. Una lástima, pero no podía ser. No podía explicar exactamente por qué no iba a finalizarlo, aquello no tenía ninguna lógica, solo era una intuición, por mucho que en algún momento llegase a descubrir la razón. Estaba seguro. En cualquier caso, me enfrentaba a algo muy peligroso y debía proceder con cautela.

Salí a la terraza, me senté en la tumbona y miré la mansión blanca de Menshiki justo enfrente de mí. Me pareció ver su atractiva figura y su pelo blanco. Masahiko me había dicho que apenas había cruzado unas palabras con él, pero que le había parecido un hombre interesante. Sumamente interesante, le había corregido yo.

—Un personaje muy muy interesante —dije en voz alta.

Poco antes de las tres, el Toyota Prius azul que ya me era tan familiar apareció por la cuesta y se detuvo frente a la casa. Shoko abrió la puerta, movió con elegancia las rodillas bien juntas y bajó la primera. Enseguida lo hizo Marie. Se movía despacio, como si algo le molestase. Las nubes que cubrían el cielo desde el amanecer habían terminado por dispersarse para dar paso a una tarde clara de principios de invierno. El frío viento de las montañas despeinaba suavemente el cabello de las dos mujeres. Marie se retiró el pelo de la frente con un gesto de incomodidad. Se había puesto falda, una prenda poco habitual en ella. Era una falda de lana azul marino que le llegaba hasta las rodillas. Llevaba unas medias de un azul apagado y, encima de la blusa blanca, un jersey de cuello en pico de cachemir de color uva intenso. Para rematar el conjunto, se había puesto unos mocasines marrones oscuros. Vestida de ese modo se la veía como a una niña guapa, normal, perfectamente sana y criada en una familia acomodada y elegante. No había nada excéntrico en su aspecto y su pecho seguía sin despuntar.

Shoko, por su parte, vestía un pantalón estrecho de color gris claro, unos zapatos negros de tacón bajo casi pulidos de lo limpios que estaban y una chaqueta larga de punto blanca ceñida con un cinturón. La redondez de su pecho, por el contrario, se apreciaba claramente bajo la chaqueta. En la mano llevaba un bolso de esmalte. Las mujeres siempre llevan algún tipo de bolso y jamás he sabido qué clase de objetos pueden guardar dentro. Marie no llevaba nada. Como no tenía bolsillos donde meter las manos (cosa que hacía siempre), parecía no saber qué hacer con ellas.

Una mujer joven acompañada de su sobrina. A pesar de la diferencia de edad, de madurez entre ambas, las dos resultaban muy atractivas, cada cual a su manera. Las observaba tras las cortinas. Al verlas juntas me pareció que el mundo se iluminaba. Eran como la Navidad y el Año Nuevo, siempre una al lado de la otra.

Sonó el timbre y abrí la puerta. Shoko me saludó muy cortésmente y las invité a pasar. Marie apretaba los labios. No dijo nada. Parecía como si se los hubiesen cosido. Era una niña de carácter, sin duda. Una vez que decidía algo, no estaba dispuesta a dar un paso atrás.

Las invité a pasar al salón como de costumbre. Shoko se extendió en disculpas por todo lo ocurrido, y en un momento determinado la interrumpí. No disponía de tiempo para perderlo en formalidades.

—Si no le importa —le dije abiertamente—, ¿podría dejarnos a Marie y a mí un rato a solas? Creo que será mejor así. Puede venir a buscarla dentro de dos horas, si no le parece a usted mal, claro.

—No, no me importa en absoluto —dijo un tanto vacilante—. Si Marie está de acuerdo, por mi parte no hay problema.

Marie asintió ligeramente con la cabeza. No le importaba.

Shoko miró su reloj plateado.

—Volveré sobre las cinco. Estaré en casa, de manera que si necesita algo no dude en llamarme.

Le dije que lo haría en caso de necesidad.

Shoko se quedó allí plantada con el bolso entre las manos y aspecto de estar muy preocupada. Poco después suspiró, como si otra cosa se hubiese colado en sus pensamientos. Sonrió y salió. Puso en marcha el motor de su Prius (en realidad no se oyó ningún ruido, pero supuse que lo había arrancado) y el coche desapareció por la cuesta abajo.

Marie y yo nos quedamos solos en casa. Aún estaba sentada en el sofá con los labios apretados y sin levantar la vista de sus rodillas, que no separaba y estaban enfundadas en las medias. Su blusa blanca estaba perfectamente planchada. Entre nosotros se hizo un profundo silencio que se alargó durante un buen rato. Al final me decidí a hablar.

—No hace falta que digas nada. Si quieres estar callada, por mi parte no hay problema. Solo te pido que no estés tan tensa, que te relajes. Hablaré yo. Solo escúchame. ¿Estás de acuerdo?

Levantó la cara, pero no dijo nada. No asintió ni tampoco negó, tan solo me miró fijamente. Sus gestos no transmitían sentimiento alguno. Al mirar su cara, me parecía estar contemplando la luna llena en pleno invierno. Imaginé que su corazón era como la luna, una masa de roca flotando en el espacio.

—En primer lugar, me gustaría que me ayudases con algo —dije—. ¿Puedes venir al estudio?

Me levanté de la silla y Marie me siguió. En el estudio hacía frío. Encendí la estufa de queroseno y, nada más descorrer las cortinas, vimos la luz clara de la tarde iluminando las montañas. En el caballete estaba su retrato a medio terminar, a punto de que ya no hubiera que retocar nada. Marie lo miró y desvió la mirada enseguida como si hubiese visto algo que no debía.

Me agaché y retiré la tela que envolvía *La muerte del comendador*. Lo colgué en la pared y le pedí que se sentase en la banqueta justo enfrente para mirarlo.

—Ya lo habías visto, ¿verdad?

Asintió ligeramente.

—El cuadro se titula *La muerte del comendador*. Estaba escrito en el envoltorio donde lo encontré. Es obra del dueño de la casa. No sé cuándo lo pintó, pero sí que es una obra casi perfecta. Tiene una composición precisa, una técnica inmejorable. Los personajes resultan muy realistas, persuasivos. —Me callé durante un rato para que mis palabras impregnasen bien su mente—. Sin embargo —continué—, ha estado mucho tiempo escondido en el desván de la casa, oculto a los ojos de la gente. Tal vez se ha pasado años y años ahí arriba acumulando polvo. Lo encontré por casualidad, lo bajé y lo traje al estudio. Aparte de su autor, quizá solo lo hemos visto tú y yo. Nadie más. Tu tía también debió de verlo el primer día que vinisteis a esta casa, pero por alguna razón no le llamó la atención. No tengo ni idea de por qué Tomohiko Amada decidió esconderlo en el desván. Es una obra magnífica. De hecho, puede que se trate de su obra maestra. ¿Por qué lo escondería entonces?

Marie no dijo nada. Sin moverse de la banqueta, observó detalladamente el cuadro con un gesto serio.

—Desde que lo encontré han sucedido todo tipo de cosas, como si fuera una señal de algo. Cosas muy extrañas. Primero apareció el señor Menshiki. Me refiero al hombre que vive al otro lado del valle. Te acuerdas de él, ¿verdad? Estuviste en su casa.

Hizo un ligero gesto con la cabeza.

—Más tarde descubrí ese extraño agujero detrás del templete en el bosque. Empecé a oír un ruido como de una campanilla en plena noche y al seguirlo llegué allí. El sonido venía en realidad de debajo de un montón de piedras amontonadas como un túmulo. Era imposible quitarlas a mano. Eran demasiado grandes y pesadas. Menshiki llamó a un conocido suyo que vino con una máquina para ayudarnos. No sé por qué se tomó tantas molestias y aún sigo sin saberlo. En cualquier caso, lo hizo y se gastó dinero. Entonces descubrimos ese agujero circular en el suelo de casi dos metros de diámetro. Era una especie de sala de piedra y alguien se había esforzado mucho en construirla. No sé quién y para qué hizo algo así. Sabes de qué te hablo, ¿verdad?

Una vez más, Marie repitió el mismo gesto con la cabeza.

—Al abrir el agujero salió de su interior el comendador. Un personaje como este que aparece en el cuadro.

Me acerqué y se lo señalé. Marie observaba sin perder detalle, pero sin alterar el gesto.

—El comendador que salió de allí tenía la misma cara, iba vestido con la misma ropa, pero apenas alcanzaba los sesenta centímetros de estatura. Era, cómo decirlo, muy compacto y hablaba de una manera extraña y rimbombante. Sin embargo, parece que nadie aparte de mí podía verle. Decía de sí mismo que era una idea y me explicó que había estado allí encerrado. En resumen, Menshiki y yo le liberamos. ¿Sabes lo que es una idea?

En esta ocasión dijo que no con la cabeza.

—Una idea es algo parecido a un concepto, pero no se puede afirmar que todos los conceptos sean ideas. Por ejemplo, el amor en sí mismo puede no ser una idea, pero lo que llega a darle forma es, sin duda, una idea. Sin una idea, el amor no puede existir, pero si empezamos con tautologías no llegaremos a nada. A decir verdad, yo tampoco sabría darte una definición exacta. De todos modos, la idea es un concepto y un concepto es algo sin forma, abstracto. Nada más. Como era visible a los ojos de la gente, esa idea tomó prestada la forma del comendador del cuadro. Eso es. Digamos que fue un préstamo. Después se presentó ante mí. ¿Hasta aquí lo entiendes?

—Más o menos —dijo abriendo la boca por primera vez—. Yo también le he visto.

—¿Le has visto? —pregunté muy sorprendido.

Me quedé sin saber qué decir durante un rato y después me acordé de lo que me había dicho el comendador en la residencia donde estaba ingresado Tomohiko Amada: «La he visto hace apenas un rato y hemos intercambiado unas palabras».

—¿Viste al comendador?

Marie asintió.

—¿Cuándo? ¿Dónde?

—En casa de Menshiki —contestó.

—¿En casa de Menshiki? ¿Y qué te dijo?

Apretó los labios de nuevo para mostrarme con ese gesto su determinación a decir solo lo justo. Me resigné.

—También se me han aparecido otros personajes del cuadro —continué—. Como el hombre barbudo de cara extraña en la parte inferior izquierda del cuadro. Me refiero a este de aquí.

Le señalé a «cara larga» con el dedo.

—Yo le llamo «cara larga» y es un personaje realmente extraño. También es muy compacto y no mide más de sesenta centímetros de alto. Se me apareció delante de igual modo que lo hace aquí en el cuadro. Abrió una trampilla en el suelo que daba a un agujero y me guio a través de un mundo subterráneo. En realidad tuve que obligarlo.

Marie miró a «cara larga» durante un rato sin decir nada.

—Atravesé a pie aquel mundo subterráneo, subí a una colina, crucé un caudaloso río y me encontré con esta joven hermosa de ahí. Me refiero a ella. Yo la llamó doña Anna, como el personaje de la ópera *Don Giovanni* de Mozart. También era de tamaño reducido. Fue ella quien me guio hasta una abertura lateral en una cueva y la que, junto con mi hermana pequeña, me animó para que me metiese allí, para que atravesase aquel pasadizo. De no haber estado ellas dos no habría sido capaz de hacerlo, me habría quedado atrapado para siempre en ese lugar. Tal vez, y solo es una suposición, claro, esa doña Anna fue en realidad la novia de Tomohiko Amada cuando estuvo en Viena. La asesinaron por motivos políticos hace ya casi setenta años.

Marie miró a la doña Anna del cuadro. Sus ojos no transmitían sentimientos, como la luna llena de invierno.

Quizá doña Anna era la madre de Marie, que había muerto por la picadura de avispas gigantes asiáticas. Quizá trataba de proteger a su hija. Tal vez doña Anna era muchas personas al mismo tiempo, pero no expresé en voz alta mi suposición.

—Aquí hay otro hombre —continué.

Le di la vuelta al otro cuadro que tenía en el suelo y lo apoyé contra la pared. Me refería a *El hombre del Subaru Forester blanco*. A primera vista, solo era un lienzo pintado a tres colores, pero tras los gruesos trazos se intuía su figura. Yo la veía, pero no tenía claro que los demás también la viesen.

—Habías visto antes este cuadro, ¿verdad?

Inclinó la cabeza con un gesto afirmativo.

—Fuiste tú quien me dijo que ya estaba terminado, que debía dejarlo tal cual.

Marie volvió a asentir.

—Este personaje oculto que aún debe aparecer, me lo crucé en una pequeña ciudad costera de la prefectura de Miyagi. De hecho, me crucé con él dos veces. Fueron dos encuentros extraños, enigmáticos y cargados de significado. No sé qué clase de persona es y tampoco conozco su nombre, pero por alguna razón pensé que debía pintar su retrato. Fue un impulso, casi una necesidad. Empecé sirviéndome solo de mis recuerdos y he sido incapaz de terminarlo. Por eso lo he dejado así.

Los labios de Marie seguían apretados formando una línea recta. Poco después sacudió la cabeza.

—Esa persona me da miedo —dijo.

—¿Esa persona? —repetí, y miré hacia donde miraba ella, que tenía los ojos clavados en el hombre del Subaru Forester blanco—. ¿Te refieres al cuadro, o al hombre?

Asintió con firmeza. A pesar del miedo, parecía incapaz de apartar la mirada de él.

—¿Lo ves?

Asintió.

—Lo veo debajo de los colores. Está de pie. Me está mirando y lleva una gorra negra.

Agarré el cuadro y volví a darle la vuelta.

—Puedes ver a ese hombre. Una persona normal no sería capaz, pero es mejor que no le mires más. Me parece que todavía no debes verlo.

Marie hizo un gesto indicando que estaba de acuerdo.

—Tampoco estoy seguro de si ese hombre existe de verdad en este mundo. Tal vez alguien o algo tomó prestada su forma momentáneamente, como hizo la idea con la figura del comendador. Tal vez solo veo una proyección de mí mismo en esa persona, pero en el oscuro mundo subterráneo no era una simple proyección, no era una sombra. Era algo vivo, se movía, tenía un tacto muy real. En aquel lugar lo llamaban «doble metáfora». Me gustaría terminar ese cuadro en algún momento, pero siento que todavía es peligroso hacerlo. En este mundo hay cosas que no se pueden sacar a la luz a la ligera, pero yo, tal vez...

Marie me miró fijamente sin decir nada. Ya no me sentía capaz de seguir hablando.

—De todos modos —continué al fin—, atravesé ese mundo subterráneo gracias a la ayuda de mucha gente y pude deslizarme por ese estrecho y oscuro conducto para volver a duras penas a nuestro mundo real. Tú regresaste al mismo tiempo. De algún modo también te liberaron a ti. No me parece que todo esto sea una simple casualidad. Has estado desaparecida desde el viernes pasado. Cuatro días en total. A mí me ha pasado lo mismo desde el sábado y los dos hemos regresado el mismo día. Esos dos hechos tienen alguna relación. Creo que el comendador se ha encargado de conectarnos, pero él ya no está en este mundo. Se ha marchado a alguna parte después de cumplir su misión y ahora debemos cerrar este círculo entre tú y yo. Los dos solos. ¿Te crees todo lo que te estoy contando?

Marie asintió.

—Quería hablar contigo de esto. Por eso le he pedido a tu tía que nos dejara solos.

Marie me miraba fijamente a los ojos.

—Pensé que nadie me creería ni me entendería por mucho que dijera la verdad. Me tomarían por loco, porque es una historia sin lógica alguna, sin conexión con la realidad. Sin embargo, siempre he pensado que tú sí lo entenderías, pero para poder hablarte de ello debía enseñarte antes el cuadro de Tomohiko Amada. Si no, el círculo no llegaría a cerrarse. Nunca he querido enseñárselo a nadie que no fueras tú.

Marie me miraba en silencio. La luz de la vida parecía regresar a sus ojos poco a poco.

—Para pintar este cuadro, Tomohiko Amada tuvo que emplearse en cuerpo y alma. Se aprecian en él sentimientos profundos. Tuvo que dejarse la piel, la sangre, el cuerpo. Un cuadro como este solo se puede pintar una vez en la vida. Lo pintó para sí mismo y para otra gente que ya no existe en este mundo. Se puede decir que es una especie de réquiem, una obra para purificar la sangre derramada.

—¿Un réquiem?

—Una obra para calmar a los espíritus, para sanar las heridas. Por eso para él las críticas o las alabanzas mundanas, las recompensas económicas, eran cosas sin sentido. Más bien cosas que ni siquiera debían existir. Al él le bastaba con haberlo pintado, que existiera en algún lugar de este mundo, aunque estuviese envuelto y oculto en un desván donde nadie podía verlo. Creo que debo respetar su voluntad.

Entre nosotros se instaló un profundo y largo silencio.

—Tú siempre has jugado por aquí, venías por tu camino secreto, ¿verdad?

Asintió.

—¿Has visto alguna vez a Tomohiko Amada?

—Algunas veces, pero nunca hablé con él. Le miraba escondida a lo lejos cuando pintaba. No quería que me descubriera porque había entrado en su propiedad sin permiso.

Me imaginaba perfectamente la escena: Marie curioseando el interior del estudio, escondida tras unos arbustos; Tomohiko Amada sentado en su banqueta, concentrado en el trabajo e incapaz de imaginar siquiera que alguien pudiera estar observándole.

—Me has dicho que querías que te ayudase —dijo ella.

—Es cierto. Me gustaría que me ayudases a hacer una cosa. Quiero envolver bien estos dos cuadros y esconderlos en el desván para que no los vea nadie. Me refiero a *La muerte del comendador* y al retrato de *El hombre del Subaru Forester blanco*. Me parece que ya no los necesitamos. Me gustaría que me ayudases si no te importa.

Marie se mostró de acuerdo sin necesidad de decir nada. Lo cierto es que no quería hacer ese trabajo yo solo. Aparte de querer su ayuda, también necesitaba un testigo presencial, alguien con quien compartir mi secreto y que supiera guardar silencio.

Fui a la cocina a buscar un cúter y un cordón. Entre los dos envolvimos bien el cuadro de Tomohiko Amada, primero con el mismo papel marrón con el que lo había envuelto su propietario, después lo atamos bien con el cordón, volvimos a cubrirlo con una tela blanca y lo atamos una última vez con otra vuelta del cordón. Lo hicimos lo mejor que pudimos para que costara abrirlo. El retrato del hombre del Subaru Forester blanco no se había secado por completo y pusimos menos celo a la hora de envolverlo. Después entramos en la habitación de invitados, me subí a la escalera, abrí la trampilla (en ese momento me di cuenta de lo mucho que se parecía a la trampilla por donde asomaba «cara larga») y subí al desván. El aire allí dentro era frío, pero resultaba agradable. Marie me pasó los cuadros desde abajo. Subí primero *La muerte del comendador* y después *El hombre del Subaru Forester blanco*. Los apoyé contra la pared.

Entonces me di cuenta de que no estaba solo en el desván. Notaba la presencia de alguien. Me asusté. Contuve la respiración. Sin embargo, solo se trataba del búho. El búho de siempre, tal vez. El pájaro nocturno descansaba en la misma posición de siempre y encima de la misma viga. Me acerqué, pero no pareció preocuparse. También en eso se comportaba como las otras veces.

—Sube un momento —le susurré a Marie que seguía abajo—. Quiero enseñarte algo maravilloso, pero no puedes hacer ruido.

Se acercó a la escalera con una expresión de curiosidad en los ojos y enseguida apareció por el hueco que daba acceso al desván. Le agarré las manos para ayudarla a subir. El suelo acumulaba una considerable capa de polvo y se iba a ensuciar la falda, pero no pareció preocuparle en absoluto. Me agaché y le señalé la viga donde estaba posado el búho. Se arrodilló junto a mí y lo miró fijamente. Era un pájaro precioso, como un gato con alas.

—Vive aquí —le dije en voz baja—. Sale por la noche para ir al bosque a cazar y vuelve por la mañana para descansar. Creo que usa ese hueco de ahí.

Señalé el hueco de ventilación con la malla metálica rota. Marie asintió. Podía oír su respiración agitada.

Observamos al búho sin decir nada. Descansaba en silencio, sumido en profundos pensamientos sin preocuparle nuestra presencia. Compartíamos la casa por un acuerdo tácito. Uno hacía su vida de día y el otro de noche, así dividíamos el reino de la conciencia en dos mitades iguales.

Marie tomó mi mano con la suya y apoyó la cabeza en mi hombro. Apreté su mano pequeña. Era un gesto que había repetido infinidad de veces con mi hermana Komi. Éramos inseparables, nos entendíamos sin necesidad de palabras en cualquier situación. Hasta que la muerte nos separó.

Sentí cómo la tensión del cuerpo de Marie se relajaba. Algo en su interior se aflojaba poco a poco. Le acaricié la cabeza. Tenía el pelo liso, suave. Al acariciar sus mejillas me di cuenta de que lloraba. Derramaba cálidas lágrimas como si fueran gotas de sangre brotando directamente del corazón. La abracé. Esa niña necesitaba derramar lágrimas, pero hasta ese momento había sido incapaz de llorar como era debido. Quizá le ocurría desde hacía mucho tiempo. El búho y yo la observamos sin decir nada.

Por el hueco de ventilación con la malla metálica rota se colaba en diagonal un rayo de luz vespertino. A nuestro alrededor solo había polvo blanquecino y silencio. Un polvo y un silencio que parecían enviados de un tiempo remoto. Ni siquiera se oía el rumor del viento. Sobre la viga, el búho preservaba en silencio la sabiduría del bosque. Una sabiduría que parecía provenir de un tiempo pretérito.

Marie lloró en silencio durante un buen rato. Sabía que lloraba por los pequeños temblores que notaba en su cuerpo. Le acariciaba el pelo con cariño, como si el pasado regresase al presente.

60

En el caso de tener un brazo
lo suficientemente largo

—Todo este tiempo he estado en casa del señor Men-shiki —dijo Marie—. Los cuatro días.

Al fin era capaz de hablar tras haberse desahogado. Ya habíamos vuelto al estudio. Marie estaba sentada en la banqueta de trabajo con las rodillas juntas. Yo estaba de pie, apoyado contra el marco de la ventana. Tenía unas piernas bonitas, se veía a pesar de las gruesas medias. En cuanto creciera un poco más, tal vez esas mismas piernas atrajesen las miradas de muchos hombres y su pecho ya habría crecido. Sin embargo, en ese momento solo era una niña frágil y desorientada a las puertas de la vida.

—¿Estuviste en casa de Menshiki? —pregunté sorprendido—. No lo entiendo. Puedes explicármelo.

—Fui a su casa porque quería saber más cosas sobre él. Lo primero, por qué razón tiene que espiar mi casa con sus prismáticos todas las noches. Me parecía que si se había comprado una casa tan grande, solo lo había hecho para espiarnos, para vernos desde el otro lado del valle. Pero no entendía por qué. No es normal. Pensé que debía de haber una razón oculta.

—¿Y por eso fuiste a verle?

Marie negó con la cabeza.

—No fui a verle. Me colé sin que se diera cuenta y luego no pude salir.

—¿Te colaste?

—Sí, como una ladrona, pero no quería robar nada.

Según me contó, el viernes, nada más terminar las clases de la mañana, se escapó por la puerta de atrás de la escuela. De no haber asistido, los profesores habrían llamado enseguida a su casa para interesarse por ella, pero si se escapaba después del almuerzo, antes de las clases de la tarde, ya no llamarían. Marie no sabía la razón, pero sí que el sistema funcionaba así. Además, como nunca había hecho algo parecido, podía permitirse el lujo a pesar de la posterior reprimenda de sus profesores. Se subió al autobús y se bajó cerca de su casa, tomó el camino que llevaba directo a casa de Menshiki.

En un principio no tenía intención de colarse. Ni siquiera se le había pasado por la cabeza, pero tampoco pensaba llamar al timbre y presentarse de una manera más o menos oficial. En realidad, no había ideado ningún plan. Tan solo se sentía atraída por esa mansión blanca como un trozo de hierro se siente atraído por un potente imán. No obstante, solo con contemplar la casa desde el exterior no iba a ser capaz de descifrar el enigma de Menshiki. De eso sí era muy consciente. No podía reprimir su curiosidad. Sus piernas la llevaron hasta allí como si tuvieran voluntad propia.

Para llegar a la casa tuvo que subir una larga cuesta y, de pronto, al darse media vuelta, vio el destello del mar entre montaña y montaña. Unos muros altos protegían la casa y la puerta de la entrada estaba cerrada a cal y canto. A ambos lados había cámaras de vigilancia y unos carteles de la empresa de seguridad advirtiendo de ello. No era sencillo acercarse hasta allí. Se escondió en la espesura no muy lejos de la puerta y observó un rato. No se produjo ningún movimiento ni en el interior ni en el exterior de la casa. No entró ni salió nadie, no se oyó ningún ruido al otro lado de los muros.

Esperó allí escondida alrededor de media hora sin saber muy bien qué hacer y, cuando ya estaba a punto de marcharse, vio una furgoneta subiendo despacio la cuesta. Era de una empresa de reparto. Se detuvo frente a la puerta, bajó un chico joven vestido de uniforme con una carpeta en la mano. Se acercó, pulsó el timbre y cruzó unas palabras con alguien al otro lado. Poco después la puerta de madera se abrió despacio hacia el interior, el chico subió deprisa a la furgoneta y entró.

Marie no tenía margen para ponerse a pensar en detalles. En cuanto arrancó la furgoneta salió de entre los árboles y corrió lo más rápido que pudo antes de que la puerta volviera a cerrarse. Logró colarse por los pelos. Tal vez había entrado en el campo de visión de las cámaras durante unos segundos, pero no parecía haberla visto nadie. Más que eso, temía que pudiera haber por allí un perro suelto. Cuando echó a correr ni se le pasó por la cabeza. Se le ocurrió cuando ya estaba dentro y la puerta se había cerrado a sus espaldas. No era raro que en una casa así hubiera un dóberman para vigilar y, en ese caso, eso sería un verdadero problema. No le gustaban los perros, pero por fortuna no apareció ninguno, y tampoco oyó ningún ladrido. Se acordó de la última vez que había estado en esa casa, no había oído hablar de ningún perro.

Se escondió entre la vegetación y observó un rato. Tenía la garganta seca. Se había colado como una ladrona. Había entrado sin permiso en una propiedad privada. Pensó que, sin lugar a dudas, infringía alguna ley.

Las imágenes grabadas por las cámaras serían la prueba de su delito.

En ese momento ya no estaba segura de lo que hacía. Después de que la furgoneta entrase, había corrido movida por un impulso, como un acto reflejo. No tuvo margen para pensar en las consecuencias de sus actos. Simplemente se dijo que no iba a tener otra oportunidad, y que era en ese momento o nunca. Se decidió en un segundo. Fue un acto espontáneo más que producto de un razonamiento lógico. Y, curiosamente, no tuvo remordimientos.

Siguió escondida tras los arbustos y al cabo de un rato apareció de nuevo la furgoneta de reparto. La puerta volvió a abrirse y salió. Si quería marcharse de allí, esa era una oportunidad de oro. Debía darse prisa antes de que la puerta se cerrase. De ese modo podría regresar a la seguridad y no llegaría a convertirse en una delincuente. Sin embargo, no lo hizo. Se quedó agazapada donde estaba sin dejar de mordisquearse los labios y esperó a que la puerta se cerrase.

Esperó diez minutos. Midió el tiempo con el pequeño G-Shock de Casio que llevaba en la muñeca, y después salió de entre los arbustos. Descendió por la suave pendiente que conducía a la entrada de la casa con pasos rápidos. Caminaba agachada para evitar entrar en el campo de visión de la cámara. Eran las dos y media de la tarde.

¿Qué haría si Menshiki llegaba a descubrirla? Pensó en ello. De ocurrir, confiaba en ser capaz de zafarse de algún modo. Al parecer, Menshiki tenía mucho interés en ella (o algo parecido al interés). Podría decirle que estaba jugando por la zona y había entrado porque la puerta estaba abierta por casualidad. Menshiki la creería si se lo decía con su cara de niña buena. Estaba segura de que ese hombre quería creer en algo y tal vez la creyera sin más. Lo que no adivinaba era el origen de ese profundo interés, si era algo bueno o malo para ella.

Nada más terminar la pendiente se hallaba la entrada de la casa. Al lado de la puerta, el timbre. Obviamente, no podía pulsarlo. Dio un rodeo grande para evitar una pequeña rotonda bajo el porche de la entrada y, ocultándose entre los árboles y los arbustos, avanzó junto al muro alrededor de la casa en el sentido de las agujas del reloj. Cerca de allí había un garaje para dos coches. Estaba cerrado. Avanzó un poco más y descubrió, un poco apartada, una elegante casita a modo de *cottage*. Pensó que era la casa de invitados. Más allá todavía había una pista de tenis. Era la primera vez en su vida que veía una casa con pista de tenis. ¿Con quién jugaba Menshiki al tenis? Tenía todo el aspecto de que no se usaba desde hacía mucho tiempo. No había red, la tierra batida estaba cubierta de hojas secas y las líneas del campo muy difuminadas.

Las ventanas de la casa que daban al lado de la montaña eran muy pequeñas y estaban cerradas a cal y canto con unos estores metálicos. No se veía el interior y tampoco le llegaba ningún ruido. No oyó el ladrido de ningún perro. Tan solo el canto de los pájaros desde las ramas más altas de los árboles de vez en cuando. Al avanzar un poco más topó con otro garaje detrás de la casa también para dos coches. Daba la impresión de que lo habían construido más tarde por necesidad.

En la parte de atrás de la casa se extendía un jardín japonés que aprovechaba la inclinación de la montaña.

Tenía escaleras, grandes piedras decorativas y un paseo entre ellas. Las azaleas estaban bien podadas y un pino de color verde claro extendía sus ramas por encima de su cabeza. Un poco más allá había una especie de pérgola con una tumbona reclinable donde seguramente Menshiki se sentaba a leer. También una mesa auxiliar. El jardín tenía muchas farolas de piedra decorativas y luces de jardín.

Dio una vuelta completa y llegó a la parte de la casa que daba al valle. Allí se encontraba la gran terraza donde había estado la última vez. Desde allí las espiaba Menshiki. Nada más poner un pie en aquel lugar se dio cuenta. Fue consciente de ello y no le cupo ninguna duda.

Aguzó la vista en dirección a su casa. Estaba muy cerca, al otro lado del valle. Daba la impresión de poder alcanzarla solo con alargar el brazo (en el caso de tener un brazo lo suficientemente largo). Vista desde allí, parecía muy desprotegida. Cuando la construyeron, no había nada al otro lado del valle. Hacía poco tiempo habían cambiado las normas urbanísticas y permitieron construir también en el lado donde ella se encontraba en ese momento (en realidad, ya hacía más de diez años de aquello). A partir de entonces, ya no pudieron hacer nada para preservar su intimidad. De hecho, su casa quedó casi completamente expuesta, y con unos buenos prismáticos o un buen telescopio, pensó, se vería sin problemas el interior de la casa. Su cuarto también, por supuesto. Marie siempre había sido muy cautelosa, y cuando se cambiaba de ropa, tomaba la precaución de echar las cortinas. Pero a veces se descuidaba. ¿Qué o cuánto había visto Menshiki?

Bajó las escaleras del jardín y llegó a la planta inferior, donde estaba el estudio. También allí las ventanas tenían todos los estores echados. No veía nada y decidió seguir una planta más abajo, donde estaba la zona de servicios, el cuarto de la lavadora, el de la plancha, un pequeño apartamento para una asistenta y un gimnasio amplio con no menos de cinco o seis máquinas de musculación. Al contrario de lo que ocurría con la pista de tenis, eso sí parecía usarse a menudo. Las máquinas estaban bien cuidadas, engrasadas y había un saco de arena de boxeo colgado del techo. Esa planta no parecía tan vigilada como las demás. Los estores de las ventanas no estaban bajados y se podía ver dentro desde el jardín. No obstante, puertas y ventanas estaban cerradas a cal y canto y no había forma de entrar. En los cristales había pegatinas de la empresa de seguridad para disuadir a posibles ladrones. Si a alguien se le ocurriese abrirlas, la alarma saltaría de inmediato. Era una casa enorme y Marie no entendía cómo podía vivir en un lugar así un hombre solo. Debía de llevar una vida muy solitaria. La casa estaba construida con hormigón y protegida a conciencia con todo tipo de dispositivos. No había perro (quizás a él tampoco le gustaban), pero no había escatimado en otros sistemas de seguridad.

Ahora bien, ¿qué podía hacer? No tenía ni idea. No podía entrar en la casa y tampoco salir de la propiedad. Menshiki se encontraba dentro, estaba segura. Había recibido un paquete o algo y allí no vivía nadie más. Menshiki le había dicho a su tía que, aparte de la empresa de limpieza que acudía una vez por semana, no iba nadie.

Como no tenía forma de entrar, necesitaba encontrar algún sitio donde esconderse. Si empezaba a deambular terminaría por descubrirla. Buscó y al final encontró una caseta para las cosas del jardín. No estaba cerrada con llave y dentro solo había herramientas, algunas mangueras y unos cuantos sacos de abono. Entró y se sentó encima de uno de los sacos. No era un lugar cómodo, pero si se quedaba allí quieta, la cámara no la veía. Imaginaba que nadie iría por allí y como antes o después sucedería algo, no le quedaba más remedio que esperar.

No podía moverse con libertad y, no obstante, sentía una especie de exaltación saludable. Esa mañana después de ducharse se había mirado al espejo y se había dado cuenta de que su pecho empezaba a crecer. Quizás eso contribuía a su exaltación. Podía ser una simple ilusión inducida por el deseo, pero se había mirado desde todos los ángulos, se había tocado con la mano y le había parecido que existía una suave redondez que antes no estaba allí. Sus pezones aún eran muy pequeños. Nada comparable a los de su tía, que le recordaban a los huesos de las aceitunas, pero sin duda había síntomas de crecimiento.

Allí metida, se dedicó a matar el tiempo pensando en la redondez incipiente de su pecho. Imaginaba cómo crecían cada vez más. ¿Cómo se sentiría una mujer habitando un cuerpo con pechos generosos? Pensó en el momento de ponerse un sujetador de verdad como el que llevaba su tía. Sin embargo, aún faltaba mucho para eso. Apenas había tenido su primera regla la primavera pasada.

Tenía sed, pero aún podía aguantar. Miró la hora. Eran las tres y cinco pasadas del viernes, el día de la clase de pintura. Nada más levantarse había tomado la decisión de no ir y no había preparado nada. En cualquier caso, si no volvía a casa antes de la cena su tía se preocuparía y, en ese caso, no le iba a quedar más remedio que pensar una buena excusa.

Se quedó dormida unos minutos. Al despertarse, no se creía que hubiera sido capaz de dormirse en un lugar como ese y en una situación semejante, pero lo cierto es que lo había hecho y sin darse cuenta. Fue un sueño breve. Diez o quince minutos a lo sumo. No, tal vez mucho menos, pero fue un sueño muy profundo. Cuando se despertó, se sintió desorientada: no sabía dónde estaba ni qué hacía allí. Había soñado algo incoherente: un sueño en el que aparecían grandes pechos y chocolate con leche. Tenía saliva en la boca y enseguida recordó que se había colado en casa de Menshiki y estaba escondida en la caseta del jardín.

La había despertado un ruido. Un runrún continuo de un motor. En concreto, el de la puerta del garaje que empezaba a abrirse. Quizá Menshiki se marchaba a alguna parte. Salió de la caseta y se acercó a hurtadillas a la parte de delante. La puerta se abrió del todo y el ruido cesó. Después arrancó el motor de un coche y el Jaguar plateado asomó el morro despacio. En el asiento del conductor estaba sentado Menshiki. Tenía la ventanilla abierta y su pelo completamente blanco brillaba bajo el sol de la tarde. Marie observaba oculta tras unos arbustos.

Si Menshiki hubiese mirado hacia los arbustos que quedaban a su derecha, quizá la habría visto allí escondida. Eran demasiado bajos para ocultarla por completo. Por fortuna, solo miraba hacia delante. Parecía sumido en sus pensamientos, concentrado en sus manos en el volante. El Jaguar avanzó, tomó la curva y desapareció. La puerta metálica del garaje empezó a bajar después de que la accionara con el mando a distancia. Marie salió disparada de entre los arbustos y se deslizó por la abertura de la puerta a punto de cerrarse, como si fuera Indiana Jones en *En busca del arca perdida*. También eso fue un reflejo instantáneo. Si podía entrar en el garaje, pensó, desde allí podría acceder al interior de la casa. El sensor de la puerta automática detectó algo y la puerta se detuvo, pero el mecanismo volvió a accionarse a los pocos segundos.

En el garaje había otro coche. Un deportivo azul marino descapotable con la capota beige, el coche que tanto había impresionado a su tía. Pero a ella no le interesaban los coches y ni siquiera se molestó en mirarlo. Tenía un morro muy largo y también lucía el emblema del jaguar. A pesar de su ignorancia, supuso que se trataba de un vehículo caro y valioso.

Al fondo había una puerta que daba acceso a la casa. Giró el picaporte y descubrió, sorprendida, que no estaba cerrada con llave. Se sintió aliviada. En condiciones normales nadie cierra con llave a plena luz del día una puerta que conecta el garaje con la casa, pero Menshiki era un hombre prudente y cauteloso y no le habría sorprendido que lo hubiera hecho. A lo mejor había salido para atender un asunto importante y por eso se había olvidado. Tuvo mucha suerte.

Entró en la casa. No sabía qué hacer con los zapatos. Al final decidió descalzarse y llevárselos consigo. Obviamente, no podía dejarlos allí. La casa estaba en completo silencio, como si todo allí dentro contuviese la respiración. Menshiki no estaba y ella tenía la convicción de que no había nadie más. Era la única persona allí dentro. Durante un rato tendría la libertad de ir a donde quisiera, de hacer lo que le pareciera.

La última vez que había estado en la casa, Menshiki las había guiado. Se acordaba bien. Había memorizado la distribución. Se dirigió primero al salón que ocupaba la mayor parte de la primera planta. Desde allí se accedía a la terraza a través de una puerta de cristal corredera. Dudó si abrirla o no. Tal vez había conectado la alarma antes de irse y, en ese caso, nada más abrirla saltaría y todas las lucecitas de alerta en la central de alarmas empezarían a parpadear. De ocurrir semejante cosa, llamarían por teléfono en primer lugar para confirmar qué ocurría y pedirían una clave. Sin soltar los mocasines, Marie pensó durante un rato qué hacer y concluyó que no, no la había conectado. No debía de haber ido muy lejos porque ni siquiera había cerrado con llave la puerta del garaje. Tal vez había salido a comprar algo. Giró la llave de la puerta y abrió con decisión. Esperó un poco. No sonó la alarma y tampoco llamó la empresa de seguridad. Sintió un gran alivio (no le habría hecho ninguna gracia que se presentaran los de la empresa de seguridad) y salió a la terraza. Dejó los zapatos en el suelo y quitó la funda de los prismáticos. Eran demasiado grandes y pesados para ella e intentó ayudarse apoyándolos en la barandilla sin demasiado éxito. Miró a su alrededor y vio el trípode apoyado contra la pared. Era como los trípodes para las cámaras y estaba pintado del mismo verde oliva mate que los prismáticos. Colocó los prismáticos y los fijó con un tornillo. Se subió a un taburete metálico que había por allí y miró a través de ellos. Ahora sí veía bien. El trípode tenía una capa para camuflarse. Supuso que era así como Menshiki espiaba al otro lado del valle.

Veía el interior de su casa con tanto detalle que no salía de su asombro. Las lentes de aumento ofrecían una visión mucho más nítida que la realidad. Pensó que debía de tratarse de unos prismáticos especiales. En algunas habitaciones de su casa las cortinas no estaban echadas y veía los objetos que había dentro casi como si pudiera cogerlos con las manos, un jarrón, una revista encima de una mesa. Su tía estaría en casa, pero no la veía.

Ver el interior de su casa desde un lugar tan alejado le provocaba una extraña sensación. Como si estuviese muerta (no sabía por qué, pero, cuando quiso darse cuenta, de pronto ya se hallaba entre los muertos) y contemplase su antigua casa desde el otro mundo. Era un lugar al que había pertenecido durante mucho tiempo y ya no era suyo. Un lugar íntimo que conocía a la perfección al que ya no podía regresar. Le dominó una inquietante sensación de desamparo.

Enfocó a su habitación. La ventana daba a la casa de Menshiki, pero la cortina estaba completamente echada. Era de color naranja, con unos dibujos estampados que le resultaron muy familiares. Se veían descoloridas por el sol. Tras ellas no adivinaba nada, pero de noche, con la luz encendida, tal vez se atisbaba su silueta al otro lado. Era incapaz de determinar cuánto se podría ver, a no ser que lo hiciera por la noche. Marie movió despacio los prismáticos. Su tía debía de estar en alguna parte, pero no la encontraba. Quizás estaba en la cocina o descansaba en su cuarto. Esa parte de la casa no se veía desde allí.

Sintió unas ganas irrefrenables de volver allí de inmediato. Fue un sentimiento violento. Quería volver, sentarse en su silla, tomarse un té caliente en su taza favorita, mirar distraída cómo su tía preparaba la cena. Pensó en lo maravilloso que sería hallarse en esa situación. Jamás se le había ocurrido pensar hasta entonces en la añoranza que podía llegar a sentir por esa casa. Siempre le había parecido que estaba vacía y que era fea. No le gustaba vivir allí. Ansiaba crecer lo antes posible para marcharse y vivir en un sitio que le gustase, pero en ese momento y en esa circunstancia deseó volver con todas sus fuerzas. Ese era su sitio, el lugar donde se sentía protegida.

De pronto oyó algo parecido a un ligero zumbido y dejó los prismáticos. Vio algo oscuro volando por los aires. Era una avispa gigante con el cuerpo alargado. Una de esas avispas agresivas con un aguijón punzante, como las que habían matado a su madre. Entró en la casa a toda prisa y cerró la puerta con llave. La avispa revoloteó un rato al otro lado del cristal como si la persiguiese. Chocó en un par de ocasiones contra el cristal y después pareció resignarse y marcharse a otra parte. Sintió un gran alivio. Aún respiraba agitada, su corazón palpitaba a toda velocidad. No había nada que le diese más miedo en este mundo que las avispas. Su padre le había hablado muchas veces de lo terribles que eran y ella había consultado varias veces en una enciclopedia ilustrada. A partir de un momento determinado empezó a albergar el temor de que moriría por su culpa, como le había pasado a su madre. Tal vez había heredado de ella la intolerancia a su veneno. Morir era irremediable. Lo tenía asumido, pero debía ocurrirle mucho más adelante. Ella quería disfrutar, aunque solo fuera por un tiempo, de unos pechos y unos pezones decentes. Le parecía terrible morir antes por culpa de las avispas.

Pensó que sería mejor no salir durante un rato. Estaba convencida de que aquel insecto agresivo aún rondaba por allí, de que la había elegido a ella como blanco. Se resignó y decidió investigar el interior de la casa. Primero recorrió el amplio salón. Nada había cambiado desde la última vez que lo vio. El piano de cola Steinway seguía en el mismo sitio, y encima había unas cuantas partituras: variaciones de Bach, una sonata de Mozart y algunas piezas breves de Chopin. No eran piezas que exigieran una gran técnica, pero tocarlas implicaba cierta formación. Incluso Marie se daba cuenta de eso. Había estudiado piano hacía tiempo (nunca se le dio bien porque le atraía más la pintura).

Sobre la mesa de mármol de café había varios libros, debían de estar a medio leer porque todos tenían un marcapáginas. Uno era de filosofía, otro de historia y había dos novelas (una en inglés). Los títulos no le sonaban y tampoco conocía a los autores. Hojeó por encima, pero los temas no le interesaban. El dueño de esa casa leía libros difíciles y le gustaba la música clásica. Entre una afición y otra espiaba su casa con unos prismáticos de alta gama.

¿Era un simple pervertido o tenía alguna razón de peso para hacer algo así? ¿Le interesaba su tía? ¿Le interesaba ella? ¿Acaso las dos? ¿Era posible algo semejante?

Decidió echar un vistazo a las habitaciones de la planta baja. Bajó las escaleras y se dirigió en primer lugar al despacho. Allí estaba colgado su retrato. Marie se plantó en medio de la habitación y observó el cuadro durante un buen rato. Ya lo había visto antes (para eso precisamente había ido a aquella casa), pero al verlo de nuevo sintió como si Menshiki estuviera allí presente. Apartó la vista. En la medida de lo posible intentó ignorarlo e inspeccionó todo lo que se hallaba encima de la mesa. Había un portátil de Apple de alta gama, pero no lo encendió porque debía de tener una contraseña complicada que no iba a poder descifrar en ningún caso. Aparte del ordenador, no había demasiadas cosas: una agenda sin nada anotado, tan solo con unos números y símbolos garabateados del todo indescifrables. Su verdadera agenda debía de llevarla en el ordenador y en otros dispositivos, todo ello, obviamente, protegido con contraseñas. Menshiki era un hombre cauteloso y no iba a quedar al descubierto con tanta facilidad.

Aparte de eso, solo tenía artículos de papelería habituales en cualquier despacho. Todos los lápices tenían prácticamente la misma longitud, con la punta perfectamente afilada. Los clips estaban organizados según tamaños y un bloc de notas en blanco parecía esperar a que escribiesen algo en él. Un reloj digital marcaba el tiempo con una precisión sorprendente. La mesa estaba tan ordenada que casi asustaba. «Si no es un androide muy bien hecho», pensó Marie, «el señor Menshiki tiene, definitivamente, algo raro.»

Los cajones estaban cerrados con llave. Normal. No sería lógico que él los dejara abiertos. En cualquier caso, no había nada especial. Los libros de la librería no le llamaron especialmente la atención. Tampoco los cedés ni ninguno de los aparatos de música a la última con aspecto de ser muy caros. Todo aquello solo mostraba una tendencia, un gusto. No servía para sacar una conclusión sobre él. No conectaba con el secreto que (suponía) abrigaba en su interior.

Salió de allí y recorrió el largo pasillo en penumbra. Abrió la puerta de algunas habitaciones. Ninguna estaba cerrada con llave. Cuando estuvo la otra vez en la casa no pudo verlas. Solo les enseñó el salón de la primera planta, el estudio, el comedor y la cocina en la planta baja (ella usó el baño de invitados de la primera planta). Abrió una tras otra las puertas de aquellas habitaciones desconocidas. La primera era el dormitorio de Menshiki, una habitación muy grande con vestidor y baño incorporados. Tenía una cama doble perfectamente hecha, con un edredón acolchado encima. Ya que no tenía servicio doméstico, debía de ser él quien la hacía. En realidad, no le sorprendió. Junto a la almohada había un pijama liso marrón oscuro doblado con esmero. De las paredes colgaban algunos grabados, una serie de un mismo autor, al parecer. En la mesilla de noche había un libro a la mitad. Parecía tener la costumbre de leer en distintos lugares de la casa. La ventana daba al valle. No era muy grande y el estor estaba bajado.

Abrió la puerta del vestidor. Era muy amplio y guardaba una gran cantidad de ropa. No había demasiados trajes, pero sí muchas americanas. Tampoco abundaban las corbatas. Supuso que no necesitaba vestir formalmente muy a menudo. Las camisas estaban todas guardadas en bolsas de tintorería. Había muchos zapatos de piel y zapatillas. En un rincón tenía colgados todo tipo de abrigos. Toda la ropa era de buen gusto y estaba tan bien cuidada que casi valdría para una revista de moda. Todo en su justa cantidad.

En los cajones de una cómoda había calcetines, pañuelos y demás ropa interior bien ordenada y perfectamente doblada. En otros cajones había algunos vaqueros, polos y sudaderas. Tenía uno grande exclusivo para los jerséis, todos lisos y de distintos colores. Pero aparte de la ropa, no encontró nada que le sirviera para descifrar su secreto. Estaba todo limpio y ordenado de una manera muy funcional. En el suelo no había una sola mota de polvo y los cuadros en la pared estaban todos debidamente alineados y derechos.

Marie comprendió algo sobre Menshiki: una persona así no podía vivir con nadie. Era imposible. Nadie que se tuviese como normal podría hacerlo. Su tía, por ejemplo, era una mujer muy ordenada, pero no llegaba a ese extremo.

La siguiente habitación parecía un dormitorio de invitados. Con una cama doble ya preparada. Junto a la ventana había una mesa y una silla. La habitación también disponía de una televisión pequeña. Sin embargo, no vio indicio alguno de que alguien hubiera dormido allí una sola noche. Parecía un cuarto abandonado a la eternidad. No daba la impresión de que le gustase acoger a muchos invitados en su casa. Simplemente parecía disponer de una habitación así para un caso de emergencia (no imaginaba qué clase de emergencia podía ser).

El siguiente cuarto parecía un almacén. No había un solo mueble, y en el suelo, cubierto con una alfombra verde, había unas diez cajas de cartón amontonadas. Por el peso debían de estar llenas de papeles. Cada una tenía una etiqueta sobre la que habían anotado con bolígrafo símbolos, y todas estaban precintadas con cinta de embalar. Marie supuso que eran papeles de trabajo. Quizá guardaban en su interior importantes secretos, pero no creía que tuvieran nada que ver con ella, sino más bien con sus negocios.

No había ninguna habitación cerrada con llave. Las ventanas daban al valle y los estores estaban echados. Nadie parecía necesitar una luz intensa ni unas bellas vistas. Las habitaciones se hallaban en penumbra, olían a cerrado. La cuarta habitación, sin embargo, le resultó más interesante. No por el cuarto en sí, pues, como los demás, apenas tenía muebles: una silla y una pequeña mesa de madera. Las paredes estaban desnudas. No colgaba un solo cuadro de ellas. Estaba prácticamente vacía, sin el más mínimo atisbo de decoración. Parecía un cuarto vacío, sin uso. Pero cuando abrió el vestidor para echar un vistazo, encontró ropa de mujer. No había mucha, pero sí la suficiente para que una mujer adulta pudiera pasar allí unos cuantos días sin repetir modelo. Tal vez una mujer iba a dormir allí de vez en cuando y dejaba su ropa. Frunció el ceño. ¿Lo sabía su tía?

No obstante, enseguida fue consciente de su equivocación, pues toda la ropa se veía pasada de moda. Los vestidos, las faldas y las blusas eran de marcas conocidas y muy caras, pero ya nadie se vestía así. Marie no sabía mucho de moda, pero se daba cuenta de eso. Esa ropa debía de haber estado de moda antes de que ella naciese. Olía a naftalina. Debía de llevar mucho tiempo allí colgada. Estaba bien guardada y no se veían marcas de polillas ni tampoco se había decolorado. Era de la talla treinta y seis, por lo que, según sus cálculos, la dueña debía de medir alrededor de un metro cincuenta y cinco. Por el tamaño de las faldas, le suponía un cuerpo bien proporcionado. Los zapatos eran del número treinta y seis.

En uno de los cajones había ropa interior, calcetines y pijamas. Todo guardado en una bolsa de plástico para evitar que cogiera polvo. Sacó algunas prendas de ropa interior. Los sujetadores eran de la talla ochenta C. Por la forma de la copa dedujo la forma del pecho de su propietaria: algo más pequeños que los de su tía (aunque era imposible imaginar el aspecto de sus pezones). Era elegante, delicada, ligeramente sexy, cara. La típica ropa interior de marca que una mujer adulta con dinero se compraría pensando en un hombre. Era de seda, con delicados encajes, por lo que había que lavarla a mano. No era la clase de ropa interior que se pondría una mujer para arreglar el jardín. También olía a naftalina. Volvió a doblarla con cuidado, la metió en la bolsa y cerró el cajón.

La ropa debía de pertenecer a una mujer con la que Menshiki había tenido relación quince o veinte años atrás. Esa fue la conclusión a la que llegó. La mujer de talla treinta y seis, con zapatos también del número treinta y seis y sujetador ochenta C, lo había dejado todo allí por alguna razón y no volvió nunca más. ¿Por qué? Si se habían separado, lo normal habría sido que se lo llevase. No tenía forma de saber qué había pasado. En cualquier caso, Menshiki se había tomado muchas molestias para conservarla, tal como custodiaron los enanos del Rin el oro legendario que hay en el fondo del río. Supuso que entraba allí de vez en cuando para mirarla, para acariciarla o para cambiar la naftalina. No le creía capaz de delegar ese trabajo en otra persona.

¿Dónde estaba esa mujer? Tal vez se había casado con otro hombre. Quizás había enfermado o muerto a causa de algún accidente; sin embargo, daba la impresión de que Menshiki no la había olvidado. (Por supuesto, Marie no sabía que esa mujer era su madre y yo no veía la razón de explicárselo. Tal vez la única persona que tuviera derecho a hacerlo fuera el propio Menshiki.)

Marie se quedó pensativa. El hecho de que quisiera tanto a una mujer durante tanto tiempo, ¿debía suscitarle una mayor simpatía o, por el contrario, provocarle cierta cautela?

Mientras Marie pensaba en todo eso, oyó de pronto el ruido de la puerta del garaje al abrirse. Menshiki había vuelto. Estaba tan ensimismada con aquella ropa que no había oído el motor del coche. Tenía que salir rápidamente de allí, esconderse en un lugar seguro, pero en ese momento se dio cuenta de una cosa, se acordó de algo tan grave que le dio un ataque de pánico.

Había dejado los zapatos en la terraza. Había quitado la funda de los prismáticos y los había montado en el trípode. La avispa gigante la había obligado a ponerse a salvo y lo había dejado todo tal cual. Si Menshiki encontraba las cosas así (tarde o temprano saldría a la terraza), se daría cuenta de que alguien había entrado en la casa en su ausencia y, nada más ver sus mocasines, entendería que se trataba de una niña. Era un hombre inteligente y no le llevaría mucho tiempo deducir que se trataba de Marie. Empezaría a buscarla por todas partes y no tardaría en dar con ella.

No tenía margen para salir corriendo hasta la terraza, recoger los zapatos, guardar los prismáticos en la funda y dejarlo todo como lo había encontrado. Si lo hacía, se daría de bruces con él. No sabía qué hacer. Le costaba respirar. Su corazón palpitaba cada vez más rápido y le costaba mover los brazos y las piernas.

El motor del coche se detuvo. Oyó cómo bajaba la puerta del garaje. Menshiki no tardaría en entrar. ¿Qué podía hacer? Tenía la mente en blanco. Se sentó en el suelo, cerró los ojos y se tapó la cara con las manos.

—Quedaos ahí sin moveros —le dijo alguien.

Pensó que era una alucinación, pero no. No lo era. Abrió los ojos y justo delante de ella vio a un hombre anciano de unos sesenta centímetros de altura. Estaba sentado encima de una cómoda baja. Tenía el pelo entrecano, recogido, vestía una extraña ropa blanca que parecía muy antigua y en la cintura llevaba una pequeña espada. Volvió a pensar que se trataba de una alucinación. Quizás el pánico le hacía ver cosas que no existían.

—No, no soy una alucinación —dijo el hombre en voz baja—. Soy el comendador. Yo os ayudaré.

—No soy ni una ilusión óptica ni auditiva ni una alucinación —repitió el comendador—. Podría suscitar una
discusión sobre si existo realmente o no, pero, en cualquier caso, no soy una ilusión óptica. He venido para
ayudaros. Tal vez necesitáis ayuda, ¿me equivoco?

A pesar de su forma tan peculiar de hablar, Marie
supuso que se dirigía a ella. Asintió con una ligera inclinación de la cabeza. Se expresaba de forma extraña,
sí, pero no le faltaba razón. Por supuesto que necesitaba ayuda.

—De todo punto imposible llegar hasta la terraza
para recuperar vuestros zapatos —continuó el comendador—. Nos resignamos también a dejar los prismáticos
como están, pero no os inquietéis. Haré cuanto esté en
mi mano para que el señor Menshiki no salga. Al menos
durante un rato. No obstante, una vez que anochezca,
tal cosa será imposible. Al ocaso saldrá a la terraza para
observar vuestra casa al otro lado del valle. Es su costumbre diaria. Debemos resolver el problema antes. ¿Entendéis lo que os digo?

Marie volvió a asentir. A duras penas entendía lo que
estaba pasando.

—Mientras tanto —prosiguió el comendador— debéis esconderos en el vestidor. Permaneced aquí y tratad

de ocultar vuestra presencia. No hay otra forma. Os avisaré en cuanto se presente la oportunidad. Hasta entonces, no os mováis siquiera. Pase lo que pase no habléis. ¿Lo habéis comprendido?

Marie asintió de nuevo. ¿Acaso estaba soñando? ¿Era ese ser una especie de hada?

—No soy un sueño, y mucho menos un hada. Tan solo una idea sin forma definida en un principio, pero tal cosa implicaría muchos inconvenientes, como no ser capaz de verme. Por eso me encarno temporalmente en la figura del comendador.

Idea, comendador... Marie repitió esas palabras para sí y enseguida pensó que esa persona era capaz de leer su mente. Recordó que era uno de los personajes del cuadro que había visto en la casa de Tomohiko Amada. En efecto, daba toda la impresión de que había saltado fuera del cuadro. De ahí su reducido tamaño.

—Exactamente —dijo el comendador—. He tomado prestada esta figura, la del comendador. Tampoco yo sé qué significa ese nombre, pero todos me llaman así. Quedaos tranquila y esperad aquí. Cuando llegue el momento, vendré a buscaros. No tengáis miedo. Esta ropa os protegerá.

¿La ropa? Marie no entendía qué quería decir, pero no obtuvo respuesta a su duda y el comendador desapareció en un segundo como vapor absorbido por el agua.

Marie se escondió en el vestidor. Trató de no moverse, de no hacer ningún ruido, tal como le había dicho el comendador. Menshiki ya debía de estar dentro de la casa. Debía de haber ido a la compra porque le llegó el ruido seco de una bolsa de papel. Cuando oyó que sus pasos amortiguados por las zapatillas de estar en casa pasaban por delante de la habitación, contuvo la respiración. La puerta del vestidor era de lamas venecianas y la luz se colaba por entre las ranuras. No era una luz intensa, y a medida que avanzara la tarde, más oscura se quedaría la habitación. Solo alcanzaba a ver el suelo cubierto por una alfombra. El vestidor resultaba muy estrecho y olía muy fuerte a naftalina. Se sentía atrapada entre cuatro paredes sin un sitio adonde huir. No tener escapatoria le provocaba un miedo cerval. El comendador le había dicho que iría a buscarla en cuanto llegase el momento. No le quedaba más remedio que confiar en él y esperar. Además, también le había dicho que la ropa la protegería. Supuso que se referiría a esa ropa pasada de moda allí colgada. La ropa que debió de llevar una mujer a la que no conocía antes de que ella naciese. ¿Por qué la protegía? Alargó la mano y acarició el bajo de un vestido estampado de flores que tenía justo delante. Estaba hecho de una tela rosa y suave. Lo acarició y, por alguna razón, sintió que su corazón se calmaba.

Podía ponerse el vestido, pensó. Tenía casi la misma talla que su propietaria y debían de ser, más o menos, igual de altas. Como aún no tenía pecho debería idear algo para disimularlo. Sin embargo, en cualquier caso, la ropa le serviría. Solo pensar en ello, su corazón se estremeció.

Pasó el tiempo. La habitación cada vez estaba más oscura. Se acercaba el ocaso. Miró el reloj. No veía bien y pulsó el botón de la luz. Eran casi las cuatro y media.

El sol debía de estar a punto de ponerse en el horizonte. Los días eran cada vez más cortos y, en cuanto oscureciese, Menshiki saldría a la terraza y descubriría que alguien había entrado en la casa. Tenía que evitarlo como fuera, recuperar sus zapatos, dejar los prismáticos como los había encontrado.

Marie esperaba con el corazón desbocado a que el comendador fuese a buscarla, pero no aparecía. Tal vez las cosas no iban bien. Tal vez Menshiki no le daba la oportunidad de actuar. No sabía nada del poder real que tenía el comendador (de ese ser que decía ser una idea). No sabía hasta qué punto confiar en él. De todos modos, no le quedaba más remedio que hacerlo. Se sentó en el suelo dentro del vestidor, se abrazó las rodillas y fijó la vista en la alfombra a través de una de las ranuras de la puerta. De vez en cuando acariciaba el bajo del vestido como si fuera su salvavidas.

Cuando la oscuridad se hizo casi total, oyó de nuevo pasos en el pasillo. Eran las mismas pisadas suaves y lentas de antes. Al llegar justo delante de la habitación donde estaba escondida, se detuvieron como si hubiesen notado algo. Hubo un intervalo de silencio y después oyó cómo se abría la puerta. Era la puerta de la habitación, no había duda. Pensó que el corazón se le iba a parar, a dejar de latir en cualquier momento. Ese alguien (no podía ser otro que Menshiki) entró en la habitación y cerró la puerta. Oyó cómo cerraba. El hombre estaba dentro. Contenía la respiración como hacía ella. Aguzaba el oído, sondeaba los indicios. Marie se daba perfecta cuenta de ello. No encendió la luz. Tan solo observó, prestó atención a cualquier posible ruido. ¿Por qué no encendía la luz? Era lo primero que hubiera hecho cualquiera. No entendía la razón.

Marie clavó los ojos en el suelo a través de la celosía. Si se acercaba, lo primero que vería sería la punta de sus pies, pero no vio nada. A pesar de todo, percibía claramente la presencia de alguien, de un hombre. ¿Quién podía ser aparte de Menshiki? Parecía que el hombre estaba mirando fijamente la puerta del vestidor en la oscuridad. Debía de haber notado algo. No tardaría en abrir la puerta. No había nada que hacer, pues no estaba cerrada con llave y no resultaría difícil abrirla. Solo tenía que alargar la mano y tirar.

Los pasos se acercaron. Un miedo atroz se apoderó de ella. Notó un sudor frío en las axilas. «No tendría que haber venido», pensó. «Tendría que haberme quedado tranquilamente en casa. En esa casa estimada al otro lado del valle. Aquí hay algo terrible, algo a lo que no debería haberme acercado tan inconscientemente, hay una especie de conciencia moviéndose y podría ser que la avispa formase parte ella. Va a alargar su mano hacia mí.» Vio la punta de unos pies a través de la celosía. Estaban embutidos en unas zapatillas de cuero marrón, pero a causa de la oscuridad apenas distinguía nada más.

Alargó la mano instintivamente y agarró el bajo del vestido que colgaba delante de ella. Le pidió que la protegiera.

El hombre se quedó de pie durante mucho tiempo frente al tirador de la puerta. No hacía ruido, tampoco se oía su respiración. Observaba sin moverse, como si fuera una estatua. El silencio era cada vez más pesado y la oscuridad mayor. Marie estaba acurrucada. Temblaba. Sus dientes hacían un ligero ruido al entrechocar. Quería cerrar los ojos, taparse los oídos, dejar que sus pensamientos volasen a otra parte, pero no lo hizo. Sintió que no debía hacerlo. Por mucho miedo que tuviese, no podía permitir que la dominase. No debía perder el control de sí misma. Abrió bien los ojos, aguzó el oído y, sin apartar la vista de aquellos pies, agarró con fuerza el vestido.

«Esta ropa me va a proteger», pensó. «Es mi aliada, mi amuleto. Me protege, me envuelve, me hará desaparecer como si fuera invisible. Yo no estoy aquí. No estoy aquí.»

No sabía cuánto tiempo había pasado. No parecía transcurrir de una forma lineal, ordenada, pero a pesar de todo seguía adelante. En un momento dado, el hombre extendió la mano para abrir la puerta. Marie lo percibió claramente. Se resignó. La puerta se abriría y el hombre la descubriría allí escondida. A partir de ese momento no tenía ni idea de qué podía ocurrir. Tal vez no era Menshiki, pensó de pronto. En ese caso, ¿quién podía ser?

Sin embargo, la puerta no se abrió. Tras vacilar un rato, el hombre retiró la mano y se marchó. Marie no sabía por qué había cambiado de idea en el último momento. Quizá le había detenido algo. El hombre abrió la puerta de la habitación, salió al pasillo y cerró tras de sí. La habitación volvió a quedarse vacía. Estaba segura. No era un ardid ni una trampa. Volvía a estar sola. Cerró los ojos y expulsó el aire que retenía en los pulmones desde hacía rato.

El corazón le latía a toda velocidad, como un caballo desbocado (esta es la expresión que habría utilizado

439

un novelista). Aunque Marie no pensara en absoluto en ese momento en ningún caballo desbocado, había estado a punto de ser descubierta, y al final algo la había protegido. Sin embargo, ese lugar seguía siendo demasiado peligroso. No había duda de que ese alguien había notado su presencia. No podía seguir allí escondida por mucho tiempo. A duras penas había superado una primera prueba, pero no tenía ninguna garantía de que volvería a conseguirlo.

Esperó un poco más. La habitación estaba a oscuras, pero se quedó allí quieta en silencio conteniendo los nervios y el miedo. El comendador no se había olvidado de ella. Marie le creía. O, mejor dicho, no tenía otra opción que confiar en ese hombrecillo que hablaba de una forma muy extraña.

Cuando quiso darse cuenta, el comendador estaba de vuelta.

—Salid de aquí —le dijo en un susurro—. Ahora es el momento. Vamos, levantaos.

Marie vaciló. Le costaba trabajo ponerse en pie, y cuando al fin tenía la oportunidad de dejar su escondite, le venció el miedo. Tal vez esperaba algo mucho más terrible en el mundo exterior.

—El señor Menshiki se está duchando —le dijo el comendador—. Le gusta asearse y pasará un tiempo considerable en la ducha. No obstante, no se quedará allí para siempre. No tendréis otra oportunidad. Vamos, daos prisa.

Marie sacó fuerzas de flaqueza y se levantó haciendo un gran esfuerzo. Empujó la puerta del vestidor. La habitación estaba vacía, a oscuras. Antes de salir, se dio media vuelta para mirar la ropa. Notó el olor a naftalina. Tal vez era la última vez que iba a tener la oportunidad de ver esa ropa. No sabía por qué, pero le resultaba algo cercano, le provocaba añoranza.

—Vamos —insistió el comendador—. Apresuraos. Salid al pasillo y dirigíos a la izquierda.

Marie se colgó el bolso al hombro, abrió la puerta y se dirigió a la izquierda por el pasillo. Subió las escaleras a toda prisa, entró en el salón, lo atravesó y abrió la puerta de cristal que daba a la terraza. «¿Seguirá allí la avispa?», se preguntó. «Ya ha anochecido y quizá se ha vuelto a su nido, pero a lo mejor no le importa que esté oscuro.» En cualquier caso, no tenía margen para pensar en eso. Aflojó el tornillo del trípode, quitó los prismáticos, los guardó en su funda, plegó el trípode y lo colocó todo tal como se lo había encontrado. Tardó más tiempo de lo previsto porque estaba muy nerviosa y sus dedos no respondían. Por último, recogió los zapatos. El comendador la observaba sentado en una banqueta. No había avispas por ninguna parte y se sintió aliviada.

—Así está bien —confirmó el comendador con un gesto de la cabeza—. Ahora volved adentro y cerrad la puerta. Después, bajad dos plantas por las escaleras.

¿Dos plantas? Eso quería decir que no iba a marcharse de allí. Tenía que entrar aún más en las profundidades de la casa. ¿No debía escapar lo antes posible?

—Es imposible escapar en este momento —dijo el comendador leyendo sus pensamientos y sacudiendo la cabeza—. La casa está cerrada. No os queda más remedio que esconderos dentro. Debéis hacerme caso.

No le quedaba otra que creerle. Salió del salón y bajó a hurtadillas hasta la planta de abajo. Allí había una habitación para una interna. Justo al lado estaba el cuarto de lavar y planchar, y a continuación un almacén. Al fondo estaba el gimnasio. El comendador señaló la habitación de la interna.

—Escondeos aquí —le indicó—. El señor Menshiki apenas entra. Baja una vez al día a lavar la ropa o para hacer algo de deporte, pero aquí no entra. Si os quedáis en silencio, es casi imposible que os encuentre. Hay un lavabo y también una nevera. En el almacén hay agua mineral y comida de emergencia por si se produce un terremoto. No moriréis de hambre ni de sed. Podéis pasar varios días relativamente tranquila en este lugar.

¿Varios días? Marie se quedó perpleja con los zapatos en la mano. ¿Varios días? ¿Tenía que estar varios días en ese lugar?

—Lo siento —dijo el comendador sacudiendo su pequeña cabeza—, pero no podréis salir enseguida. Es una casa muy bien vigilada. No hay nada que yo pueda hacer, nada. No os puedo ayudar en eso. Por desgracia, las capacidades de una idea son limitadas.

—¿Cuánto tiempo voy a tener que estar aquí? —preguntó Marie en voz baja—. Debería volver a casa. Mi tía estará preocupada y a lo mejor llama a la policía. Si lo hace, las cosas se van a complicar de verdad.

El comendador agitó la cabeza.

—Lo lamento de veras. Nada puedo hacer. No os queda más remedio. Permaneced aquí y esperad.

—¿Es peligroso el señor Menshiki?

—Es una pregunta de muy difícil respuesta —dijo con gesto serio—. No es un hombre perverso. Es un hombre decente con más capacidades de lo normal. Tiene una parte noble, incluso, pero en su corazón hay una parte oscura que atrae el peligro, lo anormal. Ahí está el problema.

Marie no entendía a qué se refería. ¿Lo anormal?

—Hace un rato, la persona delante del vestidor era él, ¿verdad?

—Era él y al mismo tiempo no era él.

—¿Y él lo sabe?

—Tal vez. En mi opinión sí, pero se trata de algo contra lo que no puede hacer nada.

¿Lo anormal y lo peligroso? Marie pensó que esa temible avispa era una de las cosas malas que Menshiki atraía.

—Eso es. Debéis tener cuidado con las avispas. Pueden resultar letales.

El comendador volvía a leer sus pensamientos.

—¿Letales?

—Pueden traer la muerte. Ahora no os queda más remedio que esconderos aquí. Permaneced quieta y en silencio. Si salís, puede resultar peligroso.

—Mortal —dijo Marie como si hablara para sí misma.

Era una palabra con resonancias siniestras.

Abrió la puerta de la habitación de la interna y entró. Era solo un poco más grande que el vestidor del cuarto de Menshiki. Tenía una sencilla cocina eléctrica, una nevera, un microondas, un grifo y un fregadero. También había un baño y una cama. La cama no estaba hecha, pero en una estantería había una manta, un edredón y una almohada. También tenía una mesa pequeña y una silla donde sentarse a comer. Había un ventanuco que daba al valle. Alcanzaba a verlo entre las cortinas.

—Si no queréis que os encuentre nadie —dijo el comendador—, quedaos aquí quieta y tratad de no hacer ruido. ¿Me habéis entendido?

Marie asintió.

—Sois una niña valiente. En vos hay incluso algo temerario, pero tenéis valor y eso es algo bueno. No obstante, mientras estéis aquí debéis andaros con mucho cuidado. No debéis despistaros. No olvidéis que no estáis en un lugar normal. Por aquí deambulan cosas siniestras que podrían haceros daño.

—¿Deambulan?

—O sea, que van rondando.

Marie hizo un gesto afirmativo con la cabeza. Le hubiera gustado saber más detalles, por qué aquel lugar no era normal, qué eran esas cosas siniestras que deambulaban por allí, pero fue incapaz de preguntárselo. Había tantas cosas que no entendía, que no sabía por dónde empezar.

—Tal vez no pueda regresar —dijo el comendador como si confesase un secreto—. Debo ir a otro lugar, tengo otros asuntos que atender. Asuntos importantes. Lo lamento de veras, pero creo que no podré ayudaros más. A partir de este momento debéis arreglároslas por vos misma.

—¿Y cómo voy a salir yo de aquí por mis propios medios?

El comendador entornó los ojos.

—Aguzad bien el oído, observad bien con los ojos y estad siempre con el corazón alerta. No hay otro camino. Cuando llegue el momento de escapar, lo sabréis. Debéis ser una niña inteligente y valerosa. Si no os descuidáis, entenderéis lo que os digo.

Marie asintió. Debía ser una niña inteligente y valerosa.

—Cuidaos —dijo el comendador—. Y no os preocupéis —añadió para animarla—, vuestro pecho crecerá dentro de poco.

—¿Hasta la talla ochenta C?

El comendador inclinó la cabeza hacia un lado como si no supiera qué decir.

—Solo soy una idea. Mis conocimientos no alcanzan a las tallas de ropa interior de mujer, pero crecerá lo suficiente. No os preocupéis. El tiempo todo lo arregla. Para las personas, el tiempo significa mucho. El tiempo no existe para siempre, pero mientras lo hace, resulta muy eficaz, de manera que no os impacientéis.

—Gracias.

Era una de las noticias más felices que había recibido en los últimos tiempos, sin duda. En ese momento necesitaba cosas que la animaran.

El comendador desapareció en un instante, como vapor desvaneciéndose en el aire. Inmediatamente después, el silencio se hizo más pesado aún. Al pensar que nunca más volvería a verle se entristeció. Ya no iba a tener a nadie en quien confiar, con quien hablar. Se tumbó en la cama y se dedicó a contemplar el techo. Era bajo, enyesado en blanco. Justo en medio había una luz fluorescente, pero no la encendió, por supuesto. No podía hacerlo.

¿Cuánto tiempo tendría que quedarse allí? Ya era casi la hora de cenar. Si no regresaba a casa antes de las siete y media, estaba segura de que su tía llamaría a clase de pintura y descubriría entonces que había faltado. Al pensar en ello sintió dolor. Su tía se iba a preocupar mucho, se angustiaría pensando en lo que pudiera pasarle. De algún modo, tenía que avisarla de que estaba bien, y entonces cayó en la cuenta de que tenía el móvil en el bolsillo de la chaqueta. Estaba apagado.

Lo sacó y lo encendió. En la pantalla apareció un mensaje informándole de que no tenía batería. El símbolo de la pila estaba completamente vacío y un segundo después volvió a apagarse. No lo cargaba desde hacía mucho tiempo (no lo necesitaba casi nunca y tampoco le interesaba especialmente), por lo que no era raro que la batería estuviese agotada. No podía quejarse.

Suspiró profundamente. Como mínimo, debería haberlo cargado de vez en cuando. Nunca se sabe qué puede ocurrir, pero ya era tarde para eso. Volvió a guardarlo y algo le llamó la atención. Lo sacó de nuevo. No estaba la figurita del pingüino que siempre llevaba colgada. La había conseguido en una tienda de donuts después de acumular puntos, y desde entonces lo consideraba su amuleto. Quizá se había roto el cordón. ¿Dónde lo había perdido? Era imposible saberlo porque apenas lo sacaba del bolsillo.

La pérdida de su pequeño amuleto la inquietó. Sin embargo, no tardó en caer en la cuenta de que quizás en ese momento la ropa del vestidor la protegía igual que el amuleto. El comendador, con su peculiar forma de hablar, la había llevado hasta allí y allí se había sentido protegida. No debía preocuparse más por aquella pérdida.

Aparte del móvil llevaba encima un monedero, un pañuelo, algo de calderilla, la llave de casa y medio chicle de menta. En el bolso del colegio tenía un estuche con lápices, cuadernos y unos cuantos libros. Nada especialmente útil.

Salió de la habitación en silencio e inspeccionó el almacén contiguo. Como le había dicho el comendador, había comida envasada en previsión de un terremoto. En aquella parte montañosa de Odawara, sin embargo, el suelo era relativamente firme y un seísmo no debería provocar muchos daños. En 1923, durante el gran terremoto de Kanto, aquella zona en concreto no se vio muy afectada. La ciudad sí, sin embargo (su trabajo de verano para el colegio había tratado sobre los daños sufridos en Odawara a causa del gran terremoto de Kanto). No obstante, en caso de que hubiera un terremoto sería difícil conseguir agua y comida, sobre todo en una zona montañosa como aquella. Por eso Menshiki tenía guardada una provisión de emergencia. Sin duda era un hombre muy precavido.

Cogió dos botellas de agua mineral, un paquete de galletas saladas y una tableta de chocolate. Volvió a la habitación con todo ello. No creía que fuese a notar que faltaban. Por muy detallista que fuera, dudaba de que se hubiera puesto a contabilizar las botellas de agua. Se llevó el agua mineral porque prefería no usar el agua del grifo. No quería hacer ruido. El comendador le había recomendado el máximo sigilo. Debía tener cuidado.

Volvió a la habitación y cerró con llave. Menshiki debía de tener una llave de ese cuarto y cerrar no le serviría de gran ayuda, pero al menos así ganaría un poco de tiempo y también le servía de consuelo.

No tenía hambre, pero comió unas cuantas galletas y bebió un poco de agua. Eran unas galletas saladas y un

agua mineral corrientes. Comprobó la fecha de caduci-
dad. Estaba en regla. Se sintió más tranquila al saber que
no iba a morir de hambre.

Fuera había oscurecido por completo. Abrió un poco
las cortinas y miró al otro lado del valle. Vio su casa, pero
sin prismáticos no alcanzaba a ver lo que pasaba dentro. Sí vislumbró algunas luces encendidas aquí y allá.
Si aguzaba la vista, le parecía distinguir incluso siluetas.
Su tía debía de estar muy angustiada al comprobar que
no volvía a casa a la hora de costumbre. ¿Podría llamarla? Debía de haber un teléfono fijo en alguna parte. Solo
quería decirle brevemente que estaba bien, que no se
preocupase, y después cortar enseguida. Una llamada
así quizá le pasaría inadvertida a Menshiki, pero ni en
la habitación ni en ningún lugar de por allí cerca había
ningún teléfono.

¿No podía servirse de la oscuridad para escapar? A lo
mejor encontraba una escalera en algún sitio y podía usar-
la para saltar la valla. Había visto una escalera plegable
en la caseta de herramientas del jardín, pero se acordó de
lo que le había dicho el comendador: la casa era un lugar
fuertemente vigilado y lo estaba en más de un sentido.
Tuvo la impresión de que no se refería solo a la alarma.

Lo mejor sería hacer caso al comendador, pensó.
Aquel no era un lugar corriente, sin duda. Era una casa
por donde deambulaban muchas cosas. Debía tener cuidado, ser cautelosa, paciente, no forzar las cosas, no ser
imprudente. Debía quedarse allí quieta, observar la situación y esperar a que se presentase la oportunidad.
Llegado el momento lo sabría. Se lo había dicho el
comendador. Era una niña inteligente y valerosa. Sabría
reconocer cuándo llegaba el momento.

«Eso es», pensó. «Debo ser una niña inteligente y valerosa. Tengo que sobrevivir para ver cómo me crece el pecho.»

Se tumbó en la cama y se puso a pensar. Todo a su alrededor estaba oscuro y una oscuridad aún más profunda estaba por llegar.

62

Como adentrarse en un profundo laberinto

El tiempo transcurrió implacable, ajeno a ella por completo. Y Marie, tumbada en la cama de aquella habitación, se limitaba a observar cómo desfilaban lentamente ante ella las horas. No tenía otra cosa que hacer. Le hubiera gustado leer un libro, pero no tenía ninguno a mano, y aunque así fuese, no podía encender la luz. No le quedaba más remedio que estar allí inmóvil en la oscuridad. Había encontrado una linterna y unas pilas en el almacén, pero prefirió no malgastarlas.

Se hizo de noche y se quedó dormida. Se sentía inquieta por tener que dormir en un lugar desconocido y hubiera preferido permanecer despierta. Pero el sueño acabó venciéndola. Era incapaz de mantener los ojos abiertos por más tiempo. Tenía frío y se levantó para coger la manta y el edredón. Se envolvió con ellos como si fuera un bizcocho de crema. Cerró los ojos. No había ningún radiador y tampoco podía usar el aire acondicionado. (Llegado a este punto, me permito una observación personal sobre el transcurso de los acontecimientos: tal vez, mientras Marie estaba allí dormida, fue cuando Menshiki vino a mi casa y se quedó a dormir. Su casa se quedó vacía aquella noche, pero Marie no lo sabía.)

Se despertó a medianoche. Fue al servicio, pero no tiró de la cadena. A mediodía podría haberlo hecho, pero en plena noche había muchas posibilidades de que Menshiki oyera el ruido. No podía olvidar que era una persona cautelosa y detallista. No se le iba a pasar por alto ninguna cosa, por pequeña que fuera. No podía arriesgarse.

Miró el reloj. Aún no eran las dos de la madrugada de la noche del sábado. El viernes había terminado. Miró por la ventana en dirección a su casa, y en el salón vio las luces aún encendidas. Imaginó que no podían dormir, angustiados por su desaparición. Marie se arrepintió de lo que había hecho. Lo sintió incluso por su padre (y eso era muy raro en ella). No debería haber hecho algo así. En un principio no había sido esa su intención, pero al actuar de forma impulsiva, sin pensar en nada más, ahora tenía que afrontar las consecuencias.

Por mucho que se arrepintiese, por mucho que se lo reprochase, no podía saltar la valla y volver a casa tranquilamente. No era un cuervo. No estaba hecha para volar y tampoco podía aparecer y desaparecer a voluntad como hacía el comendador. No era nada más que una torpe existencia encerrada en un cuerpo a medio hacer, limitado en sus acciones por el tiempo y el espacio. Además, su pecho no había crecido, como si solo fuera un pan a medio hacer. Le daba miedo estar sola en la oscuridad. Se sentía impotente. Le hubiera gustado que el comendador estuviese con ella. Había muchas cosas que quería preguntarle. No sabía si iba a obtener respuesta o no, pero al menos así tendría la oportunidad de hablar con alguien. Hablaba un japonés muy raro para la época, aunque eso no suponía un inconveniente para ella. No obstante, cabía la posibilidad de que nunca más volviera a presentarse ante ella. Debía ir a otra parte, atender otros asuntos. Eso le había dicho. Marie se sintió muy triste.

Al otro lado de la ventana oyó la voz profunda de un pájaro nocturno. Un búho, pensó. Tal vez una lechuza. Eran pájaros que se refugiaban en la oscuridad del bosque y actuaban con inteligencia. También ella debía servirse de su inteligencia y de su valor, pero de nuevo la venció el sueño y no pudo mantener los ojos abiertos por más tiempo. Se arropó con la manta y con el edredón. Se tumbó y cerró los ojos. Cayó en un profundo sueño en el que no soñó nada. Cuando se despertó, ya amanecía. El reloj marcaba las seis y media pasadas. El mundo saludaba a aquella mañana de sábado.

Pasó el día entero en la habitación. Desayunó galletas saladas y agua mineral. Otra vez. Salió a hurtadillas, fue al gimnasio y se hizo con unos cuantos ejemplares de *National Geographic* apilados en una torre (Menshiki debía de leerlos mientras pedaleaba en la bici estática o mientras corría en la cinta, pues estaban salpicados de sudor). Los leyó y releyó varias veces. Se interesó por un extenso reportaje sobre la situación del lobo siberiano. Otro sobre el misterio de las fases de la luna, sobre la vida de los inuits y sobre la deforestación de la Amazonia. Normalmente nunca leía sobre esos temas, pero como no tenía otra cosa a mano casi se los aprendió de memoria. Miró y remiró las fotos hasta hartarse.

Cuando se cansaba de leer, echaba una cabezada y miraba su casa al otro lado del valle a través de la abertura de la cortina. Le hubiera gustado tener los prismáticos para ver qué ocurría allí dentro. Quería volver a su cuarto con cortinas de color naranja, darse un baño caliente, lavarse bien, ponerse un pijama limpio y meterse en su cama caliente con su gato.

Pasadas las nueve de la mañana, oyó que alguien bajaba las escaleras. Eran los pasos de un hombre con zapatillas de andar por casa. Por la forma peculiar de andar supuso que era Menshiki. Le hubiera gustado mirar por el agujero de la cerradura, pero no había. Se quedó rígida y después se acurrucó en un rincón. Si abría la puerta no tenía adónde huir. El comendador le había dicho que casi nunca entraba allí y no tenía más remedio que creerle. De todos modos, nadie podía prever qué ocurriría. En el mundo solo había una cosa segura al cien por cien. Marie quiso desaparecer. Se acordó de la ropa del vestidor, de su amuleto, y rezó para que no ocurriese nada. Tenía la garganta completamente seca.

Menshiki había bajado para lavar la ropa. Quizá solía poner la lavadora a esas horas. Echó el detergente, eligió un programa de lavado y dio al botón de arranque. Todo cuanto hacía daba la impresión de ser costumbres arraigadas. Marie aguzaba el oído atenta a cuanto ocurría. Oía todo con una claridad sorprendente. Pronto el tambor de la lavadora empezó a girar despacio. Menshiki fue al gimnasio y empezó a hacer ejercicio en alguna de las máquinas. Debía de tener por costumbre practicar deporte mientras terminaba la lavadora. Puso música clásica. Por los altavoces empezó a sonar música barroca. Debía de ser Bach, Händel o Vivaldi. Algo así. Marie no sabía gran cosa de música clásica. No distinguía entre Bach, Händel o Vivaldi.

Pasó casi una hora, y entonces dejó de oírse la lavadora, el runrún mecánico de una de las máquinas del gimnasio y la música. Durante todo ese tiempo estuvo muy intranquila. Supuso que no se había dado cuenta de que habían desaparecido algunos ejemplares de la pila de revistas, además de dos botellas de agua mineral del almacén, una caja de galletas saladas y una tableta de chocolate. Eran cambios inapreciables teniendo en cuenta la totalidad, pero no había forma de saber qué podía ocurrir. No podía descuidarse. No podía bajar la guardia.

La lavadora se detuvo y emitió un pitido de aviso. Menshiki acudió caminando despacio, sacó la ropa y la metió en la secadora. La secadora hacía ruido al girar. Después subió despacio las escaleras. Debía de haber terminado su ejercicio matutino. Ahora se daría una buena ducha.

Marie cerró los ojos. Lanzó un profundo suspiro de alivio. Tal vez volvería en un rato a recoger la ropa seca, pero tenía la impresión de que lo peor había pasado. No había notado su presencia. No se había dado cuenta de que estaba allí escondida. Y eso la tranquilizó mucho.

¿Quién era entonces el que se había detenido delante de la puerta del vestidor? El comendador le había dicho que era Menshiki y que al mismo tiempo no era él. ¿Qué significaba eso? No lo entendía. Parecía un acertijo. Se tratara de quien se tratase, sabía que ella estaba allí dentro. Había notado algo como mínimo, y por alguna razón no había sido capaz de abrir la puerta. Pero ¿qué razón había sido esa? ¿De verdad aquella ropa elegante y pasada de moda la había protegido?

Le hubiera gustado saber más detalles por boca del comendador, pero se había marchado a alguna parte. Nadie podía explicarle nada.

Durante todo el día del sábado, Menshiki no debió de salir de casa en ningún momento. No oyó la puerta del garaje y tampoco el motor del coche. Había bajado a recoger la ropa seca y había vuelto a subir con ella. Nada más. Nadie fue a visitarle a su casa en lo alto de la montaña, justo donde terminaba la carretera. Tampoco recibió ningún paquete ni carta certificada. Nadie llamó al timbre de la entrada en todo el tiempo. Tan solo sonó el teléfono en dos ocasiones, un ligero timbre que alcanzó a oír en la distancia. La primera vez respondió al segundo tono, y la segunda vez al tercero (gracias a eso confirmó que estaba en algún lugar de la casa). El camión de la basura subió despacio la cuesta haciendo sonar la melodía de *Annie Laurie* para anunciar su llegada. Después se marchó despacio (el sábado se recogía la basura orgánica). Aparte de eso, no oyó nada más. La casa estuvo sumida en un silencio casi total la mayor parte del tiempo.

Pasó el mediodía del sábado, llegó la tarde (introduzco de nuevo una puntualización sobre el transcurrir del tiempo: mientras Marie estaba escondida en aquella habitación, yo había matado al comendador en la habitación de la residencia de ancianos, había atrapado a «cara larga» y había descendido al mundo de las profundidades) y Marie no había tenido la oportunidad de escapar de allí. Para hacerlo, debía ser paciente y esperar el momento oportuno, como le había dicho el comendador.

Pero ese momento no acababa de llegar y empezaba a cansarse. Estar allí quieta sin nada que hacer y esperando a no se sabía qué no iba con su carácter. ¿Hasta cuándo tenía que permanecer allí escondida?

Antes de que oscureciese, Menshiki se puso a tocar el piano. Parecía como si tuviera la ventana del salón abierta y las notas llegaban claramente hasta donde estaba ella. Tal vez era una sonata de Mozart en un tono mayor. Recordaba haber visto esa partitura encima del piano. Tocó la pieza entera despacio y después insistió en determinados compases. Era como si corrigiese el movimiento de los dedos hasta dar con el correcto. Había una parte especialmente difícil y no lograba que sonase siempre igual. Parecía preocupado. Las sonatas de Mozart no eran especialmente difíciles, pero a veces interpretarlas bien era como adentrarse en un profundo laberinto. Menshiki no parecía escatimar esfuerzos a la hora de meterse dentro. Marie escuchaba atenta cómo entraba y salía del laberinto con paciencia. El ejercicio duró casi una hora, y después oyó cómo cerraban el piano, Marie percibió irritación, no llegaba a ser un verdadero enfado. Era más bien una molestia casi elegante. Menshiki no perdía el control por mucho que estuviese solo en una casa enorme (o en la que él pensaba que estaba solo).

Lo que sucedió después fue una repetición del día anterior. Anocheció y los cuervos regresaron a sus nidos sin dejar de graznar. En algunas de las casas que se veían a lo lejos empezaron a encenderse las luces poco a poco. En la suya, las luces siguieron encendidas aún después de la medianoche. Y eso era señal de que había gente muy preocupada por ella. Así lo sintió al menos. Le daba mucha lástima no poder hacer nada para mitigar la preocupación.

Por el contrario, en la casa de Tomohiko Amada (es decir, la casa donde vivía yo) no se veía luz. Parecía deshabitada, y después de anochecer siguió igual de oscura. No había una sola señal de que hubiera alguien dentro. Qué extraño, pensó Marie. ¿Adónde habría ido el profesor? ¿Se habría enterado ya de su desaparición?

A medianoche volvió a vencerla el sueño. No dejó de tiritar bajo la manta y el edredón con el uniforme puesto hasta que se quedó dormida. Justo antes de dormirse pensó que, de haber estado con su gata, al menos habría entrado en calor. Su gata no maullaba prácticamente nunca. Tan solo ronroneaba y podía haberse escondido con ella sin temor a que las descubrieran. Sin embargo, no estaba allí. Estaba ella sola encerrada en un cuarto sin posibilidad de salir.

Amaneció el domingo. Cuando se despertó, aún estaba a oscuras. El reloj marcaba casi las seis de la mañana. Los días parecían cada vez más cortos. Llovía. Era una lluvia fina y silenciosa típica de invierno. Veía cómo caían las gotas de las ramas de los árboles. El aire allí dentro era húmedo y frío. Ojalá hubiera tenido un jersey a mano. Debajo de la chaqueta solo llevaba un chaleco fino de punto y una blusa de algodón. Y debajo de la blusa, tan solo una camiseta de manga corta. Iba vestida para un día poco frío. Cuánto habría agradecido tener su jersey de lana.

Se acordó de que había visto un jersey en el vestidor donde estuvo escondida. Era de cachemir de color hueso y parecía muy calentito. Le hubiera gustado ir a buscarlo en ese mismo instante. Debajo de la chaqueta se-

457

guro que la abrigaría mucho, pero salir de allí, subir la escalera y caminar por la planta de arriba era demasiado peligroso, especialmente entrar en esa habitación. No le quedaba más remedio que aguantar con lo que tenía. No hacía un frío insoportable. Al fin y al cabo, tampoco estaba en el país de los inuit. Estaba a las afueras de Odawara y apenas acababa de empezar el mes de diciembre.

Sin embargo, la lluvia de aquella mañana de principios de invierno parecía calar en ella poco a poco, congelarle hasta la médula. Marie cerró los ojos y pensó en Hawái. De pequeña había ido allí con su tía y una amiga suya de su época de estudiante. Se acordaba de que alquilaron una barquita en la playa de Waikiki y de que ella se dedicó a jugar con las olas, y cuando se cansaba, se tumbaba sobre la arena blanca para tomar el sol. Hacía calor y todo resultaba apacible y agradable. Las ramas de los cocoteros se movían sobre su cabeza mecidas por los vientos alisios. Las nubes viajaban a la deriva en dirección a alta mar y se acordaba de haber estado bebiendo una limonada fría mientras las contemplaba, tan fría, de hecho, que le dolían las sienes. Recordaba todos los detalles de aquel viaje. ¿Tendría la oportunidad de volver algún día a un lugar parecido? Con tal de ir estaba dispuesta a lo que fuera.

Pasadas las nueve volvió a oír pasos. Menshiki bajaba de nuevo. Encendió la lavadora, puso música clásica (tal vez una sinfonía de Brahms) e hizo ejercicio durante una hora. Una repetición casi calcada del día anterior. La única diferencia fue la música. Por lo demás, todo transcurrió igual. Sin duda, era un hombre de rutinas. Cuando terminó la lavadora, metió la ropa en la secadora y volvió a por ella una hora más tarde. Fue la última vez que bajó. Por sus movimientos, dedujo que no tenía el más mínimo interés en la habitación de la interna (una nueva aclaración: la tarde de aquel día estuvo en mi casa y fue cuando se encontró con Masahiko Amada, que había ido a casa a buscarme. Tampoco en esa ocasión pareció darse cuenta Marie de que había salido de la casa).

Para Marie era una suerte que Menshiki siguiera una rutina muy marcada, ya que así podía prever sus movimientos. Lo que más nerviosa le ponía eran los acontecimientos inesperados. Memorizó el patrón de comportamiento de la vida de Menshiki y se adaptó a él. Casi nunca salía de casa. Trabajaba en el estudio, lavaba la ropa, preparaba la comida y, por la tarde, practicaba con su piano de cola Steinway en el salón. De vez en cuando recibía algunas llamadas, aunque pocas. Daba la impresión de que no le gustaba especialmente hablar por teléfono. Tal vez atendía los asuntos de trabajo desde el ordenador.

Se ocupaba personalmente de limpiar la casa y una vez a la semana iba una empresa de limpieza. Marie recordaba habérselo oído decir la vez que estuvo en la casa. No le molestaba limpiar, dijo también. Le ayudaba a pensar en otras cosas, como cuando cocinaba. Sin embargo, era materialmente imposible limpiar una casa tan grande y no le quedaba más remedio que recurrir a una empresa. Cuando iban, se ausentaba de casa durante al menos medio día. ¿Qué día de la semana iban a limpiar? Quizá podía aprovechar para escapar en ese momento. A buen seguro irían varias personas, y dejarían las puertas abiertas de par en par. Escapar entonces

459

no resultaría tan complicado. Aparte de ese momento, quizá no se le presentase ningún otro.

El lunes pasó sin más como había sucedido con el domingo. La pieza de Mozart que practicaba al piano sonaba cada vez más precisa, una interpretación cada vez más coherente. Sin duda era un hombre cauteloso y paciente. Una vez que se proponía un objetivo, avanzaba hacia él sin vacilaciones y eso era motivo de admiración. La pieza de Mozart que interpretaba era coherente y exacta, pero ¿resultaba agradable musicalmente? Marie le escuchaba tocar y lo dudaba.

Sobrevivió a base de galletas saladas, chocolate y agua mineral. También comió alguna que otra barrita energética con frutos secos y unas latas de atún. No encontró ningún cepillo de dientes por ninguna parte y tuvo que usar el dedo y enjuagarse con agua mineral. Leyó todos los números del *National Geographic* que estaban amontonados en el gimnasio y aprendió muchas cosas sobre el tigre de Bengala devora hombres, los monos de Madagascar, los procesos geológicos del Gran Cañón del Colorado, el estado de la explotación de gas natural en Siberia, la vida media de los pingüinos antárticos, la vida de los nómadas de las tierras altas de Afganistán y los severos ritos de iniciación de los jóvenes en las recónditas profundidades de Papúa Nueva Guinea. También aprendió algunas nociones básicas sobre el VIH y el Ébola. Quizá todos esos nuevos y variados conocimientos llegaran a servirle en algún momento, o quizá no. De todos modos, no tenía otra cosa que leer. Lo leyó todo una y otra vez.

De vez en cuando metía la mano por debajo de la camiseta para confirmar la redondez de su pecho. No solo no crecía, sino que le dio la sensación de que había menguado. Pensó en su regla. Calculó que le faltaban unos diez días hasta la siguiente. Como no tenía compresas (en el almacén había papel higiénico, pero no compresas ni tampones: la existencia de una mujer no debía de entrar en los cálculos del dueño de la casa), si le bajaba mientras estaba allí, sería un problema. Pero contaba con escapar antes. No se creía capaz de aguantar diez días en un sitio como ese.

La mañana del martes, un poco antes de las diez, apareció el vehículo de la empresa de limpieza. Oyó las voces animadas de varias mujeres mientras sacaban los utensilios del maletero de la furgoneta. Menshiki no había bajado a lavar la ropa ni tampoco a hacer ejercicio. Marie se impacientaba (debía haber alguna razón para que no lo hiciera), y al final sucedió como había supuesto. Nada más llegar la furgoneta, Menshiki se marchó a alguna parte al volante de su Jaguar.

Recogió a toda prisa la habitación. Metió las botellas de agua y el envoltorio de las galletas en una bolsa y la dejó en un lugar bien visible para que lo recogieran las mujeres de la limpieza. Dobló la manta y el edredón tal como los había encontrado y los colocó en la estantería. Borró con sumo cuidado todo rastro de su estancia allí durante varios días. Se colgó el bolso al hombro y subió a hurtadillas a la planta de arriba. Atravesó el pasillo en silencio, con cuidado de que nadie la viese. Si pensaba en la habitación donde estaba guardada la ropa de mujer, se le aceleraba el corazón y sentía añoranza. Tenía ganas de verla por última vez, de tocarla con

461

sus manos, pero no disponía de ese margen de tiempo. Debía darse prisa.

Salió sin que la viese nadie y corrió por la cuesta hacia la salida. Como había imaginado, la puerta de acceso a la propiedad estaba abierta. Los de la empresa de limpieza debían de dejarla abierta para evitar tener que abrir y cerrar cada vez que pasaban por ella. Salió como si nada.

¿Tan fácil era salir?, se preguntó cuando ya estaba al otro lado. ¿No se iba a encontrar con ninguna otra dificultad? ¿No iba a padecer dolores insoportables como les sucedía a los jóvenes de Papúa Nueva Guinea en sus ritos de iniciación? ¿No le iba a quedar huella de lo ocurrido, una especie de marca? Todos esos pensamientos solo cruzaron durante un segundo por su mente, pues por encima de cualquier otra cosa, disfrutaba de la sensación de libertad después de escapar.

El cielo estaba cubierto. Amenazaba lluvia. Sin embargo, Marie se deleitó viéndolo, respiró profundamente y se sintió feliz, como cuando contemplaba los cocoteros mecidos por el viento en la playa de Waikiki. Era libre. Sus piernas podían llevarla a donde quisieran. No tenía que estar de cuclillas, ponerse a temblar en la oscuridad. Solo el hecho de estar viva le parecía motivo suficiente de agradecimiento, de alegría. Había pasado cuatro días encerrada y el mundo exterior le resultaba ahora fresco, lozano. Las hierbas y los árboles le parecían vivos, henchidos de energía. El aroma que transportaba el viento avivaba el ritmo de su corazón.

A pesar de todo, no podía despistarse. Menshiki podía haberse olvidado de algo y regresar en cualquier momento. Tenía que alejarse de allí lo antes posible.

Para que nadie notase nada extraño se alisó el uniforme (había dormido todo ese tiempo sin quitárselo). Se peinó con las manos y bajó la montaña como si no hubiese ocurrido nada.

Bajó por la carretera del valle y subió hacia el otro lado, aunque no fue directa a su casa sino a la mía. Tenía algo pensado, pero no había nadie. Por mucho que pulsó el timbre no obtuvo respuesta.

Se resignó, se adentró en el bosque y se acercó al agujero de detrás del templete. Estaba tapado con un hule azul que no había visto hasta entonces. Lo habían fijado bien clavando unas estacas en el suelo, y encima habían colocado unas piedras que pesaban mucho. Ya no se veía el interior. Alguien se había tomado muchas molestias para taparlo. Tal vez era demasiado peligroso dejarlo abierto. Se quedó allí de pie y aguzó el oído. No oyó nada. (Nota: al no oír la campanilla, quizá yo no había llegado todavía o puede que estuviera dormido en ese momento.)

Empezó a caer una lluvia fría. Era el momento de volver a casa, pensó. Su familia debía de estar muy preocupada y ella tendría que explicarle a todo el mundo dónde había estado esos cuatro días. No podía confesar que se los había pasado escondida en casa de Menshiki. De hacerlo, se habría metido en un verdadero lío. La policía debía de estar al tanto de su desaparición y si se enteraban de que se había colado sin permiso en casa de Menshiki, sin duda la castigarían.

Por eso se le había ocurrido el pretexto de que se había caído en el agujero y no había podido salir de allí durante cuatro días. Pensó decirles que el profesor, es decir, yo, la había encontrado allí por casualidad y la había salvado. Se había inventado esa versión de los hechos y tenía la esperanza de que yo la respaldase. Sin embargo, yo no estaba en casa y el agujero estaba cerrado, de modo que ya no era una coartada. Su historia no funcionaba (de haberlo hecho, yo debería haber explicado a la policía por qué había abierto aquel agujero con maquinaria pesada y eso me habría llevado a una situación comprometida).

Otra opción en la que pensó fue la de fingir que había perdido la memoria. Aparte de eso, no tenía ninguna otra. No le quedaba más remedio que decir que no se acordaba de nada, que cuando quiso darse cuenta, estaba sola en la montaña. Había visto una serie en la televisión cuyo protagonista perdía la memoria, pero no sabía si realmente la creerían. Tanto su familia como la policía le iban a hacer todo tipo de preguntas. Cabía incluso la posibilidad de que la llevasen a un psicólogo o a algo por el estilo, pero debía insistir en que no se acordaba de nada. Se despeinó a propósito, se manchó de barro y se hizo unas cuantas heridas para que pareciese que había estado todo el tiempo en la montaña. Se vio obligada a hacer un poco de teatro.

Lo hizo. Fue una representación un tanto lamentable, pero no veía otra salida.

Eso fue lo que me contó Marie. Nada más terminar su relato, volvió su tía. Oí el ligero sonido del Toyota Prius al aparcar delante de casa.

—Lo mejor es que no digas nada sobre lo ocurrido —le dije—. No deberías contárselo a nadie. Será nuestro secreto.

—Por supuesto —dijo ella—. Por supuesto que no se lo contaré nunca a nadie. Además, aunque lo hiciese, nadie me creería.

—Yo sí te creo.

—¿Y así se cierra el círculo?

—No lo sé. Puede que aún no se haya cerrado del todo, pero creo que me las arreglaré. Tengo la impresión de que lo peor ha pasado.

—La parte mortal.

Asentí.

—Eso es —admití—. La parte mortal.

Marie me miró fijamente durante unos diez segundos y después dijo en voz baja:

—El comendador existe en realidad.

—Existe.

Yo lo había matado con mis propias manos, pero no podía decírselo.

Marie asintió una sola vez. Estaba seguro de que sabría guardar nuestro secreto para siempre y eso se convertiría en algo importante para los dos.

Me hubiera gustado decirle que aquella ropa que la había protegido era de su madre cuando estaba soltera, pero no podía hacerlo. No tenía derecho y creo que el comendador habría estado de acuerdo conmigo. El único que podía hacerlo era Menshiki, y él, supongo, nunca haría uso de ese derecho.

Todos albergamos secretos en nuestro interior que no podemos revelar.

63

Pero no es lo que piensas

Marie y yo compartíamos un secreto. Era algo importante que tal vez solo conocíamos ella y yo. Le había descrito todo lo que viví en el mundo subterráneo y ella me había contado lo que le había sucedido en casa de Menshiki. Éramos los únicos que sabíamos que *La muerte del comendador* y *El hombre del Subaru Forester blanco* estaban envueltos y escondidos en el desván de la casa de Tomohiko Amada. El búho también lo sabía, pero él no contaba. Él guardaría nuestro secreto en silencio.

Marie venía a verme de vez en cuando (a través de su camino secreto y sin decirle nada a su tía). Juntos examinamos los detalles y los puntos en común de nuestras dos experiencias.

Me preocupaba que a Shoko se le ocurriese relacionar los cuatro días que su sobrina estuvo desaparecida y los tres días que, supuestamente, tuve que marcharme de viaje. Sin embargo, no se le debió de ocurrir, y tampoco a la policía. No sabían de la existencia de un camino secreto y mi casa solo era un lugar apartado. Ni siquiera me consideraban vecino y no vinieron a preguntarme nada. Shoko tampoco les dijo que su sobrina había posado para mí para un retrato. Debió de considerar que no era una información relevante. Si la policía hubiese relacionado nuestras dos desapariciones, tal vez entonces sí que me habría encontrado en una situación comprometida.

Al final no terminé el retrato de Marie. Estaba a punto de hacerlo. Tan solo faltaban unos retoques, pero temía lo que pudiera ocurrir si lo acababa. En ese caso, Menshiki trataría de hacerse con él sirviéndose de cualquier argucia. Me lo imaginaba perfectamente, y yo no quería que cayera en sus manos. No podía permitir que lo llevara a su santuario, pues hacerlo quizás entrañaba algún peligro. Por eso tomé la decisión de dejarlo inacabado. A Marie le gustaba mucho así (dijo que representaba perfectamente lo que ella pensaba en ese momento) y me pidió si podía quedarse con él. Se lo regalé encantado junto a los tres bocetos previos, como le había prometido.

—Me gusta tal como está —dijo—. Está incompleto, como yo, como lo estaré siempre.

—No hay nadie con una vida completa. Todo el mundo está incompleto y siempre lo estará.

—¿También Menshiki? A mí me parece muy completo.

—Él también.

De hecho, Menshiki no era en absoluto una persona completa. Esa era al menos mi impresión. Por eso se dedicaba a espiar a Marie todas las noches con unos prismáticos de alta gama. No podía evitarlo, y el hecho de albergar un secreto así le ayudaba a mantener el equilibrio de su existencia. Tal vez para él era como una de esas largas varas que usan los funambulistas para no perder el equilibrio.

Obviamente, Marie sabía que Menshiki la espiaba con unos prismáticos, pero no se lo había dicho a nadie aparte de mí. Tampoco a su tía. No sabía por qué hacía semejante cosa y no tenía ningún interés en saberlo. Solo se limitó a no abrir nunca las cortinas de su cuarto. Las cortinas de color naranja quemadas por el sol estaban siempre cerradas, y por la noche, cuando se ponía el pijama, se cuidaba de hacerlo siempre con la luz apagada. Si curioseaba en otras partes de la casa le daba igual. En cierta manera disfrutaba al saber que la observaba, quizá el hecho de ser la única que lo sabía significaba algo para ella.

Según Marie, Shoko mantenía su relación con Menshiki. Iba a su casa una o dos veces por semana y debían de acostarse juntos (me lo dio a entender con algunos rodeos). Su tía no le decía adónde iba, pero ella lo sabía perfectamente. Cuando volvía, la notaba rejuvenecida. De todos modos, con independencia de lo que tuviera en mente Menshiki, ella no tenía forma de cortar aquella relación. No le quedaba más remedio que seguirles el juego, y solo deseaba que su relación no la implicase a ella. Quería mantenerse a una distancia segura, permanecer alejada de ese remolino.

Pero no iba a resultarle fácil. O al menos eso pensaba yo. Tarde o temprano, Marie se vería arrastrada de alguna forma por ese remolino. La atraería hacia el centro desde donde se encontrara. Estaba convencido de que Menshiki continuaba su relación con Shoko teniendo a Marie bien presente en sus pensamientos. Ya fuera algo intencionado o no, no podía dejar de actuar así. Era su condición, su naturaleza, y tanto si hubo una intención inicial como si no, Shoko y él habían entrado en contacto a través de mí. se habían visto por primera vez en mi casa por deseo expreso de Menshiki y él era un hombre acostumbrado a conseguir lo que se proponía.

Marie no tenía ni idea de para qué quería Menshiki toda aquella ropa de la talla treinta y seis y todos aquellos zapatos. Suponía que era la ropa de una exnovia y, a pesar de la relación con su tía, no era capaz de deshacerse de ella porque se había convertido en una especie de fetiche, algo digno de adoración eterna en su «santuario».

Dejé las clases de pintura. Me excusé con el director y le dije que debía centrarme en mi propia obra. Lo entendió y aceptó mis explicaciones. Dijo que mis alumnos me apreciaban mucho y no me pareció que fuera un simple cumplido. Se lo agradecí de veras. Di clases hasta finales de año, y en ese tiempo encontró a una nueva profesora para sustituirme. Había sido profesora de arte en un instituto y pasaba ya de los sesenta años. Tenía ojos de elefante y un carácter afable.

Menshiki me llamaba de vez en cuando. No por nada en especial, simplemente para charlar. Me preguntaba si había algún cambio en el agujero de detrás del templete y yo siempre le decía que no. Y era cierto. No había cambiado en absoluto. Seguía bien tapado con el hule azul. Cuando salía de paseo, me acercaba de vez en cuando a comprobar su estado, pero no había señal de que nadie lo tocara. Las piedras seguían en el mismo sitio y nunca noté nada sospechoso. No volví a oír la campanilla a medianoche y tampoco volvió a presentarse el comendador (ni nada parecido). El agujero se limitaba a existir en silencio en la profundidad del bosque. Las hierbas que habían aplastado las orugas de la excavadora empezaban a recuperarse poco a poco y pronto volverían a ocultar aquel lugar.

Menshiki pensaba que durante mi desaparición estuve todo el tiempo en el interior del agujero. No se explicaba cómo podía haber entrado, pero lo cierto era que allí estaba y que había sido él quien me había encontrado. Por eso tampoco supo relacionar la desaparición de Marie con la mía. Para él solo eran dos hechos que coincidían por pura casualidad.

Sondeé si había notado la presencia de alguien en su casa, pero no. Parecía no haberse dado cuenta de nada. En ese caso, tal vez no fue él quien se detuvo delante del vestidor. Pero entonces, ¿quién fue?

A pesar de sus llamadas, ya nunca venía a casa. Tal vez, gracias a Shoko ya no necesitaba mi compañía. O quizás había perdido interés por mí. Puede que ambas cosas a la vez, pero en realidad me daba igual (aunque sí echaba de menos el rugido del motor V8 de su Jaguar).

No obstante, por el hecho de llamarme de vez en cuando (siempre antes de las ocho de la tarde), me daba a entender que necesitaba mantener algún tipo de contacto. Tal vez haberme confesado el secreto de que Marie podía ser hija suya le provocaba cierta inquietud. No creo que fuese la posibilidad de que se lo pudiera decir a alguien (a Shoko o incluso a Marie). Sabía que era perfectamente capaz de guardarle el secreto. Tenía ese don de conocer a la gente, pero desvelar un secreto tan profundo, tan íntimo, no era propio de él. Por muy firme que fuera su voluntad, quizá le resultaba extenuante albergar un secreto así, o a lo mejor solo necesitaba mi ayuda, mi colaboración. Imagino que debía parecerle inofensivo.

Aunque me hubiese utilizado con una doble intención desde el principio, debía estarle agradecido por haberme ayudado a salir del agujero. De no haber sido por él, de no haber colocado la escalera, tal vez me habría podrido allí mismo sin poder hacer nada. En cierto sentido, nos habíamos ayudado mutuamente y no teníamos deudas pendientes entre nosotros.

Cuando le dije que le había regalado el retrato a Marie, se limitó a asentir sin más comentarios. Me lo había encargado él, pero quizá ya no lo necesitaba, o a lo mejor pensaba que no tenía sentido interesarse tanto por un retrato sin terminar. También cabía la posibilidad de que se le pasara por la cabeza algo completamente distinto.

Varios días después de decírselo, le puse un sencillo marco al cuadro del agujero del bosque y se lo regalé. Lo metí en el maletero de mi viejo Corolla y se lo llevé a su casa (fue la última vez que le vi en persona).

—En agradecimiento por haberme salvado la vida —le dije—. Me gustaría que lo aceptase.

El cuadro pareció gustarle mucho (también yo pensaba que no estaba mal) y me pidió que aceptase una recompensa económica por él, pero me negué en redondo. Había recibido recompensa de sobra y no tenía intención de recibir nada más. No quería deudas. En ese momento solo éramos vecinos y, a ser posible, quería mantener para siempre la relación así.

El sábado de la misma semana en la que Menshiki me rescató del agujero, Tomohiko Amada murió. Después de un periodo de letargo que se alargó durante tres días, su corazón se paró. Ocurrió de un modo natural, con calma, como un tren que llega a la última estación de su recorrido y se detiene poco a poco. Masahiko estuvo todo el tiempo con él y, nada más fallecer, me llamó para comunicarme la noticia.

—Ha tenido una muerte apacible —me dijo—. A mí también me gustaría morir así. Incluso en sus labios se apreciaba algo parecido a una sonrisa.

—¿Una sonrisa?

—Puede que no fuera una sonrisa en el sentido estricto, pero era algo parecido.

—Te acompaño en el sentimiento —dije procurando elegir bien las palabras—. Me alegro de que haya sido así.

—Hasta mediados de semana conservó algo de conciencia, pero no parecía tener nada que decirme antes de morir. Ha vivido hasta los noventa y tantos años y siempre ha hecho lo que ha querido. Es probable que no tuviera nada de lo que arrepentirse.

Se equivocaba. Sí tenía algo de lo que arrepentirse. Algo muy grave pesaba sobre su alma y solo él sabía qué era. Nadie llegaría a averiguarlo nunca.

—Voy a estar liado durante un tiempo. Mi padre era un pintor famoso y su muerte me va a dar mucho trabajo. Soy su heredero y debo afrontar lo que se me viene encima. Cuando todo vuelva a la normalidad, hablaremos con calma.

Colgué el teléfono después de agradecerle haberse tomado la molestia de llamarme.

Tras la muerte de Tomohiko Amada, el silencio que ya reinaba en el interior de la casa parecía más profundo aún. Era lógico. Al fin y al cabo, había vivido allí muchos años. Pasé varios días sumergido en ese silencio espeso, que no me resultó en absoluto desagradable. Era una calma pura que no conectaba con nada, y tuve la impresión de que ponía fin a toda una serie de acontecimientos. Eso es. Era el tipo de silencio que se hacía cuando algo importante finalizaba.

Dos semanas después de la muerte de Tomohiko Amada, Marie se presentó de noche a escondidas como haría un gato cauteloso, y se marchó después de hablar un rato conmigo. No estuvo mucho tiempo. Su tía y su padre la vigilaban ahora mucho más y ya no tenía tanto margen como antes para moverse a voluntad.

—Me está creciendo el pecho —me dijo—. El otro día fui a comprar un sujetador con mi tía. Hay sujetadores para principiantes, ¿lo sabías?

No lo sabía. Eché un discreto vistazo a su pecho, pero por encima de su jersey verde no noté nada especial.

—No noto la diferencia —le dije.

—El relleno es muy fino de momento. Si me pusiera uno más grueso desde el principio, todo el mundo se daría cuenta de que es relleno. Hay que empezar por el más fino e ir cambiando poco a poco. Qué proceso tan complicado, ¿verdad?

Una oficial de policía le había preguntado insistentemente dónde había estado los cuatro días de su desaparición. En general, la habían tratado bien, pero en alguna ocasión deslizaron veladas amenazas. A pesar de todo, Marie insistió en que no recordaba nada aparte de vagabundear por la montaña, y que en un momento determinado se había perdido. A partir de ahí, su mente se había quedado en blanco. Les dijo que se había alimentado con una tableta de chocolate y con una botella de agua mineral que siempre llevaba encima. Aparte de eso, no dijo nada de nada. Su boca permanecía cerrada como una caja fuerte. Mantenerse en sus trece era algo que siempre se le había dado bien. Cuando certificaron que no se trataba de un secuestro, la policía la llevó al hospital para que le hicieran un examen completo. Lo más importante para ellos era confirmar que no había sido víctima de una agresión sexual. En cuanto los médicos confirmaron que no, la policía perdió interés en el caso. Solo era una niña que se había ausentado varios días de casa para vagabundear por ahí. Nada especialmente raro.

Marie se deshizo de la ropa que había llevado puesta durante esos días, de la chaqueta azul marino, de la falda a cuadros, de la blusa blanca, del chaleco de punto y de los zapatos. Lo tiró todo y se compró un uniforme nuevo para desprenderse de cierto sentimiento que le provocaba el antiguo. Después siguió con su vida de siempre como si nada, pero dejó las clases de pintura (de todos modos, ya no tenía edad para esa clase) y colgó en su cuarto el retrato que le había pintado.

No podía imaginarme cómo iba a crecer Marie. Las niñas de su edad cambiaban en un santiamén física y espiritualmente. Si volvía a verla al cabo de unos años, tal vez ni siquiera la reconocería. Por eso me alegró tanto haber plasmado a la Marie de entonces, a pesar de que el retrato estuviera inacabado. Después de todo, nada mantiene siempre la misma forma.

Llamé a mi agente de Tokio y le dije que quería volver a trabajar. Se alegró mucho, porque siempre le hacía falta un buen retratista.

—¿No me había dicho que no quería volver a pintar retratos? —me preguntó extrañado.

—He cambiado de opinión —le dije sin explicar mis motivos, y él tampoco me los preguntó.

Quería ejercitar la mano aunque fuera de forma automática, no pensar en nada durante un tiempo. Quería pintar retratos «al uso». Uno detrás de otro. De ese modo, volvería a disfrutar de cierta estabilidad económica. No sabía hasta cuándo podría permitirme seguir con la vida que llevaba. Era incapaz de prever el futuro y, además, era lo que quería hacer. Servirme de una técnica que conocía bien sin necesidad de concentrarme demasiado, no introducir un solo elemento sobrante. No quería tener ninguna relación con ideas ni con metáforas. No quería implicarme en las complejas circunstancias personales de un hombre rico y enigmático que vivía al otro lado del valle. No quería sacar a la luz ninguna obra maestra ni verme arrastrado a través de oscuras y estrechas cavidades subterráneas. Ese era mi único deseo en ese momento.

Quedé con Yuzu para hablar. Nos vimos en una cafetería cerca de su oficina mientras tomábamos café y Perrier. El embarazo se le notaba menos de lo que me había imaginado.

—¿No vas a casarte con él? —fue lo primero que le pregunté.

Ella negó con la cabeza.

—De momento, no.

—¿Y eso por qué?

—Creo que es mejor no hacerlo. Solo eso.

—Pero vas a dar a luz...

Asintió con un gesto ligero.

—Por supuesto. Ya no puedo dar marcha atrás. De ningún modo.

—¿Vives con él?

—No. Después de que te marcharas he vivido sola.

—¿Por qué?

—En primer lugar, porque aún no me he divorciado de ti.

—Firmé los papeles del divorcio que me enviaste. Pensé que con eso ya estábamos divorciados.

Yuzu se quedó callada un rato.

—A decir verdad —repuso al fin—, aún no he presentado la solicitud de divorcio. No sé por qué, pero no he podido hacerlo y el asunto se ha quedado en suspenso. Legalmente seguimos siendo marido y mujer como si no hubiera ocurrido nada. Nos divorciemos o no, legalmente el niño que va a nacer será hijo tuyo, pero no pretendo cargarte con ninguna responsabilidad, por supuesto.

No llegaba a entender qué ocurría.

—El bebé que está a punto de nacer es de ese hombre, ¿verdad? Al menos biológicamente.

Yuzu me miró a los ojos sin decir nada.

—La historia no es tan sencilla —dijo al fin.

—¿Por qué?

—No sé cómo explicártelo, pero no tengo ninguna certeza de que él sea el padre.

En esa ocasión fui yo quien la miró perplejo.

—¿Quieres decir que no sabes quién es el padre?

Asintió con la cabeza. No lo sabía.

—Pero no es lo que piensas. No me acuesto con cualquiera, no creas. Solo me acuesto con un hombre a la vez, ya lo sabes. Por eso dejé de hacerlo contigo. ¿Lo recuerdas?

Asentí.

—Lo sentí mucho por ti —admitió—. Siempre tuve mucho cuidado de no quedarme embarazada de él, porque no tenía ninguna intención de tener hijos. Sabes que siempre he sido muy prudente con esas cosas, pero cuando quise darme cuenta, ya había ocurrido.

—Por muy prudente que seas, todos podemos tener un desliz.

Negó con la cabeza.

—Una mujer sabe ese tipo de cosas. Es pura intuición. Dudo de que los hombres lleguéis a entenderlo.

Desde luego no lo entendía.

—Bueno. De todos modos, estás a punto de dar a luz.

Yuzu confirmó mis palabras.

—Sin embargo, nunca has querido hijos. Al menos no conmigo.

—No. Nunca he querido hijos. Ni contigo ni con nadie.

—Y ahora estás a punto de traer uno al mundo y no tienes la certeza de quién es el padre. Pues en ese caso, nada más darte cuenta de que estabas embarazada podías haber tomado la decisión de no seguir adelante.

—Por supuesto que lo pensé y dudé mucho si hacerlo o no.

—Pero no lo hiciste.

—Mi vida me pertenece, por supuesto, pero casi todas las cosas que ocurren en ella suceden como si no tuvieran nada que ver conmigo. Quiero decir, en teoría, disfruto de libre albedrío pero soy incapaz de elegir cosas importantes por mí misma. Mi embarazo me parece una buena señal de ello.

La escuché sin decir nada.

—Puede sonar fatalista, pero de verdad lo siento así. Es algo muy real, muy sincero. Por eso he pensado que, pase lo que pase, daré a luz y trataré de criar a mi hijo yo sola. Estaré atenta al futuro, porque ahora se ha convertido en algo sumamente importante.

—Me gustaría preguntarte algo —dije.

—¿De qué se trata?

—Es una pregunta sencilla y me basta con un sí o un no por respuesta. No voy a volver a preguntártelo.

—De acuerdo, adelante.

—¿Puedo volver a tu casa?

Frunció el ceño y me miró fijamente a los ojos durante un rato.

—¿Te refieres a venir a vivir conmigo otra vez, hacerlo como matrimonio?

—Sí.

—Sí —dijo en voz baja, pero sin vacilar—. Aún eres mi marido. Tu habitación está tal como la dejaste. Puedes volver cuando quieras.

—¿Aún tienes relación con ese hombre?

Yuzu negó con la cabeza despacio.

—No. La relación se ha acabado.

—¿Por qué?

—No quería que tuviera ningún tipo de derecho sobre la criatura que va a nacer.

Me quedé callado.

—Cuando se lo dije —continuó ella—, se quedó muy sorprendido. Lo cual es una reacción del todo lógica.

Yuzu se acarició las mejillas con las manos.

—¿No te preocupa que eso suceda conmigo?

Apoyó las manos en la mesa y volvió a mirarme directamente a los ojos.

—Has cambiado, ¿verdad? Tal vez es la expresión de tu cara.

—No sé si he cambiado yo o mi cara, pero sí he aprendido algunas cosas.

—También yo he aprendido algunas cosas.

Apuré el café que quedaba en la taza.

—Masahiko está muy liado con lo de la muerte de su padre y le va a llevar tiempo recuperar cierta normalidad. Ahora no puedo causarle más molestias, de manera que esperaré a Año Nuevo para volver al piso de Hiroo. ¿Te parece bien?

Yuzu me miró durante un buen rato sin decir nada, como si contemplase con nostalgia un paisaje del que hubiera estado alejada demasiado tiempo. Después alargó la mano y la puso encima de la mía.

—Me gustaría volver a empezar, si eso es posible. No he dejado de pensar en ello todo el tiempo.

—Yo tampoco —confesé.

—Pero no estoy segura de cómo va a salir.

—Yo tampoco, pero merece la pena intentarlo.

—Voy a dar a luz dentro de poco y ni siquiera sé quién es el padre. ¿No te importa?

—No. A lo mejor piensas que me he vuelto loco, pero cabe la posibilidad de que yo sea el padre, el padre potencial de la criatura. Es la sensación que tengo. Puede que yo te dejara embarazada mentalmente desde un sitio muy lejano. Como un concepto a través de un pasadizo especial.

—¿Como un concepto?

—Es decir, una hipótesis.

Yuzu se quedó pensativa.

—Si de verdad es así —dijo—, me parece una hipótesis maravillosa.

—Es posible que no haya nada absolutamente cierto en este mundo, pero debemos creer en algo.

Sonrió, y así pusimos punto y final a nuestra conversación. Yuzu tomó el metro para volver a casa y yo conduje el viejo y polvoriento Corolla de regreso a las montañas.

64

Como una bendición

Varios años después de volver con mi mujer, un 11 de marzo se produjo un gran terremoto en el este de Japón. Me quedé sentado delante de la televisión sin dejar de mirar cómo habían quedado arrasados uno tras otro todos los pueblos costeros desde la prefectura de Iwate hasta la de Miyagi. Era la misma zona por donde había viajado sin rumbo tiempo atrás con mi viejo Peugeot 205, y en uno de aquellos lugares debía de ser donde me había cruzado con el hombre del Subaru Forester blanco. Sin embargo, en la pantalla del televisor solo alcanzaba a ver las ruinas de los pueblos y de las ciudades destruidos casi por completo por un monstruoso tsunami. No vi nada que me recordase aquel lugar. Ni siquiera recordaba su nombre y no había forma de comprobar los daños que había sufrido en esa catástrofe.

Me quedé pegado a la pantalla incapaz de decir nada, sintiéndome totalmente impotente. No podía despegar los ojos de ella. Quería encontrar algo, por mínimo que fuera, que me despertase algún recuerdo. De no ser así, cosas importantes que guardaba dentro de mí terminarían arrastradas a un lugar lejano y desconocido, desaparecerían sin más. Tenía ganas de subirme al coche y conducir hasta allí. Quería ver con mis propios ojos lo que había pasado, pero era obvio que no podía hacerlo. La carretera estaba cortada, las ciudades y los pueblos aislados. No había luz, no había gas ni agua. Era como si la línea de la vida se hubiera roto, arruinada por completo. Al sur de Fukushima, donde me había despedido de mi viejo Peugeot para siempre, varios reactores de la central nuclear habían entrado en fusión. Nadie podía acercarse allí.

Durante mi viaje por aquella región no me sentí feliz en ningún momento. Estaba solo e irremediablemente triste, perdido en muchos sentidos. Conocí a mucha gente y tuve la oportunidad de entrar en sus vidas. Eso tuvo para mí un sentido mucho más trascendental de lo que yo pensé en ese momento. Algunas cosas mías quedaron atrás y adquirí otras nuevas (la mayor parte de las veces de un modo inconsciente). La experiencia me transformó en alguien distinto.

Pensé en el cuadro del hombre del Subaru Forester blanco escondido en el desván de la casa de Odawara. Aquel hombre (ya fuese real o imaginario), viviría aún en el mismo lugar. La mujer joven y delgada con la que pasé una extraña noche, también. ¿Habrían sobrevivido, escapado primero al terremoto y al tsunami después? ¿Qué habría sido del restaurante y del hotel de citas donde estuvimos?

A las cinco de la tarde iba a buscar a la niña a la guardería. Era mi rutina diaria (mi mujer había vuelto al trabajo en el estudio de arquitectura). La guardería estaba a unos diez minutos a pie de casa. Le daba la mano y regresábamos caminando. Si no llovía, nos sentábamos a descansar en un banco de un pequeño parque que quedaba a mitad de camino y mirábamos a los perros que salían de paseo con sus dueños. Mi hija quería un perro, pero en el piso donde vivíamos no permitían tener mascotas. No le quedaba más remedio que contentarse con los perros del parque. De vez en cuando tenía la oportunidad de tocar alguno.

La niña se llama Muro. Yuzu eligió el nombre. Poco antes de dar a luz vio el nombre en un sueño. Estaba sola en una espaciosa habitación que daba a un jardín grande y bonito. En la habitación había una mesa y encima un papel blanco. En el papel estaba escrito el nombre en un solo ideograma. No sabía quién lo había hecho, pero la caligrafía era elegante, majestuosa. Cuando se despertó, recordaba vivamente los detalles del sueño, y a partir de ese momento se decidió por ese nombre. Yo no puse ninguna objeción. Al fin y al cabo, era ella quien iba a dar a luz. Tal vez fue Tomohiko Amada quien lo escribió, pero solo era una suposición. No había sido más que un sueño.

Cuando supe que era una niña, me alegré mucho. Haber pasado mi niñez con mi hermana Komi me hacía sentir tranquilo al pensar que tendríamos una niña. De algún modo, para mí era algo natural. También era un motivo de alegría que hubiera venido a este mundo con un nombre elegido de antemano, porque el nombre es algo muy importante en la vida de una persona.

Cuando volvíamos a casa, Muro veía las noticias de la tele conmigo. En aquella ocasión en concreto traté de evitarle las imágenes más duras del desastre provocado por el tsunami. Eran demasiado crudas para una niña tan pequeña. Le tapaba los ojos con la mano.

—¿Por qué? —me preguntaba ella.

—Es mejor que no veas esto —le decía yo—. Aún eres muy pequeña.

—Pero es de verdad, ¿no?

—Sí, es algo que ha ocurrido de verdad en un lugar lejano. Pero eso no significa que debas ver todas las cosas que ocurren de verdad.

Muro se quedó pensando un rato en lo que acababa de decirle, pero no pareció comprender su significado. No entendía la realidad de un tsunami, de un terremoto, y tampoco la de la muerte. Yo le tapaba los ojos para que no lo viera. Entender algo y verlo son cosas muy distintas.

De pronto, en un rincón de la pantalla entreví al hombre del Subaru Forester blanco. O al menos eso me pareció. La cámara enfocaba un gran barco pesquero arrastrado por las olas hasta dejarlo varado en lo alto de una colina. Ese hombre estaba cerca de allí, de pie, como un *mahout* incapaz de lograr que su elefante le obedeciera. La imagen cambió enseguida y por eso no podía estar seguro de si era él o no, aunque por la chaqueta de cuero negro, la gorra de golf de la marca Yonex y la estatura tenía toda la pinta de serlo. No volvió a aparecer. Tan solo le había visto un segundo antes de que la cámara enfocase a otro sitio.

Aparte de ver las noticias sobre el terremoto, seguía pintando retratos «al uso» para ganarme la vida. Solo debía mover la mano de manera casi automática sobre el lienzo sin pensar apenas en nada. Era la vida que deseaba y lo que la gente deseaba de mí. El trabajo me proporcionaba unos ingresos fijos y eso era importante. Después de todo, tenía una familia a la que sacar adelante.

Dos meses después del terremoto se produjo un incendio en la casa de Odawara que acabó con ella. En esa casa en plena montaña, Tomohiko Amada había pasado la mitad de su vida. Masahiko me dio la noticia. Estuvo mucho tiempo deshabitada desde que me marché y a Masahiko aquello le preocupaba. Al final, sus peores temores se confirmaron y tuvo lugar el incendio. Ocurrió de madrugada a principios de la semana festiva del mes de mayo, y a pesar de que los bomberos llegaron enseguida, no pudieron hacer nada. Era una casa antigua, con la estructura de madera. La empinada y serpenteante carretera de acceso dificultó la circulación a los camiones de los bomberos, pero por fortuna había llovido la noche anterior y el bosque no resultó afectado. Los bomberos no lograron determinar el origen del fuego. Podía ser por culpa de un cortocircuito o quizás obra de un pirómano.

Nada más enterarme, lo primero en lo que pensé fue en *La muerte del comendador*. Con toda seguridad se había quemado junto con la casa, al igual que el retrato del hombre del Subaru Forester blanco. También la magnífica colección de discos de Tomohiko Amada. ¿Habría logrado escapar el búho de su escondite en el desván?

La muerte del comendador había sido una de las obras cumbre de Tomohiko Amada, y acabar como pasto de las llamas suponía una pérdida irremediable. Éramos muy pocos los que lo habíamos visto (Marie y yo básicamente; Shoko también, aunque no fuera consciente de ello, y, obviamente, Tomohiko Amada, su autor). Una obra desconocida y valiosísima había desaparecido sin remedio. Me sentí responsable de esa pérdida. Tal vez tendría que haberlo sacado de su escondite y presentarlo en sociedad como la obra maestra oculta de Tomohiko Amada. En lugar de eso, lo envolví y volví a guardarlo en el desván tal como lo había encontrado. Ahora ese cuadro maravilloso se había convertido en cenizas (había dibujado a todos los personajes en mi cuaderno de bocetos y eso era lo único que quedaba en ese momento de *La muerte del comendador*). Como pintor sentía una punzada de dolor solo pensarlo. Quizás había cometido una imperdonable deslealtad hacia el mundo del arte, pero, al mismo tiempo, algo en mí me decía que era una obra que debía perderse. Desde mi punto de vista, en aquel cuadro estaba demasiado presente y de una forma demasiado intensa el espíritu de Tomohiko Amada. Era un cuadro extraordinario, de eso no cabía duda, y, al mismo tiempo, ejercía un enorme poder de atracción. Casi podría decirse que era algo peligroso. De hecho, al descubrirlo abrí un círculo con extrañas y peligrosas consecuencias y presentarlo al público tal vez no habría sido lo más apropiado. ¿Había sentido lo mismo Tomohiko Amada? ¿Acaso no lo había ocultado precisamente por eso? De ser así, había respetado su voluntad. De todas formas, se había desvanecido entre las llamas y nadie ni nada podía remediarlo ya.

No lamentaba haber perdido mi cuadro. Puede que volviera a pintarlo en algún momento, pero para hacerlo debía ganar firmeza como persona, crecer como artista. Cuando sintiera la necesidad, volvería a pintar al hombre del Subaru Forester blanco con una perspectiva completamente distinta. Ese retrato se convertiría, quién sabe, en mi propio *La muerte del comendador*. Si de verdad llegaba a ocurrir, quizá significaría que había heredado un importante y valioso don de parte de Tomohiko Amada.

Justo después del incendio, Marie me llamó y hablamos alrededor de media hora sobre aquella vieja y pequeña casa por la que sentía un fuerte apego, por su paisaje, por los días que habíamos pasado allí. En los recuerdos de ella, también estaba incluido un Tomohiko Amada aún vivo, siempre encerrado y concentrado en sus cuadros. Era una imagen de su infancia, y el hecho de perderla para siempre le provocaba una profunda tristeza que yo también compartía. Aquella casa (a pesar de haber vivido en ella algo menos de ocho meses) tenía un profundo significado para mí.

Antes de despedirnos, me informó de que su pecho había crecido bastante. Estaba en segundo del instituto y no había vuelto a verla desde que me marché de allí. Tan solo hablábamos de vez en cuando por teléfono. No tenía ganas de volver y tampoco una razón concreta para hacerlo. Era Marie quien llamaba siempre.

—Aún no tienen suficiente volumen —me dijo Marie como si confesase un secreto—, pero crecen más o menos.

Tardé un rato en comprender a qué se refería.

—Justo como me dijo el comendador —añadió.

Me alegré por ella. Quise preguntarle si tenía novio, pero al final no lo hice.

Su tía aún salía con Menshiki. En un momento determinado se lo había confesado. Le dijo que tenían una relación muy íntima. También que quizá se casaría con él, y en ese caso quería saber si se iría a vivir con ellos. En lugar de responder, Marie hizo como si no la hubiese oído, como tenía por costumbre.

—¿Tienes intención de vivir con Menshiki? —le pregunté, inquieto ante semejante posibilidad.

—Creo que no, pero todavía no lo sé.

¿No lo sabía todavía?

—Creía que tenías un mal recuerdo de su casa —le dije titubeante.

—Eso ocurrió cuando era una niña, hace mucho tiempo. De todos modos, no me puedo imaginar vivir sola con mi padre.

¿Hacía mucho tiempo?

Mi impresión era que todo aquello había sucedido hacía apenas un rato, ayer como quien dice. Se lo dije, pero ella no reaccionó a mi comentario. Tal vez no quería recordar los extraños acontecimientos que tuvieron lugar en aquella casa, o quizás era cierto que se había olvidado. También podía suceder que con la edad se hubiera despertado en ella un creciente interés por Menshiki. Quizá notaba algo especial en él, cosas que tenían en común.

—Me gustaría saber qué fue de esa ropa de mujer que tenía guardada —dijo Marie.

—Te atrae ese lugar, ¿verdad?

—Sí. Siempre he pensado que esa ropa me protegió. En cualquier caso, aún no sé qué hacer. A lo mejor me voy a vivir sola a otra parte cuando vaya a la universidad.

Le dije que me parecía una buena idea.

—¿Qué pasó con el agujero de detrás del templete? —le pregunté.

—Allí sigue tal cual, tapado con el mismo hule azul. En algún momento se amontonarán tantas hojas encima que ya nadie se dará cuenta de que está ahí.

En el fondo del agujero aún debían de estar la campanilla y la linterna que me había llevado de la habitación de la residencia de Tomohiko Amada.

—¿No has vuelto a ver al comendador? —le pregunté.

—Nunca. Ya ni siquiera estoy segura de si de verdad existía o no.

—Existía. Te lo aseguro.

Marie se iría olvidando poco a poco de todo aquello. Se acercaba al final de la adolescencia y su vida empezaba a complicarse. Cada vez estaría más ocupada y llegaría el momento en que ya no tendría margen para relacionarse con cosas difíciles de entender como las ideas o las metáforas.

De vez en cuando me preguntaba qué habría sido de la figurita del pingüino. Se la había dado al hombre sin rostro que me encontré en el embarcadero para que me ayudase a cruzar aquel río de corriente impetuosa. Solo podía rezar para que, estuviera donde estuviese, quizá moviéndose entre la nada y la existencia, protegiera a Marie.

Aún no sé quién es el verdadero padre de Muro. Podría saberlo si me hiciese una prueba de paternidad, pero no quiero enfrentarme al resultado. En algún momento pasará algo y terminaré por descubrirlo, pero no puedo dejar de preguntarme qué sentido tiene realmente la verdad. Legalmente es hija mía, la quiero mucho y disfruto del tiempo que pasamos juntos. Me da igual quién sea su padre biológico, me parece algo insignificante. La biología no puede cambiar los sentimientos.

Hice el amor con Yuzu en una especie de sueño mientras viajaba solo de ciudad en ciudad por la región de Tohoku. Me colé en sus sueños y, como resultado, se quedó embarazada. Al cabo de nueve meses dio a luz. Me gustaba pensar que había sucedido de ese modo. Era una especie de secreto, un pensamiento íntimo, oculto. El padre de esta niña soy yo como idea y como metáfora. Había fecundado a Yuzu en un mundo paralelo de igual modo que el comendador se había presentado ante mí, de igual modo que doña Anna me había guiado a través de la oscuridad.

Nunca me convertiré en alguien como Menshiki. Él fundamenta su vida en el frágil equilibrio que existe entre la posibilidad de que Marie sea su hija o que no lo sea. Ambas posibilidades están en los extremos de la balanza y el sentido de su existencia está en ese sutil equilibrio sin fin. Yo, por el contrario, no tengo ninguna necesidad de algo tan complicado (complicado de entender, como mínimo), porque tengo la capacidad de creer. Creo a pies juntillas que por mucho que esté encerrado en un lugar oscuro y estrecho, en un erial o en no sé qué extraño lugar, alguien aparecerá para guiarme. Lo aprendí gracias a las extraordinarias experiencias que viví durante el tiempo que pasé en aquella casa de las montañas cerca de Odawara.

La muerte del comendador se perdió para siempre en el fuego, pero esa obra admirable aún existe en mi corazón. Puedo ver como si los tuviera delante de mis ojos al comendador, a doña Anna, a «cara larga». Están tan vivos, son tan concretos que casi puedo tocarlos. Cuando pienso en ellos me siento tranquilo. Es como si me deleitase en la contemplación de una lluvia suave y silenciosa cayendo sobre la superficie de un lago. Es una lluvia que nunca dejará de caer en mi corazón.

Quizás a partir de ahora viva con ellos para siempre. Muro, mi hija, es el regalo que me hicieron, como una bendición. Así lo siento.

—El comendador existió en realidad —le dije a Muro, que se había quedado dormida a mi lado—. Debes creerlo.

FIN

MAXI
TUSQUETS
EDITORES